本书受教育部人文社会科学研究"文学转型背景下亚文学生产与消费研究"（12YJA751015）项目资助

亚文学生产与消费研究

葛娟 ◎ 著

网络类型小说
博客写作 移动阅读

人民出版社

目 录

信息时代的文学转型及流行写作的兴起

一、处于转型期的中国当代文学

当今社会是一个信息化社会，英国学者斯各特·拉什（Scott Lash）在《信息批判》一书中开篇即言：

> 我相当强烈地倾向以"信息社会"而非后现代主义、风险社会或晚期资本主义等等概念来理解当前这个时代……我想我们应该理解信息社会——是对于信息本身主要性质的一个聚焦。在此，信息必须以截然不同于其他诸如叙事、论说、纪念物或制度等较早的社会文化范畴来加以理解。信息的主要性质是流动、拔根（disembeddedness）、空间压缩、时间压缩、实时关系，虽不全然但主要是就这个意义来讲，此刻我们正生活在一个信息时代里。①

拉什对当今社会的命名，应该说是概括了这个时代最为突出的表征。虽然诸如后工业社会、消费社会、晚期资本主义社会等等，都从不同角度揭示了社会发展的本质性因素，但是一个不争的事实是，信息化技术的高度发

---

① [英]斯各特·拉什：《信息批判》，杨德睿译，北京大学出版社2009年版，第14页。

展和运行给社会带来的变革是最具广泛性的，它触及社会生活的各个方面，并使社会构成一个信息系统。麦克卢汉说："借助于置身在我们外延的中枢神经系统之中，借助于电子媒介，我们创造了一种动力。有了这一动力，过去的一切技术虽然只不过是我们手、足、牙齿和体温控制系统的延伸——它们全都是我们人体的延伸（包括城市），可是它们都会转换成信息系统。"① 信息化不仅是当今社会人们生活所处的环境，而且改变了人们对社会的认知和参与方式，或者说信息化已成为人们新的生存和生活方式。在这一高度信息化社会，文学自身也在发生多种变化。尤其是新世纪以来，中国当代文学在文学的生存方式、生产和消费机制以及审美趣味等方面与传统文学相比均发生了显著的变化。从纸质媒介到网络媒介，从个体性创作到集体化生产，从审美欣赏到消费娱乐，从高雅文学到大众文学等诸多方面，开启了当代文学的转型。

信息时代带给文学首要的变化是文学的网络化生存和传播。自从口头文学发展为书写文学以来，纸质媒介所起的作用不言而喻。而从 1990 年代开始，网络进入了人们的生活，并构建了一个充满活力的网络文学世界。近些年来，随着网络化进程的加快以及新媒体技术的发展，文学的数字化生存及迅猛发展已支撑了文学市场的半壁江山。据中国互联网络信息中心（CNNIC）发布的《第 30 次中国互联网络发展状况调查统计报告》（2012 年7 月 19 日）② 显示，截至 2012 年 6 月底，中国网民规模达到 5.38 亿，2012年上半年新增网民 2450 万，互联网普及率较 2011 年年底提升 1.6 个百分点。中国手机网民规模达到 3.88 亿，手机首次超越台式电脑成为第一大上网终端。如此巨大的网民数量，便是以网络文学为代表的各种新媒体形态文学的潜在市场，也是文学发展的另一空间。以目前国内收入规模最大的数字阅读门户——中国移动手机阅读基地运营为例，该阅读基地每月全网访问用户数超过了 4500 万，每月平均的收入超过 1 亿元，每个月的增幅大

---

① ［加］马歇尔·麦克卢汉：《理解媒介——论人的延伸》，何道宽译，商务印书馆 2007 年版，第 93页。

② 《第 30 次中国互联网络发展状况调查统计报告》，中国互联网络信息中心（CNNIC），2012 年 7月 20 日，见 http://www.isc.org.cn/zxzx/ywsd/listinfo-21627.html。

概在 5% 左右。[①]在传统文学发展遭遇困境之时,网络文学和手机阅读却风生水起,成为文学发展的有生力量。这表明信息化时代随着人们生活方式的改变,文学的媒介化和网络化已成为文学发展的一次重大转型。信息化不仅改变文学的生存形态,也在促进文学自身的信息化。文学属于古老的艺术门类,到了信息化时代,叙事、传说、故事等让位于信息,一切均为信息湮没,信息构成了主导性的文化空间。如近些年在微博平台出现的微博小说,就其本质而言,即是微博传播的一则有着字数限制的艺术化信息而已,实际上显示信息对文学的侵入和占有。如《围脖时代的爱情》(作者闻华舰,沈阳出版社 2011 年出版)中就插入了较多的人物在线活动记录。真实微博网友的介入,他们的互动评论和留言甚至包括微博链接地址都被写进了小说里,致使读者将作者对情节的设置安排和艺术处理,当作一般信息来浏览。建立在虚构基础上的叙事与实时报道式的信息杂糅,反映出这个时代人们对信息需求(内容的真实感)已超过对叙事和故事(虚构性)的关注,人们离不开那些快捷传播并转瞬即逝的信息。

这一时代文学的生产机制也在发生显著的变化。在传统文学的生产机制中,作家创作是一个相对独立并起着决定性作用的环节,这一环节支配着其他环节和因素。作家作为生产主体,主要体现在作家的文学创作有高度的独立性和自主性,他较少受到外部社会、政治和经济等制度或环境因素的影响和制约。这一时期作家与出版社的关系,是一种比较简单的合作关系。从 1990 年代以来,伴随市场化进程的加快,文学商业化发展突飞猛进。近些年来,又向着产业化方向迈进。文学商业化和产业化大大挤压了作家在文学生产机制中的主体性地位。个体性创作让位于集体的策划、制作,文学生产也形成流水线作业。文学创作向文学生产的转变,显现出价值取向和存在形式之异。在价值向度上,"与文艺创作的自我价值实现和情感的符号化乃是体验的目的不同,文艺生产始终都把文艺定位在实现价值目标的工具或符号媒介物的位置,价值取向最终存在于人类的文艺生活之

---

① 《中国移动手机阅读基地月收入过亿 初显四大效应》,2011 年 7 月 6 日,见 http://www.c114.net/news/22/c14513.html。

外。"①传统文学的诗性和审美追求，让位于文化产品的商品价值和利润。在存在形式上，"文艺创作不管显现物为何种媒材都不影响其精神存在属性，物质形式在精神存在物中间仅仅起到辅助性作用，而文艺生产所获得的文艺产品尽管在任何条件下都包含程度不同的精神要素，但它在社会中的文化存在形式，却更体现在其物质性方面，所以后者也就存在诸如知识产权、市场份额、经济效益和市场营销这类只有在物质生产过程中才会出现的问题。"②这种差异决定了作家由创作者向生产者的身份转型，决定了精神个体性创作向更具物质性的集体化生产转变。

文学具有认识、审美、娱乐三大主要功能，且这几方面因时代不同而有不同侧重的表达。如"五四"时期和"文化大革命"时期的小说，其作品政治功能（认识功能）一般大于审美功能。但文学作为一门艺术，其审美特性不言自明。无论是古老的歌谣、神话还是当今的微博小说、随笔，离开了审美就不称其为文学，审美性应该是文学的第一要义。或者说文学自身的审美性质是决定文学存在的最重要因素。到了消费社会，当文学和其他艺术一样沦为消费品的时候，文学的审美功能大大削弱，而娱乐消遣的功能得以强化。这是因为我们已进入一个娱乐化的时代。诚如美国媒体文化研究者尼尔·波兹曼所说：

一切公众话语都日渐以娱乐的方式出现，并成为一种文化精神。我们的政治、宗教、新闻、体育、教育和商业都心甘情愿地成为娱乐的附庸，毫无怨言，甚至无声无息，其结果是我们成了一个娱乐至死的物种。③

虽然这段预言性的话语有些危言耸听，但确实道出了消费社会泛娱乐化现象。娱乐化导致了文学传统价值的根本性转向，因而文学的娱乐化也就成

① 王列生：《论世界市场时代的文艺生产与消费》，《东南大学学报（哲学社会科学版）》2007年第6期。
② 王列生：《论世界市场时代的文艺生产与消费》，《东南大学学报（哲学社会科学版）》2007年第6期。
③ ［美］尼尔·波兹曼：《娱乐至死》，章艳译，广西师范大学出版社2004年版，第4页。

为一种必然。尽管文学的娱乐功能一直与文学相随，但没有哪个时代像今天这样，娱乐成为通俗文学尤其是网络文学生产和消费的核心价值取向。这是因为："既然大多数形式的通俗文化都承诺给人带来直接的快乐，它就把严肃性隐藏于娱乐之中。无论它可能会多么强健有力多么洞悉入微，它的第一要求——总的说来——是要能现在消费。"① 比如当下比较流行的"大话文学"便反映了消费主义在文学生产与消费中的盛行现象。从周星驰的《大话西游》开始，大话文学的风潮几乎遍及古今中外文化与文学经典。如林长治的《Q版语文》将31篇我们耳熟能详的语文经典课文进行改写和戏说，《孔乙己》、《荷塘月色》、《卖火柴的小女孩》、《愚公移山》等被打造成无厘头爆笑故事，内容诙谐幽默，情节出奇，对白趣怪。还有将经典改写成更具商业性质的畅销书如《水煮三国》、《麻辣水浒》、《孙悟空是个好员工》等。大话文学以娱乐化为立身标准，以满足大众的消费欲望为旨归。文学在呈现娱乐化景观的同时，无疑也降低了自身的审美水准。

　　当代文学转型更突出地表现在高雅文学的衰弱和大众文学的勃兴方面。高雅文学与大众文学分别代表着精英文化和大众文化（亦称通俗文化），这两种文化的对立在西方始于18世纪中叶。美国学者西蒙·杜林（Simon During）这样概括精英文化与通俗文化的区分：

　　　　一种是精英文化，另一种是非精英文化，两者都日益商业化，并使用俗语。在这种情况下，精英文化变为围绕明确的道德审美原则建立起自己的体系，其中包括这样一些观念：文化永恒，文化具有提供道德指导的责任，文化具有协调与满足自我、作品个性以及其最伟大的创造者们的天赋才能的能力。另一方面，通俗文化变为围绕市场而建立自己的体系，它没有多少一定之规，除了检查制度强加的限制之外，对作品限制很少，它提供

---

　　① ［美］西蒙·杜林：《高雅文化对低俗文化：从文化研究的视角进行的讨论》，冉利华译，童庆炳、陶东风主编：《文学经典的建构、解构和重构》，北京大学出版社2007年版，第157页。

快乐与消遣。①

这两种文化自 1960 年代开始，继视听文化（收音机、电影、电视）的发展，其对立状态日益开始淡化。高雅文化的经典作品失去了它的某些功能，人们不再要求它维持社会等级制度或者指导当今的文化生产，这种文化生产又一次开始挪用或改写而不是遵从经典了。而大众文化是"当下主要的文化表达方式。我们生活在发达国家的人（几乎每个人）的生活都被它所围绕着并且部分地为它所渗透。它是快乐与意义的宝库。它是文化借以认识自身的镜子。它充斥着整个世界：对许多人而言，社会名流与虚构的人物就像是远方的熟人似的。它点缀着谈话以及个人与公共的学术论文集，把国内——以及国际——社会各界吸引到一起。"②也可以说，大众文化就是今天的主流文化，它通过新的媒介产生了广泛的影响力，因而，"对于通俗/高雅的有效区分，另一方面也是旧艺术媒介（即文学与美艺术）与视听新媒介之间的区分。"③以此来观照中国的当代文学，与纸媒文学相比，应该说网络文学的大行其道更充分显现了文学的大众化倾向。如果我们以经典作为考量的对象，那么高雅文学与大众文学就是建构经典与解构经典之分，亦即高雅文学以经典建构作为价值取向，而大众文化则有去经典之倾向。当下文学的大众化，主要表现在文学的大众传播与大众化的审美品味两个方面。首先从大众传播来看，网络为文学提供了自由、便捷和广阔的传播平台。其一，网络因其发表的自由，造就了数以万计的作者或曰网络写手。由于匿名书写，并被解除了纸媒文学那样的编辑出版障碍，网络文学作者自由无疆、畅所欲言，充分展示其艺术才华和对人生、社会的体察及内心体验，昔日的读者成为今天的作者。其二，网络因其阅读的

---

① [美]西蒙·杜林：《高雅文化对低俗文化：从文化研究的视角进行的讨论》，冉利华译，童庆炳、陶东风主编：《文学经典的建构、解构和重构》，北京大学出版社 2007 年版，第 157 页。
② [美]西蒙·杜林：《高雅文化对低俗文化：从文化研究的视角进行的讨论》，冉利华译，童庆炳、陶东风主编：《文学经典的建构、解构和重构》，北京大学出版社 2007 年版，第 157 页。
③ [美]西蒙·杜林：《高雅文化对低俗文化：从文化研究的视角进行的讨论》，冉利华译，童庆炳、陶东风主编：《文学经典的建构、解构和重构》，北京大学出版社 2007 年版，第 157 页。

便捷，拥有了前所未有超大数量的读者。在线阅读，给读者创造了自由的讨论空间，他们可以随心所欲发表意见，实现读者与读者之间、读者与作者之间的互动。当下很多作者创作也充分考虑读者的阅读需要，这不仅体现在类型的选择上，而且体现在具体的创作过程中，也考虑或采纳读者的意见安排情节和组织内容。相比高雅文学，网络文学是真正的民间文学和草根化文学。文学的大众化更表现在文学满足大众的审美需求和审美趣味上。书写日常化或世俗化生活、情感和欲望，是大众文学的价值取向。与传统的纸媒文学相比，网络类型小说更言说着大众文化精神，其题材是大众所喜好的言情、武侠、玄幻、奇幻、历史、军事等类型。这些小说类型，实质上是作为商品标识，召唤着大众的消费欲望。大众化与商品化共同注入了文学，取消其经典法则，也使高雅文学与大众文学不再泾渭分明，畛域自划。

以上从四个方面大致勾勒出中国当代文学的转型轮廓，也较为概括地反映了当下文学的境况。它所透显出的深层次问题是，信息化时代文学是否面临着生存的危机？如果答案是肯定的话，那么文学又将以怎样的形态存在？先来看一则报道：

时代不同了，人们表达爱情的方式也在变。以前要通过信箱传递爱情，如今一条短信就能表达了，而越来越多的人正享受着"电子爱情"。2009 年，英国国家信托基金会宣布"情书已死"。基金会在调查了 2558 个人后发现，2/3 以上的人从来没有拿起笔写过一封情书。自那以后，手写情书这种古老的东西不再是大部分英国人表达爱情的首选。①

这一报道正印证了当代法国思想家雅克·德里达（Jacques Derrida）在他的《明信片》中所言：我们在进行最后的通信，很快它们将不复存在。德

---

① 《情人节情书已死　英国调查：爱的表达方式日益科技化》，《都市快报》2011 年 2 月 15 日。

里达认为电信技术摧毁了时空距离，摧毁了书信所赖以生存的物理条件，因而也就是摧毁了书信本身的存在。文学的写作如同情书的写作，首先是以距离为其物理性前提的。因而美国文学理论家 J. 希利斯·米勒（J.Hillis Miller）在其文章中转述了德里达在《明信片》中表达的观点："在特定的电信技术王国中（从这个意义上说，政治影响倒在其次），整个的所谓文学的时代（即使不是全部）将不复存在。哲学、精神分析学都在劫难逃，甚至连情书也不能幸免……。"① 当然德里达所言的不是文学的全部，是"所谓的文学……不是它的一切。"② 他所谓的文学有特定的所指，即某一类文学而非文学的全部。也就是说，电信技术摧毁的是部分的文学，而文学则仍以其残剩的形式留存。这究竟是一种怎样的残存形式？它让我们想到希利斯·米勒《全球化时代文学研究会继续存在吗》一文中所说："新形态的文学越来越成为混合体。这个混合体是由一系列的媒介发挥作用的，我说的这些媒介除了语言之外，还包括电视、电影、网络、电脑游戏……诸如此类的东西。它们可以说是与语言不同的另一类媒介。"③ 显然，在信息时代，文学必然依附于新的信息媒介而存在，文学就是一种既古老又崭新的媒介承载物。"文学是信息高速公路上的沟沟坎坎、因特网之神秘星系上的黑洞。"④ 时代在向前发展，文学自身形态也在不断运动变化，每一时代有每个时代的文学。因而可以说，相比纸媒文学，网络类型文学或许更能代表当今的文学存在方式。此外，米勒所言的文学是信息高速公路上的沟沟坎坎和坑坑洼洼，还包括了依附网络、影视和手机、博客等的一些文学次生形态，如微电影剧本、网游小说、博客写作、微博小说、手机短信文学等，这些文学家族产生的众多变体应是我们所要研究和关注的对象。正如希利斯·米勒指出：

---

① ［美］希利斯·米勒：《全球化时代文学研究会继续存在吗》，《文学评论》2001 年第 1 期。

② Jacques Derrida,*The Post Card, From Socrates to Freud and Beyond*, trans. Alan Bass, Chicago & London:The University Of Chicago Press,1987,p.197.

③ ［美］希利斯·米勒：《全球化时代文学研究会继续存在吗》，《文学评论》2001 年第 1 期。

④ ［美］希利斯·米勒：《全球化时代文学研究会继续存在吗》，《文学评论》2001 年第 1 期。

（文学）虽然从来生不逢时，虽然永远不会独领风骚，但不管我们设立怎样新的研究系所布局，也不管我们栖居在一个怎样新的电信王国，文学——信息高速路上的坑坑洼洼、因特网之星系上的黑洞——作为幸存者，仍然急需我们去"研究"，就是在这里，现在。①

虽然文学的时代已经过去，但是文学并没有远去。注意这里所说的是"文学的时代"而不是"文学"，我们确实曾经有过那个称之为文学的时代，那个文学阅读让人如痴如醉的时代，那个手抄本作品不胫而走、争相传阅的时代。如今那个时代不再复还，文学作为精神食粮已不再成为大众必然的阅读诉求。这是因为我们处在一个信息化时代，我们被各种媒介及媒介文化包围。它以更加强大的力量影响或改变人们的生活，改变文学的形态。就像越来越多的人正享受着"电子爱情"那样，而今文学也以电子化数字化形式描述自身的存在，这就是我们所面对的当代文学现实。

二、大众文化背景下的流行写作

当下的流行写作是在大众文化背景下产生的。当大众拥有自己的表达媒介时，那么流行写作这一现象也就自然地发生。从各种类型的网络文学到手机文学，从博客写作到微博写作，从"凡客体"到"非凡体"等等，网络似乎从来就不甘寂寞，流行着各种样态的写作，并不断汇成时段性的写作时尚。这里所说的流行写作，并没有作为一个独立的概念而提出，则是从其传播的广泛性及所产生的社会效应而言的。

新世纪以来，各种类型小说如玄幻、都市、言情等便成为当今文学的流行形态。从网络发布到纸质出版，这些类型小说大行其道。类型化已成为文学生产和消费的主要模式，作者写作根据类型确定题材，网站经营按

---

① ［美］希利斯·米勒：《全球化时代文学研究会继续存在吗》，《文学评论》2001年第1期。

照类型划分板块，纸质出版凭借类型占领市场，读者消费也由类型引导。可以说，类型主导了当下文学的发展，也使得类型文学成为流行文学。在当下文学格局中，青春文学可以算是一个特别的门类。青春文学从世纪之交一些青年作者的个人化写作发展到现在所拥有的产业化生产机制，可以说体现了当下文学的流行元素。青春与幻想、伤感与华美的文学情调，与处于青春成长期读者的阅读需求相吻合，而商业化或产业化的策划和运营作为市场的推手，一直助推青春文学的生存和发展。以郭敬明为代表的青春文学，一直以畅销书的姿态在文学市场占据较为可观的份额，亦可说明青春写作在当下的流行。

如果说青春文学是文学和商业结合的成功范例，那么博客写作则是媒介技术与个人写作的联结样板形态。博客写作作为个人网络写作自 2003 年产生，一直流行至今。博客写作之所以流行，正如被誉为中国博客之父的方兴东所言："博客的出现集中体现了互联网时代媒体界所体现的商业垄断与非商业化自由，大众化传播与个性化（分众化，小众化）表达，单项传播与双向传播三个基本矛盾、方向和互动。这几个矛盾因为博客引发的开放源代码运动，至少在技术的层面上得到了根本的解决。"[①] 虽然事实上这些矛盾并没有得到根本解决，但它一直作为三种张力存在于博客写作中，并推进博客写作的发展。博客写作意义在于："它是写作民主化的一次全民行动，也是消费时代将"写作"变为消费品的一种尝试。"文学"在很大程度上蜕变为一种"行动"，一种使用和操作，一个动词，一种对网络技术的参与和响应，一种新的感性体验形式。"[②] 如果说网络为文学作了更为大众化的普及，那这种普及毕竟还限于文学写作，而博客的出现，使博客写作成为更加具有大众文化意义的写作，而不仅是文学写作。写作多向度展开，便成为一种流行时态。继博客之后产生的微博平台，更是将全民写作推向新的阶段并成为当下最为流行的写作形态。当下微博写作及其传播已参与到社会生活的各个方面，从政府的政务公开、新闻发布，到个人的观

---

① 方兴东、王俊秀：《博客——e 时代的盗火者》，中国方正出版社 2003 年版，第 5 页。

② 蒋述卓、李凤亮：《传媒时代的文学存在方式》，广西师范大学出版社 2010 年版，第 134 页。

点表达、感想抒发，微博写作都发挥了重要作用。可以说，微博在促进社会民主化、信息公开化、写作大众化方面引领了时代潮流。微博写作的实时性、碎片化、信息化等特点，正体现了信息时代人们写作和阅读的基本诉求。

当下的流行写作还有一种有趣的现象值得注意，就是屡有时段性很强的"XX体"写作的风行。如2010年凡客诚品（VANCL）推出青年作家韩寒和青年偶像王珞丹出任形象代言人，韩寒的广告词"爱网络，爱自由，爱晚起，爱夜间大排档，爱赛车；也爱59块帆布鞋，我不是什么旗手，不是谁的代言，我是韩寒，我只代表我自己。我和你一样，我是凡客。"引起了公众注意。因韩寒和王珞丹的凡客体式广告词戏谑主流文化，彰显该品牌的自我路线和个性形象，表达另类，受到网民的欢迎和模仿。随即网络上出现了大批恶搞"凡客体"的帖子。如"爱碎碎念，爱什么都敢告诉你，爱大声喊'爱爱爱'，要么就喊'不爱不爱不爱'，请相信真诚的广告创意永远有口碑，我不是'某白金'，或者'某生肖某生肖某生肖'，我是凡客体"。继凡客体之后，2011年年底，孟非、伊一等六位名人的奥康"一路我享"系列广告片，创新的广告形式引起关注。此广告激起了网友的模仿热情，网友们在原有广告文体形式上结合时事、热点进行了热情的再创造。"一路我享"的广告意涵被迅速延伸成为一种新的流行语："这个世界上没有凡客，每个人都有非凡的故事。"等等。从"凡客体"到"非凡体"，包括其他"ＸＸ体"的流行，都道出了最为彻底的大众化写作精神。在平凡的人生中，追求自我人生价值，而戏谑、游戏、娱乐、反讽、幽默等手法，则是这些流行话语的风格化表达。

每个时代都有自己的流行写作，且每个时代的流行写作都会鲜明地表征时代的特色。我们这里所谈的流行写作主要是指新世纪以来广为传播并产生一定社会效应的一些写作形态，无疑这些写作形态都具有媒介化、消费性、大众化等特征。

写作从来就与媒介发生着联系，但只有当网络媒体成为写作尤其是流行写作的一个重要媒介时，写作媒介化才成为其现实。第一，网络媒介改变了传统写作的生产方式。纸媒印刷时代的写作作为个人化行为，从写作到发表受到一系列因素的制约，使得写作及其传播的空间非常狭小。而网络媒体的开放性和自由性大大解放了写作的生产力，不管是微博和论坛的个人自主化写作，还是网络文学创作，网络都为写作和传播创造了极其便利的条件，这使无数人成为网络的写手。他们依靠网络不断推出自己的作品。单从各种类型的网络文学来说，无论是生产的规模还是生产的数量以及传播的效应，都是纸媒文学难以企及的。而流行写作更是借助于网络媒体形成一定的流行态势，也可以说流行写作在很大程度上是一种网络写作。第二，网络媒介引导写作的流行。在网络出现之前，作者的写作在很大程度上是独立的，较少受到外部因素的制约。而在网络中，作者写作有很强的在场性，他既是读者（听者）也是写者（言者），写作在互动中进行。要使自己作品获得认可，必须迎合读者的喜好。网络写作的风向标来自点击率，点击率制导着流行趋势。麦克卢汉说媒介即信息，意即媒介不仅仅是科技手段，媒介本身就是一种文化。今天大众的思想、生活方式包括阅读写作的取向都深受媒介文化的影响。所谓的流行写作便是由媒介文化主导的公众话语的表达。

自从 1990 年代至今，中国社会经历了由生产型社会向消费型社会的重大转型，消费制导着社会成员的物质和文化生活。鲍德里亚说：

> 消费的真相在于它并非一种享受功能，而是一种生产功能——并且因此，它和物质生产一样并非一种个体功能，而是即时且全面的集体功能。……消费是一个系统，它维护着符号秩序和组织完整：因此它既是一种道德（一种理想价值体系），也是一种沟通体系、一种交换结构。①

鲍德里亚强调了消费的生产功能，亦即在消费社会，公众的消费需求在很

---

① ［法］让·鲍德里亚：《消费社会》，刘成富等译，南京大学出版社 2008 年版，第 60 页。

大程度上是被生产或制造出来的，生产不仅在生产产品，也在生产着消费。更为重要的是，消费已作为一个社会系统而存在，控制着社会意识形态以及物质生产与交换等等。在艺术生产领域，"消费逻辑取消了艺术表现的传统崇高地位。严格地说，物品的本质或意义不再具有对形象的优先权了。它们两者再也不是互相忠实的了：它们的广延性共同存在于同一个逻辑空间中，在那里它们同样都是（在它们既相互区别又相互转化相互补充的关系中）作为符号'发挥作用'"。① 消费逻辑对艺术的支配，使得艺术品的"光晕"不复存在，消费完成了最艺术的"去魅"，写作亦然。写作的消费性质主要表现在，写作不再被看成是具有特权意义的精神生产。作为商业生产劳动，写作受商品规律支配，内在地服从于写作者自身和公众的消费需求，尤其是流行写作必须迎合大众文化口味，才能充分实现其文化消费品价值。总而言之，作为一种文化生产，流行写作具有双重生产的属性。以精神生产而言，写作往往以娱乐消遣性的作品来满足大众的精神需要；从物质生产来讲，写作追求的是商业价值而非艺术品质。在消费时代，这两种生产价值是统一的，即商业价值往往体现于作品的娱乐消费价值追求上。

流行写作的兴起，表明我们进入了一个大众化写作时代。在网络媒体中，人人都可以通过写作来表达大众话语，这就是今天大众文化强势力量所在。流行写作既在大众文化背景下发生，又作为大众文化的一个部分而存在，它体现着明显的大众化特征。

首先，流行写作是一种"无名"写作，写作虽然是个体行为，但这一个体已不再是那个具有独一无二意义的作家，也不是"私人化写作"的作者。无论是各种类型文学还是一些流行体段子，作者的名字已不重要。即使如韩寒、郭敬明，其名字也只具有商业价值，或者说，他们仅是青春文学这一产品的符号和品牌。当作者失去个人身份价值时，写作也就失去了个性化意义，成为一种公众行为。应该说今天的大众才是流行写作的主

---

① ［法］让·鲍德里亚：《消费社会》，刘成富等译，南京大学出版社 2008 年版，第 104 页。

体，且看网络文学作者用的都是网名，便可领会其中之奥秘所在。人类文明史上从未像今天这样，大众走到了文化的前台，且这一舞台众声喧哗，万民狂欢。

其次，当作者失"名"之时，也就意味着写作失去个性化意义。事实上，如类型文学、青春文学生产已进入产业化生产格局，按照设计流程生产文化产品，这导致了产品同质化现象。虽然，产业化生产也在追求个性，但这种个性是虚假的，表面上个性各异，实际上其内涵与意蕴则是雷同的。流水线上批量复制生产出来的产品取消了个性，或者说个性与工业生产是相悖的关系，关于此，霍克海默和阿道尔诺指出："在文化工业中，个性就是一种幻想。这不仅是因为生产方式已经被标准化，个人只有与普遍性完全达成一致，他才能得到容忍，才是没有问题的。"①

再次，作为大众文化价值的体现，流行写作的主导原则是娱乐。当今大众文化几乎与"娱乐"画上了等号，而"娱乐至上"也让流行写作与传统意义的写作划清了界限。美国学者斯捷潘·梅斯特罗维奇认为，我们今天的社会已经进入了"后情感"时代，在后情感时代，只有"快慰"才是最好的感情商品。"快慰规范"成了后情感文化的重要特征，只要快乐和舒适，不要沉重和压抑。它追求的不再是美、审美、本真、纯粹等情感主义时代的"伦理"，而是强调日常生活的快乐与舒适，即使是虚拟和包装的情感，只要快适就好。流行写作正是在书写"快慰"中确立了自己的写作价值。

当我们从媒介化、消费性和大众化等方面来考察流行写作时，也就表明流行写作是这个时代的必然。无论流行写作所产生的作品属于文学范畴还是介于文学与非文学地带，我们都可以这样认识，即当代的流行写作就是一种由大众文化、媒介文化和消费文化主导的书写现象。从文化而非文学的属性来认识流行写作，这对文学而言有特别的意味。新世纪以来，文学的疆域既有缩小也有扩大。传统文学在很大程度上被看成是真正意

---

① ［德］马克思·霍克海默、西奥多·阿道尔诺：《启蒙辩证法·哲学断片》，渠敬东等译，上海人民出版社 2006 年版，第 140 页。

义的文学，其生存空间越来越小，而网络小说、诗歌创作却从未像今天这样红火，青春文学也一直占据文学市场的较大份额，这就是文学的"另一半"。"另一半"的兴旺以及博客、微博、手机小说、短信、广告语的流行，又拓展了文学的存在空间。或者说，文学从自身逃出，衍生了诸多变体，而这些变体具有亚文学属性。诸多文学变体的出现，既可以看作是文学在当代自身形态的蜕变和衍生，也可以视作日常生活审美化和艺术审美泛化的产物。尽管对日常生活审美化有人还存在一定的偏见，艺术审美泛化也会被崇尚艺术经典者哀叹，但是艺术从高高的殿堂走向大众，而不是被少数阶层和少数人所垄断，这本身就代表着时代的进步。在大众文化盛行的当代，美更理应属于大众，这样美才有更强的生命力。审美需要距离，并不意味着美脱离生活。或者说，美泛化于日常生活，虽然可能会在一定程度上降低人们的审美水准，但从另一方面看，日常生活审美化反映了大众的审美诉求，将美应用于生活，美化生活，让人们在生活中感受美、欣赏美，不仅能提高大众的审美素养，而且使美和艺术的功能得到发挥。在这一点上，本雅明有比较客观的认识，他认为在机械复制时代，以电影等为代表的现代机械复制艺术的诞生，虽然使得传统艺术的"光晕"消失，但因为它把艺术品"从其祭典仪式功能的寄生角色中得到了解放。愈来愈多的艺术品正是为了被复制而创造"①，从而使得艺术的功能、价值以及接受都发生了转变。而流行写作就是在失去艺术"光晕"的同时，拥有了大众，从而也拥有了自身。我们正是在这一意义上来研究流行写作的价值，以及它的生产和消费机制。

三、现代传媒与文学形态的变化

媒介作为人类文化中的动态因子既是文化的构成部分，又外显为特定时代的文化标识，以至于"在当代社会，公众往往接受媒体所呈现的社会

---

① ［德］瓦尔特·本雅明：《迎向灵光消逝的年代——本雅明论艺术》，许绮玲等译，广西师范大学出版社 2008 年版，第 65 页。

现实，因此，当代文化实际上就成了'媒体文化'"①。所谓媒体文化，表明媒体在当今时代所具有的话语权力，换言之，媒介即讯息，亦即文化。美国社会学家曼妞尔·卡斯特说：

> 我们的媒介是我们的隐喻，我们的隐喻创造了我们的文化内容，由于文化经由沟通来中介和发动，因而文化本身，亦即我们在历史上创造出来的信念与符码系统受到新技术系统的影响而有了根本的转变，这种转变会随着时间的推移日益加剧。②

回顾人类文明的发展进程，马克·波斯特从"信息方式"角度对之作了划分，他认为："每个时代所采用的符号交换形式都包含着意义的内部结构和外部结构，以及意义的手段和关系。信息方式的诸阶段可以试作如下标示：面对面的口头媒介的交换；印刷的书写媒介的交换；以及电子媒介的交换。"③关于电子媒介的交换，他又将其分为"第一媒介时代"和"第二媒介时代"，前者指电影、广播、电视等为媒介的"播放型传播模式盛行时期"，后者指互联网带来的"双向型、去中心化"的传播方式为主的时期。概括讲来，人类文明进程经历了口语传播、印刷传播、电子传播和网络传播四个阶段。显然当今社会已进入了网络传播阶段，即第二媒介时代。尽管在这个阶段，印刷传播和电子传播依然存在并发挥重要的传播功能，但不可否认，这是一个"网络为王"的时代。因而可以说今天的媒体文化，实质上是指以计算机为代表的新兴媒体构建的网络文化。一方面它并不排斥印刷媒介文化和电影、广播、电视的媒体文化，因为"没有一种媒介具有孤立的意义和存在，任何一种媒介只有在与其他媒介的相互作用中，才能实现自己的意义和存在"④；另一方面，网络媒体在当今的各种媒介

---

① [美] 戴安娜·克兰：《文化生产：媒体与都市艺术》，赵国新译，译林出版社 2001 年版，第 4 页。

② [美] 曼妞尔·卡斯特：《网络社会的崛起》，夏铸九等译，社会科学文献出版社 2001 年版，第 407 页。

③ [美] 马克·波斯特：《信息方式》，范静晔译，商务印书馆 2001 年版，第 13 页。

④ [加] 马歇尔·麦克卢汉：《理解媒介——论人的延伸》，何道宽译，商务印书馆 2007 年版，第 56 页。

中无疑发挥着更为强大和广泛的传播功能，网络媒体传播已渗入社会生活的各个方面，并在建构着当代的媒体文化语境。这就是我们今天面临的现代传媒语境，由多种媒体构成并被网络媒体所主导和影响的文化环境。

现代传媒之于文学的意义首先在于，它改变了文学的存在方式。"毋庸置疑，在当今的 E 时代，每一种新的技术和载体的生成，都有可能生成一种新型而特殊的文学存在形式，读者和参与者轻而易举地被制造出来；同样，任何一种电信技术的文化都呼唤着前所未有的、声势浩大的文学行动和文学参与，它所显示的独特的文化景观及其投入的快感、精力和热情，已经超出传统文学史的描述能力和范围，数字技术如果没有文化和文学的参与，只是一种空洞的外壳。"①关于文学存在方式，单小曦《现代传媒语境中的文学存在方式》一书作了较为充分的研究，它将文学存在方式分为动态和静态两个方面。文学动态存在方式由世界、作家、作品、读者等要素和作家创作、作品流通、读者接受等环节组成，文学静态存在方式则以文学作品存在结构为内容。那么现代传媒语境中的文学存在方式与以前相比发生了怎样的变化？作者认为，在传统社会，由于传媒没有表现出很强的制约力量，文学作品的创作、流通、接受被预设为是畅通无阻的，随着现代传媒文化时代的到来，现代传媒在文学存在方式中的构成性地位日益显露。"今天的实际情况是：'世界——作家——作品——读者'的双向交流的动态过程并不是直接的和畅通无阻的，在每两个环节之间都存在着传媒的制导力量。"②这种制导力量在改变着文学。正如麦克卢汉"媒介即信息"那句名言所指，媒介不仅是作为媒介而存在于外在形态，而且以媒介来改变其自身内部形态："'媒介即信息'对于我们拟进行的对电子媒介与文学的关系考察来说，有两个方面的意义：其一是新媒介通过改变文学所赖以存在的外部条件而间接地改变文学；其二是新媒介直接地重新组织了文学的诸种审美要素。"③

---

① 蒋述卓、李凤亮主编：《传媒时代的文学存在方式》，广西师范大学出版社2010年版，第146页。
② 单小曦：《现代传媒语境中的文学存在方式》，中国社会科学出版社2008年版，第187页。
③ 金惠敏：《媒介的后果——文学终结点上的批判理论》，人民出版社2005年版，第33页。

那么，我们先来看新媒介使文学传播方式发生了怎样的改变。在印刷文化时代，文学传播受到物质条件比如纸张和出版的限制，而只能成为少数人的生产专利。本雅明说：

> 数世纪以来，作家只占少数，面对的是数万的读者。直到上个世纪末情况才有了转变。随着新闻业的扩展，不管是来自政治、宗教、科学还是各行业或地方等各种新团体组织的读者，都积极运用登报机会，于是有愈来愈多的读者——起初仅偶尔为之——转而成为作者。——如此一来，作者与读者的基本差异就越来越小，只剩下功能上的不同，而且会随情况改变。无论何时，读者都随时可变为作者。[①]

如果说因新闻业的发展，读者成为作者，仅存在功能上的差异；那么，到了今天由于网络的普及，更使无数的读者成为作者，且连功能的差异也消失了。纸质文学时代，写作是专门化的职业，表现了作者的特殊功能；而在网络世界里，任何人都有写作和发布的权利，无须专门化的职业训练，"文学能力不再奠基于专业训练，而在于综合科技，因此变成了公有财产"[②]，文学成为了大众文学。在印刷文化时代，虽然有通俗文学或大众文学，但高雅文学或称精英文学才是文学的正宗。到了现阶段，网络文学得到了迅猛发展，不仅占据了文学的半壁江山，而且以一种新媒体的姿态言说在当下文学中所占据的重要位置，文学从未像今天这样被大众所拥有。尽管现今仍有不少人对网络文学持有偏见，尤其是在学院派那里，认为网络文学的品位和质量都不能与传统意义上的文学相提并论。但我们不得不承认，在纸媒文学的读者越来越少的今天，网络文学却以更加平民化的姿态容纳更多的人参与文学行动。因而我们可以说，如果说文学不景气，那

---

① [德] 瓦尔特·本雅明：《迎向灵光消逝的年代——本雅明论艺术》，许绮玲等译，广西师范大学出版社 2008 年版，第 78 页。
② [德] 瓦尔特·本雅明：《迎向灵光消逝的年代——本雅明论艺术》，许绮玲等译，广西师范大学出版社 2008 年版，第 78 页。

是传统的文学不再风光；网络文学却呈现了众声喧哗的景象。在某种意义上，网络文学是这个时代最具标志性的文学形态。

现代传媒不仅改变了文学的传播方式，也改变了文学自身形态。比如就叙事来讲，它本是一种线性的意义单位，但是"在科技时代，诸如叙事和论述之类的线性意义单位被压缩为诸如信息和通信单位之类简化的、非延伸的与非线性的意义形式，我们通过简化的信息单位来知解。"① 实际上，文学在这个时代也被信息化了。文学信息化的结果就是讲故事艺术的衰落。本雅明指出：

> 　　在充分发达的资本主义社会，新闻业是它最重要的工具。不论新闻报道的源头是多么久远，在此之前，它从来不曾对史诗的形式产生过决定性的影响；但现在它却真的产生了这样的影响。事实表明，它和小说一样，都是讲故事艺术面对的陌生力量，但它更具威胁；而且它也给小说带来了危机。②

他认为，公众最愿意听的已不再是来自远方的消息，而是使人得以把握身边事情的信息。讲故事往往借助于奇迹，而让人听着可信却是信息必不可少的条件。因此，信息与讲故事在本质上是格格不入的。如果说讲故事的艺术已变得鲜为人知，那么信息的传播在其中起了决定性的作用。

现代传媒不仅造成文学信息化，还使叙事与生活的界限正趋于弥合。美国学者阿瑟·阿萨·伯格曾就叙事与日常生活的区别作了分别概括：叙事（通过中介）与日常生活的区别是虚构的／真实的，有开头中间结尾／都是中间，集中／分散、冲突激烈而持续／冲突缓和而散乱，每个故事各不相同／重演，对结局的好奇／目标模糊，以充满事件为基础／以没有事件为基础，模仿生活？／模仿艺术？③ 这些区别本来使得虚构的叙事和真实

---

① [英]斯各特·拉什：《信息批判》，杨德睿译，北京大学出版社2009年版，第35页。
② [德]瓦尔特·本雅明：《本雅明文选》，陈永国译，中国社会科学出版社1999年版，第309页。
③ [美]阿瑟·阿萨·伯格：《通俗文化、媒介和日常生活中的叙事》，姚媛译，南京大学出版社2006年版，第139页。

的日常生活泾渭分明，但如今，叙事与日常生活相互渗透、相互影响。一方面叙事日常生活化，变得琐碎、分散、去中心化；另一方面日常生活也涉入叙事手法和成分，比如广告语中的叙事运用。文学（艺术）与生活界限的弥合促使了更多亚文学类文本的生成。尽管各个时代都有亚文学类文本存在，但从未像今天这样，亚文学类文本以自身独特的存在方式，彰显着媒介文化的话语力量。

本书正是基于现代传媒导致当下文学形态衍化和裂变的现状，研究亚文学的文本特征以及亚文学生产与消费的相关理论和现实问题。大致内容和逻辑结构如下：

本书第一章首先从文学性方面入手，重点分析文学性在文本中的运动变化状态，并从文学性和文化形态两个维度为亚文学命名，指出一定的文学性和流行文化的特征是亚文学应该具备的双重要素。文学性是亚文学的内在属性，流行文化则为亚文学的外在表征。因而可以将亚文学定义为：亚文学是指具有一定的文学性却不能构成或达到审美自足性的一种流行写作形态。第二章以马克思的艺术生产理论为指导，概述当今文学生产与消费的相互作用及其现状，并运用符号学理论解读当下文学的消费神话。第三章以盛大文学为例，分析资本对现今国内文学生产的介入，指出资本逻辑在文学产业化生产中所起的支配作用，并阐述文学越界与亚文学生成的理论问题。第四、五两章围绕网络类型小说的文本特征以及类型小说生产实际状况展开深入研究。列举并分析当下国内最大的文学网站——起点中文网的生产经营策略，以深入解剖网络类型小说的生产机制。本书基于网络游戏小说作为游戏与文学联姻的特殊样态，将网游小说专列一章，探讨网游小说的发展历程以及网游小说创作心理机制与内容设定，描述当下网络游戏与网游小说产业化链接的生产态势。第七章则就博客写作与审美泛化问题进行专门讨论，重点考察博客写作的生产与消费状况。第八章从手机阅读角度出发，研究阅读方式变化与文学发展的关系。文学阅读从纸本阅读发展到手机阅读以及平板电脑和专用阅读器阅读不仅是阅读载体及阅读方式的改变，实际上也是文学形态在信息化时代产生重大变革的外在呈现。从出版产业发展来说，伴随移动阅读用户的迅速增长，数字出版已形成规模性的产业结构和效益。

　　通过以上各章的设置和内容的研究，作者希望表明：当代亚文学无论其文本形态还是生产和消费都与现代传媒有着密切关联，现代传媒带给这个社会巨大的变革，这其中也包括文学和亚文学的变化。

第一章

文学与非文学之间的亚文学

一、文学与亚文学

1. 文学

要认识亚文学，首先就得认识文学。什么是文学？这似乎是不言而喻的问题，但它确实是从柏拉图和亚里士多德论文学以来的文学理论中的一个核心问题。这也是文学理论研究的一个逻辑起点，或者说是文学研究中的元问题。然而至今这一问题并没有一个权威性的答案，而它作为文学研究首先面临的问题又是必须要探讨的。让我们先从文学的定义开始去触及文学的本质，因为定义就是用最简单的语言对事物的本质予以最明了的概括。

关于文学的定义，不同的文学理论会有不同的解释，而词典、辞书的解释往往简明扼要，也相对客观准确。《现代汉语词典》对"文学"的解释是："以语言文字为工具形象化地反映社会生活斗争的艺术，包括戏剧、诗歌、小说、散文等。"① 这个定义显然过于简单。《牛津文学术语词典》对"文学"的解释比较全面，援引如下：

> 文学。一种书面的文字作品，或者同题材相关（如电脑文

---

① 中国社会科学院语言研究所词典编辑室编：《现代汉语词典》，商务印书馆1981年版，第1193页。

学），或者同语言相关（如俄语文学），或者同主流文化相关。在最后一种定义上，"文学"被视为包括口头的、戏剧的，以及广义的写作，这种写作可能还没有以书写或打印的形式出版，但是它已经（或者应该）被保存起来。自19世纪以来，广义的，作为书写或打印著作的整体意义上的文学，已经被更严格定义的文学所取代，这种文学的批评标准是：想象力、创造力或艺术价值，常常是指一部缺少现实指涉的著作。甚至更限指学院机构所研究的诗歌、戏剧和小说。直到20世纪中叶，许多非虚构性的写作，如哲学、历史、传记、批评、地理志、科学和政论等，都被算作文学。这种更为广义的对文学的定义，暗含的是：作为作品，无论何种原因，都应该作为对特定文化的当下意义的再现而被保存下来（不像报纸，它属于用完即扔的东西）。相对于那种试图把文学（创造力、想象力、虚构性、非现实性）同现实性的写作或者更实在的宣传、演说和训教区分开来的方法，这种意义上的文学更有可行性。俄国形式主义者试图根据语言学来定义文学性，这种离经叛道在诗学理论中有重要的意义，但是他们并没有研究更为困难的非虚构的散文形式的问题。[①]

这一解释基本概括了"文学"在不同历史时期人们对其认识发生的变化，它主要涉及文学的多方面所指：一是严格定义的文学，即通常所说的狭义的文学，指那些具有想象力、创造力、虚构性、非现实的作品如诗歌、戏剧和小说等。二是广义的文学，包括口头的、戏剧的，以及广义的写作。三是更具广泛意义的文学，是特定文化的当下意义的再现，文学存在于哲学、历史、传记、批评之类中。文学从广义到严格意义再到更广义的变化，说明文学本身属性的复杂和不确定性，它随着时代的变化而不断变化和演进。不同的时代对文学的认识是有区别的。即使在同一时代，人们也

---

① Chris Baldick, *Oxford Concise Dictionary of Literature Terms*,Shanghai Foreign Language Education Press,2000,p.124.

因文学自身属性呈现的程度及方式的不同，而予以文学不同的理解。这里我们要追问的是什么是文学的自身属性？自身属性即"物自身"，"与客观对象不一样，物自身这个词意味着对所有关系状态的消解或悬搁，意味着什么都不是，只是它自己，文学就是文学，文学性就是文学自足性，就是文学本体。"①这也就是说，文学的自身属性就是文学性，而文学性作为文学的本质属性，只能在文学本身寻找，而不应到文学之外寻求。

关于文学的本质，韦勒克、沃伦在其《文学理论》一书中予以专章阐述，对于什么是文学，什么不是文学作了较为充分的分析。在韦勒克、沃伦看来，文学从根本意义上说是虚构的想象性写作：

> 如果我们承认"虚构性"（fictionality）、"创造性"（invention）或"想象性"（imagination）是文学的突出特征，那么我们就是以荷马、但丁、莎士比亚、巴尔扎克、济慈等人的作品为文学，而不是以西塞罗、蒙田、波苏埃或爱默生等人的作品为文学。不可否认，也有界于文学与非文学之间的例子，像柏拉图的《理想国》那样的作品就很难否认它是文学，另外那些伟大的神话主要是由"创造"和"虚构"的片段组成的，但同时它们主要又是哲学著作。②

韦勒克认为文学的本质是虚构性、创造性或想象性，并以此为标准区分文学与非文学，显然是从严格意义上界定文学的。但是，他对文学的理解又是采取包容的态度，认为诸如杂文、传记这些介于文学与非文学之间的过渡形式和更多运用于修辞手段的文字也是文学。不过，韦勒克进而指出："我们还必须认识到艺术与非艺术、文学与非文学的语言用法之间的区别是流动性的，没有绝对的界限。美学作用可以推展到种类变化多样的应用文字和日常言辞上。如果将所有的宣传艺术或教谕诗和讽刺诗都排斥于文学

---

① 王乾坤：《文学的承诺》，生活·读书·新知三联书店 2005 年版，第 38 页。
② [美]韦勒克、沃伦：《文学理论》，刘象愚等译，生活·读书·新知三联书店 1984年版，第15页。

之外，那是一种狭隘的文学观念。我们还必须承认有些文学，诸如杂文、传记等类过渡的形式和某些更多运用于修辞手段的文字也是文学。"① 针对不同时期美感作用的领域并不一样的情况，韦勒克认为：

> 看来最好只把那些美感作用占主导地位的作品视为文学，同时也承认那些不以审美为目标的作品，如科学论文、哲学论文、政治性小册子、布道文等也可以具有诸如风格和章法等美学因素。但是，文学的本质最清楚地显现于文学所涉猎的范畴中，文学艺术的中心显然是在抒情诗、史实和戏剧等传统的文学类型上。它们处理的都是一个虚构的想象的世界。小说、诗歌或戏剧中所陈述的，从字面上说都不是真实的；它们不是逻辑上的命题。②

这段话一方面点明了文学的特性即文学性所在，一方面也指出了一个事实，即存在着介于文学与非文学之间的文本。这在一定意义上为我们研究亚文学文本奠定了理论基础。

与上述两例文学解释类似的，是童庆炳主编的《文学理论教程》，该书从广义文学、狭义文学和折中义文学三个方面来阐释文学的含义：

> 广义文学是一切口头或书面语言行为和作品的统称，包括今天所谓文学和政治、哲学、历史、宗教等一般文化形态。
>
> 狭义文学才是今日通行的文学，即包括情感、虚构和想象等综合因素的语言艺术行为和作品，如诗、小说、散文等。这种文学与音乐、戏剧、绘画、雕塑、书法、电影等一起被称为"美的艺术"。
>
> 介乎广义文学与狭义文学之间而又难以归类的口头或书面语

---

① [美]韦勒克、沃伦：《文学理论》，刘象愚等译，生活·读书·新知三联书店1984年版，第13页。
② [美]韦勒克、沃伦：《文学理论》，刘象愚等译，生活·读书·新知三联书店1984年版，第13页。

言作品，可以称为折中义文学。换句话说，折中义文学是对介乎广义文学与狭义文学之间的难以确切归类的口头或书面语言行为和作品的概括。①

这三种不同含义揭示出不同的文学观念：其一，从文化角度来看待文学，即把文学看成是一种文化形态，这与《牛津文学术语词典》对文学广义的解释相近；其二，从审美功能考察文学，认为文学是"美的艺术"，这也是韦勒克《文学理论》的观点；其三，值得注意的是提出了"折中义文学"这一文学类型，相当于韦勒克《文学理论》中所说的文学与非文学之间的作品，亦即我们所说的亚文学。折中义文学的出现，乃是因为义学与非文学界限或广义文学与狭义文学界限的模糊。那么如何确定折中义文学呢？《文学理论教程》认为：

> 当狭义文学和审美的文学观念确立并具有普遍有效性以后，某些介乎广义文学和狭义文学之间的现象。如某种新文体、边缘文体或实验文学，往往难以按确定标准归类，而只能按某种惯例去加以模糊的或相对的界说。而惯例是指人们在使用文学概念时，有意或无意地遵循或建立的某种未经言明而又约定俗成的规范。②

《文学理论教程》试图通过惯例来区别文学与非文学，既有一定的可行性，也存在一个理论确认问题。

其实，对于究竟什么是文学，一直存在着不同的认识。英国著名文学理论家特雷·伊格尔顿在其著作《二十世纪西方文学理论》导言中，以"文学是什么？"为题，详尽地梳理了关于文学的种种定义，这里不妨作一简要引述。

---

① 童庆炳主编：《文学理论教程》，高等教育出版社 1998 年版，第 49、50、50 页。
② 童庆炳主编：《文学理论教程》，高等教育出版社 1998 年版，第 53 页。

伊格尔顿首先认为将文学"定义为虚构（fiction）意义上的'想象性'（imaginative）写作——一种并非在字面意义上追求真实的写作。但是，只要稍微想一想人们通常用文学这一标题所概括的东西，我们就会发现这个定义是行不通的。"[①]他通过列举一些著名的并不具有虚构性和想象性而被看作是文学的文本说明"事实"与"虚构"的区分对于判断文学与否似乎并无多少帮助。他还指出，在16世纪末与17世纪初的英国文学中，小说一词似乎被同时用于指称真实的和虚构的事件，而且甚至新闻报道也很少被认为是事实性的。小说和新闻报道既非全然事实，也非全然虚构，那么对这些范畴的明确区分在此根本就不适用。伊格尔顿这个看法应该说是针对上述以韦勒克为代表的将虚构性、想象性作为文学根本特征的观点而言的。

接着，伊格尔顿围绕俄国形式主义者的文学观作了阐释。在形式主义者那里，文学的定义并不在于它的虚构性或想象性，而是因为它以种种特殊方式运用语言。文学是一种写作方式，代表一种"对普通语言所施加的有组织的暴力"（罗曼·雅各布逊）。文学改编和强化普通语言，系统地偏离日常言语。对此，伊格尔顿着重分析梳理和"使陌生"造成语言的诗性之美在文学和非文学语境中的表达效果，从而推出自己对"文学"的理解：

> 文学是"非实用"话语：与生物学教科书或写给送奶人的便条不同，它并不服务于任何直接的实际目的；相反，文学应该被认为是指涉各种事情的普遍状态的，有时——尽管并非总是——它可能会利用特殊语言，就好像是有意要显示这一事实似的，……文学是一种自我指涉的语言（self-referential language），即一种谈论自身的语言。[②]

但是，伊格尔顿就此认为，由这一"定义"得出的结论必然是，事实上不

---

① [英]特雷·伊格尔顿：《二十世纪西方文艺理论》，伍晓明译，北京大学出版社2007年版，第1页。
② [英]特雷·伊格尔顿：《二十世纪西方文艺理论》，伍晓明译，北京大学出版社2007年版，第7页。

可能给文学一个"客观的"定义。这样，为文学下定义就变成了一个人们决定如何去阅读的问题，而不是去判定所写事物之本质的问题。

值得注意的是，伊格尔顿对所谓文学本质的看法，他说：

> 在由于各种原因而被称为"文学"的一切中，想分离出一些永恒的内在特征也许不容易。事实上，这就像试图确定一切游戏所共有的唯一区别性特征一样地不可能。文学根本就没有什么"本质"。如果把一篇作品作为文学阅读意味着"非实用地"阅读，那么任何一篇作品都可以被"非实用地"阅读，这正如任何作品都可以被"诗意地"阅读一样。①

文学根本就没有什么本质，伊格尔顿这一观点与解构主义大师德里达对文学性的看法有其相似之处。德里达说："没有内在的标准能够担保一个文本实质上的'文学性'。不存在确实的文学实质或实在。"②因而，"从这一意义上说，'文学'纯粹是一种形式性的、空的定义。即便我们主张，文学是以非实用性的态度看待语言，我们也仍然没有触及文学的'本质'。"③那么是否可以将"文学"认为是一种被赋予高度价值的写作，即美文。伊格尔顿认为，价值判断是极为可变的。如果认为文学被定义为赋予高度价值的写作，就会得出文学不是一个稳定实体的结论。

最后，在通过对英国批评家理查兹试图证明文学价值判断是非常随意和主观的观点作反向性论证之后，伊格尔顿得出结论：

> 至此为止，我们不仅揭示了文学并不在昆虫存在的意义上存在着，以及构成文学的种种价值判断是历史地变化着的，而且揭示了这些价值判断本身与种种社会意识形态的密切关系。它们最

---

① [英]特雷·伊格尔顿：《二十世纪西方文艺理论》，伍晓明译，北京大学出版社2007年版，第8页。
② [法]雅克·德里达：《文学行动》，赵兴国等译，中国社会科学出版社1998年版，第39页。
③ [英]特雷·伊格尔顿：《二十世纪西方文艺理论》，伍晓明译，北京大学出版社2007年版，第9页。

终不仅涉及个人趣味，而且涉及某些社会群体赖以行使和维持其
对其他人的统治权力的种种假定。①

总之，伊格尔顿认为，如果把文学看作是一个"客观的"、描述性的范畴
是不行的，那么把文学说成只是人们随心所欲地想要称为文学的东西也是
不行的。因为这类价值判断完全没有任何随心所欲之处：它们植根于更深
层的种种信念结构之中，而这种结构就像帝国大厦一样不可撼动。

从伊格尔顿对文学定义的梳理和论述中可以发现，文学虽然难以有一
个确当的定义和衡量的标准，但文学作为一种存在是客观的，其价值判断
与社会意识形态有密切的关系。确定文学是客观存在，是我们认识亚文学
的理论出发点。而要认识亚文学，就得对文学性有一个简单的认识。

2. 文学性

什么是文学？什么不是文学？我们假设它们之间的界限是清楚的，那
么介于文学与非文学之间——"折中义文学"该如何确定？如果我们按照
《文学理论教程》所说的"惯例"来界定的话，那么所谓的"惯例"，正
如德里达所说的"惯例也仍然是不可靠的，不稳定的，并总是有待于修订
的"②。事实上，我们在判断一个文本是否为文学，往往凭的是艺术直觉，而
非标准和惯例。这个艺术直觉就来自于文学自身的属性——文学性。

在现代文学理论研究中，正是"文学性"问题构成了文学理论最为基
本的问题。乔纳森·卡勒指出：

直到文学批评和专业文学研究的兴起，文学特殊性和文学性
的问题才真正提出来了。19世纪末以前，文学研究还不是一项独
立的社会活动：人们同时研究古代的诗人和哲学家、演说家——
即各类作家，文学作品作为更广阔意义的文化整体的不可分割的

---

① [英]特雷·伊格尔顿：《二十世纪西方文艺理论》，伍晓明译，北京大学出版社2007年版，第14页。
② [法]雅克·德里达：《文学行动》，赵兴国等译，中国社会科学出版社1998年版，第39页。

组成部分而成为研究对象。因此，直到专门的文学研究建立后，文学区别于其他文字的特征问题才提出来了。①

需要说明的是，乔纳森·卡勒这一观点主要针对于西方文学理论而言。在中国早期社会，文史哲不分家，如汉代司马迁《史记》，就被鲁迅称为"史家之绝唱，无韵之离骚"。不过文学和文学研究作为专门性活动被分离出来远远要早于西方，如中国古代的"诗话"相当发达，这种较为纯粹的诗歌研究代表了中国古代文学理论研究的主要成果。再回到"文学性"问题上来，乔纳森·卡勒认为"提出问题的目的，并非一味追求'区分'本身，而是通过分离出文学的'特质'，推广有效的研究方法，加深对文学本体的理解，从而摒弃不利于理解文学本质的方法。"②

乔纳森·卡勒所说文学的特质，正是我们要讨论的"文学性"问题。关于文学性问题之于文学研究的重要性，他说：

> 文学性的定义之所以重要，不在于作为鉴定是否属于文学的标准，而是作为理论导向和方法论导向的工具，利用这些工具，阐明文学最基本的风貌，并最终指导文学研究。③

确如其言，文学性虽然是文学的内在属性，虽然可以有助于我们来判别文学与非文学，但它的根本意义在于其理论指导价值，亦即我们可以从文学性入手，认识文学，进行文学理论研究。事实上，文学性这一概念虽然内涵清楚，但置于文学本身，又是难以把握的。在德里达看来：

---

① [加] 马克·昂热诺主编：《问题与观点——20 世纪文学理论综论》，史忠义等译，百花文艺出版社 2000 年版，第 30 页。

② [加] 马克·昂热诺主编：《问题与观点——20 世纪文学理论综论》，史忠义等译，百花文艺出版社 2000 年版，第 30 页。

③ [加] 马克·昂热诺主编：《问题与观点——20 世纪文学理论综论》，史忠义等译，百花文艺出版社 2000 年版，第 29 页。

如果你进而去分析一部文学作品的全部要素，你将永远不会见到文学本身，只有一些它分享或借用的特点，是你在别处、在其他的文本中也能找到的，不管是语言问题也好，意义或对象（"主观"或"客观的"）也好。①

这段话不仅指出作为文学本质属性的文学性的不确定性，因而不存在确实的文学本体，也让我们认识到文学作为艺术门类，与其他文化的相互渗透和交叉的关系。正是在这一关系中，文学表明了自身存在，同时又以不确定的形式时隐时现，以至人们难以认定。德里达指出：

没有任何文本实质上是属于文学的。文学性不是一种自然本质，不是文本的一种内在物。它是对于文本的一种意向关系的相关物，这种意向关系作为一种成分或意向的层面而自成一体，是对于传统的或制度的——总之是社会性法则的比较含蓄的意识。②

这里德里达要凸显的是文本的意向关系，而文学性仅仅作为意向关系的相关物而存在。换言之，文学性不是文学决定自身存在的东西。当然德里达是从解构主义哲学角度来认识文学和文学性的，事实上他并不否认文学和文学性的客观存在。比如他说"文学是一种允许人们以任何方式讲述任何事情的建制"③，这句话既看出其对文学性的消解，又言明了文学的客观存在。

3. 亚文学

无论是乔纳森·卡勒对文学性问题的重视，还是德里达对文学性的消解，我们所作的引述，意要表明文学性是我们认识文学与非文学的切入口，同时也要意识到就文学本身而言，文学性也并非具有最根本意义。文

---

① [法]雅克·德里达：《文学行动》，赵兴国等译，中国社会科学出版社1998年版，第39页。
② [法]雅克·德里达：《文学行动》，赵兴国等译，中国社会科学出版社1998年版，第11页。
③ [法]雅克·德里达：《文学行动》，赵兴国等译，中国社会科学出版社1998年版，第3页。

学的指向并不在于自身，它的文化价值也许更能标注其存在意义。正是在这一点上我们来认识亚文学，亦即我们从文学性和文化形态两个维度来为亚文学命名。

什么是亚文学？首先，我们从文学意义上考察，将文学性作为划分文学和亚文学的主要条件和标准。即文学和亚文学都具有文学性，文学性相对充分并具有审美自足性的当是文学文本；而亚文学则是指虽有一定的文学性却不能构成或达到审美自足性的文本。其次，从文化意义上观照，亚文学是媒介时代随着消费文化盛行而出现的带有突出大众文化特征的流行写作形态，正如美国《韦氏字典》（merriam-webster dictionary）的解释："亚文学最早产生于1952年，是一种被认为次于正统文学的流行写作。"[1]这里的正统文学是指传统意义的狭义文学，即以虚构性、创造性或想象性作为文学的特征。这一解释既将亚文学放在文学的参照系中，阐明了亚文学与文学的关系，又揭示了亚文学作为文学发展的时代特征。从20世纪中期以来，消费文化和大众文化发展迅猛。文学也随之从现代主义进入后现代和大众化时期，各种类型的亚文学文本竞相出现，被大众广为接受，成为一种流行文化。概而言之，一定的文学性和流行文化的特征是亚文学应该具备的双重要素，文学性是亚文学的内在属性，流行文化则为亚文学的外在表征。因而可以将亚文学定义为，亚文学是指具有一定的文学性却不能构成或达到审美自足性的一种流行写作形态。

正如"文学"概念所遇到的问题一样，它并不能真正解决什么是文学，什么不是文学的具体问题。"亚文学"这一概念也并不能厘清文学与非文学的边界，换言之，如何具体划定亚文学文本的界域远比为"亚文学"下定义要困难得多。要明确的是，"亚文学"并非对应于"纯文学"。所谓的"纯文学"是从文学的社会功能方面强调"为艺术而艺术"的文学观念，根据德里达观点，文学所具有的意向关系本身就消解了"纯文学"的存在。应该说，"亚文学"概念对应的是正统意义的"文学"。注意这里沿

---

① Merriam-Webster's Encyclopedia of Literature, Publisher: Merriam-Webster, 1995, p.1078.

用《韦氏字典》"正统文学"的表述，相当于我们所说的传统意义的文学。此处用"正统"而非"传统"一词，意即以"正统文学"为名而取得文学的合法之位。同时也就标明了亚文学"非正统"性质，即无论从文学性还是从文化价值来看，亚文学都是对正统文学的改写。如果说，文学作为一种本体性存在，那么亚文学则是文学的转移和扩散，或他者对文学的侵入和渗透。文学与非文学的因素相互糅杂，生成亚文学文本。

但是，将文学性作为考量亚文学标准的话，正如德里达所言，没有内在的标准能够担保一个文本实质上的"文学性"。换言之，文学性本身就是一个不确定性存在，是难以把握和衡量的。因而在考察亚文学文本时，我们更多的是关注其流行文化特质。与文化精英维护传统知识和思想体系相比，流行文化的主体是大众，他们以自身的实践创造更具有时代感和广泛意义的社会文化产品。就亚文学来说，每个时代都有其特定形态的文本。比如现代小说在开始产生时，亦被视为与传统意义的文学相区别的大众艺术。美国批评家和作家莱斯利·菲德勒就小说与大众文化的关系作了论述：

> 它是大众艺术第一次大获成功，走进了一种越来越被这类次文学、准文学、泛文学所主导的文化。故此，它显而易见有别于老式的贵族艺术，同样也有别于民间艺术。前者是依赖少数文化阶层的艺术，后者是依赖大多数文盲阶层的艺术。它一方面和史诗这类形式了无相关，另一方面与民谣这类体裁也没有干系。事实上，它和一切在先的东西都不相干，而是同它的后继者关系密切：连环画、漫画、电影、电视。[1]

莱斯利·菲德勒认为，小说作为工业革命的产物，在高度发展、阶级消弭的社会，小说的大众化叙事形式，不仅适合专业文化人，同样也适合被称

---

[1] [美]莱斯利·菲德勒：《文学是什么？——高雅文化与大众社会》，陆扬译，译林出版社 2011 年版，第 51 页。

为"准文化人"的大众。值得注意的是，莱斯利·菲德勒在此强调了小说与连环画、漫画、电影、电视之间的联系。无疑，诸如连环画、漫画和电影电视不仅属于大众文化产品，更代表着新兴的文化事物。所谓与在先的东西都不相干，而与它的后继者关系密切，无非是突出其具有流行文化特质。而新的电子媒介的广泛应用，更加速了大众文化和精英文化界限的消弭，无论是大众还是精英，"其一能够理解故事，其二则把握了专与书本相关的评判故事'价值'的'标准'，由是观之，作品便在于成功抑或不成功，而不在于'好'或'坏'；在于畅销抑或无人问津，而不在于树为经典抑或被拒之门外。"①莱斯利·菲德勒这段话道出了小说作为大众文化产品的价值所在，所谓成功或不成功，畅销或无人问津，亦即是否被大众接受，为大众喜闻乐见。

亚文学直接脱胎于大众文化，正是在这一点上，它与通俗文学较为接近但又有区别。通俗文学是指具有较高的商业价值，以满足一般读者消遣娱乐为主要目的的通俗化、大众化的文学作品，又称大众文学、俗文学。亚文学也兼具通俗文学的这些特点，它们之间确实存在一定的交叉关系，有些作品界限难以分清。但是从概念上讲，通俗文学对应的是高雅文学，雅与俗只是文学审美趣味的不同，都统属于文学范畴；而亚文学处在文学与非文学之间，亦即在文学的边缘地带，是一种似是而非的文学形态。

那么，作为一种正在兴起的亚文学，与文学或谓正统意义的文学在表现形态上有什么区别？

在社会功能上，对于文学来讲，无论是通俗文学还是高雅文学，都注重作品认识、审美、娱乐等功能，只是这些功能因文学所处的时期以及所属类型的不同而各有侧重。一般来讲，高雅文学强调作品的审美价值，在特殊的历史时期，高雅文学更发挥其思想引导作用。通俗文学比较偏重娱乐功能，体现大众审美趣味，虽然广泛意义上的通俗文学比高雅文学更具商业价值，但通俗文学并不完全等同于商业文学。在通俗文学中，也存

---

① ［美］莱斯利·菲德勒：《文学是什么？——高雅文化与大众社会》，陆扬译，译林出版社 2011 年版，第 52 页。

在大量思想性艺术性较高的作品。与文学相比，亚文学更注重作品的消遣娱乐功能。尤其在当下，亚文学受消费文化的影响，直接张扬游戏娱乐精神。更有一些作品与声像结合，感官化强烈，如新近被众多科幻迷们热烈追捧的科幻小说，包括《三体》、《黑暗森林》、《死神永生》在内的《地球往事》三部曲推出的全数字版的电子书，以浓郁的三体元素、为其定做的UI界面风格、特有的音效以及多媒体延伸等强化其娱乐效果。

在题材和内容上，文学类作品题材更具普泛性，不拘类别，并强调选材的独特价值。一般来讲，通俗文学注重描写婚姻爱情、家庭伦理和生活小事，切近民众。高雅文学反映社会生活更为宏观和深入，国家大事、政治风云、人生百态等都是作品表现的对象，在对题材的开掘，思想内涵的表达等方面更见其深刻。而以各种类型化小说为主的亚文学，在题材上分类明确，大都指向都市言情、玄幻武侠、军事历史等。还有一些作品题材定向更为狭小，如耽美小说、清穿小说等。总体而言，亚文学题材比较定型化，同类型题材的作品内容同质化现象相当普遍。

在审美特征上，文学之为文学，审美性为其第一要义。所谓的文学性其实更主要地表现为审美性。法国的热拉尔·热奈特将"文学性"理解为一种美学形态。在他看来，文学性就是：

> 在何种情况下，一部书面文本或口头文本可以视为"文学作品"，或者更广泛一些，被视为以美学功能为宗旨的（表达对象）客体——一种体裁，作品构成该体裁的特殊类型，虚构的故意性（或被认为如此）是该类型的主要界定特征之一。[①]

热拉尔·热奈特非常清楚地阐明了文学的美学功能作为文学要旨的观点。他认为任何能够引起读者审美满足的文本都可以被称为文学文本，审美性即成为文学的自身属性，审美性等同于文学性。文学这一美学要旨便将文

---

① [法]热拉尔·热奈特：《热奈特论文集》，史忠义译，百花文艺出版社2001年版，第81页。

学与亚文学区别了开来。从美学意义来说，文学是审美的艺术，文学的语言、音律、修辞色彩、结构等形式创造与其内容的构成，均为读者提供了审美客体和审美快感，且审美作为文学的目的性指向自身。这就是康德所言："美的艺术是一种意境，它只对自己具有合目的性，并且，虽然没有目的，它仍然具有促进心灵诸力的陶冶以达到社会性的传达作用。"①亚文学也主要因其作品审美动力不足而与文学拉开其距离。

在创作效益上，尽管亚文学包含一部分非商业化文本，如博客、微博一些亚文学作品，但总体而言，亚文学特别重视经济效益，直接追求商业价值。文学主要强调认识、娱乐和审美等功能，虽然现阶段的文学并不能脱离商业性而存在，但从文学本身来说，也许只有真正摆脱商品化的诱惑，才能在更大程度上实现文学自身的价值。这就是法国当代著名社会学家皮埃尔·布迪厄所说的艺术的法则。布迪厄认为：艺术作品自身的艺术规则对公众来说，有一个接受的时间间隔。"供给与需求之间的这种时间差距，有成为有限产品的场的一个结构特征的趋势：这个从严格意义上来讲反经济的经济领域，处于文学场中经济上受统治的一极，但在象征意义上处于统治一极。"②他说："这毕竟是一个颠倒的经济世界：艺术家只有在经济地位上遭到失败，才能在象征地位上获胜（至少在短期内如此），反之亦然（至少从长远来看）"③所谓象征意义和地位，主要是指作家和艺术家在艺术上所取得的业绩以及由此得到的社会认同。实际上布迪厄是将艺术与经济对立起来考察文学场的生成和结构的，在他看来，艺术品是无价的。尽管布迪厄这里所言的艺术是指那些"只承认艺术的特殊形式的仲裁"的艺术，这在今天的文学市场上只占很小一部分，但他的观点对于我们认识文学与市场的关系仍具有一定的意义。

---

① ［德］康德：《判断力批判》，宗白华译，伍蠡甫主编：《西方文论选》上册，上海译文出版社 1979 年版，第 408 页。

② ［法］皮埃尔·布迪厄：《艺术的法则——文学场的生成和结构》，刘晖译，中央编译出版社 2001 年版，第 99 页。

③ ［法］皮埃尔·布迪厄：《艺术的法则——文学场的生成和结构》，刘晖译，中央编译出版社 2001 年版，第 99 页。

在接受群体上，亚文学与文学也有着显然的区别。亚文学的受众指向某一特定阶层和年龄层次，如各种类型文学创作的读者定位非常明确。而就整个文学来说，在未被商业化之前，并无特定的阅读对象作为潜在的创作指向，文学面向社会所有读者。当然在文学内部因作品题材、审美趣味不同也存在着不同群体的读者，如通俗文学主要是市民和农民阶层，而高雅文学的读者则一般是社会的知识阶层。

上述五个方面的概述仅指出文学与亚文学表现形态上的差异，而其中最重要的区别体现在作品的审美功能上。如何根据审美功能来考察作品是文学或亚文学？除了韦勒克所说的"虚构性"、"创造性""想象性"等审美特性作为判别标准之外，审美功能还集中地体现在语言的诗性功能方面。"文学是语言的艺术"这一惯常的说法，意在揭示语言之于文学的意义。语言作为文学的媒介，它的意义不仅在于其媒介本身。"语言不像石头一样仅仅是惰性的东西，而是人的创造物，故带有某一语种的文化传统。"[①]因而韦勒克在他的《文学理论》中，正是从文学的、日常的和科学的这几种语言在用法上的主要区别来概括文学特征的。俄国形式主义文学理论也是主要从两个方面探讨文学的独特性，一方面是文学语言和日常语言的区别，一方面是对语言的诗性功能的研究。在俄国形式主义者看来，诗歌语言可以为语言学和诗学的联姻提供一个关键的联结点，因为诗的材料不是形象，不是激情，而是词。既然诗的材料是语言，"那就应当把语言学为我们所作的语言事实的分类，作为诗学系统建构的基础。"[②]这代表了俄国形式主义者的共同认识。在诗歌中，语言获得了独立的价值，而与任何外在的指涉无关。文学语言与日常语言不同，日常语言以某种目的为出发点，而诗歌语言则指向自身，没有实际的目的。换言之："诗歌（文学作品）没有讲述世界的真理和价值的能力和义务，它既不是如浪漫主义诗人所认为的诗是强烈情感的流露和表现，它也不是如模仿说所认为的对任

---

① [美]韦勒克、沃伦：《文学理论》，刘象愚等译，生活·读书·新知三联书店1984年版，第10页。

② [俄]维克多·日尔蒙斯基：《诗学的任务》，《俄国形式主义文论选》，方珊等译，生活·读书·新知三联书店1989年版，第226页。

何外在世界的模仿，而就是其自身。那么将这些指向自身的语词有效地组织到文学作品中来的艺术手段和程序就值得研究。这些手段包括：辞格、时空游戏、独特的词汇、句子构造、修饰语、谐音、同义和同音以及押韵等。这种观点，确立的是文学的独立性和自足性。"①

至此可以说，在俄国形式主义者那里，语言的诗性功能就是文学的根本属性，也是我们认识文学与亚文学重要的参照。

如果说，亚文学这一概念是针对文学而言，取其"次于"文学之意，那么今天的亚文学已今非昔比，作为一种较为强势的新生力量，对抗着文学存在。"在 21 世纪这个越来越走向数字化生存的信息时代，文学与非文学的界限已经被网络文学作了本体论上的颠覆。由'读书'向'读屏'，由印刷文明向电脑文明、由书面传播向电子传播的历史性转变，不仅使高科技文学生态成为新时代文学活法的必然选择，而且要求我们以网络化的思维方式重新认识文学，重新审视既有的文学惯例和文学观念。"②那么，这是否意味着当下的文学被亚文学侵入，而逐渐丧失了自己的领地，或者说，文学是否有被亚文学逐渐取代的趋势？应该说，文学作为一个整体依然存在，亚文学仅是游离于文学内外的一分子，它无法取代文学，也不能脱离文学而验明自身。

如果说我们至今也未必完全区分出什么是文学？什么不是文学？那么文学与亚文学的区分，就是我们面临的更大难题，因为亚文学就处在文学与非文学之间。无论是韦勒克的《文学理论》，还是童庆炳的《文学理论教程》都指出了这种具有折中义的文学现象的存在，以及在确认上的困难。有些作品，既可看作是文学，也可看作是亚文学，它们之间并没有绝对区分标准。尽管如此，我们必须肯定亚文学这一现象的存在，并将亚文学从文学的范畴中独立出来进行研究。

---

① 李龙：《"文学性"问题研究——以语言学转向为参照》，人民出版社 2011 年版，第 40 页。
② 欧阳友权等：《网络文学论纲》，人民文学出版社 2003 年版，第 44 页。

二、亚文学的文本类型

当下亚文学文本种类繁杂、形态各异。如何对之梳理和归纳以期获得一个系统性认识，这是亚文学研究的一个重要内容。这里我们不妨借助美国学者托马斯·肯特《解释和风格——叙事文本中一般性角色的研究》的观点来对亚文学文本类型进行划分。在这部书中，他对亚文学进行了专章论述。他认为：

> 文学体裁散文、小说、诗歌和戏剧可以被分成两种：文学文本和亚文学文本。在这种具有等级关系的价值系统里，亚文学文本被认为在重要性，严肃性和相关性上都低于文学文本。①

这段话既揭示了亚文学的文学特质，又指出了亚文学文本与文学文本的区别，也启发我们对亚文学文本类别的认识。在此，我们根据托马斯·肯特的观点，对目前流行的亚文学文本作这样的分类：

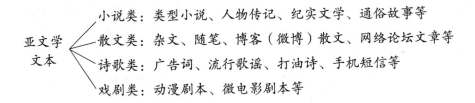

这一分类仅就通行的亚文学文本作大致归纳。事实上，亚文学文本大到几百万字的小说，小到几十字的短信，各类体裁特征差异甚大，难以作全面和清晰的梳理。我们只能借助文学的分类标准为亚文学文本建构一个整体性框架。这个分类的可行性在于，一将亚文学文本置入文学系统中，承认了亚文学的文学属性，使亚文学文本归类有了基本参照；二把各类亚文学文本列入小说、散文、诗歌和戏剧四大类别中，使这些文本有了类的规

---

① Thomas Kent, *Interpretation and genre*,New York:Associated university presses,Inc. 1986,p.107.

定性。

需要说明的是，这个分类表中所列的各类文本，仅是从亚文学方面所作的归类，并不意味以上所列的文体被排斥于文学之外，换言之，各类体裁的文本都可以分属文学、亚文学两类。比如就人物传记而言，有很高艺术价值的文学作品，如美国作家欧文·斯通的《梵高传》，法国作家罗曼·罗兰的《巨人三传》；也有介于文学与非文学之间的大量大众化商业化的亚文学传记。因此，我们对亚文学文体的列举和归类并不否定各类文体本身具有的文学属性。

以下就一些主要的亚文学文体作一概要介绍。

1. 类型小说

亚文学中类型小说的影响力最大，突出显示了当下文学发展的形态变化。新世纪以来，文学创作尤其是网络文学逐渐走上了类型化道路。各文学网站小说大都分为都市情感、玄幻武侠、军事历史等板块类型。作者根据市场需求和读者不同身份及阅读口味，在类型框架下确定题材类型进行创作，读者则凭着自己的喜好选择特定类型小说来阅读。现今类型不仅成为网络文学最具特征性的标识，也是纸质小说商业化标签。在文化消费时代，小说类型化是文学发展的必然选择。关于艺术作品的类型，美国当代批评理论家弗雷德里克·詹姆逊（Fredric Jameson）在《大众文化的具体化和乌托邦》中用人们对当代各种类型的流行音乐的接受事例来说明：

> 人们对这个或那个单一流行类型可能形成的热烈依恋，作为这种依恋特征个人所大量投入的各种内心的联想存在的象征，与作品本身一样完全是一种我们自己的熟悉所形成的功能：通过重复，流行的类型会不知不觉地成为我们自己生活存在结构的组成部分，以致我们所听的就是我们自己，是我们自己以前的听觉。①

---

① ［美］弗雷德里克·詹姆逊：《快感：文化与政治》，王逢振等译，中国社会科学出版社 1998 年版，第 249 页。

在这段话中，詹姆逊强调指出，艺术的类型是基于一种重复，而重复则使人们生活的存在结构与类型保持一种内在的联结。这也是为什么作品的各种类型分别指向社会的不同群体的深层次原因所在。如此，生产者和商家必须根据消费者的需要，生产和出售相应类型的产品。类型也意味着复制和批量生产，而这正是文化工业（或"文化产业"）所带来的现象。网络的出现比以往任何时期都显示了文化大规模生产和消费的壮观景象，其产品常常互相复制，或者形成千篇一律的模式，类型化产品也就随之产生。类型小说是亚文学中文学特质比较明显的门类。与传统小说相比，类型小说题材分类明确，内容相对单一，思想内涵较为肤浅；从社会功能上来说，各种类型小说给读者提供的是"快餐式"消费，主要满足读者娱乐消遣的需要；接受的群体也多为城市白领阶层和学生；而从审美价值上看，绝大部分类型小说的艺术价值不高，或谓"文学性"不够充分，因而被视作亚文学。

关于类型小说的分类，目前国内最大的小说网站"起点中文网"将小说类型分为玄幻·奇幻/武侠·仙侠/都市·言情/历史·军事/游戏·竞技/科幻·灵异/同人·漫画等类别。这些类型与传统意义上的小说类型不同。尽管在类型文学出现之前我们也有言情小说、战争小说、推理小说、悬疑小说等类型的小说，但是这种分类主要取决于题材的区分，且这些小说类型并没有覆盖全部小说，亦即在小说艺术领域，对小说题材并没有作系统性的划分。或者说，作为传统意义上的小说创作，作者并没有明确的类型意识。而类型小说却以相当细化的题材和故事环境及背景的规定性，表明其与文学意义的小说的区别。一个简单的事实是，当使用"东方玄幻"、"魔法校园"、"游戏生涯"、"虚拟网游"这些类别的标签来标明该类型小说的题材以及写法的规定性时，人们看到的只能是被商业化和产业化打造的文化产品。

2. 人物传记（纪实文学）

人物传记无论在东西方都有着悠久的历史，且产生过很多优秀的作品。传记多以那些在历史上有着深远影响的伟人和名人作为传主，用艺术的笔法、纪实性的材料展现了一个个人物的不凡人生。丰厚的历史文化韵味和浓郁的文学色彩使传记这一文体深受读者的喜爱，并跻身于文学之列。对传记这一古老的文学类型，韦勒克和沃伦在论述其文体特征时首先指出：

> 一个传记家遇到的问题，简直就是一个历史家所遇到的问题。传记家要解释诗人的文献、书信、见证人的叙述、回忆录和自传性的文字，而且还要解决材料的真伪和见证人的可靠性等问题。在传记实际撰写过程中，传记家遇到叙述上的年代顺序，素材的选择，以及避讳或坦率直书等问题。传记作为一种文体所大量地碰到和处理的就是上述问题。这些问题并非是特殊的文学上的问题。①

这段话说明历史性是传记的首要属性，传记实乃是关于个人的历史。文学性并不是传记自足性的存在，换言之，仅有文学性而缺乏历史性不成为其传记。从这一点来说，也许传记天生就有亚文学属性，是一种介于文学与史学之间的文体。当然，一部优秀的传记绝非仅仅是个人史料的排列，这就涉及传记的文学表达即美学问题。安德烈·莫鲁瓦在他的《传记问题》一书中，专门研究了传记美学。他认为："当代传记的首要特点是对真实的大胆探索，这一真实显得复杂、神秘，往往使集事件主角与事件发生场所于一身的当事人不知所云，传记的主人公发生了变化；对人物复杂性的关注是当代传记的第二特点。第三特点即忐忑不安的心境。"②莫鲁瓦从传记作为艺术作品方面强调其美学特征。注重对历史的艺术表现以及对人物性格及心理的刻画，使得传记成为一种特殊的文学类型。

在中国，司马迁的《史记》代表了古典传记的最高成就，被鲁迅称之

---

① [美]韦勒克、沃伦：《文学理论》，刘象愚等译，生活·读书·新知三联书店1984年版，第69页。

② [法]让-伊夫·塔迪埃：《20世纪的文学批评》，史忠义译，百花文艺出版社1998年版，第286页。

为"史家之绝唱，无韵之《离骚》"。到了近现代时期，由于梁启超和胡适的提倡和实践，传记文学得到了很大的发展和普及。各种传记、自传、回忆录等层出不穷，中国历代政治文化伟人、名人、民族英雄等几乎都有传记。其中作家的自传和回忆录值得注意，"五四"新文化运动带来了知识分子个性的解放，自传和回忆录成为作家借以表现自我的一种文学形式。如《四十自述》（胡适）、《从文自传》、《巴金自传》以及《随想录》等都具有较高的艺术价值。1980 年代以来，随着改革开放和市场经济的发展，各种类型的传记得到了蓬勃发展，这时期传记题材广泛，视野开阔。作者从著名的文学家、史学家扩大到社会各界的知名人士以及文艺娱乐体育界的明星。明星自传曾一度热销，不仅成为一种特有的文化现象，而且推进了传记的商业化发展，使传记文学进入了大众文化领域。

综观当代各种人物传记，不难看出其时代特色：一是从传主来看，过去入传的大都是历史文化伟人和名人，现在各行各业各色人等都可以为自己立传；二是从内容来看，以往传记中往往以宏观的政治历史背景、细致的人物思想脉络的发展变化和具体的人物命运沉浮显示其特定的历史文化价值；当下人物传记常常以猎奇者的心态过多关注传主的私密生活和情感历史，以"揭秘"引得世人注意；三、文学性的缺失。虽然人物传记中一直不乏以政治性、考证性见长的传记，但优秀的传记必定具备丰富的文学特质，而今很多传记包括纪实文学已被商业浸染，常以制造噱头或编造耸人听闻的故事哗众取宠，在粗制滥造中丧失了文学价值；四、从商业价值来看，目前图书市场上的各类传记和纪实文学的销量往往大于传统性文学作品的销量，有些传记成为畅销书，反过来又推动了传记和纪实文学的生产。

3. 杂文、随笔

散文是一种相当庞杂的文体。文学之所以难于严格界定，在很大程度上是由于散文的外延过于宽泛。古代散文对应于韵文，是韵文之外无所不包的文体。现代散文虽然并列于戏剧、诗歌、小说，但其文体特征不及其他三类鲜明。实际上，散文这一文类身份特殊，既可属于文学范畴，又游离于文学之外。作为一种文学体裁，散文应该是那种以叙事、抒情为主，语言文雅优美的作品，常被称之为"美文"。也有一些散文，处于文学与非文学之间，如杂文、随笔等。我们这里所说的杂文，不单指鲁迅所写的那一类的杂感文体，还包括各种散体文，诸如评论、回忆、访谈录等等，也包括博客、微博平台上发表的各种文字。在杂文这一范畴中，鲁迅所开创的杂感文体有较高的文学价值。他的杂文惯常采用艺术的手法如简洁形象的描叙，委婉犀利的反讽、幽默性的夸张和类喻等，使文章既言简意赅又生动活泼，既有战斗性又有艺术感染力。但是就大多数杂文来说，文学性并非其特有属性。在很大程度上，杂文不属于文学体裁，但杂义也不排斥其文学性，因为一篇杂文往往借助语言的修辞而达到审美效果，这是作者所追求的艺术境界。当然这一类杂文我们不妨当艺术作品来欣赏。这也是杂文文体的亚文学属性的体现。

随笔亦如此。随笔是一种更为自由的文体，这一概念最早从西方引进，法国思想家蒙田曾是随笔鼻祖。关于随笔，日本文学理论家厨川白村曾这样描述：

> 如果是冬天，便坐在暖炉旁边的安乐椅上，倘在夏天，则披浴衣，啜苦茗，随随便便，和好友任心闲话，将这些话照样地移到纸的东西，就是 Essay。兴之所至，也说些不至于头痛为度的道理罢。也有冷嘲，也有警句罢。既有 humor（滑稽），也有 pathos（感愤）。所谈的题目，天下国家大事不待言，还有市井的琐事，书籍的批评，相识者的消息，以及自己的过去的追怀，想到什么就纵谈什么，而托于即兴之笔者，是这一类的文章。[①]

这段话非常形象地指出了随笔的性质，它属于一种非正式的闲话体文章，

---

① ［日］厨川白村：《出了象牙之塔》，鲁迅译，人民文学出版社 2007 年版，第 6 页。

也正因此而成为一种大众化文体。在当今的大众文化盛行时代，文学泛化更催生了杂文、随笔类的散文蓬勃发展。如果说，诗歌、小说、戏剧需要作者专门性的艺术修养的话，那么，散文尤其如说话般的随笔就无须特殊的技法而易于为大众所掌握。正因为散文走出了象牙之塔，所以当下的散文更是海量生产，无以计数。散文的形式也是千姿百态，奇妙种种。各式随笔、杂谈，博客、微博写作都是散文的泛化。

4. 博客、微博

博客是互联网上发展起来的个人书写交流方式。作为一种以"自由、开放、共享"为特征的网络个人日志，从其开始，就与文学发生了联系。博客为大众化写作提供了最为自由的平台，满足了写作主体的书写和表达的需要。这其中不乏文学性较高的作品出现，以致被称为"博客文学"。所谓"博客文学"，是"博主用电脑创作，在博客页面上发表的新的文学形式，是网络文学的一种较高层次的形态"[①]。严格地讲，这一概念及其定义不够科学准确。博客只是提供了个人化的写作平台和网络空间，它本身并不具有文学的特殊属性，如果说"网络文学"之命名已经不够严格，"博客文学"的命名就更为随意。一个明显的事实是，博客上发表的文章不都是文学。对于大多数写作者来说，博客作为一种"网络日志"，只是满足自我书写和表达的需要，并非在进行文学创作。当然，在博客里也并不妨碍作者文学才华的自由发挥，写出具有一定文学性的作品。所以说博客客观上为文学提供了生存和发展的空间。与传统的文学创作不同，博客首先是一种大众写作，博客为作者提供了"零进入壁垒"（零编辑、零技术、零成本、零形式、零时差）的创作条件，使文学的生产机制发生了转变，也使很多人拥有了文学创作和发表的权利。其次，博客中存在的一些文章，大都是以散文化形式呈现的。正如前文所言，散文作为一种文学体裁，它所具有的诗学特征并不像小说、诗歌、戏剧那样鲜明和独特，或者说，这一

---

① 陈庆：《博客文学："零壁垒"的"自媒体"的文学形态——中国博客文学的兴起与研究现状》，《当代文坛》2010 年第 2 期。

文类介于文学与非文学之间，既可以其文学的美感划归文学之列，又可因其审美不足而被文学拒绝。客观而言，博客中的散文大都属于亚文学之类。

微博是继博客之后产生的又一公众交流的网络平台，因其信息传播精短及快捷等而广受大众欢迎。微博与文学的联结相对于博客来说，更受其 140 字数的限制。正因为字数的限制，作者必须在语言的锤炼和加工上下工夫，这就使得微博的"语录"体广为流行。微博小说便是以微博为发布平台所连载的小说。国内首部微博小说《围脖时期的爱情》，则集中体现了作者闻华舰为微博小说总结的"用 140 个字完成、有微博元素、开放式写作、充分利用微博功能"的特点。当推为"微博性"比较突出的小说。其实，微博小说作为微博的衍生物，从本质上来说是信息的艺术化、审美化，或者说是小说审美的泛化。小说作为古老的文体，在岁月的长河中不断掀起各种浪花，尽显文学的风采。到了信息化时代，文学遭遇了信息大潮的强劲冲击，呈现种种变体，微博小说便是这浩大的信息潮流中翻卷着的碎片之一。

5. 广告词、流行歌谣

我们将广告词、流行歌谣划归诗歌一类，乃因二者都具有一定的诗性美感。

广告是传媒时代产生的文化奇观之一。我们每天接触的电视、网络、报纸、广播等媒体，无一不充斥着各种类型的广告。在广泛深入地渗透于人们生活各个空间的同时，广告不仅引导人们的物质消费和时尚潮流，也作为一种文化形态建构大众的精神生活。作为商业宣传文本，广告依赖媒体技术的支持，集合影像、声音、文字于一体，艺术地展示了商品的形象和文化理念。广告在推销商品、塑造品牌形象的同时，也在追求广告自身的审美效果。在一定意义上，广告可以脱离商品而成为独立的审美对象，这是广告与艺术的融合、商品与审美联结的产物。广告的艺术性表现在多个方面，而广告词无疑是其最基本的审美表达。如麦氏咖啡的"滴滴香浓，意犹未尽"，作为全球第二大咖啡品牌，麦氏的广告语堪称语言的经典。将麦氏咖啡的醇香与内心的感受结合起来，符合品饮咖啡时的那种意境。德芙巧克力的广告"牛奶香浓，丝般感受"同样属于经典，就在于它带给人"丝般感受"的心理体验。用丝绸来形容巧克力细腻滑润的感觉，立意高远，联想丰富。再如戴比尔斯钻石"钻石恒久远，一颗永流传"，这句广告语有着丰富的内涵，意蕴深远，珍贵的钻石承载的是人类最美好的感情和永恒的信念。可以看出，广告极力抓住受众的感官感受性和情感协同性，运用艺术语言将商品的物质属性诉诸为大众的情感需求和欲望表达。"商品自由地承担了广泛的文化联系与幻觉的功能。独具匠心的广告就能利用这一点，把罗曼蒂克、珍奇异宝、欲望、美、成功、共同体、科学进步与舒适生活等各种意象附着于肥皂、洗衣机、摩托车及酒精饮品等平庸的消费之上。"① 广告为了使商品博得消费者的青睐，必须迎合大众的审美趣味，为大众刻意营造戏剧性的浪漫氛围，让人们获得自由、快乐、幸福、时尚的精神假象，这也是一种商业宣传的法则。

与商业广告相比，公益广告更具审美意味。如下面一则中央电视台播出的"Family"公益广告② ：

小时候爸爸是家里的顶梁柱

高大魁梧的爸爸遮风挡雨

温柔贤惠的妈妈相夫教子

渐渐地我长大了

少不更事的我总想挣脱爸爸的束缚

屡次顶撞唠叨的妈妈

长大的我渐渐体会到了生活的艰辛

发现爸爸的背驼得不成样子

妈妈的身体也已臃肿

是时候尽一份子女的责任悉心呵护这个家

做父亲的贴身拐杖，给他一个依靠的肩膀

---

① [英] 迈克·费瑟斯通：《消费文化与后现代主义》，刘精明译，译林出版社 2000 年版，第 21 页。
② 《family 家》，2012 年 12 月 14 日，见 http://wenku.baidu.com/view/2a95a6252af90242a895e5a1.html。

给妈妈撑把庇护伞，为她遮蔽夏日的骄阳

爸爸妈妈我爱你

家——

有爱就有责任

这些广告诗意的言说方式，正是我们将之列入亚文学范畴的理由。广告词的"文学性"首先体现在广告语言的美感上，字句的推敲、意象的选择、意境的营造或意蕴的追求无疑带给受众一种审美愉悦。其次，广告文本借助文学手段，努力建构某种诗性结构，凸显商品形象，叙述欲望故事。"广告最能说明内容的呈现影响意义以及感染受众的方式。将产品置于一种特殊的象征语境之下，构成许多广告基础的基本技巧，这种特殊象征语境赋予自身没有意义的产品以意义。尤其需要指出的是，对广告商希望影响的那些公众具有暗示意义的人和物的呈现，仅次于对产品的呈现。"[1]如国内一度流行的"凡客体"广告词，就是通过叙事手段，借助名人效应来宣传本产品的形象。来看"凡客诚品"为商品代言人王珞丹设计的广告词：

我爱表演，不爱扮演；

我爱奋斗，也爱享受生活；

我爱漂亮衣服，更爱打折标签；

不是米莱，不是钱小样，不是大明星，我是王珞丹；

我没什么特别，我很特别；

我和别人不一样，我和你一样，我是凡客。

这一广告词之所以红火，就在于用诗化的形式，彰显了明星的个性，而语义内涵又合乎大众的接受心理，体现了世俗化的价值取向。再次，与文学艺术一样，广告文本在宣传商品的同时，也在推介特定的社会文化和

---

① [美]戴安娜·克兰：《文化生产：媒体与都市艺术》，赵国新译，译林出版社2001年版，第16页。

价值理念:"广告比什么都能反映出国家和时代的特色。比方说,广告可以再现某个特定年代的价值观,广告多少也透露了一个国家的群体文化。正因为此,广告创意人可以从小到日常生活,大至民族认同里,觅得广告创意的灵感。诚如20世纪初某个知名广告人所言,'你可以从广告里看出一个国家的模样',通过广告,国家的面貌不断展现出来。"① 可以说广告最能紧密和迅速地捕捉时代发展的动向,它体现的是一定时代的流行文化和时尚元素,而这也是亚文学文本的时代表征。

　　流行歌谣是随着网络传播的发展而兴起和流行的一种亚形态诗歌,也是当下的新型民谣。民谣是中国古代韵语体口头文学,已经有数千年的历史。如果说民谣在过去是属于民间文学范畴,那么今天的民谣已随着网络的普及而广为传播,成为一种大众文化形态,因而称其流行歌谣更为确切。流行歌谣因其篇制短小、词语简练、音韵协调、内容饶有意趣而颇受大众喜爱,常常在一定范围内产生较强的传播效应。如"养生一字经":

> 晨起一杯水,到老不后悔。常吃一点蒜,消毒又保健。
> 多食一点醋,不用上药铺。多吃一点姜,益寿保安康。
> 每天一只果,老汉赛小伙。乱吃一顿伤,会吃千顿香。
> 饭前一碗汤,胜开好药方。饭后一支烟,伤肝得胃病。
> 多练一身功,老来少生病。练出一身汗,小病不用看。
> 干净一身轻,不净百病生。一药一个性,乱服会丧命。
> 无病一身福,有财万事足。要活一百年,心胸常开阔。

这则歌谣流传甚广,因为语言通俗,节奏简明,读来朗朗上口,更因为内容集中反映了大众养生观念。所写事项关涉的是大众日常生活,执行简易方便,也易于记忆。

　　当下流行歌谣常常通过网络传播产生其社会影响。比如2012年春天,

---

① [法]让－马贺·杜瑞:《颠覆广告》,陈文玲等译,中国财政经济出版社2002年版,第2页。

南方城市杭州连日多雨，网络上便流传了一首"问杭州晴为何物？"歌谣：

> 问杭州晴为何物？天堂雨伞遮不住；问杭州晴为何物？只嫌衣架还不足；问杭州晴为何物？但只见霉花处处；问杭州晴为何物？空调下面吹着棉毛衫裤；问杭州晴为何物？谈恋爱野外呆不住；问杭州晴为何物？直叫人加条秋裤；问杭州晴为何物，只叫人身湿相许；问杭州晴为何物？东边太阳西边雨；问杭州晴为何物？只见天空阴云密布；问杭州晴为何物？太阳被阴雨 HOLD 住；问杭州晴为何物？直教人生不如死。不求无风，但求晴天。你若晴天，我便安好。

作为一种大众文化形态，流行歌谣具有突出的亚文学特征：第一，它往往反映大众的精神生活和审美趣味，当下流行歌谣主要集中在节日祝语、保健养生、情感书写、官场揭露、社会批判等方面。如上述的《养生一字经》就是反映了当下大众对养生之道的热衷。第二，流行歌谣在表达上经常采用仿拟、诙谐、反讽、夸张、类喻等手法，格调比较轻松幽默。如《问杭州晴为何物？》仿造"问世间情为何物，直教人生死相许"的词句，不乏艺术趣味。第三，流行歌谣一般节奏明快、形象鲜明。如歌谣《老奶奶》："老奶奶，真可笑，穿花衣，戴花帽，天天公园来报到。打腰鼓，吹小号，又是扭，又是跳，活像一个老宝宝。老宝宝，老来俏，笑一笑，十年少，再拍一个婚纱照。"最后需要指出的是，流行歌谣在传播大众文化时，也夹带了很多低俗和色情成分，格调比较低下。对这些流行歌谣，需要进行正确的引导和管理。

6. 动漫剧本、微电影剧本

近些年来，随着中国动漫产业的加速发展，对富有创意的动漫剧本的需求愈益迫切。动漫剧本不同于一般的影视文学剧本。动漫剧本的创作要旨就是将具有创意的"故事、人物、情节、画面"等用文字、语言表述出来，使阅读者通过文字描述，产生一种视觉画面的感应和感觉，并从中分享到文字描述的画面之外的"意境"，因而动漫剧本在创作上尤其注重其特有的漫画语言表达。

所谓"漫画语言"，就是包括剧本文字中关于"符号、线、声音、音乐、程式、吐白框、拟音、拟态词"等等的文字描述，这是只有动漫剧本才具备的特殊文字创作的基本要求，也是"动漫剧本"与其他剧本的最大的区别。至于说到剧本中的"场景、镜头、分镜头、镜头的切、闪、摇、移、推、音效、声效"等等，则与其他的剧本大同小异。其中最重要的一个基本诉求是：剧本中的文字创作是专门将"视觉画面"作为创作宗旨，不但要"意会"，而且还必需要"画面感"，这些感觉不是让作者感觉到，而是必需要让"阅读和制作人员"感觉或理解到，如果一部"动漫剧本"，连这一点都做不到的话，那么这种文字作品充其量只能叫"影视小说或文学剧本"了。[①]

动漫剧本创作的核心是剧本的创意，一个没有创意或缺少创意的动漫剧本是没有生命力的。在当今国际动漫市场竞争日趋激烈的环境下，剧本的创意尤为重要，它是赢得市场的前提性要素。"这些创意体现在：选题创意；人设、形象创意；道具、场景创意；剧情、情节创意；画面、动作创意；台词创意等剧本创作的各个阶段中。"[②]在剧本创作及其创意过程中，其中剧本人物设计和故事及情节设计是创意的两大重头戏。就人物设计来讲，在一部动漫作品中，具有魅力的角色个性和造型是吸引观众的重要因素。角色作为动漫作品中故事的演绎者和情感的传达者，在很大程度上决定了作品的成败。成功的动画片角色必须具备灵动的个性和出色的造型设

---

① 张金建：《关于动漫剧本的创作问题》，2010年8月4日，见 http://www.kw2007.com.cn/news-G79B6A6F08015446AAA515AB73227547B.html。

② 张金建：《关于动漫剧本的创作问题》，2010年8月4日，见 http://www.kw2007.com.cn/news-G79B6A6F08015446AAA515AB73227547B.html。

计。因此，在动漫剧本中的"主要角色形象设计"部分创作，以及在动漫制作中的"人物造型设计"是动漫前期创作的重点。这一阶段首先考虑的是剧本创作中的人物设计，包括人物档案，形象设计描述，人物形象创意设置，都是整部剧本创作的核心部分。人物设计要充分考虑剧本的选题要求、受众喜好需求、剧情设置需求等。动漫剧本创作中，最有难度的创意就是讲故事，一个富有新意和精彩的故事无疑是动漫剧本成功的最重要因素。

下面以动漫剧本《盲童》简案为例，简析动漫剧本的创意：

盲　童①

1. 故事背景：画室的故事

2. 故事类型：励志　梦幻

3. 故事结构：男主人公阿雄在画室中偶尔独自绘画时出现神奇的现象，使阿雄走出了痛苦。

4. 故事简介：阿雄是个色盲的孩子，只能看到黑白的世界，经常被人欺负，他的画也会被人撕毁。阿雄在一次画室没有人的时候独自创作，画出一个貌美如花的女子的线稿，但色彩对他来说甚是痛苦。在盯着画板上的女子线稿时渐渐地进入了梦乡，等他睡醒过后。在他的眼前出现了奇迹。一个身着粉色裙子的女孩站在他面前，看着他嬉笑着。之后身着粉色裙子的女孩始终帮助着他，识别大自然的色彩。阿雄很荣幸得到了一次机会参加全国创作大赛。在阿雄最开心的时候，这时突发起来的事情，对阿雄打击很大……之后阿雄获得了全国创作大赛第一名。

这是一个动漫短剧。先从人物设计来看，故事中的主要人物阿雄是个"盲童"，更确切地说是个色盲的孩子，这是人物一个鲜明的特征。富有创意的是让色盲者从事绘画学习，显然摆在人物面前的困难重重，这就添加了

---

① 《盲童》，2011 年 12 月 23 日，见 http://www.worlduc.com/blog2012.aspx?bid=3660445。

剧本的戏份。再看故事，动漫剧情一般比较简单，但讲究剧情的波折，本剧有三个较大的波折构成主要情节，一是阿雄，画出了貌美如花的女子线稿，却因色盲难于着色；二是梦幻中的少女出现，帮助他识别色彩，提高了他的绘画水平；三是就在阿雄得到机会参加全国创作大赛时，阿雄遭到了一次打击（可能女孩离开了他）。这一故事用动漫的形式来表达，表明动漫剧本的剧情与一般戏剧影视作品相比，线索比较单一，人物关系简单，故事一般属于励志梦幻类型，适合于青少年阅读者。

现代生活的快节奏、高效益诞生了新的艺术形式——微电影。微电影（Micro film），即微型电影。微电影是指专门运用在各种新媒体平台上播放的、适合在移动状态和短时休闲状态下观看的、具有完整策划和系统制作体系支持的、有着完整故事情节的"微（超短）时放映"、"微（超短）周期制作"和"微（超小）规模投资"的视频短片。内容融合了幽默搞怪、时尚潮流、公益教育、商业定制以及情感表达等主题，可以单独成篇，也可系列成剧。微电影相对传统电影和电视的根本区别在于它的三"微"特征，使过去曲高和寡的单向度的艺术殿堂，回归到了真正具有互动和体验特点的、人人皆可参与的"草根秀"时代。它的低门槛、广谱性与参与互动性，适合了新经济时代人们追求精神自由和互动体验交流的感性诉求。如同微博的诞生和发展促进社会传播的变革一样，微电影必将带来艺术观念的解放和大众化艺术实践运动的兴起。

微电影剧本的内容与结构均比一般电影剧本要简单，但无论是什么剧本都必须具备矛盾冲突和场景化结构。关于剧本结构的特点：

> 这里强调的是同样一种戏剧性结构既适用于单个场景也适用于整部剧本。场景和剧本都必须树立人物并设计冲突，渐进到某个危机点，最终达到高潮和结局。故事就由所有这些场景来体现，再被一个浓缩的空间所包容，整个用电影剧本来讲述的故事又把这类场景置于相同结构都能适用的更大范围内。这么说来，同样一种戏剧性结构是在两个层面上存在的：1. 各个场景中无处

不在的戏剧性结构。2.整部剧本的戏剧性结构反过来又由场景构成。情节就是这类场景发展成为你所讲述的故事的戏剧性结构。①

布莱第在他的《微型电影的写作》中强调了由场景构成的戏剧性。关于故事情节的处理，他总结三段式的结构："开始是交代人物并孕育冲突，中间要加强人物塑造并激化冲突，最后是高潮和结局。"②尽管布莱第所指的微型电影在长度上有别于我们这里所言的微电影，但其创作原理是相同的。

下面以微电影剧本《细伢子》③场景设置为例，说明其内容与场景设置上的特点：

场景1 桥洞 晴天 刘创（成年）

场景2 老街小卖部窗口 晴天 刘创（成年），小卖部老板、

场景3 老街理发店外 晴天 刘创（成年）

场景4 理发店 晴天 刘创（童年），刘妈妈，理发师

场景5 大院 晴天 刘创，陆晚晴，胖虎，四眼，小黑，呆瓜，刘妈妈，陆妈妈

场景6 堂屋教室 晴天 刘创，陆晚晴，小孩们，老师

场景7 诊所 晴天 陆晚晴

场景8 堂屋阁楼 晴天 刘创，陆晚晴

场景9 大院 晴天 刘创，陆晚晴，胖虎，四眼，小黑，呆瓜

场景10 玉米地 晴天刘创，陆晚晴，胖虎，四眼，小黑，呆瓜

场景11 刘家 夜幕 刘创，刘妈妈

场景12 大院 晴天 刘创，陆晚晴，刘妈妈，陆妈妈，陆爸爸

场景13 铁轨边 晴天 刘创，陆晚晴

场景14 院墙边 刘创，陆晚晴，孩子们

---

① [美]B.布莱第 L.李：《微型电影剧本的写作》，黎耜译，《世界电影》1996年第1期。

② [美]B.布莱第 L.李：《微型电影剧本的写作》，黎耜译，《世界电影》1996年第1期。

③ 罗超凡、刘创：《细伢子》（剧本未公开发表），《细伢子》视频，2013年1月26日，见http://v.youku.com/v_show/id_XNDYyNzI3NDA0.html。

场景 15　堂屋教室 刘创，陆晚晴，孩子们，老师

场景 16　堂屋教室 刘创，陆晚晴，孩子们，老师

场景 17　刘创家 夜幕 刘创，刘妈妈

场景 18　大院 清晨 刘创，刘妈妈

场景 19　鼓楼 晴天 刘创（成年）

场景 20　大院 晴天（成年），刘创（童年），陆晚晴（成年），陆晚晴（童年），大妈

据此剧本拍摄的同名微电影 2013 年 1 月在陕西卫视"华夏微电影"栏目播出，获得"全国第九届广州大学生电影节"银奖。《细伢子》剧本共 7000 余字，分设 20 个场景，讲述一段童年往事。故事简单明朗，仅通过几个主要场景表现主要人物童年时两小无猜的友情。剧本将纯净美好的情愫及其对童年的怀想置于有限的几个情节中，别有一番意蕴。在场景设置上，剧本先用三个简短的场景即主人公（成年）回到故地时（由远及近）的情形切入童年时的情景，然后将童年故事集中在六个情节中展现：刘创给陆晚晴吃西瓜（开始），晚晴扮作医生为刘创听诊（推进），玉米地刘创与晚晴捉迷藏（深入），刘创与陆晚晴友情开始破裂（转折）、刘创惩罚晚晴（高潮），刘创与妈妈离开故地（结局），剧本最后两个场景又切回刘创（成年）与陆晚晴（成年）的情形中并结束全剧。《细伢子》所写剧情虽然简单，结构也并不复杂，但麻雀虽小五脏俱全，它显示了戏剧化的结构和矛盾冲突。当然作为一部微电影剧本，矛盾冲突并不是其着力表现的内容，剧本及其影片竭力表现的是淡淡的怀恋情绪和温情柔美的格调。

三、亚文学的当代意义

1. 传媒时代文学的新生形态

亚文学的兴起是新世纪文学值得关注的现象。在当今大众传媒时代，

亚文学有着鲜明的时代特征。尽管它自身不可避免地存在多种问题，以致不被学院派理论看重，但亚文学正以其多样化形式和通俗化的内容越来越显示其强劲的发展态势。可以说，亚文学是当下文学发展的新形态。纵观文学发展史，文学形态的发展从来就不是一成不变的，旧的文体消亡，新的文体产生，推陈出新是文学发展不变的法则。因而一个时代有一个时代的文学。到了 21 世纪，伴随传媒的高度发达以及消费文化的兴起，文学也发生了巨大的变化。昔日风光无限的经典文学逐渐隐身，代之而起的各种类型网络小说大行其道，拥有数量可观的读者。博客、微博更是大众的写作空间，在此他们抒发文学热情。即使是最纯粹高雅的审美文本诗歌，也从圣坛走向民间，在网络世界里被充分地草根化和通俗化。这一现象正说明文学自身的结构在调整变化。

媒介作为物质要素之于文学的关系，波兰现象学美学家罗曼·英伽登有这样一段论述：

> 我将简要地提及，一个艺术作品到底是有确定形式的物理对象，还是建筑在物理对象上的、由艺术家的创造活动实现的全新创作的某种事物。这种活动的实质是由艺术家有意向的明确行为构成的，这些行为总是以某种物理的作用来显示自己，而这些作用是由那现实或改造某种物理对象——物质材料——的艺术家的意向所引导的，赋予物理对象以它借以成为一个艺术作品本身存在的基质的形式……然而，一个艺术作品总是按其结构和特性扩展，超越自身的物质结构和基质，即在本体论上支撑着它的真实'东西'，虽然这种基质的特性与依赖它的艺术品的特性毫无关系。①

这段论述从一个侧面体现了英伽登的现象学思想。他认为，对事物的现象

---

① ［波］罗曼·英伽登：《艺术的和审美的价值》，朱立元译，朱立元、李钧主编：《二十世纪西方文论选》（上），高等教育出版社 2002 年版，第 388 页。

学研究必须以事物的物质存在为前提，而观念—存在论则是他分析的整个思想基础。文学艺术作品既不是一种观念的客体，也不是一种实在的客体，而是建立在它们基础上的纯粹意向性关联物，艺术作品的基本机构是由诸结构层次共同构成。在这段话中，英伽登不仅阐明了物理对象是艺术作品存在的基质，即支撑艺术作品的真实的物理存在，并且还表明了物理对象在艺术作品中的作用，即艺术家以此来显示创作的成果（作品）的存在。当然，英伽登更强调了艺术家的意向作用，它是其艺术创造活动的实质性构成。如果说英伽登这个观点客观地反映了物质材料对艺术创造的基础性作用的话，那么在巴赫金看来，"文艺作品毫无例外地都具有意义。物体——符号的创造本身，在这里具有头等重要意义"；"每一个意识形态产品及其中的一切'合乎理想的有意义的东西'，都不是在心灵里，不是在内心世界里，不是在与环境隔绝的思想和纯含义的世界里，而是在客观地可以理解的意识形态的材料中——在语言、声音、手势中，在质量、线条、色调、活体等等的组合之中。每一个意识形态产品都是人周围的物质社会现实的一部分，是物化了的意识形态视野的因素"①。巴赫金强调了物体亦即符号（或媒介）对文艺作品的头等重要作用，没有语言、线条、色调等物质性材料，就没有艺术作品的存在。

我们正是在这个意义上认识现代传媒对当代文学形态变化以及亚文学产生所起的重要作用。应该说，网络媒体包括3G手机、博客、微博等作为物质性要素，构成了当代文学新形态的存在方式。如网络类型小说、网络诗歌、网络论坛、手机短信、博客和微博写作等，都是作为现代传媒的存在物而呈现的：

　　　　道理很简单，当我们追问文学作品如何存在时，首先是它的各级传媒要素把文学作品呈现在我们面前的，是它们向我们展示着文学作品的基本面貌、存在态势，而不是什么抽象的"意向性

---

① ［俄］巴赫金：《周边集》，李凡辉等译，河北教育出版社1998年版，第121页。

结构"和"经验的客体",没有各级物质性的传媒要素,所谓的
"意向性结构"、"经验的客体"和韦勒克精心设计的文学作品的
"八层楼"结构的宏伟大厦都是空中楼阁。换言之,没有文学作
品的各级传媒要素,文学作品等于不存在。①

虽然这段话在论述的角度上存在一定的偏颇,因为英伽登所说的意向性结
构,相比物理对象更决定着作品的独特性存在,否则我们无法解释借助同
样的物理材料而呈现出的艺术作品的差异性存在,但是,以上这段话表明
的基本观点无疑反映了现代传媒作为文学或亚文学构成要素而存在的客观
事实。最简单的例证是,网络小说与纸媒小说相比,其篇幅要长得多,大
多在上百万字左右,有的甚至是五六百万字。纸媒小说受其纸张、印刷和
出版以及读者实际消费等因素的限制,在篇幅上就不宜或不能太长。而网
络小说由于在网络上发布,可以不断地更新和创作,因而可以无限制地延
长篇幅。再如微博受其140个字数限制,其发布的小说必须精炼、短小等。

概而言之,当下的亚文学主要借助于网络媒体平台生产和传播,各种
类型小说、手机文学、博客、微博等都是网络时代的产物。因而我们可以
说,在一定程度上亚文学就是媒体形态的文学。正如希利斯·米勒所言:

新形态的文学将越来越成为混合体。这个混合体是由一系列
媒介发挥作用的,我说的这些媒体除了语言之外,还包括电视、
电影、网络、电脑游戏……诸如此类的东西,它们可以说是与
语言不同的另一类媒介。然而,传统的"文学",我这里要用的
词,不是"literature"(文学),而是"literaity"(文学性),也就
是说,除了传统的文字形成的文学外,还有使用词语和不同符号
而形成的一种具有文学性的东西。②

---

① 单小曦:《现代传媒语境中的文学存在方式》,中国社会科学出版社2008年版,第228页。
② [美]希利斯·米勒:《"我对文学的未来是有安全感的"——希利斯·米勒访谈录》,《文艺报》
2004年6月24日。

米勒将文学文本分成两类，一类是传统的文学，还有就是使用词语和不同符号而形成的一种具有文学性的东西。后者属于与媒体相关的新生文学形态。这种文学形态与传统文学之所以处于文学系统中，就在于米勒看到了新形态中的文学性。从这段话可以看出，在媒体高度发达的时代，文学内部结构的变化以及新的文学形态的产生和消亡，都与媒体传播密切相关。对于文学来说，尽管辉煌的时代已经过去，但文学仍在谋求新的发展，不同类型和形态的文本样式不断出现。应该说，媒体在催生文学的变化并注入文学新的生命力。从另一层意义上说，亚文学正是传媒时代文学的新生形态，正是它为文学自身作了扩容和变异。从马克思主义理论观点来看，当物质生产条件包括技术发生一定变化后，意识形态包括文学艺术等上层建筑都会发生或快或慢的变化。因此可以说在网络时代，各种媒介化形式的亚文学的出现是历史的必然，这也是文学媒介化的结果。

2. 消费社会文学的商品化生存

这是一个消费社会，正如鲍德里亚所言，消费犹如空气调节器，在制导着消费气氛和环境。

> 我们处在"消费"控制着整个生活的境地。所有的活动都以相同的组合方式束缚，满足的脉络被提前一小时一小时地勾画了出来。"环境"是总体的，被整个装上了气温调节装置，安排有序，而且具有文化氛围。这种对生活、资料、商品、服务、行为和社会关系总体的空气调节，代表着完善的"消费"阶段。[①]

实际上鲍德里亚在表述着消费作为意识形态控制着人们的思想和行为，并影响和改变着社会生活的现实状况。消费社会的来临，使文学生产和消费机制也随之发生了巨大的改变。在前工业和工业时代，一般由生产决定着消费。而在后工业化的社会，市场消费主导着生产。在这一机制中，文学

---

① [法]让·鲍德里亚：《消费社会》，刘成富等译，南京大学出版社 2008 年版，第 5 页。

和一切其他艺术概莫能外地服从商品逻辑的支配,文学和艺术随之变成了消费品,并赋予"文学消费"这一概念时代质素。文学消费一直贯穿于文学活动之中,它是指读者对文学作品进行阅读、欣赏、从而满足自身精神需求的活动,当然也包括对文学的物质性消费,如购买和阅读文学书籍,使其产生物质消耗。但"随着商品经济时代的来临,'文学作品=商品'这样的公式逐渐被作者和读者接受和认可,读者支付价值购买文学作品这一特殊商品的使用价值,'文学消费'不再仅仅是精神上的消费过程,还添加上了物质上的消费过程。与传统文学相比,网络文学因其特殊的传播方式而具备了多样性、复合式的消费模式,能让商业资本更好地运转,谋取更大的商业价值。"①应该说,在当今的消费社会,商品化已成为文学的生存法则。

关于艺术商品化,霍克海默和阿道尔诺在《启蒙辩证法》一书中作如下论述:

> 文化工业引以为自豪的是,它凭借自己的力量,把先前笨拙的艺术转换成为消费领域以内的东西,并使其成为一项原则,文化工业抛弃了艺术原来那种粗鲁而又天真的特征,把艺术提升为一种商品类型。它越变得绝对,就越会无情地把所有不属于上述范围的事物逼入绝境,或者让它入伙,这样,这些事物就会变得越加优雅而高贵,最终将贝多芬和巴黎赌场结合起来。文化工业取得了双重胜利:它从外部祛除了真理,同时又在内部用谎言把真理重建起来。②

此处实际上指出了消费社会文学和其他艺术作品成为商品的机制所在。霍克海默和阿道尔诺认为,其实早在文化工业出现之前,娱乐和文化工业的

---

① 刘克敌主编:《网络文学新论》,凤凰出版社 2012 年版,第 23 页。

② [德]马克思·霍克海默、西奥多·阿道尔诺:《启蒙辩证法——哲学断片》,渠敬东等译,上海人民出版社 2006 年版,第 112 页。

所有要素就已经存在了，这里所说的要素实际上就是商品因素。文学的商品价值古已有之，但是在前工业化时代，商品价值并没有改变文学自身的性质，文学依然是独立于商品而存在的艺术品。而艺术商品化却改变了艺术的性质，艺术变成商品的附庸，其根本价值体现在它是否具有商业价值上。在商品逻辑得到普及的社会，商业法则就是悬在艺术作品之上的利剑，它迫使艺术变成商品。造成这种改变的内在机制，便是文化工业依靠自身的力量，将人的制造意图与工业化的机器生产结合进文本。

文学商品化不仅表征着文学的外在形态，而且也内化在文学文本结构中，使其物质化为阅读的目的或一种消费手段，而非艺术本身"没有目的的终结"。对此，詹姆逊以侦探故事为例，论述文本商品化的过程。他认为，侦探故事是一种极度特殊化的形式，人们"为结局"阅读这些作品——书页的体积最终成为纯粹的，没有价值的手段。"在这种情况下，这种形式的这部分或那部分的物质化逐渐形成一个目的或一种消费满足，围绕着这种满足，作品的其余部分被'贬抑'为纯粹的手段"；"与此同时整个阅读过程通过间断的说明被纳入程序，或者在事实之前，或者在事实之后，再次确认我们读者的事业，亦即尽可能地将明显的语言流转变成物质的形象和我们能够消费的客体"[1]。詹姆逊具体地分析了商品结构如何进入到艺术作品本身之中，使其商品化物质化的过程。由此我们也看到了当今各种类型的网络小说，动辄上百万字，成为物质化的商品形态和消费客体。当艺术自律让位于经济法则，审美价值被商品价值替换之时，文学自身形态及其审美属性必然会发生改变和蜕化，亚文学也就随之产生。

3. 大众文化语境中的文学书写

文学一直存在着高雅与通俗之分，一般将前者看作是文学的正宗。莱斯利·菲德勒在《文学是什么？》中，用"少数人文学"和"多数人文学"两个术语来分别指称高雅文学和通俗文学。他认为此称谓的贴切之处在于：

---

① [美]弗雷德里克·詹姆逊：《快感：文化与政治》，王逢振等译，中国社会科学出版社1998年版，第241页。

假如我们考虑到这个事实，那就是我们高谈阔论的诗歌和小说，都只在很小的受众圈子里被视若至宝，反之那许许多多的作品，则但凡目堪识丁，妇孺皆是爱不释手，尤其是它们一旦被译介为后印刷时代的媒体，受众就更是铺天盖地。①

菲德勒从受众和市场角度来区分两种不同形态的文学及其不同的价值取向。"少数人文学"意味着高雅文学在市场所受到的冷遇，尽管它被奉为文学经典；而"多数人文学"尽管被学院派嗤之以鼻，但拥有广泛的受众。"多数人文学"表达的就是一种大众文化。

大众文化的兴起同后现代主义有着直接的联系。从 1960 年代起，随着西方社会进入后工业化时代，后现代主义随之产生，它带给社会的变化是深刻的，"尽管对究竟是什么东西构成了这一领域的特征还争论不休，但'后现代'这个术语此时已一般地适用于二次大战以来出现的各种文化现象了，这种现象预示了某种情感和态度的变化，从而使得当前成了一个'现代之后'的时代。"②大众文化是后现代主义阶段文化的必然表征。詹姆逊说："总之，后现代主义的文化已经从过去那种特定的'文化圈层'中扩张出来，进入了人们的日常生活，成为了消费品"；"到了后现代主义阶段，文化已经完全大众化了，高雅文化与通俗文化，纯文学与通俗文学的距离正在消失。商品化进入文化，意味着艺术作品正在成为商品"③。事实上，随着大众文化的扩张和文化工业的发展，文学与亚文学的界限也渐趋模糊。詹姆逊在论述后现代主义特征时指出：

---

① ［美］莱斯利·菲德勒：《文学是什么？——高雅文化与大众社会》，陆扬译，译林出版社 2011 年版，第 3 页。

② ［荷］杜威·佛克马、伯顿斯主编：《走向后现代主义》，王宁等译，北京大学出版社 1991 年版，第 31 页。

③ ［美］杰姆逊（弗雷德里克·詹姆逊）：《后现代主义与文化理论》，唐小兵译，北京大学出版社 1997 年版，第 162 页。

在它们当中，取消高级文化和所谓大众文化或商业文化之间先前的（基本上是高度现代主义的）界限，形成一些新型的文本，并将那种真正文化工业的形式、范畴和内容注入这些文本，尽管从利维斯和美国新批评直到阿多尔诺和法兰克福学派所有的现代批评家都强烈地谴责这种文化工业。事实上，后现代主义迷恋的恰恰是这一完整的"堕落了的"景象，包括廉价低劣的文艺作品，电视系列剧和《读者文摘》文化，广告宣传和汽车旅馆，夜晚表演和 B 级好莱坞电影，以及所谓的亚文学，如机场销售的纸皮类哥特式小说和传奇故事、流行传记、凶杀侦探小说和科幻小说或幻想小说：这些材料它们不再只是"引用"，像乔伊斯或梅勒之类的作家所做的那样，而是结合进它们真正的本体。①

从这段话可以看出，由于高级文化与大众文化或商业文化界限的取消，也由于后现代主义对文化工业产品的迷恋，使得像亚文学之类的文艺作品充斥着文化市场，并形成一个完整的"堕落了的"景象。

大众文化表现在文学领域，就是众多的亚文学文本的出现。网络诗歌、青春文学、手机小说等文本都明显地表征着大众文化，无论是日常生活审美化，还是审美日常生活化，这种消费社会美学形态的转变都与大众文化紧密联系在一起。艺术和生活之间界限的取消，意味着在大众文化的审美空间，一切文本都可以具有审美意义，大众充当了文本的生产者和消费者。以诗歌这一纯粹的审美形式为例，到了 1990 年代，大量诗刊停刊，许多诗人没有了舞台，诗歌陷入了生存危机。而进入新世纪，网络平台给了诗歌一剂猛药，催生了网络诗歌的蓬勃发展。有资料显示，自 1999 年国内第一家中文诗歌网站"界限"创办以来，各种专业性的中文诗歌网站、论坛、专栏开始雨后春笋般地被创建起来，迄今为止，其数量已远远超过 1000 家。在网络诗歌空间中，诗歌论坛因为开放、便捷、直观等特点而

---

① ［美］弗雷德里克·詹姆逊：《快感：文化与政治》，王逢振等译，中国社会科学出版社 1998 年版，第 154 页。

获得了超常规的发展，成为网络诗歌的第一现场。一如"当下诗歌的写作现场在民间，民间的现场在网络"的说法。诸如屁诗歌、诗江湖、第三条道路、低诗歌、星星、打工诗人、女子诗报、赶路、诗生活、界限、中国低诗潮等诗歌论坛大量涌现。仅从这些诗坛名称就可以看出，诗歌从象牙之塔走向了下里巴人，成为表达大众话语的文体。诗歌的大众化造成了民间诗歌话语活力的高涨和低俗化的写作趋势。这两点正是当下网络诗歌存在的正反两方面的问题。一方面，在大众文化语境中，诗歌体裁得到了解放，唤起了民众的诗歌热情，诗歌从未像今天这样自由、普及、开放。另一方面，正因为生产和传播的自由开放，诗坛呈现了狂欢化景象。众多诗坛写手基于言论自由上的话语解禁和想象力解禁，挑战传统美学禁忌，随心所欲地作践诗歌，使网络诗歌不可避免地出现低俗化的现象。

如果说通俗是大众文化的内在质素，那么流行则是大众文化的外在标签。所有的亚文学文本也正因为其流行才显示出文学在当下的存在意义。如青春文学，这一流行了十多年的文学现象，至今仍是中学生时尚阅读的对象。但时尚在不同的时代有不同的话语内涵，从郁秀的《花季雨季》，到韩寒的《三重门》，再到郭敬明的《最小说》刊物，我们可以看出各个时期流行的时代特征。《花季雨季》所代表的青春文学是寂寞的，单纯的；《三重门》带来了市场的喧嚣，但青春气息仍扑面而来；而郭敬明的《最小说》则以其巨大的发行量和影响力，展示商业化文学的骄人业绩。应该说，以《最小说》为代表的青春文学相比《花季雨季》，文学价值远不敌它的商业价值。郭敬明已不再是纯粹的青春文学作者，他以出版商人的身份对青春文学实行的商业运作，使青春文学成为当下文学商业化、产业化成果的标牌。郭敬明自己便是青春文学的流行品牌，所谓的青春和文学统统臣服于市场的法则变成了大众的消费品。以《最小说》为代表的青春文学不再仅仅受到青少年读者群体的钟爱，也正以自身与众不同的特点日渐受到文学界和学界的关注。2009 年第 600 期《人民文学》杂志因刊载郭敬明的《小时代 2.0》而脱销，很显然，主流文学在表明自己的开放姿态，青春文学的流行价值也是其不得不考虑的重要因素。作为一种文学现象，青春文学之于文学的意义在于，它描述了当下文学存在的真实图景，亦即文学成了大众的流行话语，流行便是文学和亚文学存在的理由。

综上所述，我们可以给亚文学下一个较为完整的定义：亚文学是媒介时代随着消费文化盛行而出现的带有突出大众文化特征，并具有一定的文学性却不能构成或达到审美自足性的一种流行写作形态。

第二章

文学生产与消费理论概述

一、作为艺术生产的文学活动

本章所阐述的文学生产与消费理论基本属于马克思主义文艺理论的原典形态。马克思主义是一种面对人类社会实践，特别是关于资本主义世界社会实践基本规律和走向的思想理论。文学艺术作为人类精神的实践活动，自然在马克思主义的思想体系中。虽然，马克思、恩格斯在19世纪中叶创立了马克思主义，他们都没有看到20世纪的来临；虽然马克思、恩格斯并没有专门写下文艺学、美学的专著，但是到了20世纪，随着全球化的发展，随着资本内在作用或市场经济的运作，以及资本对社会生产各领域的广为渗透，马克思主义依然发射出巨大的理论光芒，并得到了进一步的发展。就马克思主义理论研究来说，也形成了诸多不同特色的马克思主义文艺理论形态。以文学生产而言，就有着形形色色的理论话语，比如伊格尔顿、马谢雷、詹姆逊、本雅明等人所言的"文学生产理论"。这与马克思的艺术生产理论有所区别：

　　尽管这种"文学生产理论"也切实地谈论"生产问题"，并试图将它与马克思主义的各基本原则结合起来，不过，归根到底，这种研究是一种基于文学、艺术内部活动机制而展开的研究模式，它很少将文学艺术放诸人类一般精神活动的层面上展开讨论——的确，它也讨论意识形态的一般特征，但多是将它作为文学活动的基础（可名之为"生产资料"）和结果（可名之为"产品"）来看待的。①

本章对马克思艺术生产理论的认识，则在于强调艺术生产作为意识形态生产在资本主义社会所具有的商品生产性质。

1. 艺术生产的性质

文学作为艺术的门类，属于生产活动的范畴，这是马克思主义的理论思想。早在《1844 年经济学哲学手稿》中，马克思就指出："宗教、家庭、国家、法、道德、科学、艺术等等，都不过是生产的一些特殊的方式，并且受生产的普遍规律支配。"② 这一观点是我们研究当代文学与亚文学生产的理论基础。

关于人类的生产活动的特点，马克思有一段著名的论述：

诚然，动物也生产。它也为自己营造巢穴或住所，如蜜蜂、海狸、蚂蚁等。但是动物只生产它自己或它的幼仔所直接需要的东西；动物的生产是片面的，而人的生产是全面的；动物只是在直接的肉体需要的支配下生产，而人甚至不受肉体需要的支配也进行生产，并且只有不受这种需要的支配时才进行真正的生产；动物只生产自身，而人再生产整个自然界；动物的产品直接同它的肉体相联系，而人则自由地对待自己的产品。动物只是按照它所属的那个种的尺度和需要来建造，而人却懂得按照任何一个种的尺度来进行生产，并且懂得怎样处处都把内在的尺度运用到对

---

① 陈奇佳：《马克思精神生产理论的当代诠释》，人民出版社 2011 年版，第 139 页。
② [德]马克思：《1844 年经济学哲学手稿》，《马克思恩格斯全集》第 42 卷，人民出版社 1979 年版，第 121 页。

象上去；因此，人也按照美的规律来建造。①

马克思明确指出了人的生产不同于动物生产。人的生产是全面的，不仅生产自身，而且再生产整个自然界，并且按照美的规律来生产。于是，艺术生产即按照美的规律来生产就包含在人的全面生产之中，亦即艺术生产是人作为有意识的类存在物的自身证明。而"艺术生产"作为一个明确的概念，是马克思在《〈政治经济学批判〉导言》中首次提出的：

> 就某些艺术形式，例如史诗来说，甚至谁都承认：当艺术生产一旦作为艺术生产出现，它们就再不能以那种在世界史上划时代的、古典的形式创造出来；因此，在艺术本身的领域内，某些有重大意义的艺术形式只有在艺术发展的不发达阶段上才是可能的。②

值得注意的是马克思"艺术生产"这一概念在"当艺术生产一旦作为艺术生产出现"中的运用，前者当指广义的艺术生产，即作家、艺术家通过自己的头脑加工生活素材，从而创造出艺术作品的过程，主要指的是精神性的生产劳动。而后者是狭义的，也是严格意义上的艺术生产，即在资本主义阶段产生的，作家、艺术家进行着的"直接与资本交换的劳动"。就广义的艺术生产而言，文学活动作为人类的实践，从一开始就具有生产的性质，不管是从其创造的作品包括书面作品和口头作品所具有的物质形态而言，还是就人类的意识和智慧来说，艺术生产都兼具物质生产和精神生产的双重属性，或者说，艺术生产是一种具有特殊物质形态的精神生产。这种艺术生产在资本主义工业化阶段之前一直存在着，并为人类创造了灿烂的精神文明。这里我们要研究的是狭义的艺术生产，亦即马克思理论体

---

① [德]马克思：《1844年经济学哲学手稿》，《马克思恩格斯全集》第42卷，人民出版社1979年版，第97页。

② [德]马克思：《〈政治经济学批判〉导言》，《马克思恩格斯选集》第2卷，人民出版社1995年版，第28页。

系中的特定概念"艺术生产"。而要理解狭义的艺术生产，就必须将之与广义的艺术生产联系起来，并置于人类历史或艺术发展史的过程中进行考察。对此，李益荪教授有一段专门性论述：

在马克思看来，人类的艺术发展史从宏观上看可以划分为广义的"艺术生产"，也即"艺术发展的不发达阶段"和狭义的、严格意义上的"艺术生产"阶段这样两个大阶段。而狭义的、严格意义上的"艺术生产"阶段无论是在时间顺序上还是逻辑顺序上，都在"艺术发展的不发达阶段"之后，乃是在它的基础上发展、转化而成的。这样，人类艺术活动发展演变的规律和趋势也就应该是由广义的"艺术生产"阶段向狭义的、严格意义上的"艺术生产"阶段演变和转化的过程。换言之，也就是由不带商品经济的功利性目的的精神创造活动向着被商品经济规律这只"看不见的手"所制约和支配的精神劳动演变和转化的过程。①

这段论述阐明了"艺术生产"的两种不同属性以及它们之间的历史性关系，并明确指出作为严格意义的"艺术生产"的商业化性质。说到底，马克思正是从商品的角度来认识资本主义阶段的艺术生产性质的。那么究竟如何进一步理解"艺术生产"的内涵？李益荪认为：

确认艺术的创作活动已经而且还在继续演变发展成为一种政治经济学意义上的"生产劳动"，这是马克思关于"艺术生产"思想的基础和核心。马克思所有关于"艺术生产"的观点和理论都是建立在这一基础之上或是以此为核心而生发、引申出来的，因此，深入、全面地理解马克思关于真正的"生产劳动"与"非生产劳动"的区分的论述，是打开他的"艺术生产"思想之谜的

---

① 李益荪：《马克思"艺术生产"理论研究》，巴蜀书社 2010 年版，第 121 页。

锁匙。①

据此，我们从马克思关于"生产劳动"与"非生产劳动"的论述来认识'艺术生产'的本质。

在《剩余价值理论》"生产劳动与非生产劳动"一节中，马克思批判地吸收了亚·斯密关于"生产劳动与非生产劳动的区分问题"的观点并指出：

> 从资本主义生产的意义上说，生产劳动是雇佣劳动，它同资本的可变部分（花在工资上的那部分资本）相交换，不仅把这部分资本（也就是自己劳动能力的价值）再生产出来，而且，除此之外，还为资本家生产剩余价值。仅仅由于这一点，商品或货币才转化为资本，才作为资本生产出来。只有生产资本的雇佣劳动才是生产劳动。（这就是说，雇佣劳动把花在它身上的价值额以增大的数额再生产出来，换句话说，它归还的劳动大于它以工资形式取得的劳动。因而，只有创造的价值大于本身价值的劳动能力才是生产的。）②

马克思相当明确地指出，生产劳动作为雇佣劳动，必须生产剩余价值，剩余价值再转化为资本，亦即"只有生产资本的雇佣劳动"才是严格意义上的"生产劳动"。这种生产劳动使"工人不仅补偿原有价值，而且创造新价值；他在自己的产品中对象化的劳动时间，比维持他作为一个工人生存所需的产品中对象化的劳动时间要多，这种生产的雇佣劳动也就是资本的基础，资本存在的基础"。③那么，与之对应，马克思对非生产劳动作了如

---

① 李益荪：《马克思"艺术生产"理论研究》，巴蜀书社2010年版，第100页。

② ［德］马克思：《1861—1863年经济学手稿》，《马克思恩格斯全集》第33卷，人民出版社2004年版，第136页。

③ ［德］马克思：《1861—1863年经济学手稿》，《马克思恩格斯全集》第33卷，人民出版社2004年版，第137页。

下阐述：

> 什么是非生产劳动，因此也绝对地确定下来了。那就是不同资本交换，而直接同收入即工资或利润交换的劳动（当然也包括同参与分享资本家利润者的各种项目，如利息和地租交换的劳动）。凡是在劳动一部分还是自己支付自己（例如徭役农民的农业劳动），一部分直接同收入交换（例如亚洲城市中的制造业劳动）的地方，不存在资产阶级政治经济学意义上的资本和雇佣劳动。因此，这些定义不是从劳动的物质规定性（不是从劳动产品的性质，不是从劳动作为具体劳动所固有的特性）得出来的，而是从一定的社会形式，从这个劳动借以实现的社会生产关系得出来的。①

马克思非常明确地区分了生产劳动与非生产劳动的问题。他指出，生产劳动"同资本交换"，"创造剩余价值"，而非生产劳动"不同资本交换"而"同收入交换"，即不产生剩余价值。实际上，马克思是从资本和雇佣劳动这两个要素来考察政治经济学意义上的"生产劳动"性质的。正因为此，"一个演员，哪怕是丑角，只要他被资本家（剧院老板）雇佣，他偿还给资本家的劳动，多于他以工资形式从资本家那里取得的劳动，那么，他就是生产劳动者；而一个缝补工，他来到资本家家里，给资本家缝补裤子，只为资本家创造使用价值，他就是非生产劳动者。前者的劳动同资本交换，后者的劳动同收入交换。前一种劳动创造剩余价值；后一种劳动消费收入。"②

从上面的几段论述中可以看出，马克思所说的政治经济学意义上的"艺术生产"是指能具有雇佣劳动性质，能为资本家创造剩余价值的"生产

---

①　[德] 马克思：《1861—1863 年经济学手稿》，《马克思恩格斯全集》第 33 卷，人民出版社 2004 年版，第 142 页。
②　[德] 马克思：《1861—1863 年经济学手稿》，《马克思恩格斯全集》第 33 卷，人民出版社 2004 年版，第 142 页。

劳动"，这种生产劳动是资本主义阶段产生的雇佣劳动制度下的产物。由此也可以得出，马克思的"艺术生产"理论是他关于剩余价值伟大理论的一个有机组成部分。就艺术生产的雇佣劳动性质，马克思予以明确的阐述：

> 作家之所以是生产劳动者，并不是因为他生产出观念，而是因为他使出版他的著作的书商发财，或者说，因为他是一个资本家的雇佣劳动者。①

马克思关于生产劳动与非生产劳动的区分，深入地揭示了资本主义阶段艺术生产的性质。艺术生产作为一个特别的生产形式，一种能生产资本，创造剩余价值的雇佣劳动，它的存在本身就意味着艺术家、作家不再是独立的精神生产者，他的生产劳动也不再是自主性行为，亦即艺术家、作家的艺术生产一开始就被置于雇佣制度之中，作为雇佣劳动者，他的生产必须服从资本家利益需求，为资本家创造财富。同样道理，如果作家的创作仅仅是自娱自乐，或者仅在一定的艺术圈中被传阅，而没有在市场销售，那作家的劳动只能是非生产劳动；作为生产劳动的前提，就是作家劳动必须被资本家雇佣，能为资本家生产出剩余价值，而不仅仅是作家通过劳动获得相当于自己劳动支出的收入。

马克思关于艺术生产性质的论述，对于我们认识文学活动的性质以及现阶段文学生产有其理论指导意义。文学作为艺术生产活动，从其产生到现在走过漫长的时期。但在资本主义雇佣劳动制度产生以前，它基本上是属于"无目的的艺术形式"，亦即文学作为一种审美艺术，它的价值主要体现在作品具有欣赏、娱乐或认识、教育等功能。就中国文学来说，无论是早期的神话、还是后来的唐诗宋词，基本上是纯粹的艺术形式。另一方面，到了宋元时期，随着城市经济的发展，出现了一种新型的文学形式，这就是话本。话本是宋元时代说话人演讲故事所用的底本。包括小说、讲

---

① ［德］马克思：《1861—1863 年经济学手稿》，《马克思恩格斯全集》第 33 卷，人民出版社 2004 年版，第 146 页。

史、说经等说话艺人的底本，但诸宫调影戏、傀儡戏的脚本也可以称作话本。这些话本都具有商业化成分，因为说话人将讲故事作为一种谋生的行当或职业。到了明代中叶以后，随着工商业的发展与城市的繁荣以及市民阶层的壮大，文学的商业化渐趋明显。这时出现了拟话本，这是宋元话本小说在明代的继续发展。明代印刷术发达，书坊众多，迎合人们的口味与喜好，书商也大量地刊行话本小说，因此话本小说慢慢地演变为供案头阅读之作的拟话本。除拟话本之外，这一时期的章回小说的发展和定型引人注目，章回小说是在宋元讲史等话本的基础上发展而成的。章回小说除分回立目之外，还保存了宋元话本中开头引开场诗，结尾用散场诗的体制。正文常以"话说"两字起首，结尾往往在情节开展的紧要关头，用一句"欲知后事如何，且听下回分解"的套语。显然这种体制带有商业化的成分，它以潜在的听众和读者作为创作对象，而作者又以说书人身份自居。元明时期城市的发展还促进了中国戏曲的繁荣。元代的杂剧、明代的传奇都显示了戏曲艺术的辉煌成就，戏曲的产生与商业化密切相关，城市有专门演出的勾栏（剧场），戏班及其成员的生存就是靠演出得来的收入。概而言之，文人为谋生而写作，书肆为牟利而刊行，这是文学商业化的表现。据明人俞弁记载，正德年间"江南富族著姓，求翰林名士墓铭或序记，润笔银动数二十两，甚至四五十两"[①]。文人出卖诗文书画，不失为一条谋生之路。唐寅有诗曰："不炼金丹不坐禅，不为商贾不种田。常时写就青山卖，不使人间造孽钱。"[②]这表明，文人和艺术家已将文学和艺术创作视为能带来经济效益的劳动。

　　尽管以上的文学现象具有明显的商业化倾向，但还没有达到马克思所言的"艺术生产"的规模和水平，也就是说，作家和艺术家的劳动属于"非生产性劳动"，他以创作作为谋生的手段和职业，文学生产劳动的价值仅仅体现在作家所得的经济收入上，没有创造出剩余价值。那时职业性的书商数量较少，大多数作家的劳动自然不隶属于书商的商业操作。文学生

---

① 俞弁：《山樵暇语》卷九，民国影印明抄本。
② 陈田辑：《明诗纪事》丁签卷十一，晚清陈氏听诗斋刻本。

产作为艺术生产出现的前提条件是商品经济的发达带来的文学商品化。到了晚清时期，商业文学杂志的诞生、报纸副刊的发展，以及图书出版业的发展，给商业文学奠定了基础。白话文写作的出现，才使商业文学正式诞生。在民国时代，出现了许多商业文学大家，以及商业性文学。这个时期的商业文学，首先就呈现了鲜明的类型特点：武侠、侦探、社会、言情、黑幕小说等，这些类型小说已经言明了自身商业性质。其次，商业作家的创作是遵照出版商的要求选择题材和类型。换言之，作家成为书商的雇佣劳动者，于是，作家的创作便成为一种生产性劳动。

事实上，从宋元到民国时期，文学一直以两种形态出现，一种是带有商业化成分的通俗文学，如通俗小说等；一种是高雅文学，以审美为价值取向的文学体式如诗文。前者从艺术生产角度而言，呈现的是非生产性劳动向生产性劳动逐渐演变的趋势。而后者作为比较纯粹的文学形态，则不纳入"艺术生产"范畴，虽然从广义上来讲，它属于人类生产的实践活动。这两种形态从1950年代起，就渐变为比较单一的计划经济体制下的一种特定的意识形态形式。计划经济的实行以及意识形态的控制，基本上遏制了商业文学的发展。在体制上，计划经济排斥商品经济的存在，商业文学缺乏生存的土壤，出版社归国家所有，图书出版不是由市场决定，而是计划供应，在品种和数量上都实行计划管理；在意识形态领域，强调文学的政治功能和社会作用，严格作品的审查制度。作家的创作必须服从社会的主旋律，这时期的文学属于在党和国家领导下的宣传文化事业的组成部分。因此，这一时期，不仅没有商业文学，而且就文学生产来讲，作家的创作虽然可以获得稿费收入，读者也是付费阅读，但是作为国家文艺工作者，创作并不是作家谋生的手段。出版社、新华书店属于国家文化机构，不以盈利为目的。所以，文学生产本质上属于计划经济生产。

自1990年代起，随着商品经济的发展以及图书体制的改革，文学市场化商品化的潮流也随之涌起。一时间商业文学铺天盖地，职业写手纷纷涌现。新世纪以来，伴随网络文学的发展，文学的生产机制发生了重大变革。文学生产逐渐形成规模化效应，这就是文学产业化时代的到来。考察新世纪的文学生产，按媒介形式可以分为两大类别，即纸媒文学与网络文学。就纸媒文学而言，图书杂志的出版发行机构实行企业化改制以后，其经济效益完全由市场决定。对于绝大多数职业性作家来讲，他的创作生产必须服从市场经济规律，即必须根据出版商或书商的要求来创作，而他的劳动所得则由出版商或书商根据市场销售利润按一定比例予以分配。这时作家的劳动属于一种雇佣劳动，是为出版商和书商创造经济利益的劳动，这就是马克思所说的政治经济学意义上的"艺术生产"。这种艺术生产，与计划经济体制下的文学生产方式不同。在计划经济下，作家的创作具有一定的自主性，基本不受经济利益的趋势，无须迎合市场，也不必考虑读者的阅读趣味。从作家来讲，文学生产具有相对独立性，他与出版社的关系是平等合作的关系。在作家—出版社—读者的生产关系中，作家占据主导性地位。现阶段的文学生产则由市场主导，亦即读者阅读取向主导着出版商和作家。在这种情况下，出版商要获取生产利润，就必须把握市场动向，迎合读者的阅读趣味，再要求作家按照市场需求生产文学产品。至于网络文学，因其占有得天独厚的网络条件，使其一产生就注定成为引导时代潮流的新型文学形态。网络文学的生产机制不同于纸媒文学，它打破了传统的图书出版生产与管理模式，呈现出自由开放的态势。作者网络发表的自由，读者阅读作品的便捷，使网络文学平台诞生了无数的作者，也拥有了更为庞大的读者群。网络文学网站的经营管理模式作为网络文学生产和消费中至关重要的因素，目前依然处在探索和不断总结经验的过程中。但网站与作者签约以及读者付费阅读的模式，是维持网站运营最基本的生存之道。从目前来看，作者作为与网站的签约者，无疑是雇佣劳动者，这一身份注定其劳动所生产的剩余价值成为维持网站运营和盈利的经济基础。网站的收益来自读者的付费阅读，但由于网络盗版的严重以及各种电子阅读市场的扩大，造成网络文学读者的不断流失，这使得文学网站的经营态势并不乐观。一方面，作者的生产效益比较低，即高付出低回报，另一方面，读者的付费阅读习惯和心理尚未成熟，网站收入因此受到很大限制，这也使得网站支付作者的劳动付出相应较低。因而，如何建立更加合理的网络生产机制以促进网络文学更加健康的发展，应是文化产业发展中的一个重要问题。

以上我们主要从马克思关于生产劳动与非生产劳动的区别方面认识艺术生产的性质。虽然我国文学生产由来已久，但根据马克思理论观点来看，文学生产作为一般观念上的生产和物质劳动形态，还没有上升到马克思所言的"艺术生产"的层面。只有当文学生产成为创造出资本用以扩大再生产的时候，亦即文学进入商业化产业化时代，才是真正意义上的"艺术生产"。本书所要讨论的作为"艺术生产"的文学生产，则是从1990年代尤其是新世纪以来的我国文学生产机制和文学产业化进程。那么文学生产在自身形态上具有什么特征？这里我们依然从马克思关于艺术生产的相关理论来认识。

2. 艺术生产的特殊性

在《德意志意识形态》这一重要著作中，马克思和恩格斯明确提出了全面的"社会生产"的思想，即"社会生产"应包括"通过劳动而达到的自己生命的生产"、"通过生育而达到的他人生命的生产"以及"思想、观念、意识的生产"这三种生产，这就是人们常说到的"物质生产"、"人口生产"、"精神生产"。无疑，艺术生产兼具"物质生产"和"精神生产"的双重属性。马克思不仅明确地划分出"精神生产"一类，还就"精神生产"与"物质生产"的关系作了明确的阐述：

> 思想、观念、意识的生产最初是直接与人们的物质活动、与人们的物质交往、与现实生活的语言交织在一起的。观念、思维、人们的精神交往在这里还是人们的物质关系的直接产物。表现在某一民族的政治、法律、道德、宗教、形而上学等的语言中的精神生产也是这样。人们是自己的观念、思想等等的生产者。①

---

① [德] 马克思、恩格斯：《德意志意识形态》，《马克思恩格斯选集》第1卷，人民出版社1995年版，第72页。

马克思用历史唯物主义观点考察精神生产与物质生产的关系，认为精神生产与物质生产是相互交织的，精神生产是由物质生产派生出来。因而艺术生产属于一种特殊形式的物质生产，这是就其基本性质而言。然而何谓特殊形式？特殊形式就是艺术生产不同于一般的物质生产，是属于精神性的生产活动。要研究这种精神生产活动，就应从物质生产和精神生产的相互作用和内在联系入手。马克思说："要研究精神生产和物质生产之间的联系，首先必须把这种物质生产本身不是当作一般范畴来考察，而是从一定的历史形式来考察。"一定的历史形式包括"第一，一定的社会结构；第二，人对自然的一定关系。人们的国家制度和人们的观念由这两者决定。因而，人们的精神生产的方式也由这两者决定。"因而"与资本主义生产方式相适应的精神生产，就和与中世纪生产方式相适应的精神生产不同。如果物质生产本身不从它的特殊的历史的形式来看，那就不可能理解与它相适应的精神生产的特征以及这两种生产的相互作用。这样就不能超出庸俗的见解。"[①]马克思首先从历史唯物主义角度考察精神生产与物质生产的相互联系和作用，即一定历史阶段的精神生产总是与该历史阶段的生产方式相适应。物质生产与精神生产既是相互适应，也是相互作用的。相互适应表现在资本主义的生产方式决定着物质生产和精神生产的性质，亦即在资本主义阶段，精神生产受资本主义生产方式主导，使其特定的政治经济学意义上的"生产劳动"性质具有普遍性和广泛性。相互作用表现在物质生产在一定程度上主导着精神生产，而精神生产则具有自身的独立性，同时精神生产也作为物质生产的特殊形式而存在。

那么作为精神性的生产劳动，艺术生产具有自身的特点。

第一，艺术生产有其双重性，即既具有物质生产的属性，又具有精神生产的性质。作为特殊形式的物质生产，艺术生产首先表现为一种物化的劳动形式，它是在资本主义社会产生的能创造资本和财富的生产活动，受物质生产规律支配。这一点与一般物质生产特征相同。更重要的是艺术生

---

① [德]马克思：《1861—1863年经济学手稿》，《马克思恩格斯全集》第33卷，人民出版社2004年版，第346页。

产又有不同于物质生产的特征，是一种特殊的生产即精神生产。精神生产的特殊性在于：首先，精神生产是观念地创造对象世界的生产。如果说物质生产是实际地改造和创造对象世界的生产的话，那么，精神生产则如马克思所说，是观念和思想的生产。人通过意识活动对外部世界进行观念性的思索或体验，在此基础上创造一个观念世界。其次，精神生产是通过特殊的符号进行的生产。观念的世界如何表现出来，这就需要特殊的符号，文学用的是文字、语言，音乐用的是音符、声音，绘画用的是线条、色彩，等等。再次，精神生产是个性化的创造性生产。虽然在文化工业中，精神生产的个性特征受到了压制，但不可否认，精神生产从根本上说是一种马克思称之为的"自由的精神生产"，表现为"精神个体性的形式"，是一种"真正自由的劳动"。这一点与物质生产尤其是大工业时代的物质生产讲究机械化规范化不同，精神生产的价值在于追求其产品的独特性，避免千篇一律，这就要求作家艺术家的生产劳动是自由的和创造性的。

艺术生产的双重属性体现在具体劳动中针对不同的生产对象而具有不同的属性。马克思说：

> 有些劳动，对它们的买者或雇主本身来说是生产的，例如演员的劳动对剧院老板来说是生产的，但这些劳动看起来像是非生产劳动，因为它们的买者不能以商品的形式，而只能以活动本身的形式把它们卖给观众。[①]

马克思在这里阐述了艺术生产所具有的物质生产和精神生产的双重性质。作为物质形态的劳动，艺术生产者是资本家的雇佣劳动者，按资本家的要求生产产品，他付出的是"生产劳动"；另一方面，对于读者和观众来讲，他的劳动又是一种精神生产，他不是一般的劳动者，而是以独特性的精神劳动获得读者和观众的认可。

---

① ［德］马克思：《1861—1863年经济学手稿》，《马克思恩格斯全集》第33卷，人民出版社2004年版，第159页。

从马克思关于艺术生产具有物质生产和精神生产两重性以及生产劳动与非生产劳动的论述中，我们不难发现，精神生产与物质生产的区别是就人类生产活动的形式而言的，生产劳动与非生产劳动的区别是就人类劳动的性质而言的：

> 在资本主义条件下，劳动的性质差异只能由劳动与资本运作的关系来判定：与资本运动相关即能让资本家榨取超过劳动力本身价值的劳动就是生产劳动，反之即是非生产劳动。从这角度说，精神生产方式的特殊性根本无法影响对其属于生产劳动抑或是非生产劳动的判断，它也失去了在以往一切社会所自然具有的神秘性与神圣性。它将变成这样：它只有与资本（商品）的增值有关才是生产性的——也就是说，对资本主义社会才有意义。[1]

这告诉我们，应当运用政治经济学的批判思路分析精神生产与资本的各种关系模式：既分析精神生产在这种经济制度中被一般物质生产同化的部分，又分析其相对特殊的部分。

第二，艺术生产作为有别于物质生产活动的生产劳动，"整个说来，这样一些劳动同资本主义生产的数量相比是微乎其微的量，这些劳动只能作为服务来享受，不能转化为与劳动者分开的、从而作为独立商品存在于劳动者之外的产品，但是它们可以直接地被资本主义利用。所以，可以把它们完全撇开不谈……"[2]。这段话可以看出，马克思对艺术产品的商品性质所进行的揭示是基于对资本市场逻辑中艺术生产的存在状况所作的分析，并不意味着他认为资本生产的理论能够概括性说明艺术生产的特性。无论哪一种劳动产品，都有其独特性。虽然现代的文化工业生产的产品具有批量复制的雷同化现象，但是艺术产品毕竟不同于轿车、手机、电脑的同

---

[1]　陈奇佳：《马克思精神生产理论的当代诠释》，人民出版社2011年版，第139页。
[2]　[德] 马克思：《资本论》（第1卷），《马克思恩格斯全集》第49卷，人民出版社1982年版，第106页。

一型号下的完全相同的产品，它的价值就体现在它是艺术家独特的劳动结晶。因而艺术生产从产品本身便可看出其劳动形态的特殊性。值得注意的是，马克思认为，无论是哪一种形式的产品，所对应的"资本主义生产方式"都只是"在很有限的规模上"或"很小的范围内"能够被应用。需要指出的是，马克思所论述的艺术生产的"有限规模"和"很小范围"，指的是资本主义生产的早期阶段。随着资本主义文化工业的发展，艺术生产也进入了工业化和产业化阶段，艺术生产的规模和范围都有了很大程度的扩大。

第三，艺术生产与物质生产发展是不同步的，即物质生产的发展和进步并不意味着艺术生产也在同步迈进。这是马克思关于艺术生产理论中的一个重要思想。马克思说："关于艺术，大家知道，它的一定的繁盛时期决不是同社会的一般发展成比例的，因而也决不是同仿佛是社会组织的骨骼的物质基础的一般发展成比例的。"[①]这一论断揭示了"物质生产的发展例如同艺术发展的不平衡关系"[②]。这表明，艺术生产有其自身发展规律，古希腊和文艺复兴时代的物质生产发展水平远远落后于近代资本主义，但希腊人和莎士比亚的艺术成就却是近代不可企及的：

> 就某些艺术形式，例如史诗来说，甚至谁都承认：当艺术生产一旦作为艺术生产出现，它们就再不能以那种在世界史上划时代的、古典的形式创造出来；因此，在艺术本身的领域内，某些有重大意义的艺术形式只有在艺术发展的不发达阶段上才是可能的。[③]

---

① [德]马克思：《〈政治经济学批判〉导言》，《马克思恩格斯选集》第2卷，人民出版社1995年版，第28页。

② [德]马克思：《〈政治经济学批判〉导言》，《马克思恩格斯选集》第2卷，人民出版社1995年版，第27页。

③ [德]马克思：《〈政治经济学批判〉导言》，《马克思恩格斯选集》第2卷，人民出版社1995年版，第28页。

在此，马克思强调了艺术生产与物质生产发展的不平衡关系，具有重大意义的文学形式如神话和史诗只能诞生在物质生产不发达阶段。随着物质生产的发展和科技的进步，一些重要的艺术形式将不再产生。马克思这些论述告诉我们，一定社会形态的自由的精神生产应该被当作这种物质生产的一定的、历史地发展的和特殊的形式来考察。只有在历史地考察基础上，才能够理解这种艺术生产的特殊性：

> 例如，资本主义生产就同某些精神生产部门如艺术和诗歌相敌对。不考虑这些，就会坠入莱辛巧妙地嘲笑过的 18 世纪法国人的幻想。既然我们在力学等等方面已经远远超过了古代人，为什么我们不能也创作出自己的史诗来呢？于是出现了《亨利亚德》来代替《伊里亚特》。①

中国文学的发展亦然，《诗经》和《楚辞》等这些璀璨的文学作品诞生在物质生产水平非常落后的先秦时期。唐代安史之乱以后物质生产严重衰退，但诗歌方面反而繁荣，出现了杜甫、白居易等大量现实主义的诗歌创作。再如元明清时的戏曲以及小说所造就的艺术辉煌在今天这样物质生产现代化的时代再也不会产生。

以上论述的艺术生产与物质生产的不平衡关系应该说是在两个维度上展开的，一是物质生产的发展推动了科技进步，改变了人类的生存状态，也改变了人们对自然和对社会关系的观点，从而导致艺术形态的改变，如"任何神话都是用想象和借助想象以征服自然力，支配自然力，把自然力加以形象化；因而，随着这些自然力实际被支配，神话也就消失了。"②二是就艺术生产本身来说，艺术生产经历了非生产劳动向生产劳动的转变过程，这种转变也导致了艺术形式发生变化。因为作为一种精神性生产劳

---

① [德] 马克思：《1861—1863 年经济学手稿》，《马克思恩格斯全集》第 33 卷，人民出版社 2004 年版，第 347 页。

② [德] 马克思：《〈政治经济学批判〉导言》，《马克思恩格斯选集》第 2 卷，人民出版社 1995 年版，第 29 页。

动具有独立性。而当这种生产劳动成为一种雇佣劳动，作家和艺术家必须按照资本家的要求来生产，那么他的独创性必将受到限制，或者说，作家将创作变成一种有经济目的的生产行为，那么这种劳动的成果也必然会受到影响。当资本主义生产把艺术纳入自己的轨道，使之成为一种"文化工业"的社会生产形式和部类，它也就强化了艺术的异化状态。艺术生产本来作为精神生产是一种自由的创造性劳动，是作家艺术家发挥天才和灵感的领域，他的劳动是独一无二的，因此它的作品也是具有鲜明的个性化特征。但是工业化生产把作家当作雇佣劳动者，作家就失去了创作上的高度的自由，变成了按市场需要和资本家指令生产的工人。显然，出于天性的能动表现所创作的作品与为了增加资本的价值才完成的作品的价值有着很大的区别。当具有"生产劳动"性质的"艺术生产"成为文学的主要生产方式时，那么，文学史上那些具有重大意义的形式如史诗，也必然会消失。

二、文学生产与消费的关系

马克思、恩格斯在《共产党宣言》中指出："资产阶级由于开拓了世界市场，使一切国家的生产和消费都成为世界性的了。"[①]这个论断在今天世界性市场时代更有着特别的意义，诚如学者所指出的：

> 在我们自觉或不自觉地进入世界市场时代以后，全面生产和全面消费纳入日常社会的基本可视视野，生活在这个视野中的人不管他愿意或者不愿意，都必须被卷入汹涌的生产和消费的社会洪流中，其身份要么定位于生产者位置要么定位于消费者位置，而且这种定位在个人的日常生活结构中总是瞬息万变地互相置换。[②]

---

① ［德］马克思、恩格斯：《共产党宣言》，《马克思恩格斯选集》第 1 卷，人民出版社 1972 年版，第 254 页。

② 王列生：《论世界市场时代的文艺生产与消费》，《东南大学学报》（哲学社会科学版）2007 年第 6 期。

生产与消费已构成我们这个时代最主要的生活事项，无人能够回避；而且它波及社会生活的各个领域，全面生产和全面消费，自然也将文学纳入其中。

关于生产与消费的关系，马克思在《政治经济学批判》导言中予以深入的阐述，这对我们研究当下文学生产与消费现象有着指导意义。马克思指出，所谓生产，就是"生产者物化"；所谓消费，就是"生产者所创造的物人化"。就此，何国瑞在其《艺术生产原理》一书中作了阐释：

> 对艺术生产来说，"生产者物化"，就是艺术家通过他的脑力和体力借助一定的物质载体将他的审美意识对象化，创造出第三自然来。在这种对象化的创造过程中，艺术的"原料不再保持自己的自然形状和特性"。而消费中"生产者所创造的物人化"，则是艺术的欣赏者在美感享受中不知不觉地为作品体现的感情思想、意志理想所同化。正是在这种同化中，强烈地表现了艺术的改造世界的物质力量。①

这段话较为明确地揭示了马克思所言的生产与消费的涵义。关于生产与消费的关系，马克思作此论述：

> 生产直接是消费，消费直接是生产。每一方直接是它的对方。可是同时在两者之间存在着一种中介运动。生产中介着消费，它创造出消费的材料，没有生产，消费就没有对象。但是消费也中介着生产，因为正是消费替产品创造了主体，产品对这个主体才是产品。产品在消费中才得到最后完成。②

---

① 何国瑞：《艺术生产原理》，武汉大学出版社2010年版，第41页。
② [德]马克思：《〈政治经济学批判〉导言》，《马克思恩格斯选集》第2卷，人民出版社1995年版，第9页。

这段话不仅概括了生产与消费的同一性以及相互依存的关系，而且揭示了生产内部的运行机制及其根本规律，是我们认识文学生产现象和规律的理论出发点。具体讲来，马克思是从两个层面上分析生产与消费的关系的。

1. 生产生产着消费

就生产方面来说，马克思指出："生产生产着消费：（1）是由于生产为消费创造材料；（2）是由于生产决定着消费方式；（3）是由于生产通过它起初当作对象生产出来的产品在消费者身上引起的需要。因而，它生产出消费的对象，消费的方式，消费的动力。"可以看出，生产决定和支配着消费，这是马克思关于生产与消费关系论述的一个基本观点："无论我们把生产和消费看作一个主体的活动或者许多个人的活动，它们总是表现为一个过程的两个要素，在这个过程中，生产是实际的起点，因而也是起支配作用的要素。"①因为生产为消费提供材料和对象，没有生产就没有消费，这是生产的根本意义所在。作为一个过程的起点，生产决定着消费。因而我们所谈的消费必须建立在生产的基础上，就文学生产来说，文学生产为文学消费提供消费的对象，即文学产品。文学消费作为阅读欣赏活动，必须以一定的文学产品作为对象。这一点无须赘言，此其一。

第二，生产决定着消费方式，"生产为消费创造的不只是对象，它也给予消费以消费的规定性、消费的性质，使消费得以完成。"②这就是说，不同的生产力和生产方式生产出不同的消费方式和消费水平。资本主义文化工业生产培养的是文化产品娱乐消费者，"文化工业的产品到处都被使用，甚至在娱乐消遣的状况下，也会被灵活地消费。但是文化工业的每一个产品，都是经济上巨大机器的一个标本，所有的人从一开始起，在工作时，在休息时，只要他还进行呼吸，他就离不开这些产品。"③对于文学

---

① ［德］马克思：《〈政治经济学批判〉导言》，《马克思恩格斯选集》第2卷，人民出版社1995年版，第10、12页。

② ［德］马克思：《〈政治经济学批判〉导言》，《马克思恩格斯选集》第2卷，人民出版社1995年版，第10页。

③ ［德］马克思·霍克海默、西奥多·阿道尔诺：《启蒙辩证法——哲学断片》，渠敬东等译，上海人民出版社2006年版，第112页。

生产而言，纸质印刷和数字化存储代表了两种不同的生产方式，这两种生产方式生产出的纸媒文学和网络文学，是今天文学两种主要形态。网络文学的产生以及兴盛表明文学生产方式的改进带给文学的变化，这种变化又改变了文学消费的方式。因为网络文学不仅仅意味着文学媒介形式的规定性，而且意味着这种媒介形式所代表的一种特定的文学形态——区别于传统纸媒文学的特质。这在很大程度上支配着网络文学的消费方式。如网络文学的类型化生产，也就决定了读者首先要选择适合自己的文学类型来阅读。类型化不仅是作品的标签，也把读者分为了不同类型，即类型文学生产着类型读者。再如，因为网络文学生产大都是作者写一章上传一章，那么读者也只能有一章读一章。这种断断续续的生产过程也使读者阅读变得分散，或成为碎片化阅读。如果作者写作半途而止，那读者阅读也只好就此而止。

第三，"生产不仅为需要提供材料，而且它也为材料提供需要。……艺术对象创造出懂得艺术和具有审美能力的大众，——任何其他产品也都是这样。因此，生产不仅为主体生产对象，而且也为对象生产主体。"[①]生产不仅生产出产品供消费者消费，而且还生产出消费该产品的消费者。也就是说，生产不仅以产品满足消费者需要，还以产品建构着特定的消费群体。比如现今的驾车一族就因自驾车的类型而自发组成不同的消费群体，再如 iPhone 系列产品在中国市场的火爆销量强化了消费者的需求心理。从文学生产方面来看，文学生产规定着文学消费的需要，或者说生产着新的消费者，亦即不同的文学有着不同的读者。这些读者因阅读不同的文学作品，其阅读心理、文学素养以及文化素质也会产生相应的变化，高雅文学有高雅文学的读者，通俗文学有通俗文学的读者。今天的大众文化产品也在以自己的内容和风格培养大众读者。从大的方面讲，一个社会或一个民族的文学消费者的文化层次、艺术修养、审美趣味和精神风貌，都是特定时代的文学和文化产品创造出来的。

---

　　① ［德］马克思：《〈政治经济学批判〉导言》，《马克思恩格斯选集》第2卷，人民出版社1995年版，第10页。

文学生产决定和支配着文学消费，马克思这一基本理论观点的指导意义在于，扶持和生产优秀的严肃文学作品关系到整个社会和民族的文化素质和文学素养的提高，而任由低劣庸俗的文学作品的泛滥则可能生产出趣味低下的读者。

2. 消费生产着生产

马克思说："一条铁路，如果没有通车、不被磨损、不被消费，它只是可能性的铁路，不是现实的铁路。没有生产，就没有消费；但是没有消费，也就没有生产，因为如果没有消费，生产就没有目的。"① 生产离不开消费，消费是生产必须满足的对象。"以利润、商品和资本为存在符号象征的世界市场时代把人类社会变成一架永不停息的生产机器，而这个机器的生产要想能够持续运转，就必须演绎出与之相匹配的对称物，那就是消费。"② 也就是说，消费是生产得以存在的必要条件，消费也在生产着生产，这主要体现在两个方面：

第一，消费使产品得以完成，"产品只是在消费中才成为现实的产品……产品不同于单纯的自然对象，它在消费中才证实自己是产品，才成为产品。消费是在把产品消灭的时候才使产品最后完成，因为产品之所以是产品，不在于它是物化了的活动，而只是在于它是活动着的主体的对象。"③ 文学消费同于此理，即文学产品在消费中才得到最后实现。一部作品，无论写得怎样，如果没有读者阅读，只能是潜在的可能的作品。从接受美学理论看来，文学文本只是一个不确定性的"召唤结构"，它召唤读者在其可能范围内充分发挥再创造的才能。艺术存在于读者与文本的"对话"之中，作品的意义是在读者与文本的"对话"中生成的。文本是一种吁请、呼唤，它渴求被理解；而读者则积极应答，理解文本提出的问题，

---

① [德]马克思：《〈政治经济学批判〉导言》，《马克思恩格斯选集》第2卷，人民出版社1995年版，第10页。

② 王列生：《论世界市场时代的文艺生产与消费》，《东南大学学报》（哲学社会科学版）2007年第6期。

③ [德]马克思：《〈政治经济学批判〉导言》，《马克思恩格斯选集》第2卷，人民出版社1995年版，第9页。

这就构成了对话。接受美学理论强调作品有赖于作者与读者共同完成。从目前的文学生产尤其是网络文学生产来讲，消费对文学生产的影响更加直接和重要。当作者将自己的作品上传给网站，如果无人问津，没被消费，那生产就几乎没有意义。

第二，消费创造出生产的动力，也体现了生产的目的。"消费创造出新的生产的需要，也就是创造出生产的观念上的内在动机，后者是生产的前提。"①没有需要，就无须生产。生产的动机来自于消费者的需求。文学亦如此，尤其在文学商品化的时代，文学生产必须考虑市场需求，即读者大众的文学消费需求。如果无视市场规律和读者需求，文学生产就会陷入盲目状态。"如果说，生产在外部提供消费的对象是显而易见的，那么，同样显而易见的是，消费在观念上提出生产的对象，把它作为内心的图象、作为需要、作为动力和目的提出来。消费创造出还是在主观形式上的生产对象。"②马克思深入地揭示了"消费生产着生产"的重要意义。在这里，消费已经先导于生产，制约着生产。

如果说，在计划经济时代，是生产决定着消费，供应不足造成了文化产品极其匮乏，使读者大众的精神需求远远得不到满足。那么，在商品经济时代，文化市场相当繁荣，产品丰富，整体上呈现出供给大于需求的局面，因而消费制约着生产就显得尤其重要。这首先表现在，消费制约着文学生产的方式，文学生产必须考虑大众的阅读需求。将消费作为生产者内心的图象，对于今天的文学生产来讲，就是要迎合读者的需要，生产读者喜闻乐见的作品。就读者自身来讲，不同年龄、不同阶层的读者有着不同的阅读趣味和爱好。一般来讲，中老年读者比较习惯于纸质阅读，对网络文学缺少兴趣，尤其对付费阅读望而却步。青少年读者则更习惯网络阅读和手机阅读，且阅读时间也比较零碎，付费阅读也习以为常。文学类型化以不同类型的产品满足不同读者的需求，这是文学生产者面对市场的策

---

① [德]马克思：《〈政治经济学批判〉导言》，《马克思恩格斯选集》第2卷，人民出版社1995年版，第9页。
② [德]马克思：《〈政治经济学批判〉导言》，《马克思恩格斯选集》第2卷，人民出版社1995年版，第9页。

略。我们来看被称为"投机主义绅士"的文化商人路金波是如何在生产线上生产产品和做市场营销的呢？他是按照读者年龄细分作家和市场的：14岁左右的女生需要粉红色梦想，对应的作家以郭妮为代表；17岁少女已经懂得青春的疼痛，对应的作家是饶雪漫；20多岁的文艺青年需要瑰丽的想象，对应作家是沧月；30岁左右的白领对待生活的态度能从安妮宝贝那里得到共鸣；30岁以上的读者，路金波说自己"搞不定"。因为偏低龄化的读者才具备"非理性"气质。也正因为路金波谙熟读者的阅读趣味，为不同读者量身定制作品，使得他成为中国畅销文学的金牌推手。关于畅销文学流行趋势，路金波说："未来的文学市场，只有四种可能流行：一种是卖文字的，韩寒、安妮宝贝或者郭敬明，他们的文字特别好，写什么都能卖；一种卖故事，就是所谓"类型文学"，青春文学、穿越文、官场小说，与作者无关，可以复制；一种是卖经验，像小宝、石康、慕容雪村，他们老了，活出些道理来，卖卖经验；还有一种是卖时髦，比如帕慕克、川端康成，满足知识虚荣分子的好奇心。"① 这段话非常现实地道出了消费对文学生产的影响，也就是作者的创作取向应与读者的阅读趣味直接挂起钩来。

三、当下文学消费神话的符号学解读

与文学生产一样，文学消费也具有两重性，即既是一般商品消费，又是特殊的精神产品消费。我们在这里讨论的主要是作为商品性质的文学消费神话的打造。

2010年9月中旬，国内多家媒体报道："韩寒最新的长篇小说《1988》成为全国读者最翘首以待的作品。据了解，《1988》平装本将于中秋节前夕9月21日12时全国零时差统一上市，而其精装限量版目前价格也已敲定，每本定价988元。这不禁让人联想到80后另一位明星作者郭敬明前不久发

---

① 因因：《不上流，不下流》，浙江文艺出版社2011年版，第86页。

售的《爵迹》，限量珍藏版 4 万套，每本定价 268 元。"① 这确实称得上中国当下文学的神话。如果我们继而考察当今文学市场，还会发现诸如此类的神话被不断制造，如"麦家备受关注的小说《风语》坐地涨价，稿酬已经由之前媒体透露的 500 万元飙升至 1000 万，出版业发展 10 年，又一个千万稿酬的神奇上演"②，等等。在媒体的神力面前，一个冷清的文坛转而成为热闹喧嚣的文学市场，这就是当下文学的尴尬境遇。也许正是这样的境遇，神话才凸显其特有的价值和力量，这是一个需要创造神话的时代。

1. 神话与符号

西方现代符号学，自语言学家索绪尔和哲学家皮尔士于 19 世纪末创建以来，在各国语言学、逻辑学、哲学、心理学、美学等传统学科领域内不断发展，到了 1960 年代，形成了国际性的学术思潮，并渗透于多个学科领域。罗兰·巴特自 1950 年代中期起，将其了解和运用的一些语言学和符号学概念、原则和方法，归纳为若干基本论述，并开始将符号学方法自觉地运用于文学和文化现象批评的意识形态分析，拓展了符号学的应用功能。

按照罗兰·巴特"神话是一种言说方式（措辞、言语表达方式）"的观点，就要对"作为符号学系统的神话"③ 进行符号学解析。什么是符号学？巴特说："我们可以把符号学正式地定义为记号的科学或有关一切记号的科学，它是通过操作性概念从语言学中产生的。"他认为："语言结构就是社会性本身。简言之，或者由于过度节制，或者由于过度饥渴，或者因为过瘦，或者过胖，语言学正在解体。对我来说，我把语言学的这种解体过程就称作符号学。"④ 事实上，巴特从索绪尔的语言理论出发，即任何符号学都要在能指和所指这两项之间设定一种关系来建构他的符号学理论。

---

① 胡晓：《韩寒〈1988〉精装限量版 988 元？》，2010 年 9 月 21 日，见 http://www.tianjinwe.com/tianjin/tjwy/201009/t20100921_1862030.html。

② 吴波：《天价稿酬还能走多远？〈风语〉坐地涨价至千万》，2010 年 7 月 13 日，见 http://culture.people.com.cn/GB/22219/12132533.html。

③ [法]罗兰·巴特：《神话修辞术批评与真实》，屠友祥等译，上海人民出版社2009年版，第169页。

④ [法]罗兰·巴尔特（巴特）：《写作的零度》，李幼蒸译，中国人民大学出版社 2008 年版，第191、192页。

符号学在语言结构和话语之间建立了联系："语言结构流入了话语，话语又回流入语言结构，二者争相居上有如玩叠手游戏一样。"① 显然，巴特将纯粹的语言结构转向了话语，这使符号学具有了社会性意义。

巴特说："在任何符号学系统中，我处理的都不是两项，而是不同的三项；因为我所领会的，完全不是单独地先是一项，尔后另一项，而是将它们联结起来的相互关系，因而有能指、所指和符号，符号是能指和所指的联结整体。"② 他以玫瑰为例，认为不是只有一个能指和一个所指，即玫瑰和激情，在分析的层面上，玫瑰和激情联结为一体，形成第三物，也就是符号。在巴特看来，能指是空洞的，符号是充实的，它具有意义。而到了神话里，巴特又发现了上述的三维模式：能指、所指和符号：

> 神话是个特殊的系统，因为它是根据在它之前就已经存在的符号学链而建立的；它是个次生的符号学系统。在初生系统里为符号（亦即概念和印象的联结总体），在次生系统里变成单一的能指。在此须回想一下神话言说方式的材料（狭义的语言、照片、绘画、广告、仪式、物品等），它们一开始不管多么千差万别，一旦被神话利用了，都归结为纯粹的意指功能：神话在它们身上只看到了同样的原材料，它们的同一性在于都简化为单一的语言状态。③

所谓同一性就是不管是文字的书写还是绘画线条的书写，神话从他们身上想看到的都只是诸符号的一个总体，只是一个整体性的符号。

巴特把神话看作是两种符号系统，一种是语言系统，即索绪尔用能指和所指所架构的抽象的整体语言，巴特称之为作为对象（工具、素材）的群体语言，因为神话正是掌握了群体语言才得以构筑自身系统。另一种系

---

① [法]罗兰·巴尔特（巴特）：《写作的零度》，李幼蒸译，中国人民大学出版社 2008 年版，第 192 页。

② [法]罗兰·巴特：《神话修辞术批评与真实》，屠友祥等译，上海人民出版社 2009 年版，第 173 页。

③ [法]罗兰·巴特：《神话修辞术批评与真实》，屠友祥等译，上海人民出版社 2009 年版，第 175 页。

统就是神话本身，巴特称之为"释言之言"。释言之言是次生语言，以次生语言谈论、解释初生语言，符号学家不再需要考虑作为对象（工具、素材）的群体语言的构成问题即语言学层面的问题，他只需要了解整体项或整体符号就可以了。即无论是文字还是图像，在符号学家看来，它们都是符号，它们都迈入了神话的门槛，具有同样的意指功能。对巴特来说，神话中的能指可从两个视角进行观察：它是语言学系统的终端或是神话系统的开端：

> 在语言层面上，也就是初生系统的终端，我把能指称作意义；在神话层面上，我把能指称作形式，所指那里，不可能有模棱两可之处，我们将要给它保留概念这一名称。第三项是前面两项的相互关系，在语言系统里，它就是符号；……我称神话的第三项为意指作用。[①]

非常清楚，巴特强调作为符号系统的神话，其实是要突出神话这一"符号"的意指功能。关于符号的意指，符号学家将其分为直接意指和含蓄意指两个层次。表达层面（能指）和内容层面（所指）结合起来，才构成符号，那么，这是直接意指符号学；若一种符号学，其表达层面（能指）就是符号（能指和所指的结合物），则此符号学为含蓄意指符号学。含蓄意指符号学的表达层面由直接意指符号学的内容层面和表达层面联合提供。含蓄意指的能指就是直接意指系统，含蓄意指的所指又是什么呢？罗兰·巴特说是"意识形态的蛛丝马迹"，具有普泛性、统一性和弥散性等特点，而我们对神话要读解的正是这个含蓄意指的所指。

在罗兰·巴特看来，意指作用就是神话本身，意指具有展开的向度，与神话形式呈现方式的空间向度不同，神话的意义即概念"则与之相反，以总体的、综合的样式呈现，类似于星云之类模糊的一团，是某种大都是

---

① [法]罗兰·巴特：《神话修辞术批评与真实》，屠友祥等译，上海人民出版社2009年版，第177页。

不明确的知识的集聚。它的种种要素凭借各类联想关系结合在一起：它不是靠空间上的向度，而是凭内涵上的厚度、深度（虽则厚度、深度这一隐喻仍然是太具有空间意味了），它的呈现方式是记忆性的。"①从巴特对符号学的解释中，我们可以领会到他赋予符号学的社会功能：

> 简言之，它有关于理解（或描述）一个社会如何产生各种固定形式，即如何产生大量的人为制品；接着社会又将其作为内在的意义，即作为大量的自然产品，加以消费。符号学（至少我的符号学）是产生于不能容忍"自我欺瞒"和标志一般道德性的"良心"之混合性存在。②

我们也正是从这一角度来认识神话的意指功能，以及读解和破译其符号意义的深度和厚度的。

2. 当下文学消费神话的符号意义

从当下文学所处的境遇来看本节开头所引的报道，便可得出这一神话的消费性质。作为消费品的文学，自然脱不了神话的外衣。如何对当下文学消费神话进行符号学解读？按照罗兰·巴特的观点：

> 为了进行这种研究，必须一开始（特别是在开始时）就公然接受一种限制性原则。这个原则即适切性原则，它也是借取自语言学的。我们只按某一观点来描述所收集的资料，因此在这些多种多样的资料中我们只注意从这个观点看是重要的那些特征，而排除所有其他特征（这些重要的特征即适切项——pertinents）。……符号学研究所采用的适切性，按定义来说涉及的是研究对象的意指作用，人们只按对象具有的意义关系来研究

---

① [法]罗兰·巴特：《神话修辞术批评与真实》，屠友祥等译，上海人民出版社2009年版，第183页。
② [法]罗兰·巴尔特（巴特）：《写作的零度》，李幼蒸译，中国人民大学出版社2008年版，第193页。

对象，而不涉及、至少不过早地（即在系统被尽可能充分地建立起来之前）涉及对象的其他决定因素（如心理学、社会学、物理学等因素）。[①]

巴特提出的"适切性原则"作为一种研究原则和方法，使我们在分析消费神话时找到了一个切入点，这便是广告。它将这一神话神化和合法化了。如今的广告可以让人们从飞驰的轿车联想到幸福的人生，由香浓的咖啡品尝到浪漫的爱情，还可以从一支牙膏、一块口香糖领略到生活的美味和生命的真谛。诸如此类的广告铺天盖地，席卷而起的是大众的消费欲望和冲动。在五光十色的商品世界，广告的诱惑力和欺骗性并不是显而易见的，因为它给自己套上了神话的外衣。所谓合法化，就是巴特所说的神话的原则：将历史转变成自然。他以黑人向三色旗敬礼为例，说明"法兰西帝国性变为自然状态的那一刻，神话就开始存在了：神话是一种被过分地正当化的言说方式"[②]。这种言说方式正体现了"神话实际上就具有双重功能，它意示和告知，它让我们理解某事并予以接受"[③]。广告之所以具有神话的性质，实乃其以特有的言说方式表达了当下社会的消费话语。诚然，关于韩寒小说《1988》的发行及其价位报道，其文字本身的内容固然虚张声势，但透过字面意义，不难看到文学消费化现实。正如罗贝尔·埃斯卡尔皮所言："读者是文学作品的消费者，因此，他像所有其他产品的消费者一样，是为一种兴趣所驱使，而不是要作出判断，即使他能凭经验对这种兴趣作出合理的说明。"[④]作为消费者的读者，不再关注作品的审美价值并作出判断，而是首先以购买商品的消费行为来满足其消费欲望。韩寒的作品仅因为署上韩寒之名而获得了品牌效应，这驱动了读者的消费欲望。读者向消费者身份的转变，使他面对文学作品就如面对一般商品一样，消费取代了欣赏。这就使得"高雅文化商品的消费（如艺术、戏剧、哲学）一定与其

---

① [法]罗兰·巴尔特（巴特）：《符号学原理》，李幼蒸译，中国人民大学出版社2008年版，第74页。
② [法]罗兰·巴特：《神话修辞术批评与真实》，屠友祥等译，上海人民出版社2009年版，第191页。
③ [法]罗兰·巴特：《神话修辞术批评与真实》，屠友祥等译，上海人民出版社2009年版，第177页。
④ [法]罗贝尔·埃斯卡尔皮：《文学社会学》，符锦勇译，上海译文出版社1988年版，第139页。

他更多的平庸文化商品（衣物、食物、饮料、闲暇追求）的持有和消费相关，高雅文化必须镌刻在与日常文化消费的相同的社会空间中。"①因而，对于今天的读者来说，也许小说的内容并不重要，重要的是小说的符号价值，亦即读者消费的正是韩寒这一品牌以及小说的价位。媒体的炒作正是迎合了读者的消费心理需求，故制造了这一消费神话。

上述神话我们还可以看作是文学的媒体神话，在一个传媒高度发达的社会，文学生产与消费自然离不开媒体文化的影响。这里我们以麦家文学现象为例，来解读媒体文化是如何合围打造了一个文学神话。在文学已不很景气的消费时代，似乎不再有这样的奇迹：在《解密》、《暗算》作为畅销书发行之后，《暗算》被改编为同名电视剧一度在电视台热播。随着电视剧的热播，出版已两年的小说《暗算》又再次登上各大书店的销售榜首，随即又有电视剧版的小说《暗算》热销。继而《暗算》获得第七届茅盾长篇小说奖。根据麦家小说《风声》改编的电影同样是名声大噪；接着，就是多家电视台、报纸、杂志和网络频道对麦家的访谈之类的宣传报道，使麦家在短时间内由一个普通编剧迅即成为一个文化名人。这样，有着名人桂冠的麦家被杭州市政府以文化名人身份邀请落户，等等。概言之，麦家及其作品在媒体文化的包围中生成了一个文学消费奇观。当今媒体文化几乎无所不在，无所不包，它深刻地影响人们的生活生存方式以及思想观念。同样，它也关涉到文学的生存和发展。确切地说，文学必须纳入到媒体文化中，通过相关媒介的传播以及被消费才能确立自身的存在。

下面我们来简单分析文学是如何参与大众传播的。首先，文学文本不仅是传播的内容，而且也是传播媒介本身。放在消费体系中，文学作品是作为符号被消费的。作品被符号化，意味着已脱离其自身的客体存在。从大众传播来讲，传播的功能出自其自主化媒介的逻辑本身，用鲍德里亚的话来说就是：

---

① ［英］迈克·费瑟斯通：《消费文化与后现代主义》，刘精明译，译林出版社 2000 年版，第 25 页。

> 它参照的并非某些真实的物品、某个真实的世界或某个参
> 照物，而是让一个符号参照另一个符号，一件物品参照另一件物
> 品，一个消费者参照另一个消费者。同样，只要书籍让其读者参
> 照其所有的读者（此时阅读就不是意义的实体，而是文化同谋的
> 单纯符号），或只要物品／书籍参照同一集合中的其他，等等，
> 那么书籍就变成了大众传播方式。①

这样在媒体文化语境中，文学的符号价值被体现出来了，就在于它自身成为一个参照物，被电视、电影、网络、书刊等媒体等参照，而这些媒体共同组成一个文化集合。在这个集合体中，文学有了自己的一席之地。另一方面，既然文学作为消费品存在，那就离不开媒体广告宣传。在消费时代，消费者的消费需求并不来自于对物质的真实需要，而是由消费意识形态控制的。在消费意识形态中发挥支配性作用的当属广告了。广告宣传所产生的品牌效应在今天的文学市场上发挥着重要的作用。以麦家情况来看，在他还没出名之前，集十年心血写就的《解密》，曾处处碰壁，不被出版社接受；而其成名后，《风语》尚未完稿，就被媒体炒得沸沸扬扬，传言出版社竞相高价拍购。这种催生完全是因媒体文化合力将麦家打造为了一个文学品牌。除了电影、电视对麦家小说的直接改编所带来的影响外，还有各种媒体对他的访谈、相关信息的转载、报道等等，都在引导着对这一品牌的消费。作为一种销售策略，广告在消费控制中的作用是"温柔地对你进行掠夺"，即看似无动机是最大的驱动性，无强制是最大的强制，无压迫是最大的压迫，这就是鲍德里亚所说广告的窍门和战略性价值，也就是广告中的"阳谋"和"暗算"，这使得麦家的作品目前一路畅销。

3. 文学消费神话的背后

以上我们从读者消费心理与媒体文化方面分析了当下文学神话的意指作用。如果说，它关涉到神话的历史的话，用巴特的话来说，"神话负

---

① ［法］让·鲍德里亚：《消费社会》，刘成富译，南京大学出版社2000年版，第116页。

有的责任就是把历史的意图建立在自然的基础之上，偶然性以永恒性为依据。"①他认为世界提供给神话的，是历史真实，而神话回馈给世界的，则是这一真实的自然形象。所谓自然就是在玩戏法，将真实倒转过来，将历史的真实掏空，却拿自然去填实它。"神话的功能就是撤空真实：它完全是一种不断的排出、流失，或者说是挥发，总之是可以感觉到的缺失。"②那么现在我们就要问当下文学神话给我们感觉到的那个"缺失"是什么？这个缺失就是历史的真实，只不过被神话所扭曲。巴特说，"神话什么也不藏匿，虽则看起来是矛盾的：神话的功能是扭曲，而不是使之消失。"③

文学目前的现实境况是我们阅读神话时能感觉到的"缺失"存在。与喧嚣热闹的文学市场相反的，是文坛的冷清以及优秀作品的寥寥无几。受多种因素的制约，文学昔日的风光早已不再，文学的边缘化曾引发人们对文学是否会终结的忧虑和讨论。当今文学的不景气状况主要有两点：一是缺少具有经典价值的优秀作品。二是即使有这样的作品，也难以让读者广泛接受，其社会效应较之影视作品差距甚远，阅读成了小众化的行为。面对此番难堪的文学境况，人们只能从另一方面去寻找文学的生机，将希望寄托在新媒体文学上。且看这段文字：

> 目前，中国网民接近 4 亿人口，在线阅读人群和宽带拥有量均占世界第一位。在网上发表过作品的人数无法确切统计，仅全国文学网站签约作者的人数就已突破百万，5000 万读者通过网络、手机和手持阅读器阅读文学作品。我国民众对文学的关注程度不亚于影视及其他艺术门类，受众人群的广泛性已远远超越上世纪 80 年代文学黄金时代。同时也说明，网络文学的影响力已经由文学而进入更加广泛的社会领域。可以说，由网络文学引发的新的文学热潮，正在开创当代中国文学的崭新时代。④

① [法]罗兰·巴特：《神话修辞术批评与真实》，屠友祥等译，上海人民出版社2009年版，第203页。
② [法]罗兰·巴特：《神话修辞术批评与真实》，屠友祥等译，上海人民出版社2009年版，第203页。
③ [法]罗兰·巴特：《神话修辞术批评与真实》，屠友祥等译，上海人民出版社2009年版，第182页。
④ 马季：《2009 年网络文学综述》，《光明日报》2010 年 1 月 21 日。

这里我们且不问网络文学究竟能否开创中国文学的崭新时代，而是要说此番对网络文学所寄予的厚望是否透显出对当下整个文学现实状况尤其是纸媒文学萧条境况的失望？正是在这一意义上，我们说这是一个需要创造文学神话的时代。这样我们也就理解了巴特所谓的缺失并不是真正意义的缺席或不在场，相反它却以神话的形式让我们解读了历史的真实性存在。

那么，为什么神话又能将历史建立在自然的基础上？换言之，这些文学神话为什么能够以自然的面目出现而让人们顺理成章地接受？一方面神话确实什么也没藏匿，它没有特意遮蔽历史的真实，正因为此，神话的历史意义始终没有缺席。但是它撤空或挥发了真实，给人感觉到有所缺失，这就是巴特所谓的能指形式的空洞，这也是能指的功能所在。这是自然性的一面。另一方面，任何神话戏法都有其内在机制，它对历史真实仅仅是作了"扭曲"，而要被"扭曲"得自然，就要有可被称为关钮的因素，或者说要有神话制造的背景因素支撑。当下一系列的文学消费神话之所以以自然的面目出现，就在于它生存于文学市场化这一现实的土壤。当然，我们也可以说以往所有的文学都是要面对市场的，但它从来没有像今天这样完全市场化。文学被市场牵着鼻子，其生产与消费都纳入到市场机制中受商品规律支配。在消费社会里，用鲍德里亚的观念来看，起支配作用的不是商品的使用价值而是其交换价值，消费者看重的不是文学自身的价值，这对他来说并不重要，重要的是商品的符号意义。或者说文学的价值就体现在市场的明码标价上，韩寒的《1988》的价格确实让人心动，它挑战人们的消费欲望。稍微让人遗憾的是，这则神话后来被画蛇添足了。在新书售出之后，媒体再次报道："韩寒新书每本售价 998 元 送 3000 元黄金"，用韩寒的话说："除了碳纤维制作成本近千元以外，在每一本书的最后，我们还送了十克纯黄金。如果你不喜欢这本小说，随手卖了这些黄金，拿3000 块钱回来，我也不亏欠你。"[①] 也许是韩寒低估了读者的消费欲望，也许是韩寒想再造一个噱头，使得这个"书中自有黄金屋"的神话制造得

---

① 《韩寒新书每本售价 998 元送 3000 元黄金》，2010 年 9 月 25 日，见 http://www.cnr.cn/jmlm/xfzx/201009/t20100925_507092874.html。

有些生硬拙劣。正如巴特所言，它确实什么也不藏匿，韩寒用最直接最粗俗的方式印证人们的消费心理，他以自己特有的方式赢得市场。当然，《1988》的内在品质即文学性也全然被市场所放逐，这就是当下文学的悲哀，神话的功能正在此得以体现。

第三章

文学产业化与亚文学生成

一、资本对文学的介入——以盛大文学为例

1. 网络文学的发展与资本进入

文学从 1990 年代起进入了市场经济时代。市场经济的全面推进,以及新兴媒介如互联网的产生使文学生产方式获得了解放,也使文学形态更加丰富多彩。"通俗文学、传媒文学和以纪实性、广告性为主要内容的受委托的文学共同构成了一幅多色调的图画,相互依存、共荣共生。"①在这多元化多色调的斑斓的文学图景中,最引人注目的莫过于网络文学的出现。

网络文学的发展经过三个阶段。我们可以将 1994 年方舟子等人专门成立的中文电子网络期刊"新语丝"作为中国网络文学的正式起始。"新语丝"收集、摘录网络原创文学,"新语丝"的刊名也体现了"任意而谈、无所顾忌"的自由性质和"吐丝成网"这一现代技术特点。随后第一份中文网络诗刊《橄榄树》,以及第一份网络女性文学刊物《花招》的创办,都是中国早期网络文学发展的见证。中国早期网络文学是文学爱好者在网络上发抒情感,寻求心灵的慰藉,抑或展现文学才华,实现作者自我价值的承载体式。自由与纯粹彰显了这一时期网络文学的基本精神。自由是指网络给作者创造的自由发表的空间以及个人化的自由表达,纯粹即是创作无

---

① 王宁:《"后新时期":一种理论描述》,《花城》1995 年第 3 期。

经济功利目的，直接听从于作者内心的需求。初期的网络文学从少君创作的互联网第一部中文小说——《奋斗与平等》到痞子蔡的《第一次亲密接触》，呈现的是"小荷才露尖尖角"的样态。这一支新芽无疑是清新幼稚的，不沾世俗风尘，不受功利熏染。正因为此，至今人们仍留恋网络文学最初的纯粹。当初的网络写手现在看来，也许他们才是真正意义上的网络作家。

1997 年，美籍华人朱威廉在获得 100 万元的投资后，创办了全球中文原创作品网"榕树下"（www.rongshuxia.com），使中国网络文学进入了一个新的发展时期。这一时期网络文学一方面秉承了文学的信念，正如朱威廉所说："也许有一天世界能留给我们的只有骚动和纷繁，当那一天到来的时候，我们也甘愿随之沉沦，一起消失在这诸多诱惑与灯红酒绿之中。可是，只要有一人投稿，榕树下便有生存下去的意义，只要还剩下一颗勇于面对生活，敏于感受的心灵，我们便能找到我们的价值。"① 另一方面进行了商业化运作。网络文学的"第一桶金"诞生了网络文学第一代盈利模式，即网络作家通过低门槛的网络发表来提高自己的声名，而网站则借助高点击率给予的广告服务，以及作品出版后的版权分享而获得收益。这一时期出现了不少网络文学写手和作品。如安妮宝贝的《告别薇安》、李寻欢的《活的像个人样》、宁财神的《缘分的天空》、俞白眉的《网络论剑之刀剖周星驰》等掀起了网络文学的热潮。值得注意的是，2000 年年初，"榕树下"网站举办了"首届网络原创文学作品奖"，并邀请李寻欢、安妮宝贝、宁财神等当红网络写手当评委，还邀请多位资深的文学名家余秋雨、王安忆、王朔等颁奖，意在寻求传统文学界的接纳和支持，并以此推动网络文学的进一步发展，无疑这是网络文学商业化运作的一个策略之举。应该说，新世纪之初的网络文学手持两方宝剑，即网络作家既借网络天地追求文学的梦想，又为自己获得相应的经济利益和声誉。这使得这一时期的网络文学能以高歌猛进的姿态显示了自己的声势和实绩。如今何在的《悟空传》、宁肯的《蒙面之城》、苍月的《血薇》、萧鼎的《诛仙》、玄雨的

---

① 《碧海 蓝天 榕树下》，2008 年 12 月 17 日，见 http://BBS.tianya.cn/post-free-1477832-1.shtml。

《小兵传奇》等风靡网络,其影响力大大超过同时期出版的纸质文学。

随后各文学网站相继成立,一时间群雄并起。其中创建于2002年的起点中文网在当时国内几大具有竞争力的文学网站占据优势。2004年10月,总部设于上海的盛大公司,收购了起点中文网。随后盛大公司斥资数亿元收购了红袖添香网、言情小说吧、晋江文学城、榕树下、小说阅读网、潇湘书院等原创文学网站以及天方听书网和悦读网等。2008年,盛大公司正式成立了盛大文学有限公司。凭借雄厚的资本,盛大文学实现了对国内网络文学的垄断,目前盛大文学占据国内网络文学市场份额的85%以上。网络文学的发展随之进入了第三个阶段。从网络文学的三个发展阶段来看,资本作为文学的推手,加速了网络文学的商业化和产业化的进程。

除盛大集团经营的网络文学外,另一大资本后来居上,迅速占据数字阅读的霸主地位。这就是中国移动手机阅读基地——目前国内收入规模最大的数字阅读门户。伴随手机阅读用户的迅速增长,继纸质出版和数字出版之后,手机出版成为又一极具优势和潜力的出版产业。中国移动手机阅读基地根据自身行业优势,创建了一种新的运营模式。这种模式以移动通信网络为主要信息传输通道,由运营商为主导为用户提供一点接入的全网服务。移动阅读基地作为运营商,与国内多家内容合作伙伴合作,移动公司和内容合作伙伴(包括内容提供商、内容运营支撑方)按照一定比例分成。从出版产业发展来说,由移动通信运营商为主导建立的手机出版产业链,对整个手机出版的产业格局产生了重要的影响。

盛大文学和中国移动阅读基地对文学的资本投入,表明文学与资本已进入紧密结合的时代。文学与资本结合使文学在商业化基础上又向前跨出一大步,进入了产业化发展时期。如果说文学商业化从资本主义早期阶段就一直存在至今,那么产业化则是伴随垄断资本或多国资本发展而产生的特有现象。

2. 盛大文学商业操作模式

网络文学的兴盛让各路商家从网络文学中寻找商机,各文学网站纷纷推行自己的付费阅读模式并展开激烈的竞争。竞争的焦点放在 VIP 制度的推行上，以起点中文网站为例，为提高网站竞争力，2004 年推出新版 VIP 的阅读器，提高稿酬标准，其中稿酬最高已经达到创纪录的千字 40 元，VIP 作者稿酬冠军得到 4000 余元的月收入。但是面对其他几家文学网站强势竞争，起点中文网所面临的资金短缺的问题也越来越突出，这将限制其进一步发展。就在这时候，大资本开始介入了网络文学，盛大文学以其雄厚的资本实力实现了对国内网络文学的垄断。近些年盛大文学主要致力于两方面的业务，一是推出原创文学的盈利模式，加强文学网站的内容建设；二是扩展外向合作，推进产业链发展。事实上，盛大文学在不断发展的文化产业大潮中已清醒地认识到自身发展的优势，形成了"全版权运营"的盛大模式。所谓全版权运营，就是建立一个由多元业务组成的完整产业链，即一部作品可以通过网络收费阅读、无线收费阅读、出版实体书，以及改编成影视、动漫、游戏等实现版权收益。这种方式可以实现一次产出、多次收益，能够最大限度地提升作品的经济价值。版权运营，究其本质而言就是资本的运作，通过资本的投入与延伸，实现资本的最大利润。盛大集团对文学的资本介入到全版权运营，走的无非就是一条资本扩张之路。盛大文学的全版权运营主要集中于实体书出版和版权转让，以及游戏与影视的版权合作。为了具体地显现盛大文学商业模式，这里不妨以下文示例：

"唐家三少"走红曝光盛大文学商业模式[①]

发布时间：2012.05.09 08：52　来源：信息早报　作者：王玉

　　盛大文学的签约作者"唐家三少"以连续 100 个月"不断更"、总阅读人次达 2.6 亿的惊人数字走红网络，目前，有关唐家三少创作的各项数据已整理完毕，送往吉尼斯世界纪录官方

① 《"唐家三少"走红曝光盛大文学商业模式》，2012 年 5 月 9 日，见 http://news.cntv.cn/20120509/116935.shtml。

机构。

通过梳理盛大文学商业模式，解读盛大文学公开信息、媒体报道和有关数据统计机构发布的资料，唐家三少的创作之路展现在公众眼前：上午，唐家三少照例打开电脑，开始每天两三个小时的创作。在过去近十年的时间里，靠着每天几个小时的码字，唐家三少一共写作了2500余万字，年收入成功突破百万。作为盛大文学的签约作者，唐家三少的作品首先会发布在公共阅读区，供网络用户免费阅读，点击率达到一定的数量后将被转至VIP区，此时读者需要支付每千字2-5分钱费用。读者支付的费用，网站将和作者分成。唐家三少只是盛大文学旗下160余万作者中的一位，VIP作品被点击阅读，就意味着收入。

凭借着这"几分钱"的生意，盛大文学2011年全年营收7.01亿元，同比大增78.4%。盛大文学2010年营收3.93亿元、2009年营收1.35亿元，2009—2011年营收复合年均增长率达128.3%。在模式上，盛大文学的VIP阅读制度和微支付奠定了网络文学的商业模式和行业基础，是网络文学从早期的兴趣爱好型向产业化发展迈出的最重要的一步。在制度上，盛大文学所创立的内容管理制度、版权管理制度、编辑工作制度、作家福利制度等都成为行业惯例和其他网站类似制度的基础。在网站运营方式上，盛大文学的网站模式、连载模式、付费阅读模式，乃至互动功能和方式，都被业界广泛采用。

2008年，盛大文学在确立"全版权运营"后，使得千字2-5分钱的商业模式，成为更具产业远见的"全版权运营"的组成部分，在开展在线阅读的同时，针对单一作品的无线阅读、纸书出版、影视剧改编、网游改编等会相继进入开发进程，唐家三少的作品《斗罗大陆》已被改编成网页游戏和漫画。

同时，云中书城作为盛大文学旗下独立运营的数字阅读平台，首次将传统的店中店概念引入到数字出版行业中来，允许版权方及作者自己开店售书，云中书城为此提供内容录入、自主定价、营销推广、支付结算等一整套数字版权解决方案。云中书城作为分销平台，用户可通过云中书城官网、iPad 客户端应用、iPhone 客户端应用、盛大 Bambook、PC 客户端等渠道进行下载。截至 2012 年 1 月底，盛大文学云中书城 Android 客户端在十个重要应用市场排名前三。在无线业务方面，盛大文学与中国移动、中国联通、中国电信等多家运营商合作，为移动运营商提供丰富的内容。

　　诸如唐家三少这样的网络作家，盛大文学还有许多。世界读书日"云城来了"微访谈活动中，盛大文学旗下天蚕土豆、耳根、安知晓、卫风等作家集体亮相，他们努力创作，在书写自己成功的同时丰富着网民的阅读生活，也在不断丰富着盛大文学商业模式的成熟，为缔造一个完整的网络文学产业链贡献着自己的力量。

以上这段文字比较具体地显现了盛大文学的商业操作模式，这一操作模式也是当下文学产业化的缩影。接下来我们对盛大文学的商业操作模式的几个重要环节作一解读。

（1）在线付费阅读

2003 年，起点中文网开始实行在线付费阅读的盈利模式，随之于 2004 年推行 VIP 制度，由此网络文学真正步入了资本运营的时代。如今盛大文学的商业操作模式仍以在线付费阅读作为基本生产机制，或者说，在线付费阅读是盛大文学产业链的最基本环节。目前盛大文学在线业务划分为在线付费用户、无线服务、在线广告、版权许可、及其他业务等五大项目。盛大文学 2012 年 5 月向美国证券交易委员会（SEC）提交了最新的 F-1/A1 文件显示，在截至 3 月 31 日的第一季度，盛大文学在线业务的净营收为人民币 1.322 亿元（约合 2100 万美元），在总净营收中所占比重为 69%。其中在线付费用户第一季度的净营收为人民币 5212 万元（约合 827.6 万美元），在总净营收中所占比重分别为27.2%，并占在线业务净营收的39.4%。①从这些数字可以看出，在线付费阅读的营收依然占据盛大文学盈利的较大份额。更重要的是在线付费阅读作为盛大文学产业的"龙头"，它的运作及其效益直接决定盛大文学产业的兴衰。

在线付费阅读是网络用户支付给网站作为有偿阅读的微量费用。以起点中文网为例，目前实行初级和高级两种VIP制度。初级VIP用户以3分每千字阅读起点VIP作品内容。起点用户在起点消费的前12个月内累计达到3650元（包括订阅VIP章节，给作者打赏，投更新票、评价票的消费），系统将会予以升级为高级VIP会员，即享受以2分每千字价格阅读起点VIP作品内容。显然在线付费阅读的单价费用是很低的，但因用户数量巨大，故是一种薄利多销的营收模式。与在线付费阅读模式相应的是作者的稿酬制度，盛大与作者按3∶7比例分成付费阅读的收入，这是盛大目前较为通行的收入分成制度。据盛大公开资料显示：靠两分钱每千字的收入，盛大每年能产生10个收入上百万的作者，100个收入上十万的作者，1000多个收入上万元的作者。

（2）线下业务

线下业务是指盛大的版权运营，主要是实体书出版和游戏、影视改编。据称盛大文学云中书城拥有盛大文学旗下7家网站的660亿字内容储备，每天超过一亿字的原创更新，300多万部网络小说版权，数十万中文传统图书版权、一千多种期刊，大量听书内容。盛大是目前国内最大的影视源头内容提供商。为盛大游戏提供适合的原创内容，是盛大文学与盛大游戏合作的主要模式。全版权运营为盛大文学产业的重要部分，如《星辰变》当年网络点击率超过4000万，连续40周在百度所有关键词搜索排名中位居前列，多次名列第一，同时也是起点中文网总收藏榜排名第一名的作品。随后该作品又由线上作品转为线下图书出版，2008年其游戏版权以100万元的高价卖给了盛大游戏，并在2009 ChinaJoy年度优秀游戏评选中

---

① 《盛大文学第一季度净利48.7万美元 首次季度盈利》，2012年5月8日，见http://www.cww.net.cn/news/html/2012/5/8/2012581016313483.html。

荣获"玩家最期待的十大网络游戏"第一名，其电影改编权也于 2009 年 11 月卖给了盛世影业。截至 2012 年 3 月 31 日的第一季度，盛大线下业务的净营收为人民币 5952 万元（约合 945 万美元），在总净营收中所占比重为 31%，去年同期为人民币 5565 万元。① 这个数据表明，盛大的实体书出版以及游戏影视版权转让等业务收入在盛大文学总营收中占据较大的比重。

（3）无线业务

针对手机阅读市场的发展潜力，盛大文学将无线领域作为一个重要的发展方向，成立无线公司，致力发展无线阅读业务。2009 年盛大文学与卓望信息技术联手举办首届"3G 手机原创小说大展"的活动，以高额版权金征集优秀的手机小说创意，这标志着盛大文学正式进入 3G 手机文学市场。近些年盛大集团开发并升级手机客户端软件——"盛大书童"，整合盛大文学公司旗下的网络原创精品，提供给"盛大书童"平台。研发了 iPhone 华语用户的无线阅读终端产品，将盛大文学公司的版权向海外扩张。与中国知名电信运营商合作，如与中国移动阅读基地合作拓展手机阅读业务。生产电子阅读器 Bambook，将业务引向电子阅读器市场。概而言之，近几年盛大无线业务发展取得了显著的业绩，无线收入已是盛大文学的另一项主要收入来源。截至 2012 年 3 月 31 日的第一季度，盛大文学无线服务的净营收分别为人民币 5278 万元（约合 838 万美元），在总净营收中所占比重分别为 27.5%。②

以上我们对盛大文学的商业操作模式作一简单认识。应该说，盛大文学的商业操作模式是资本介入文学生产典型范例。与传统文学生产不同，今天的文学生产实际上是在资本运作下的商业生产。尤其从网络文学来看，由于资本的投入，文学生产呈现出颇为壮观的态势。据盛大文学公开数据显示，截至 2012 年 3 月底，盛大文学旗下拥有 110 万作者，近 600 亿字的原创文学作品。盛大文学 6 家原创文学网站累计注册用户为 1.23 亿，

① 《盛大文学第一季度净利 48.7 万美元 首次季度盈利》，2012 年 5 月 8 日，见 http://www.cww.net.cn/news/html/2012/5/8/2012581016313483.html。

② 《盛大文学第一季度净利 48.7 万美元 首次季度盈利》，2012 年 5 月 8 日，见 http://www.cww.net.cn/news/html/2012/5/8/2012581016313483.html。

2011 年第一季度累计注册用户为 7650 万。[①] 单从这些数据看，网络文学的发展取得了惊人的成绩，无疑这是资本推动的结果。资本不仅促进了网络文学的发展，也带动了文学产业的兴旺。盛大文学在无线领域突飞猛进的发展以及在传统图书出版、影视改编和游戏版权转让所取得的成绩，表明盛大文学商业模式运作的成功。这个商业模式是在全版权运营理念的指引下，用发展全产业链的做法得来的。

盛大文学的在线阅读盈利模式以及版权运营，究其本质而言就是资本的运作。通过资本的投入与延伸，实现资本的最大利润。盛大的资本扩张之路，也是文学产业化发展之路。所谓产业化，首先表现在文学生产的规模上。盛大文学每年生产的原创文学数量巨大，在盛大的生产线上文学产品仿佛是机械制造一样，可以源源不断产出，且所有产品都被类型化为特定的模式。其次，产业化还反映在文学产业链的拓展方面，作为产业链中的基础环节，原创文学在线阅读业务收入仅占盛大文学营收 1/4 的份额，其经济效益并不突出，似乎透视出文学自身在产业化运作中的地位，大有随着产业链的扩展以及影视、游戏的兴盛而逐渐式微的趋势。或许正因为此，盛大文学才积极开展全版权运营业务。文学产业化一方面为资本运营开辟渠道，另一方面，也改变了文学生产的方式，使当下的文学生产具有突出的时代特征。

3. 盛大文学商业运营存在的问题

但是，这只是文学的一面。这一面人们看到了资本对文学的恩赐，以及文学在资本投射下发出的耀眼光芒。另一面，即那个被资本话语所掩盖下的背面，或许并不难认识。这只需将盛大文学 2012 年第一季度在线付费用户业务与无线业务或线下业务作一比较，即可看出问题所在。截止 2012 年 3 月 31 日，盛大文学在线付费用户第一季度的净营收为人民币 5212 万元（约合 827.6 万美元），在总净营收中所占比重分别为 27.2%；无线业

---

① 《盛大文学首度盈利 坚定数字出版信心》，2012 年 5 月 10 日，见 http://www.yesky.com/ebook/97/31098097.shtml。

务的净营收为人民币 5278 万元（约合 838 万美元），在总净营收中所占比重分别为 27.5%；线下业务的净营收为人民币 5952 万元（约合 945 万美元），在总净营收中所占比重为 31%。在线付费业务、无线业务和线下业务在总营收中分别所占的比重，表明这样一个事实：文学网站如果仅靠网络文学付费阅读的收入来运营将生存维艰。付费阅读本应是文学网站的经济支柱，但此项收入仅占盛大文学总营收的四分之一左右，这显然不能支撑公司的运营，换言之，盛大文学必须靠出卖网络文学的版权或拓展其他业务才能生存。事实上，盛大文学成立以来至 2011 年连续亏损，2008 年亏 5298 万元，2009 年亏 7450 万元，2010 年亏 5648 万元，2011 年亏 3595 万元。[①] 亏损额度的逐渐降低主要得益于无线业务和线下收入的增加。盛大文学目前在国内网络文学领域所占有的份额在 80% 以上，无可争议地垄断着网络文学的生产。但是，即便是这样的网络文学巨无霸也面临持续亏损的经济状况，不能不令人为网络文学的生存和发展担忧。

目前网络文学的经济运营主要遇到三方面因素的干扰：其一，读者付费阅读的心理不够健全，大多数读者不愿出钱看书，即使 2—3 分每千字的收费也不肯付出，宁愿到盗版网站看免费作品。这就直接制约网站的阅读付费业务的发展，使得网站不得不采用微付费和免费阅读的收费模式。这就是网站在 2—3 分每千字的微付费的基础上，再拿出作品的前一部分供读者免费阅读。读者不可能为自己不感兴趣的作品买单，因而免费阅读一部分是商家不得不采用的办法。但是，商家把一件商品先无偿提供客户使用，那是在相当有限的范围之内。而目前网站给读者免费阅读的篇幅往往占作品的 1/4 左右，且以最出彩的内容先期吸引读者。以一部 120 万字的小说来说，前面 40 万字不收费。这 40 万字对于作者来说，他的劳动等于完全是零报酬，他在这部分的劳动收益完全被剥夺。而于网站来说，微付费以及免费阅读致使经济收益受到了很大限制。其二，盗版构成对网络文学的生存威胁。目前，盛大文学受到的盗版威胁主要有两种类型：一是文

---

① 《盛大文学重启 IPO 计划，拟最高融资 2 亿美元》，2012 年 2 月 27 日，见 http://tech.hexun.com/2012-02-27/138697301.html。

学盗版网站的盗版侵权。一些网站盗版盛大文学作品千余部，直接提供侵权作品的多种格式下载、传播，还提供手机访问和下载盗版作品服务，给正版作品带来巨大损失。据原创网络文学版权保护研讨会调查，网络文学每年因盗版损失高达 50 亿元。网络文学正版收入仅为盗版收入的 1/50。[①]二是搜索引擎的盗版链接，如起点中文网的小说《斗破苍穹》在某搜索引擎 3000 多万的搜索结果中，95% 以上都是盗版链接。盛大文学旗下网站的知名小说，95% 以上在某搜索引擎文库都有盗版。盛大正版小说章节在发布不到 5 分钟，就会出现在贴吧中，有数十万的点击和数千回复。可以说盗版是网络文学发展最大的杀手，近些年盛大文学因盗版侵权蒙受的经济损失据称有数十亿元。在电子高科技时代，盗版与反盗版斗争将越来越激烈，盗版严重影响着网络文学的生存和发展。其三，手机阅读用户的显著增长以及其他阅读的发展，对文学网站的经济运营也形成冲击。尤其是随着 3G 的普及和 4G 时代的到来，手机阅读已成为时尚。据 2012 年 4 月 5 日的《南方都市报》报道："记者近日从中山移动和中山联通获悉，近两三年两家运营商力推的手机阅读得到了众多用户的青睐，其中中山移动主推的 3 元'悦读会'，每月只要 3 元就可阅读上千本图书；中山联通目前大部分用户选择的是免费的阅读资源，只需要流量费，一本 50 万字的小说只需 1M 流量，约合 0.3 元。数据监测显示，优惠的资费使得手机阅读的人数成倍增长。"[②]不言而喻，在手机阅读的冲击下，文学网站靠网络文学付费阅读的生存空间被大大压缩，因而盛大文学必须拓展其他业务如版权转让来提高收益。

对于盛大文学来讲，还有一个更具潜在性威胁的问题是，与微付费模式相应的作者的微稿酬制度将制约盛大文学的网络文学业务发展。尽管盛大文学的公开资料显示，盛大每年能产生 10 个收入上百万的作者，100 个收入上十万的作者，1000 多个收入上万元的作者。但对于据称每天超过一

---

① 《网络文学正版收入仅为盗版收入 1/50》，2011 年 1 月 10 日，见 http://www.pep.com.cn/cbck/201011x/201101/t20110110_1013916.html。

② 《本地手机阅读用户数量激增》，《南方都市报》2012 年 4 月 25 日。

亿字的文字更新的盛大，所拥有的作者每年应在百万以上，那么在如此大的基数上的那些收入超 10 万的作者仅是一个百位数，占所有作者的万分之一，当然这还是一个比较保守估计的比率。这就是说，对于一般作家而言，要想通过网络写作维持生计将有万分之一的可能。当然，我们并不否认盛大文学确实出现了年收入上百万的网络作家，如前面提到的唐家三少这样著名的网络文学作家。但是同样以写网络文学而出名的网络作家慕容雪村将其作品《原谅我红尘颠倒》授权给盛大文学三年，一部 20 万字的作品，550 万次点击，加上新加坡上载和电子书，三年版税所得为 455.40 元，这不禁让人大跌眼镜。用作家陈村的看法来说，这种商业模式存在大问题，这不是一个个案，这表示盛大文学公司的不成功，无法以这种模式再跟作家开口。他认为，一个作品有多少点击率，网站盈利多少，然后与作家按照比例分成，这样才是公平的。"如果传统出版死绝了，网络是这种结果，要我，宁肯自己上传免费阅读，算是公益。……盛大文学如何有商业机会商业前景呢？传统书籍的作者如何还可能跟盛大合作？"[1]虽是愤激之语，却透显了盛大文学运营制度上存在的问题。

问题首先是网络作家的劳动报酬低。现行的盛大商业模式只青睐非常当红的极少数网络作家，绝大多数的网络作者写作报酬在月收入几百元左右。相对于劳动付出，所得回报偏少；且免费阅读导致的作家劳动成本过大，对于作家来讲，就是劳动被无偿占有。如果说，写作不能养活自己，那作家只有撤退，那么盛大文学靠什么来运营？当然盛大不缺少那些试图来文学网站一试身手的淘金者，是他们在支撑这一网络文学的大厦。但这种支撑究竟不是盛大发展的长久之计。其次，在作品的文字数量上，盛大模式看多不看少。正如我们前面分析的那样，微付费阅读，对于一部几十万字的小说来说根本无法赚钱。要有盈利，只有以多取胜，加上免费阅读部分，一部作品只有在 100 万字以上才能有较为可观的收入。如果说，一部作品必须有上百万字的数量保障且须不断更新，那么，这样的"劳

---

① 《盛大文学支付作者费用过少　商业模式被质疑》，2011 年 5 月 20 日，见 http://news.sina.com.cn/m/2011-05-20/103522499452.shtml.

役"又有几人能够长期担当得起？

二、文学产业化生产的资本逻辑

在当今全球化的经济浪潮中，文化产业已经成为很多国家经济活动的核心。"文化产业公司不再被视为与'真正的'经济活动隔着一层的次级品，因为曾几何时，人们认为只有生产耐久而'有用'的商品才是'真正的'经济活动。事实上，一些文化产业公司如迪斯尼公司（Disney）和鲁伯特·默多克（Rupert Murdoch）的新闻集团（New Corporation）已经跻身于世界上最具价值的公司之列，并且成为众口常谈的话题。"[①]文化产业近些年来在国内也得到了充分发展。文学生产作为当前文化产业中的重要部类，更值得我们从产业化视角去考察。

1. 文学生产的资本逻辑

文学产业化生产的理论前提是文学生产的物质存在性质。关于此，英国文学理论家伊格尔顿在《马克思主义与文学批评》中指出，有一个事实，人人都看得到，却常常被文学研究者，甚至是马克思主义的文学研究者所忽略。这个事实是：

> 文学可以是一件人工产品，一种社会意识形态的产物，一种世界观；但同时也是一种制造业。书籍不只是有意义的结构，也是出版商为了利润销售市场的商品……作家不只是超个人思想结构的调遣者，而是出版公司雇佣的工人，去生产能卖钱的商品……艺术可以如恩格斯所说，是与经济基础关系最为"间接"的社会生产，但是从另一意义上也是经济基础的一部分：它像别的东西一样，是一种经济方面的实践，一类商品的生产。[②]

① [美]大卫·赫斯蒙德夫：《文化产业》，张菲娜译，中国人民大学出版社2007年版，第1页。
② [英]特里（特雷）·伊格尔顿：《马克思主义与文学批评》，文宝译，人民文学出版社1980年版，第66页。

伊格尔顿认为，文学生产是一种物质存在，文学生产是整个社会物质生产的一部分。这一观点是 20 世纪西方马克思主义文学生产论的基本观点，也是我们切入文学产业化生产研究的出发点。

文学生产既然是社会物质生产的一部分，那它就同样受到商品经济规律的制约，资本在其中发挥着巨大的支配性作用。不同经济社会形态下的资本虽然有其特殊属性，但资本最本质的属性是将本逐利，这一属性致使资本总是在谋取能为自己获取最大利润的投资对象。当文学受到资本青睐，意味着文学的功能和形态已经或即将发生改变。根据马克思理论，资本一直是和资本主义这一社会形态联系在一起的。但在经济全球化时代，资本的触角无处不在，并且资本在完成初期积累和中期自由竞争之后，已进入到"后期资本主义"阶段。美国著名学者詹姆逊认为，所谓后期资本主义，亦即多国化的资本主义，相应地形成了这一阶段的文化风格，代表这一阶段的文化逻辑。这就是"美是一个纯粹的，没有任何商品形式的领域。而这一切在后现代主义中都结束了。在后现代主义中，由于广告，由于形象文化，无意识以及美学领域完全渗透了资本和资本的逻辑。商品化的形式在文化、艺术、无意识等等领域无处不在，正是在这一意义上我们处在一个新的历史阶段，而且文化也就有了不同的含义。"① 显然，在詹姆逊看来，后期资本主义的文化逻辑就是资本对文化全面渗透的逻辑，亦即这一时期文化所遵循的资本逻辑。资本逻辑对文学的渗透，加速了文学生产由商业化向产业化的发展进程。

由资本注入的文学产业化生产显然不同于传统的文学生产。首先从生产目的来看，按康德的解释，艺术是一种"没有目的的终结"，即以目标为导向，然而在商业或政治或具体的人类实践的"真实世界"中没有实际意图和目的的活动。然而到了现阶段，商品的法则或资本的逻辑取消了商品各自的属性包括目的，而将其变成获取商品利润或资本价值的目的和

---

① [美]杰姆逊（弗雷德里克·詹姆逊）：《后现代主义与文化理论》，唐小兵译，北京大学出版社 1997 年版，第 162 页。

手段。自然，文学商品化产业化以后，它的功能在于成为投资者获取经济利益的手段和目的。盛大文学对网络文学的垄断，中国移动对手机阅读的青睐无非是将文学作为投资的对象，为资本谋取一条获利之路。当然，如果当其发现所投资的文学并不能给资本带来最大收益，那资本自然会另谋出路。文学作为一种商业性的产品，其价值就在于它能够为书商和作家获得经济效益。问题是，当经济效益或经济逻辑成为紧箍咒一样约束着作家和出版社时，那人们更关注眼前的、短期的发行量，已无暇顾及一个长远的或潜在的销量。换言之，在经济利益面前，一些发行量小的纯文学作品在当今市场中已失去了经济依托，市场只青睐那些能够短期盈利的商业文学。因为资本运行有时间周期的限制，所以一定时间内的发行量就是衡量产品成功的唯一尺度。在这种情况下，无论是作家和书商都把生产畅销书作为先在的观念导引着文学生产。这使得根据大众阅读的需要，有针对性的策划和运作相应的图书，越来越成为文学生产行业的生存之道。

再从生产的主体看，按照文学生产论的基本观点，文学是一种生产，而非创造；作家是生产者，而非创造者。作为生产者的作家总是处在一定的社会关系中，关于此，本雅明对这一观点作了具体的阐述：

> 且不要去提诸如此类的问题：如一部作品对时代的生产关系抱什么态度？……我建议各位先提出另外一个问题，即在我问一部作品对于时代的生产关系抱何态度之前，我想问这部作品是如何处于这种生产关系中的？作家总是处在一个时代的生产关系之中。这个问题就是直接探究作品在其中有何作为。换言之，其目的直接指向作品中的作家的技巧。[1]

作家处在一个时代的生产关系中，这表现在传统文学生产中，作家作为生产主体有其独立性和自主性。当下文学产业化却大大压缩了作家主体性空

---

[1] 本雅明：《作为生产者的作家》，李伯杰译，中国社科院外国文学研究所编：《文艺学和新历史主义》，社会科学文献出版社1993年版，第47页。

间。在文学产业链中，作家的作用是十分有限的，且看《路金波和他嗡嗡作响的出版王国》这篇文章所载：

> 2006 年，路金波签下了在湖南为另一位作家当枪手的郭妮团队一行五人。他为他们量身定制了创作方向——粉色梦幻，并打造了创作"流水线"——本书可拆卸为 3 大情节、12 个小故事。任何故事可任意替换；分三道工序进行；一组进行主题讨论，编写约 1000 字的故事梗概；之后将梗概交由郭妮演绎成 10 万字的小说；三是由绘图组制作插图、便签等图书衍生产品。过程中，郭妮可以由王妮、张妮替换。郭妮先后出版了小说 20 多部，共销售约 600 万册。①

这段文字表明，在文学产业链中，商业策划和运作已成为一个核心环节，市场或文化商人操纵着作者。或者说，作者只是生产流水线上的"工人"。关于作家地位和身份的变化，詹姆逊从社会机制方面予以阐释，他认为：

> 旧的前资本主义的文类标志着文化生产者和同阶级或群体公众之间的某种审美的"契约"，……艺术家和公众之间的关系仍然以这种或那种方式是一种机制，是一种具体的社会和人际之间的关系，具有自身的合法性和特殊性。随着市场的到来，艺术消费和生产的这种制度化的状况便逐渐消失：艺术成为商品生产的又一个分支，艺术家失去所有的社会地位，面临着成为一个"令人讨厌的诗人"或一个记者的选择。②

---

① 困困：《不上流，不下流》，浙江文艺出版社 2011 年版，第 84 页。
② [美] 弗雷德里克·詹姆逊：《快感：文化与政治》，王逢振等译，中国社会科学出版社 1998 年版，第 247 页。

在传统生产机制中，作家由于文学艺术的审美独创性而占据创作上的合法和特殊的地位，而当文学艺术由创作转为商品生产之时，作家的身份地位也随之改变。

我们还可从作家的劳动分配来看，目前中国作家真是几家欢喜几家愁。一边是当红的商业性作家，收入火爆；一边是冷清的传统文学作家，稿费微薄。2012年4月8日，浙江杭州的某家报纸整版报道目前中国作家的经济收入状况。版面分三大板块：标题分别为"知名高品质传统作家：毕飞宇、陈村稿费偏低令作家贫困化"、"畅销书作家：韩寒、麦家、南派三叔一年缴税要交几百万"、"稿费不增＋税点不升，你还敢不敢当作家"。该报记者加了按语：

> "两会"之后，关于作家稿费普遍偏低、稿酬所得税起征点偏低的话题，在文化界引起了广泛讨论。从作协相关负责人，到知名传统作家、新锐畅销书作家以及文学评论家，悉数给出了自己的意见。收入对于以往总显清高的作家群体，不再是难以启齿的话题，大家纷纷在接受时报记者采访时，忍不住吐起了槽——稿费不增＋税点不升，会让"作家"这一职业，在不久的将来成为文学爱好者们永远无法照进现实的梦想。[1]

其实，我们不必对传统作家与商业作家两派分离的现状及其经济收入的悬殊大惊小怪，也不必指责稿费不增、税点不升的制度和规定。在商品化社会，或者说在文学商业化时代，资本逻辑在生产机制和分配制度上起决定性作用。无论是哪一派的作家，如果书稿卖不出去，就意味着劳动价值没有实现，谁也不会为亏本的生意买单，当然，国家体制内的作家另当别论，他们有工资保障。现阶段，要想实现高收入，就必须迎合市场，写出畅销书；反之要想保持清高的姿态，写传世的文学作品，那只能守住清贫。

---

[1] 王怀宇：《稿费不增＋税点不升，你还不敢当作家？》，《青年时报》2012年4月8日。

产业化生产最突出的特征体现在产品的生产方式上，正如上述路金波打造的"粉色梦幻"创作流水线及其工序安排所显示的那样。文学的流水线生产方式，是产业化生产的基本形态。这种工业化生产已经赤裸裸地将文学作品转化为产品了。我们再来看郭敬明为他的《小时代2.0》所推出的宣传视频：

> 14家全国一级印刷工厂灯火通明／127台大型高速印刷机器轰然作响／47台胶订机器流水作业时刻不停／3060名印厂工人披星戴月／……800吨纯质原纸变成一张张催人泪下的动人篇章／16家全国大型货运公司／126辆重型运输卡车／67条遍布全国、抵达每个城市的铁路、公路运输线路……①。

这则广告描述了一幅壮观的文化工业图景，文学是否还是"催人泪下的动人篇章"姑且不论，单看其生产方式，这里是印刷机和胶订机的运转，是工人的不停作业，是卡车的运输和火车的运载……，我们看到的是大规模的生产和流水线作业，当然也看到图书推介的力度和宣传的声势。从策划、写作、编辑、印刷、装帧到运输以及宣传等等，在这个工业生产线上，作家的劳动已被忽略，只剩下了"催人泪下"的产品，一个能制造经济利润的商品。如此大规模的生产方式，唯一目的就是要赢得更加可观的经济效益。在效率和规模的宗旨下，产品的物质形态被充分凸显。这则广告就是在告诉人们，对待文学就像对待其他物质产品一样，可以不在意其内容，在意的是品牌，以及由此而来的包装和宣传，封皮、纸张、排版、插图等，这些要比内里更重要。郭敬明作为青春文学的写手，在文学市场，目前已成为一个文化商人和青春文学的品牌。近几年，他集中力量打造青春文学产业，主要包括成立柯艾文化传播有限公司，主编青春文学月刊《最小说》，拓展青春文学产业链，将文学产业延伸到网络、漫画、

---

① 《小时代2.0虚铜时代》宣传视频，2009年12月22日，见 http://you.video.sina.com.cn/b/27351183_1188552450.html。

影视、流行音乐领域，并和盛大文学公司、中国移动阅读基地合作开展网络、手机付费阅读业务等。此外，郭敬明还潜心挖掘自身的品牌效应，他希望"大家最后记住的只是'郭敬明'这三个字。这个品牌的核心是郭敬明给大家带来的审美取向，无论是我自己的作品，还是我出版主编的杂志、我主办的比赛，'郭敬明'这三个字就代表了一种高的水准。"①郭敬明清楚地意识到品牌在产业化生产中所带来的经济效益，因而，他以各种形式和多重身份来推介自己以及自己的文化公司。在郭敬明身上，人们能看到作家、文化商人、创意企业家等多重角色的汇聚。无论是郭敬明对青春文学产业的开发还是自身品牌的塑造等等，都在言明他的商业身份以及青春文学的资本化性质。这里也让我们看到贴在郭敬明与他的青春文学上的文学资本家和"新资本主义文学"的时代标签。（作者注：参见王晓明《"网络"or"纸面"：今天的文学阅读》对郭敬明身份排序："首先是资本家，其次是大众明星，最后才是写作者"；以及将青春文学称为"新资本主义文学"。）

2. 文学自主化与象征资本

艺术生产作为一种特殊形式的生产活动，它兼具精神生产和物质生产的两种特性。这种特殊性质决定了艺术生产不同于一般的物质生产，即在受到物质生产的经济规律支配的同时，也遵从艺术生产特有的法则。法国社会学家皮埃尔·布迪厄曾阐述了文学场中的两个次场的两极对立：

> 一方面是纯生产的一极，其中的生产者倾向于仅有别的生产者（他们也是竞争者）当他们的主顾，诗人、小说家和剧作家也在其中，他们被赋予了类似的位置特征，但处于可能是互相对立的关系中；另一方面是大生产的一极，大生产顺应广大公众的要求。②

---

① 烈日：《文化商人郭敬明》，《出版参考》2008年第5期。
② [法]皮埃尔·布迪厄：《艺术的法则——文学场的生成和结构》，刘晖译，中央编译出版社2001年版，第150页。

他认为保留给生产者的纯生产和满足广大公众需求的大生产之间是根本对立的关系，两者分别按照自己的艺术法则和经济逻辑组建了文学场的次场。布迪厄还具体地描述了 19 世纪末法国文学场各个文学派别和文体得到社会认可和获得经济利益的图景。他认为纯生产一极遵循的是艺术法则，大生产一极执行的是经济逻辑。艺术法则与经济利益是相互背离的。布迪厄关于文学生产场的论述开启我们对当下文学生产中艺术法则和经济逻辑相互矛盾运动的认识和思考。

布迪厄对文学场两个极点所遵循的艺术法则与经济逻辑作了比较充分的阐述。他指出：

> 这些场是遵循相反逻辑的生产和流通的两种模式对立共存的地点。在一个极点上，纯艺术的反"经济"的经济建立在必然承认不计利害的价值、否定"经济"（"商业"）和（短期的）的"经济"利益的基础上，赋予源于一种自主历史的生产和特定的需要以特权；……在另一个极点上，是文学和艺术产业的"经济"逻辑，文学艺术产业将文化财富的交易与其他交易一视同仁，看重的是传播，以及由发行量衡量的直接的和暂时的成功，满足于根据顾客先在的需要进行调整。①

这一分析客观化地呈现了文学场由来已久的内部结构分化及分离原则。布迪厄把文学生产场看成是两条原则之间斗争的场所："两条原则分别是不能自主的原则和自主的原则（比如'为艺术而艺术'），前者有利于在经济政治方面对于场实施统治的人，后者驱使最激进的捍卫者把暂时的失败作为上帝挑选的一个标志，把成功当作与时代妥协的标志。"②这两条原则也就是文学生产所遵循的不同的法则或逻辑。

---

① ［法］皮埃尔·布迪厄：《艺术的法则——文学场的生成和结构》，刘晖译，中央编译出版社 2001 年版，第 175 页。

② ［法］皮埃尔·布迪厄：《艺术的法则——文学场的生成和结构》，刘晖译，中央编译出版社 2001 年版，第 265 页。

　　所谓不能自主的原则，就是在商品化社会文学自身的价值让位于商业价值，即文学生产必须遵循市场法则和经济逻辑，把追求商业利润看作根本目的。这一原则令文学生产与其他物质生产一样，完全由市场操纵，追求发行量和经济效益，即文学作品仅是书商为了获利而经营的文化产品。文学商业化本身就意味着文学作为艺术门类已不再具有独立的价值和意义，它已和商品联姻，内在地服从商业规律。正如詹姆逊所言：

> 　　在一个所有东西（包括劳动力）都成为商品的世界里，目的同生产计划一样不被区分——它们都被精确地量化，通过钱、各自的价格或工资可以抽象地进行比较——然而我们现在能够以一种新的方式系统阐述它们的工具理性，它们沿着手段／目的分裂和重组，因而我们可以说，不论任何类型的事物，通过转换成商品，本身都已经变成了对它自己消费的一种手段。它不再有其自身的任何定性价值，而且限定于它能被"使用"的范围之内：各种形式的活动丧失了作为活动的内在固有的满足，变成了达到一种目的的手段。[1]

这段话深刻地揭示了在商品化时代资本以及资本逻辑在文化艺术中的支配作用，表现出詹姆逊对当今文化艺术功能商品化的同质现象极其深刻的洞察。艺术从"一种没有目的的终结"到成为"一种目的的手段"，这表明文学从自身高度自主的艺术殿堂走向不自主的市场。于是市场的法则自然成为悬在文学之上的利剑，关于此，布迪厄指出："一个机构尤其接近'商业'的极点，当它在市场上提供的产品更直接或更全面地适应一个先在的需要，而且这个需要以事先确定的形式存在。"[2]这就是说，商业化程度越高，文学的不自主性越强。经济逻辑支配着文学生产，使得生产者诸如作

---

　　[1] ［美］弗雷德里克·詹姆逊：《快感：文化与政治》，王逢振等译，中国社会科学出版社1998年版，第239页。
　　[2] ［法］皮埃尔·布迪厄：《艺术的法则——文学场的生成和结构》，刘晖译，中央编译出版社2001年版，第175页。

家、出版商、经营商都服从市场的需要和指令，追求经济利益的实现。

布迪厄揭示的文学场的不自主原则及其经济逻辑，非常适合观照当下中国的文学现状。应该说，现阶段文学的不自主性主要表现为文学对市场的高度依赖。文学与市场的联结早已有之，但自 1990 年代以来，伴随中国市场化进程的加快，文学与市场的关系更加密切。当前文学又向产业化目标迈进，这使得文学生产几乎完全受市场的控制和经济规律的制约，亦即资本逻辑在文学生产中发挥着强大的制约作用。

文学场的另一极点是文学自主的场域，这一极点是贯彻文学自主的原则。文学自主是指文学作为独立的艺术门类，从产生之日起就有着自身的审美规律和生存法则。文学的自主化就作者而言即是作者不受外部社会、政治和经济等制度或环境因素的影响和制约，听从于作家内心艺术感觉的律动，崇尚为艺术而艺术的法则，将文学看作是独立于外部世界而存在的纯粹的艺术审美形式。这应该是文学高度自主化的体现。高度自主的文学强调的是作家创作的自主性和独立性，"为艺术而艺术"是他标举的旗帜。从整个文学场来看，文学自主化程度的高低并不完全依赖于作家个人的情感倾向和道德选择。布迪厄有言：

> 要达到经常且稳妥地克服当权者的限制和直接或间接的压力，不能依靠捉摸不定的性情或自愿的道德抉择，只能依靠一个社会环境本身的必要性，这个社会环境的基本法则就是相对于经济和政治权力的独立；换句话说，只有当构成某种文学或艺术指令的特定法则，既建立在从社会范围加以控制的环境的客观结构中，又建立在寓于这个环境的人的精神结构中，这个环境中的人从这方面来看，倾向于自然而然地接受处于它的功能的内在逻辑中的指令。①

---

① ［法］皮埃尔·布迪厄：《艺术的法则——文学场的生成和结构》，刘晖译，中央编译出版社 2001 年版，第 76 页。

可以看出，文学自主化程度的高低决定于文学所处的社会环境，社会环境再通过其影响作用于作者的精神结构。

事实上，处于特定时代的作者不可能完全独立于社会而存在，因而，我们也就很容易理解 20 世纪上半叶中国文学中"启蒙文学"、"抗战文学"、"解放区文学"以及 1950 年代的"战争文学"、60 年代"文革文学"和 80 年代"反思文学"，直到 90 年代市场文学的出现，都是与时代发展及主流意识形态有着密切的联系。从这些文学现象来看，文学的自主化程度在其历史发展过程中必然有不同的变化。每一个时代都有着鲜明的社会特征，这是文学的外部环境，也是社会的客观结构。所有的作家都无法脱离于这一客观结构，因而一个时代有一个时代的文学风貌。从这一意义上来说，文学的高度自主化是与特定的社会样态相背离的。但是，从文学自身而言，自主化程度更依赖于作家的精神结构，亦即作为个体作家，受不同动机和利益驱使，表现出的文学自主化程度差异明显。从中国当下文学现状来看，受经济发展大潮的冲击以及经济利益的驱使，文学商品化、市场化、产业化特征已突出地表现为文学的时代特征。但是不可否认，文学自身的审美特征以及艺术法则依然在发挥主流文学的影响力，以此抗拒市场的影响。在这方面既有制度的保障（譬如作协和茅盾文学奖等），也有作家的坚守，还有读者的选择和认从等等。对作家而言，追求文学的自主，很可能意味着失去市场，失去赖以生存的经济保障，同时在商品拜物教意识支配一个社会群体成员的时代，经济利益往往是与个人成功划上等号的。目前我们所处的时代，是比以往任何时期都要追求经济价值的时代，因而要做到不计经济利害而追求文学自主化，则须作家具有超越于个人经济利益之上并勇于担当艺术使命的襟怀和抱负。虽然文学史上不计经济利益的作家大有人在，但在今天，这样的作家越来越少，更令人敬仰。

文学自主化在当下文学板块中主要体现在传统型文学上。中国社会科学研究院研究员白烨在《文学的新演变与文坛的新格局》中指出文学"三分天下"：即以文学期刊为主导的传统型文学，以商业出版为依托的市场化文学（或大众文学），以网络媒介为平台的新媒体文学。[①]应该说，三者之中传统型文学的文学自主化程度相对较高。由作协、文联系统举办的各类文学期刊，在过去是文学作者学习写作和发表成果的基本阵地，也是文学读者阅读作品和瞭望文坛的唯一窗口。现在则不然，作者可经由出版社运作直接出书，也可在文学网站自由发表作品。但文学期刊因联系着一大批造诣较高、影响较大的专业作家，集聚了当下文坛最为重要的创作力量；且作者素质高，办刊专门化，所发表的各类作品代表了同时期的重要成果和最高水准，这些作者坚持艺术创作原则，拒绝向外部世界的诱惑妥协，捍卫了作家的艺术尊严。当然从另一方面看，传统型文学所代表的文学自主化在整个经济大环境中所产生的影响力也是有限的，更多的时候，是文学圈子内部的相互欣赏、相互鼓励。一个现实的问题是，文学期刊的生存境遇受到严重的经济威胁，面临生存困境。

布迪厄认为为艺术而艺术的作家通常在经济地位上遭受失败，而这恰恰是他靠艺术作品赢得象征资本的时候。布迪厄这种败者为胜的法则，来自于他对经济资本和象征资本转换的分析。所谓象征资本，这是他在文学场理论中提出的一个重要概念：

> 文学场涉及权力（例如，发表或拒绝出版的权力）；它也涉及资本，被确认的作者的资本，它可以通过一篇高度肯定的评论或前言，部分地转到年轻的，依然不为人知的作者的账上；……它们事实上是以资本的一种非常特别的形式为基础的，这一资本同时是场内竞争性斗争的手段和对象，即作为认同或供奉资本的一种象征资本，不管是否制度化，不同的行动者或体制都以特别的活动和特别的策略为代价，在以往的斗争过程中积累起这一象征资本。[②]

---

① 白烨：《文学的新演变与文坛的新格局》，2009 年 9 月 20 日，见 http://www.chinawriter.com.cn/wxpl/2009/2009-09-20/77200.html。

② 包亚明：《布尔迪厄访谈录——文化资本与社会炼金术》，上海人民出版社 1997 年版，第 81 页。

布迪厄将象征资本非常简洁地概括为"被确认的作者的资本"。这一资本是作者得以确认的多方面因素的综合，它不同于经济资本，当然这一认同用布迪厄观点来说"既不能用商业成功（更应该说是它的对立面）来衡量，又不能仅仅用社会认同（隶属于学术界、获过奖等等），甚至还不能仅仅用声誉来衡量，如果你是通过不正当的理由获得声誉的，那么这一认同可能会使你名誉扫地。"① 由此观之，象征资本是作者建立在作品被社会高度认同基础上并赖以立身扬名的重要资本，也是换取经济利益的一个长期资本。布迪厄对象征资本的描述，揭示了这一资本在文学场斗争中所起的重要作用。象征资本尽管有多方面的构成，诸如声誉、地位、评价以及作品自身的质量等等，但其核心构成只能来自于文学的本身，即作者主要通过它所创造的作品的审美价值给他所带来社会认同。

那么象征资本与经济资本之间有着怎样的关系？布迪厄认为：

> "经济"资本无法保证场所提供的特殊利益，以及特殊利益通常带来的长期"经济利益"——除非它再次转化为象征资本。无论对于作家还是批评家，画商还是出版商或剧院经理，唯一合法的积累，都是制造出一种声名，一个有名的、得到承认的名字，这种得到认可的资本要求拥有认可事物（就是签名章或签名的效用）和人物（通过出版、展览等等）的权利，进而得到赋予价值的权利，并从这种操作中获取收益的权利。②

根据布迪厄的观点，象征资本与经济资本是可以相互转换的，象征资本是一种特殊利益，这种利益有其长期性；而经济资本具有限时性，它要求投资短期内就得到回报。为了获取象征资本，作家或批评家、出版商必须着眼于长远的特殊利益，而非短期的经济利益。象征资本是作者得以认可的

---

① 包亚明：《布尔迪厄访谈录——文化资本与社会炼金术》，上海人民出版社1997年版，第81页。
② ［法］皮埃尔·布迪厄：《艺术的法则——文学场的生成和结构》，刘晖译，中央编译出版社2001年版，第182页。

资本，这种资本必须转化为经济资本才能验明自身的价值，亦即布迪厄所述要求拥有认可事物和人物的权利，进而得到赋予价值的权利并获取收益的权利。反之，经济资本要获得长久的经济利益，也必须转化为象征资本。比如为作品所作的推介和宣传，为作家艺术家的包装及声誉和经济的提升等等，都是经济资本为积累象征资本而作的投入和运作。

从前面我们提到的传统文学作家和商业作家的两派分离和收入的悬殊的现状来看，毕飞宇、陈村等被冠称为"知名高品质传统作家"，而韩寒、麦家、南派三叔则被称为"畅销书作家"。可以说，"知名高品质传统作家"就是毕飞宇、陈村等的象征资本，也就是说，他们的作品相比那些不知名的商业作家而言，先期拥有象征资本。这种象征资本也许在一定时期会转换成经济资本。但是这一象征资本并不具有永久性价值，即它可以增值也可以贬值，这须根据象征资本本身的运作而定。另一方面，"畅销书作家"是一种短期的经济资本，这种经济资本既可以向象征资本转换，继而获得更多的经济资本。但如果畅销书作家们没有建立足够的象征资本，那他获得的经济资本也是缺少长期保障的。

3. 一个倾斜的文学场

布迪厄将19世纪以来的文化生产场分为两个次场，即有限生产的次场和大生产的次场，前者是狭义的为生产者的生产者次场，后者是大生产和工业文学的次场。有限生产的次场其时在文学场中所占据的独立于外部社会化等级制度的权力性地位。他认为：

> 文化生产场的自主程度，体现在外部等级化原则在多大程度上服从内部等级化原则：自主程度越高，象征力量的关系越利于最不依赖需求的生产者，场的两极之间的鸿沟越深，也就是有限生产的次场和大生产的次场之间的鸿沟越深。[①]

---

① ［法］皮埃尔·布迪厄：《艺术的法则——文学场的生成和结构》，刘晖译，中央编译出版社2001年版，第265页。

按照其观点，自主程度高低是决定有限生产的次场和大生产的次场鸿沟深浅的决定性因素。据此我们来简单考察目前国内的文学生产环境。

随着市场经济的高度发展以及文学商业化和产业化步伐的加快，目前国内文学领域存在着多方因素既对立分化又相互渗透和融合的状态。这里我们仅从严肃文学与商业文学的关系角度来描述文学界的主要现状。如果说严肃文学代表文学的一个极点，那么这个极点在文化意识形态领域仍占据着主流地位，无论从作家的地位名誉及其影响力还是其作品的艺术价值，以及他们所掌握的主流艺术形态的权利如作协会员、国家级奖项等等（如茅盾文学奖、鲁迅文学奖），他们仍然掌控着当代文学的话语权。虽然在当今的文学市场，严肃文学的生存发展并不景气，但是严肃文学所拥有的象征资本，足以在较长时间保持其在文学领域的正宗地位。这一正宗乃源自20世纪初新文化运动所诞生的中国新文学的发展传统。它代表着典雅、正统、经典、精致、纯粹的具有较高思想艺术价值的文学类型。严肃文学在今天的存在价值就在于它表达的是传统文学的观念及价值标准，亦即它是人们心目中的那个"文学"，或文学理论中所指认的"文学"。因而即使它在当今文学商业化环境中现实性生存空间越来越小，但它作为文学的标杆，或大众文学和商业文学的对应物存在的意义将不会消失。文学的另一极点是大众文学和商业文学，近些年来以突飞猛进的姿态迅速占领文学市场。或者说，当今文学市场更青睐郭敬明为代表的青春文学和麦家、韩寒、南派三叔等畅销书作家代表的通俗文学。更值得一提的是网络文学，作为新型的媒体文学样式，在资本的催生下，已形成规模生产的效应。无论是青春文学还是通俗文学和网络文学，虽然代表着不同的文学类型，但它们无疑都指向市场，面向大众，追求经济利益，生产受到外部条件和环境的影响和制约，最大限度地服从大众读者的需求，作为"大生产的次场"而存在。而"有限生产的次场"即严肃文学却呈现出较为萧条的症状。关于严肃文学的现状，我们这里引用著名学者王晓明在其文章中的一段话来概述：

　　2010 年，"严肃文学"数度引起媒体的正面关注，但总体来说，这文学的社会影响，仍在继续下降：主要刊登这类文学的杂志的销量，依然萎缩，尽管幅度并不剧烈；代表性作家的著作销量，继续在低位徘徊；几乎所有重要的公共问题的讨论声中，无论网上网下，都鲜有"严肃文学"作家的声音——这一情况已经持续了十多年，去年依然如此；"严肃文学"作家所创造的文学形象、情节和故事中，也几乎没有被公众视为对世态人心的精彩呈现而得到广泛摘引、借用和改写的。①

这一现状表明在当今文学商业化和产业化发展态势中，文学生产场的自主程度渐趋降低。

　　根据布迪厄的观点，文学场的自主程度越高，有限生产的次场和大生产的次场之间的鸿沟越深；反之，文学场的自主程度越低，有限生产的次场和大生产的次场之间的鸿沟则越浅。实际上，有限生产的次场和大生产的次场之间既是对立的两极，又是通过对立本身而互相联系起来，二者关系随着外界客观情况的变化而变化，并呈现为文学自主化程度的高低。在文学发展过程中，有限生产的次场曾占据过较长时间的优势，代表主流文学的价值存在。有限生产的次场所奉行的基本法则，是独立于外部需要，排斥对经济利益的追求，谴责追求暂时的荣誉和声名，与大生产的次场之间对立分明，表现了高度的自主化。但随着市场经济的发展，大生产和工业文学的势力越来越强，构成对有限生产次场的威胁也越来越明显。如果说在 1990 年代，基本上还可以分为这样两大类即抗拒社会政治和经济的压力、追求思想独立和创作自由的作家，与顺从或妥协外部力量、紧跟时代潮流、追求政治和经济利益的作家的话，那么到了当下，前者势力已大大削弱，而后者在市场化文学中却大显身手，受到市场青睐。这就是说，整个文化生产场的自主程度已越来越低，文学生产完全转向市场。或者说，

---

　　① 王晓明：《"网络"or"纸面"：今天的文学阅读》，《新华文摘》2011 年第 22 期。

布迪厄所言的有限生产的次场受到大生产次场的挤压，自主化空间已越来越小。有限生产的次场与大生产的次场之间已难以抗衡，整个文学场倾斜于一个大生产次场，这就是当下文学商业化的现状。自主的生产者受到不自主的生产者的包围和控制，这些"全能的非自主生产者无疑是特洛伊的木马，社会控制的一切形式：市场的形式、时尚的形式、国家的形式、政治的形式、报纸的形式都通过这木马得以在文化生产场中发挥作用"①。文学商业化、市场化、产业化等等，使得文学的经济功能不断强化。在这样情势下，文学内部发生了明显分化，除少数坚守的作家外，众多纯文学作家纷纷倒戈，主动向商业文学靠拢，并踊跃触网，通过网络发表作品。如2008年由起点中文网主办的"全国30省作协主席小说联展"正式启动。蒋子龙、刘庆邦、杨争光、谈歌、储福金、秦文君等来自全国各省、直辖市、自治区作协的主席（副主席），开始在起点中文网上连载自己的中长篇小说，提供给网民付费阅读。

经济逻辑向有限生产场作了强有力的渗透，迫使有限生产场改变了以往经济利益"败者为胜"艺术法则，谋求与大生产的次场融合的趋势也越来越明显，也就是纯文学生产与商业文学由以往的对立而开始相互渗透。特别是近年来，面对新媒体文学的迅猛发展，传统文学采取了主动姿态，加大力度介入对新媒体文学的创作指导和批评研究。如中国作家协会参与"网络文学十年盘点"；鲁迅文学院与盛大文学联合举办了第一期网络文学作家培训班；2010年中国作家协会联合中国出版集团等机构主办中国网络文学节，这是主流文学与网络文学对话与交流的开始。很显然，主流文学所采取的姿态是以自己的象征资本与对方的经济资本作交换，而对于商业文学来说，也需要借用象征资本为经济资本增值。如2009年第600期《人民文学》因刊载郭敬明主办的《小时代2.0》而脱销，用郭敬明自己的话说："我要的是《人民文学》的话题性、权威性，我能给它的是商业价值，

---

① ［法］皮埃尔·布迪厄：《艺术的法则——文学场的生成和结构》，刘晖译，中央编译出版社2001年版，第265页。

那我们就做一个交换，很公平。"①此乃一语中的，互惠互利是传统文学与商业文学谋求融合最根本的出发点和目的所在。可以看出，整个文学生产领域向商业生产方面倾斜。

三、文学越界与亚文学生成

1. 文学越界

什么是文学，什么不是文学？文学的界限在哪里？这个形而上的理论追问，由来已久。前面我们曾引用韦勒克关于虚构性、创造性或想象性作为文学的内在属性，是区分文学与非文学标准的相关论述。虽然文学与非文学的界限从理论上来说是比较清楚的，而我们在这里所说的文学越界是指在文学与非文学之间这一区域文学实践活动及其文本形态所发生的位移。从上个世纪末开始，随着新媒体技术的突飞猛进，大众文化的盛行，以及资本对文学的侵入，文学商品化和产业化得到了迅速的发展。文学作为文化工业的产品必然在产品的生产和消费以及产品的自身形态方面表现出不同于传统文学的诸多变化。文学越界仅是这诸多变化之一。

文学越界首先表现在文学从自身逃离，向非文学方向转化。这是从文学本体出发，对文学越界的观照。在观念上我们常常将文学定位于狭义的文学或高雅文学，这是我们认识文学与非文学的理论出发点。关于狭义的文学，我们在第一章已作专门论述，这里不再赘述。在一定意义上，我们常常将狭义的文学更多地理解为高雅文学，关于高雅文学，童庆炳的《文学理论教程》这样定义：

> 高雅文学是一种典雅、正统、经典、精致、纯粹的具有较高思想价值艺术价值的文学类型。高雅文学主要服务于社会上文化修养较高的阶层。其特点有：内容和题材充实、深广；主题或

---

① 郭小寒、王坤：《郭敬明：青春是一门好生意》，《北京青年周刊》2009 年 11 月 27 日。

意蕴富于深度；艺术形式上具有探索性和独创性；鲜明的个性风格；诉诸读者以严肃的思考、体验和想象，具有巨大的艺术感染力。高雅文学有时又称"纯文学"、"美文学"、"严肃文学"或"精英文学"。①

这是对高雅文学一个比较完整的定义。长期以来，高雅文学一直居于文学的正统地位。而随着大机器工业和商品经济的发展，大众文学已逐渐被人们广泛地接受，越来越成为文学市场的主要消费对象，同时大众文学与高雅文学的分化和互渗也比以往任何时候都要显著。新世纪以来，由于网络媒体的发展，网络文学及其变体和众多的衍生形态更是呈现蓬勃生长的态势。各种类型文学题材类型的单一和定型，已经使这类文学从大众文学的范域里又向前迈了一步。这里我们还可以将这类文学再向前延伸，比如网游小说的出现。如在盛大文学的网站，排列的文学类型中就有游戏一类。文学本是网游得以开发的基础之一，但二者的相互渗透产生了网游小说的文学形式。这是一种新的文学形态，也可以说网游作品实际上已是介乎文学与非文学之间的一种文学变体了。

文学越界还可从另一方面来看，这就是非文学文本向文学靠拢，这是大众文化时代审美泛化的表现。关于此，有学者指出：

> 在当今消费社会中，文学艺术常常被其他的文化现象如广告传媒、时装表演、商品包装、各种节庆等所借用，并覆盖到大众的日常生活之中。这种借用造成了许多亚文学艺术现象，或称之为文学边界的扩大，从而形成审美的泛化或称日常生活审美化的态势。②

比如目前流行的"凡客体"等广告文本，还有博客和微博中的文学样态等等，都可以视作文学的"大众化"或审美的泛化。在大众文化作为主流话

---

① 童庆炳主编：《文学理论教程》，高等教育出版社1998年版，第271页。
② 蒋述卓、李凤亮主编：《传媒时代的文学存在方式》，广西师范大学出版社2010年版，第280页。

语的时代，这类文学即是大众作为文化主体的诗意表达和文学诉求。让我们来看一则流行体写作：2010 年凡客诚品（VANCL）推出青年作家韩寒和青年偶像王珞丹出任形象代言人，他们的广告词受到网民的欢迎和模仿，这种带有突出大众文化特征的"凡客体"随即广泛流行起来。如 2012 年国内南方一家报纸专栏刊登"创先争优群英谱"的人物事迹系列报道，每篇报道都是采用相同的"凡客体"形式作为导引，现摘举一例：

> 我是党员，爱搞研究，爱写论文，我不是科学家，我是天天和数字打交道的环境检测员。爱洗碗，爱囤洗澡水，我不是家庭妇男，我是职业病"患者"。爱抬头看天，爱低头看水，我不是文艺青年，我是 24 小时开机的环保控。我是某某某，某某市环保局总工程师，环境保护监测中心站站长，也是一名 15 年党龄的中共党员。①

作为一种简单的广告文本，"凡客体"不仅被大众广为接受，而且被作为官方报纸宣传的一种话语形式而运用，展示出传媒时代广告文本的影响力。凡客体之所以流行，就因为它介于诗与大众文化之间。这里所谓的"诗"乃是指文本的文学意义及形式。而诗性则承载着人们对文学的审美追求。著名学者王晓明指出："倘若剔发文字的符号指涉能量，正是诗对这个将一切包括文字都视为工具，竭力压扁的时代的重大抵抗之一，这些文类暧昧的作品，就正体现了这个时代的某种诗性。"②"这个时代的诗性"，也正是今天大众文化向文学所作的渗透以及大众的审美追求。因而可以这样认为，诗作为这类流行体的外部特征，实际上表达的是当今时代人们对生活所寄予的诗意；而所写的内容，往往凝聚一些时尚元素，揭示当代生活的某些特质，具有明显的大众文化特征。这两方面的结合，使得"凡客体"受到大众欢迎和仿效。

---

① 郭婧：《我是党员》专题报道，《都市快报》2012 年 6 月 8 日。
② 王晓明：《"网络"or"纸面"：今天的文学阅读》，《新华文摘》2011 年第 22 期。

上述两种方向的文学越界形成了一个模糊地带，并由此产生文类暧昧的作品。如网游小说、博客、微博、网络论坛中很多文本形态就是文学越界的产物。

2. 亚文学的文本建构

如果说广告文本和博客文学代表着文学越界所产生的一种新型的文本，那么文化工业的"形式、范畴和内容"如何注入其中而形成如亚文学类的文本形态？让我们还是以"凡客体"写作为例来分析其亚文学文本特征。"凡客体"这一形式，乃是广告与文学结合的典型文本。广告服从于资本逻辑不言而喻。正如霍克海默和阿道尔诺批评文化工业产品时指出的那样：

> 文化工业的流水线，以及具有综合性和计划性等特征的生产方法（不仅摄影棚像个工厂，而且制造那些生拼硬凑的廉价传记、胡编乱造的通俗小说和流行歌曲的作坊也像个工厂），就非常适合于广告宣传：个别重要的部分是可以拆卸的，可以替换的，从技术角度来说，甚至可以从任何前后相关的意义中抽离出来，用来服务于其他目标。感化、欺骗以及独立的复制装置，都可以以推销为目的来展览商品。①

霍克海默和阿道尔诺描述了文化工业范畴中的文学制造及其产品的特征，与"凡客体"广告文本的生产是何其相似！这里我们也可以从相反的角度认识广告文本的特征。霍克海姆和阿道尔诺对文化工业产品包括广告的文本特征从三个方面予以概括：一是产品的结构可以替换和拆卸，比如前文所引路金波对"粉色梦幻"的设计，一本书可拆卸为3大情节、12个小故事，任何故事可任意替换。"凡客体"亦然，每个句子里的名词都可任意替换，正因为此，凡客体才被不断仿拟并得以流行。二是文本的意义也可以

---

① [德]马克思·霍克海默、西奥多·阿道尔诺：《启蒙辩证法——哲学断片》，渠敬东等译，上海人民出版社2003年版，第182页。

抽离和置换,如将"凡客体"形式,用于"我是党员"的系列宣传报道。一个纯粹的商业化广告,被沿用至意识形态领域的宣传,其文本意义相距甚远,这表明作为凡客体文本的原创即"我是韩寒"的广告词,本身就不具备鲜明个性和独创价值,即可以从意义上被置换或抽离。或者从反面理解,正因为"我是韩寒"的广告词设计符合大众文化流行质素(无论是语言所指还是能指),才使其有广泛的号召力和普及性。正如詹姆逊所言,"在大众文化中,重复有效地挥发了原始的客体——"文本"、"艺术作品"——以致大众文化的学生没有最初的研究客体。……因此大众文化学者的困境在于'原始文本'在结构上的缺失或在重复中散失。"①"凡客体"正是借助无数的"重复"得以为自身命名,而这一命名本身就消解了原始文本的意义。三是为了达到推销目的所采用的感化、欺骗以及独立的复制等手段和形式,正是广告的审美价值之所在,而文学性也在此体现。无疑,"凡客体"之所以被仿用,是因为语言形式有其独特的审美价值,当然这种审美价值不是典雅含蓄之美,而是具有通俗明畅的大众风格。在广告文本中,文学性直接受制于商品化的目的,并呈现为文化工业的产品形态特征。或者说在"感化、欺骗以及独立的复制"面前,广告与文学已相互渗透,融于一体。事实上,在今天的文学产业中,文学的生产亦如广告制作,这就是商品和诗的结合,商品指向这个时代的表征,而诗则体现了人们追求的审美倾向。这两者本是相互抵制的,但是随着大众文化的发展,商品和诗转向联结和相互融合,亚文学也由此生成。

由于网络类型小说借助于多媒体的网络平台而呈现出的多媒体融合以及超文本形式等特征,并将之与传统文学文本划开了界限。因而这里有必要概要介绍网络类型小说的超文本现象。超文本是网络最为流行的电子文档之一,文档中的文字包含有可以自由跳跃到其他字段或者文档的链接,读者可以从当前阅读位置直接切换到超链接所指向的任何其他位置。而超文本小说是一种以网络为载体,以超文本技术为支撑的新型文学品类。超

---

① [美]弗雷德里克·詹姆逊:《快感:文化与政治》,王逢振等译,中国社会科学出版社 1998 年版,第 249 页。

文本文学作品在文本内部或文本结尾设置有超文本链接点，提供不同的情节走向供读者在阅读时选择，不同的阅读选择会产生不同的结局，因此也称为多向文本文学。

超文本是网络链接技术下的产物。作为电子化的写作技术，与传统文学相比，超文本小说具有非线性、互动性、不确定性和非完整性以及无中心等特点，对以纸质印刷文本为媒介的传统文学形成了颠覆性的挑战。第一，它为非线性和非有序性空间的叙事提供了可能性，而且它与印刷文本不同，超文本在文本各部分之间提供了多种路径即通过链接互联为一个树状的网络系统。在这个系统中，不同的路径纵横交错，读者可自由选择路径进入文本。超文本文学将传统文学静态、封闭的线性结构转化为富有弹性的开放的网状非线性结构。非线性的书写系统代替传统的线性叙事，情节的原因和结果不再是严密的对应关系，文本内部结构松散，语意断裂，但又呈现相互关联和串通的特征。如1987年麦可·乔伊思发布了他的超文本小说《下午，一个故事》。这部小说在每页底部有多重选择的链接按钮，由此实现小说在情节发展过程中的多重路向选择，从而成为早期超文本小说的经典之作。虽然《下午，一个故事》只是磁盘版的超文本小说，还不能称为"网络化文学"，但是，它为网络超文本小说的产生提供了一个范例。第二，超文本小说从叙事主体上，打破了作家对叙事权的垄断，有限度地将叙事权交让给读者。读者可以有限度地决定情节的发展方向，参与作家的创作活动。如BBS跟帖小说《风中玫瑰》，就是在写手与众多读者的互动中共同完成的。此类小说被称为"互动小说"。在互动小说中还有一种"接龙小说"，曾一度流行于网络。第三，关于不确定性和非完整性。罗伯特·库弗在《书籍的终结》中作了阐释：所谓"不确定性"，即超文本解构了传统文本不可移易的确定性：

> 叙述之流仍在继续，但是在缺乏维度的无限广阔的超空间里，叙述之流更像是无边扩展的气浪；它冒着丧失向心力的风险四处张延，传统文本的经典化的确定性被一种静态而廉价的抒情性所取代，

这种抒情性是早起科幻电影所表现的在大气中梦游的失重感觉。①

这段诗意化的描述形象地呈现出超文本的缥缈不定的状态。所谓"非完整性":

> 即在超文本语境中,传统文本的完整已经不复存在,读者要求文本具有连贯性和完整性,而文本则天然具有反完整性的叙事延展性冲动。……所谓完整性,实际上就意味着文本的终结。……如果一切都处在无尽的变化过程之中,那么,无论是作为读者还是作为作者,也不管是写作或阅读,我们的工作岂不是永远没有完结的时候?②

显然,罗伯特·库弗对超文本的不确定性和非完整性赋予了更积极的价值性描述。客观而言,如果我们承认传统文本具有确定性和完整性,那么不确定性和非完整性则是超文本存在的意义,也是我们借以判别传统的文学文本与亚文学文本的一个凭借。第四,超文本小说的主题是杂合的、无中心的。由于文本交换路径的网络化,超文本提供了具有发散性的多样化技术,从而带来文本的多义纷呈。最后,超文本小说文本形式多样化。超文本小说打破传统文本小说单一的文字结构,它在文本中汇集了声音、动画、文字、图像等,增加了感官化的阅读效果。

概而言之,超文本小说与传统纸媒小说的区别在于,超文本中任何文学故事的情节发展都是多重选择的,读者可以参与进去,可以选择,传统文学创作中种种既定的规则被打破。也正是在这一层面上,我们将之视为一种亚文学形态。

---

① [美]罗伯特·库弗:《书籍的终结》,陈定家译,《南阳师范学院学报》2007年第2期。
② [美]罗伯特·库弗:《书籍的终结》,陈定家译,《南阳师范学院学报》2007年第2期。

第四章

网络类型小说文本概观

一、网络类型小说概述

1. 类型小说与网络小说

今天已经有相当一部分人以类型小说来代指网络小说或网络原创小说。这不仅因为网络小说或网络原创小说在当下都是高度类型化的小说，还因为类型小说无论在商业理念、创作方式、媒体形态乃至文学观念上都区别于传统的纸媒文学，亦即类型小说与传统纸媒小说的区别并非仅仅是发布或发表载体的不同。

在对网络文学（小说）的认识上，几乎一致的共识是：网络文学就是在网络上发布和传播的文学作品。网络文学这一概念的内涵主要通过"网络"这一前置词语来表达，即"网络"成了界定网络文学的唯一介质。固然，以"媒介就是讯息"的观点来看，网络这一特定称谓也言明了网络文学的丰富涵义。比如对网络文学可以作如此界定，即指："在信息时代，网民以计算机网络为载体，在计算机上原创或在原作、原型上进行再创作，并且首发于网络，可依靠在线和线下多种途径进行传播，供网民欣赏或参与，形成成熟的评价机制的新型文学形态。"[①] 这一定义除了表明网络文学是首发于计算机网络的作品外，还特别强调了网络文学的互动机制和评价

---

① 刘克敌主编：《网络文学新论》，凤凰出版社 2011 年版，第 20 页。

机制。这两点正是网络文学区别于传统纸媒文学的更重要条件。网络文学不同于传统文学的最重要之处，在于它与读者构成的互动机制。无论是初始形态的网络文学表达的是作者展露自己才华和情怀的动机，还是今天高度商业化的网络文学以实现经济价值为目的，都离不开读者的参与。网络提供给作者与读者的，不仅是渠道和平台及其所带来的互动，而且带来了网络文学自身形态的发展和定型。至于评价机制，对于网络文学显得尤为重要。很长时间以来，我们习惯以传统的文学标准来考量网络文学，而网络文学产业化发展的事实已经证明以传统的文学机制及其观念来看待网络文学只能带来缘木求鱼的效应。但是，以上所述的区别于传统文学的互动机制与评价机制，却因网络文学这一命名而被隐藏。换言之，网络文学之名难以标明其最重要的特征，反而容易造成网络文学＝网络＋小说的极其表面化认识，因而我们需要一个更突出更鲜明的标识来命名这一特别形态的文本类型，这就是类型文学。说到底，网络小说≠网络＋小说。

2. 类型小说与原创文学

原创文学似乎是网络文学与类型文学之间的过渡性称谓。以首发作者在网络上创作的文学作品的网站几乎都标明网站的原创文学性质，如早期"龙的天空"网站全名为"龙的天空原创联盟网站"；幻剑书盟将该网站定义为"中国首家永久免费原创文学门户"；起点中文网站版头也特注为"原创文学门户"。网络文学发展之始，其实并无专门的原创网站，网络文学作者都是在传统的网站、论坛上贴文。最早的大型原创网站，就是台湾的鲜网，同时它大概也是最早有实体出版业务及付费电子阅读业务的原创网站。在大陆，最早的大型原创网站就是成立于2000年的"龙的天空"（简称龙空），最初龙空是专栏形式，邀请了当时的一批知名网络文学作者在网站上开辟自己的专栏，同时还拥有一个作者会客室作为讨论区。而后到了2001年，针对读者的需求，又推出了正式的网站服务，名为"天空书库"。早期原创文学网站意识到以奇幻、玄幻、架空等前所未有的作品类型为其显著特色的原创文学，已经开始展现出它鲜活的生命力和强大的开创性，在题材和类型上的首创将是它与传统文学的分野之处。类型文学正是以特定的题材和专门化的类型言明自己的身份。

类型文学不同于文学类型。类型在文学批评中指文学的种类、范型以及现在常说的文学形式。文学作品的划分向来为数众多，划分的标准也各自悬殊。文学类型是指人们对文学进行分类的方式，比如我们将文学分为小说、戏剧、诗歌、散文四大类别，或者将小说分为长篇小说、中篇小说、短篇小说等。类型文学则是指有类型化倾向的固定形式的文学形态。尽管我们早就有现代意义上的类型小说，如《官场现形记》、《二十年目睹之怪现状》、《老残游记》和《孽海花》的四部小说，鲁迅将之命名为"谴责小说"。在网络小说兴盛之前，就有武侠小说和言情小说，以及科幻小说、悬疑探案小说、色情小说等。但类型文学作为一个特定称谓，用以涵括具有鲜明的类型化倾向的文本，则是在网络文学高度类型化的现阶段被正式提出和采用。

关于类型小说，网络文学的业界权威人士即龙空网站原创评论版的资深版主 Weid 有一个非常准确和简明的阐释："类型小说的一个基本特点是同质化创作，商业上的原理和兰州拉面好吃满大街就都是兰州拉面一样简单，所以所谓的类型，最简明的基础概念就是，同一时间段内出现的众多的同质化作品。"[1]这一解释揭示了类型小说的本质特征。类型小说在创作上无论是题材的选择、内容的组织还是情节的布局等方面都服从"类"的标准，因而"类"（同质化）是诸多类型小说所表现出来的共性概括。根据以上解释，我们可以这样来定义类型小说：**网络类型小说就是在网络平台上发布的大量相同题材及相似创作手法，并具有明确类别区分的商业化小说。**

二、网络类型小说的分类及作品类型述要

1. 类型小说分类

从类型的产生到今天，任何一部小说都有明确的类型归类和更加细致

---

① Weid：《试论二十一世纪以来大陆网络类型小说的兴起与演变》，2011 年 12 月 23 日，见 http://www.lkong.net/thread-527863-1-1.html。

的题材划分。这一发展过程实际上就是网络文学自身形态不断成熟和成型的过程。如今国内各文学网站对类型小说的分类及命名大同小异，这说明在文学商业化的生产中，类型小说已得到生产者和消费者的普遍认同。这里我们以国内影响力最大的起点中文网的类型划分为例，来说明当下类型小说的分类现状。

起点中文网站首页上方开辟了小说类型一栏。小说类型依次为玄幻·奇幻/武侠·仙侠/都市·言情/历史·军事/游戏·竞技/科幻·灵异/同人·漫画等。这些类型也是目前国内网站比较通行的类别划分。在这些类别之下还有细化的子类别。以下是对起点中文网所设类型的简介①：

玄幻：主要以东方法术为内容进行玄奇写作的各类题材，包括都市生活、东方玄幻、异界争战、异世大陆、远古神话、异界冒险等。

奇幻：主要以西方法术为内容进行玄奇写作的各类题材，包括魔法校园、西方奇幻、领主贵族、亡灵骷髅、异类兽族等

武侠：以东方武术为战斗形式进行故事讲述的各类题材，包括传统武侠、浪子异侠、谐趣武侠、国术武技等。

仙侠：以仙法修道为基础背景进行故事讲述的各类题材，包括古典仙侠、奇幻修真、现代修真、洪荒封神等。

言情：以爱情—推理侦探为主线进行讲述的各类题材，包括职场励志、爱情婚姻、架空历史、灵异奇谈—恩怨情仇、休闲美文、异世大陆、青春校园等。

都市：以现实社会为背景讲述城市男女故事的现代题材，包括职场励志、都市生活、异术超能、都市生活、官场沉浮、青春校园、商战风云、娱乐明星、现实百态、乡土小说、谍战特工、合租情缘等。

历史：以历史为背景进行历史题材故事讲述的虚构性作品，包括架空历史、历史传记、秦汉三国、春秋战国、两晋隋唐、五代十国、两宋元明、清史民国等。

---

① 参见禹建湘：《网络文学产业论》，中国社会科学出版社2011年版，第19—20页。

军事：以描写战争事件为主的各类题材，包括军旅生活、军事战争、战争幻想、抗战烽火等。

游戏：以虚构的游戏世界为背景进行写作的题材，包括电子竞技、虚拟网游、游戏生涯、游戏异界等。

竞技：以各种体育运动为内容进行故事讲述的现代题材，包括篮球运动、体育竞技、足球运动、弈林生涯等。

科幻：以科技幻想为内容进行故事讲述的未来虚构题材，包括都市生活、古武机甲、未来世界、数字生命、星际战争、超级科技、时空穿梭、进化变异、末世危机等。

灵异：以各种奇特事件或生物为内容进行写作的虚构题材，包括恐怖惊悚、灵异奇谈、推理侦探、悬疑探险等。

美文：以传统文学观念创作的各类短文，包括短篇小说、诗词散曲、童话寓言、休闲美文、游记杂文、文集评论等。

同人：以他人作品为背景，仍使用同名主人公进行创作的作品，包括动漫同人、武侠同人、小说同人、授权同人、影视同人等。

剧本：作为其他艺术的脚本而写作的各类文学样式，包括动漫剧本、网游剧本、影视剧本、视频剧本等。

图文：分漫画连载和配图小说两种形式，前者小说连载相同，作者每画一画，便发表一话，直接全书结束，后者则大量加入表现情节的图片的小说。

2009 年，起点中文网根据近些年来小说类型的发展和演变，发布了《起点书库分类调整的通知》，重新调整了作品的分类。这一调整主要是针对各类型中的子类别的题材类型作适当调整和添加，并作简要说明。比如关于玄幻类型中的子类别，起点所作的调整为（左边为旧类别，现改为右边的新类别）：

变身情缘——都市生活 说明：现代大都市中发生的感情、生活、事业碰撞的作品。

东方玄幻——东方玄幻 说明：在东方化主角的背景下，描写基于魔法、法术或异世界环境的幻想作品。

王朝争霸——异界争战 说明：在东方化主角的背景下，以与现实不同的神奇异世界里的争霸战争为主题的作品。

异世大陆——异世大陆 说明：在与现实完全不同的一个包含西方中古世纪背景的神奇异世界里所展开的作品。

远古神话——远古神话 说明：根据各种神话故事演绎而出的带有西方、东方特色的上古传奇故事。

转世重生——异界冒险 说明：在东方化主角的背景下，以与现实不同的神奇异世界里的冒险活动为主题的作品。①

起点中文网对当下类型小说的分类比较全面精细，仅玄幻这一大类，就分为都市生活、东方玄幻、异界争战、异世大陆、远古神话、异界冒险等六个子类别。以这些子类别名称而言，似乎区别并不分明，但从对这些子类别题材说明来看，子类别也有着明确的类的区分和限制。这种类型的规定性使类型小说完全以商业产品的形态来表明自身的性质。

除了类型类别之外，我们还经常见到"无限流""洪荒流""后宫流""凡人流""无敌流""对话流""暧昧流"等词语，还有像"穿越文""种田文""宫斗文""官场文""种马文"等文体。这些"流"与"文"基本上是一回事，"指的是具有同样文本要素的类型小说的集合。一般是对主人公冒险或情感经历中主线情节的核心矛盾或重要特点的描述。这种核心矛盾或重要特点，连同它所自具的情节发展的可能性，可以在众多类型的众多作品中进行复制。"② 也就是说，"流"与"文"指的是作品中一个比较突出的内容要素，可以存在于多个类型之中。比如都市历史游戏类小说都会有后宫流，几乎所有的官场小说有后宫元素，而回到过去和

---

① 《起点书库分类调整的通知》，2009年7月23日，见 http://www.qidian.com/News/ShowNews.aspx?newsid=1007009。

② weid：《试论二十一世纪以来大陆网络类型小说的兴起与演变》，2011年12月23日，见 http://www.lkong.net/thread-527863-1-1.html。

丫鬟暧昧也是历史类的一个看点；游戏竞技类的后宫元素比都市类要少得多，很少有以后宫作为主要卖点的作品，但是相较于其他类别还是有着较多的后宫元素。再比如，近两年重生流几乎一统天下，已经成为了继"穿越"之后起点最流行的金手指。几乎每一个榜单上，都会有重生流的踪迹，不管是武侠仙侠、玄幻奇幻、都市异能、游戏竞技和科幻灵异类，甚至在历史类都有《易鼎》这种重生穿越流。"类型小说的'类'则不同，它指的是与其他类型相比，有着鲜明独特的故事环境差异，并由此导致不同类型之间往往会在阅读预期与审美情趣上有明显的不同。一般而言，一个类别的形成，需要在一段时间内出现大量成功的同质化作品。"[①]

2. 主要类型及作品

在上述的诸种类型中，"玄幻、都市、历史、伪科幻因其有着截然不同的类型源泉，构成了相对封闭的四个大类。它们又在类型小说的演化过程中，扮演了孵化器的角色，孕育了数量繁多的大小类别。"[②]而分化出的众多大小类别，其类型多呈开放交互状态，比如仙侠从玄幻类型分化出来，它所属的修真与都市类型中的异能比较接近；重生亦存在于玄幻、仙侠、都市等诸种类型中。从标签来看，小说所属的类型并非固定不变，因为小说所写的内容本身就含有多种叙述元素；根据市场行情贴上更具号召力的标签，也是更为策略的商业行为。事实上，成名作者在进行类型选择的时候，往往不是出于作品题材类型的考虑，而是从市场行情大小的角度选择标签。一个包含多种类型特点的作品，却无法在现有框架下简单定义的作品，选择读者比较集中的类型，显然更易于作品的推销与传播。因而，我们会发现这样的情况，明明应该归于甲类型的作品，却标上了乙类型的标签。比如《迦南之心》被认为是最好的奇幻小说之一，却归类于虚拟网游；《恶魔法则》、《间客》的主要叙事背景虽然是奇幻和科幻下的时

---

① weid：《试论二十一世纪以来大陆网络类型小说的兴起与演变》，2011 年 12 月 23 日，见 http://www.lkong.net/thread-527863-1-1.html。

② weid：《试论二十一世纪以来大陆网络类型小说的兴起与演变》，2011 年 12 月 23 日，见 http://www.lkong.net/thread-527863-1-1.html。

空，但二者发布作品时都选择了玄幻这个类型。总之，在类别与类别之间进行嫁接，流派与流派之间复合叠加，以及新的类型的产生与旧的类型的淡出等，应该是类型小说发展的动力基础。而且类型的发展更取决于市场的变化，"一部成功的作品会催生出一个流行的题材，一系列此类题材的成功作品，会孕育出新的类型。从大类说，有从都市分类下衍生出的'竞技'、'网游'；从小类说，有接受'网游''玄幻'双重影响的'游戏异界'，这些都是相当典型的例证。"① 因而可以说，类型的演进过程也就是网络文学的发展过程。

下面我们主要对玄幻、都市、历史、科幻四个类型小说作一概括性介绍。

（1）玄幻类

玄幻是所有类型中影响力最大的一个类别，仅就起点中文网目前可查的5万部以上收藏作品清单看，包括仙侠、修真在内的玄幻大类，连同奇幻小说，一共占据了40%的份额。其中玄幻标签与奇幻标签的数量比为7：1。应该说，玄幻拥有着最大规模的类型小说读者群体，也是最容易诞生一线大神的门类。从类型上看，玄幻最早从武侠衍生而来，"玄幻"来自于黄易先生在台湾出版作品所用的系列名，以示与传统武侠有所区别。后来玄幻超越武侠，成为类型小说最大的母类，也曾经孕育出仙侠、修真、都市异能、游戏异界等诸多大小类别。即使在现在类型林立而又相互影响交错的类型体系中，如果在分类上难以明确归属哪个更具体的类别时，将之归到玄幻之下，会是比较保险的做法。近年来随着争霸流小说的没落，玄幻小说在当下已经更多地回归了传统武侠小说中的尚武主题，即讲述一个拥有不断成长中的超现实力量的英雄的故事。

以作品大类来看，玄幻也是迄今诞生网络名著最多的一个类型。2002—2005年萧潜的《飘邈之旅》，2003年树下野狐的《搜神记》，2003—2006年萧鼎的《诛仙》，还有2004—2006年血红的《升龙道》、《神

---

① weid：《试论二十一世纪以来大陆网络类型小说的兴起与演变》，2011年12月23日，见http://www.lkong.net/thread-527863-1-1.html。

魔》、《邪风曲》，2005 年唐家三少的《狂神》，2005—2006 年辰东的《神墓》，2007—2008 年的我吃西红柿的《星辰变》、《盘龙》，2008 年至今忘语的《凡人修仙传》，2009 年我吃西红柿的《九鼎记》、梦入神机的《阳神》、唐家三少的《斗罗大陆》，2009—2011 年天蚕土豆的《斗破苍穹》，2010 年苍天白鹤的《武神》，2010 年唐家三少的《酒神》，2010—2012 年的梦入神机的《永生》，2010 年至今辰东的《遮天》等都是产生较大影响的作品。

下面介绍玄幻大类中一些较为著名的作品：

2000 年，台湾写手罗森《风姿物语》在网络上发布。这部被称为网络文学里程碑式的作品，开创了玄幻小说第一个大类——异世争霸。小说描述的是另一个时空的"风之大陆"，青年兰斯洛从一个毛头小子成长为征服大陆的王者的故事。暴风的前兆，即将撼动整个风之大陆。一场内幕重重的婚礼，招来各方人士觊觎，令暹罗城成为七大宗门明争暗斗的角力场。胸怀大志的兰斯洛、剑术卓绝的花次郎、神秘多智的源五郎和浑水摸鱼的天地有雪，乘着这股暗流，或有意，或无心，在因缘际会下齐聚暹罗，共同掀起冲击风之大陆的滔天巨浪。"我意王"兰斯洛的传奇故事，由此展开。《风姿物语》也被视作无可比拟的网络奇幻史诗，问世以来一直受到无数读者的推崇，堪称网络文学的经典之作。在网络文学发展初期，《风姿物语》异世争霸的内容直接影响了玄幻类小说这一主题的发展，以至于各个类型小说中都充斥了数量众多的争霸主题作品。

2000 年，作者今何在的（原名曾雨）《悟空传》最先在新浪网金庸客栈上面连载发表。这部小说一面世就掀起广大网民的阅读高潮，在网络上一直享有"网络第一书"的美誉。全书共 20 章，讲述了悲剧英雄孙悟空对命运以及仙佛等一切伪善抗争的故事，被视作另类的《西游记》。小说不是以情节故事取胜，而是以理性与诗意交织的思考给读者以启迪和审美感染。小说发布后，曾有一些经典性语录广为流传，如："天地何用？不能席被，风月何用？不能饮食。纤尘何用？万物其中，变化何用？道法自成。面壁何用？不见滔滔，棒喝何用？一头大包。生我何用？不能欢笑，灭我何用，不减狂骄。从何而来？同生世上，齐乐而歌，行遍大道。万里千里，总找不到，不如与我，相逢一笑。芒鞋斗笠千年走，万古长空一朝游，踏歌而行者，物我两忘间。嗨！嗨！嗨！自在逍遥……"语言睿智畅达，透辟大气。《悟空传》当年在著名文学门户网站——榕树下举办的第二届网络原创文学奖中获得最佳小说奖和最佳人气小说奖；在起点网第一届网络文学天地人三榜的评选中名列天榜。2001 年年初光明日报出版社出版该书。

2003 年，树下野狐的《搜神记》描述了传说中的三皇五帝时的洪荒时代，随着天下公认的领袖神农氏的去世，各族群雄开始蠢蠢欲动，一位少年横空出世，在机缘巧合下开始了一段惊心动魄的传奇历程。《搜神记》博采众长，将神话、魔幻、武侠、言情的写法以及地理、人文、上古历史的内容糅于一体，使之成为奇幻文学中浓墨重彩书写的一笔。作品被誉为里程碑式的新神话主义奇幻开山巨作。

这一时期因下面几部成功作品的出现，使玄幻派生出三个重要分支：仙侠、修真、异能。

2003 年，萧鼎的《诛仙》是迄今为止唯一一部大获成功的情感主题仙侠文，曾被誉为"后金庸武侠圣经"。全书共八册，《诛仙》最初在幻剑书盟连载，后在台湾由小说频道出版，继而在大陆出版。《诛仙》情节跌宕起伏，气势恢宏，人物性格鲜明，以独具魅力的东方仙侠传奇架空世界，令人击节长叹，不忍释卷，写情尤称一绝。书中反复探究的一个问题就是"何为正道"？"天地不仁，以万物为刍狗"是这本小说的主题思想。

2004—2006 年，血红的《升龙道》，现代修真类的经典之作。本书主角易尘，身上有着不同的标签：一个因为无辜的原因被驱逐出师门的人，一个在异国他乡独自挣扎求存的人，一个苦苦的追求力量极致的人，一个天生不认同伦理的人，一个并不是好人的人。本书讲述的是一个不怎么好的人，做尽了"坏事"，却升龙道完。

2006 年，我吃西红柿的《星辰变》，成为当时最为火热的一部奇幻修真类型的网络小说。《星辰变》的主角秦羽是一位王爷的三世子，小说讲述他得到一块流星泪后的故事。秦羽在无意之中发现了海外修真界的"九剑"传说，一时间风起云涌，无数修真者为之疯狂。这场争夺覆盖了海外修真界，包括潜龙大陆，故事由此展开。2009年《星辰变》被改编成网络游戏。

2006年，梦入神机的《佛本是道》被称为是将中国古代神话历史与现代修真完美融合的经典之作。此书当年荣登起点原创文学五榜榜首。《佛本是道》为仙侠类玄幻小说开启出一扇全新的门户，它的最大成功之处是重新架构了中国传统神话体系，开创了洪荒流，将传统封神、西游这样的演义故事植入玄幻小说中，体系严谨宏大。此书将中国古代佛道体系通俗诠释于书中，并且将佛道两家的神话故事完美地结合在一起。

2009年，唐家三少的长篇玄幻小说《斗罗大陆》发布。小说主人公唐门外门弟子唐三，因偷学内门绝学为唐门所不容，跳崖明志时却来到了另一个世界，一个属于武魂的世界，名叫斗罗大陆。这里没有魔法，没有斗气，没有武术，却有神奇的武魂。这里的每个人，在自己六岁的时候，都会在武魂殿中令武魂觉醒。武魂有动物，有植物，有器物，它们可以辅助人们的日常生活，拥有魂力的还可以用来修炼。这个职业，是斗罗大陆上最为强大也是最重要的职业——魂师。当唐门暗器来到斗罗大陆，当唐三武魂觉醒，他即在这片武魂的世界重塑唐门辉煌。

2009—2011年，天蚕土豆的《斗破苍穹》，是近年来玄幻类型中的影响力较大的一部作品。作品展示了一个属于斗气的世界，没有花哨艳丽的魔法，有的是繁衍到巅峰的斗气及其等级制度：斗者，斗师，大斗师，斗灵，斗王，斗皇，斗宗，斗尊，斗圣，斗帝。作者创造出来的斗气体系，现在也成了众多作者跟风学习的一个典范。

（2）都市类

都市小说是以现实社会为背景讲述城市男女故事的小说，无论是普通的都市爱情故事还是异能的都市修真传奇，都是都市小说的分支。起点中文网在都市类型下分设职场励志、都市生活、异术超能、都市生活、官场沉浮、青春校园、商战风云、娱乐明星、现实百态、乡土小说、谍战特工、合租情缘等子类别，几乎涉及都市生活的各个领域。也可以说，当下一切现实生活的题材都可以纳入在都市类型之下。

都市类是除了玄幻之外最为火爆的类型。近些年都市作品在多种名义的排位上已跃居诸类型之首。如起点中文网"本周强推"（2012.9.1—2012.9.9）的17本书目中，都市类就占据了6本。都市小说盛行的原因在于，网络文学发展十多年以来，以玄幻、历史、科幻等类型包括由此衍生的其他仙侠、灵异等等，都属于非现实性题材。这类题材的作品名篇名家辈出，对于后来的写手来说，几乎无法超越前人的水平。读者在接受较多的穿越、重生、架空、修真、异能作品之后，虚幻的景象或许已使之产生审美疲劳；而现实生活中亦真亦幻的题材和内容，对他们更具吸引力。且都市题材一般以男女爱情故事为中心，与言情相关的内容总是作品长盛不衰的主题，也一直具有市场号召力。因而从商业价值来说，目前文学网站都市比玄幻更具"钱"景，都市类的写手比玄幻类的更赚钱，尤其是占据起点都市类半壁江山的官场文则是圈钱的高手。

都市类型小说题材广泛，可分为多种子类别。在这些不同类别的题材中，官场、商战、异能等更为流行。如果说玄幻是力量与法宝的世界，则都市文是女人与奋斗的世界。以奋斗为主要号召力的作品，大多集中在官场文和商战文中。官场文近年来相当火爆，现列举一些作品如浮沉的《重生之官路浮沉》、曲封的《重活之漫漫人生路》、幼狐的《重生之官途》、红尘百年的《再世为官》、言无休的《宦海逐流》、成吉思汗的《重铸官梯》、醉生梦死的《重生为官》、骑着蚂蚁干大象的《重生之官途漫漫》、鸿蒙树的《官气》、谢耶《升官途》、古城西风的《商宦》、断刀天涯的《仕途风流》、录事参军的《重生之官道》、舍人的《宦海沉浮》、天上人间的《官场风流》、Robin谢的《官路迢迢》、陈风笑的《官仙》、夏言冰的《宦海无涯》、石章鱼的《医道官途》、格鱼的《高官》、不信天上掉陷的《官家》、狗狍子的《官术》、汤氏大少的《官运》、青云之路无终点的《官妖》、何常在的《官神》等等。这些小说大都以官字为名，直接言明其官场文类别。官场文如此多产，这与中国特定的官场文化相关。作为反映官场文化的小说题材和内容，适合作者驾驭，也比较受到读者青睐。如 2008 年录事参军的《重生之官道》，是迄今为止成绩最出色的重生官场文。此后太子党成为官场文主角的几率大大增加。拥有更强大的政治资源以及洞察后世的穿越者视角，这样战无不胜的男主角，在一切送上门来被打脸的敌人面前，只要不断展现出关注民生，痛恨腐败与官僚的面目，就可以获得读者们的喜爱。依靠刻画现实中不可能存在的人物，获得读者的欢呼，正是类型小说巨大娱乐作用的体现。2008 年陈风笑的《官仙》，这是国内第一部将玄幻元素成功融入官场小说的作品，为一向以来貌似严肃守规矩的官场文，添加了浓厚的荒诞诙谐的色彩。

2003 年，雪域倾情的《花开堪折》的流行，确立了都市文类型中种马文不可撼动的大牌地位。种马文的最重要特点是人物形象不鲜明或基本没有形象，没有任何感情铺垫描写，女主角一旦被男主角纳入后宫就变成极品花痴，女主角之间情同姐妹从不吃醋，等等，而且男主角对众多女主角的占有和 XXOO（指男女之间发生性关系）是全书的看点所在。这类作品在都市类型中也有相当的比例。

2004 年，六道的《坏蛋是怎样炼成的》是一部统一中国地下势力的黑道小说。此书被称为黑道作品的巅峰之作。六道笔下的谢文东，颠覆了传统，制造了独属于他的规则。最后成为带领大家走出迷茫中的英雄。黑道生活的扑朔迷离，那些不为人知的故事，让读者为之激动。

都市类型小说不仅都是现实题材，2004 年的周行文的《重生传说》为后来大为流行的都市重生类小说开启了大门。重生作为故事叙述元素在历史、科幻、玄幻、仙侠等类型中比较流行，都市中介入重生内容，则从《重生传说》起始。小说的开头语："——假如上天再给你一次机会，你会怎样来过？2003 年，周行文因为一个极其可笑的原因回到了自己 3 岁的 1986 年。他欣然接受，重新来过，未来 20 年的波折坎坷从已知变成未知"，一度几乎成为重生小说的时尚话语。

（3）历史类

与玄幻和都市类型有着明显的演变相比，历史小说的类型发展一直比较稳定。这一方面取决于历史题材内容的单一集中，比如起点中文网的历史类型分设的子类别从秦汉三国到清代民国，基本上就是中国历史沿革的标记。另一方面，历史类小说读者与其他类型读者相比年龄比较成熟，知识视野相对开阔，尤其是历史知识比较丰富，同时具有较高的审美眼光。他们一向以较高的收订比为其他类型作者所羡慕，这也激励历史小说中的成功作者追求高质量的写作。

历史类型小说不等同于历史，因而小说所写的历史必然是穿越与征服的世界。架空和穿越，是历史小说写作的基本法则。架空历史让人物在虚幻的时代游走；穿越历史就是将古代与现代嫁接。说到底，历史类小说就是历史、现实与虚幻的融合。

以下介绍一些较为著名的历史类小说。

2002年，梦回汉唐的《从春秋到战国》开创了军事架空文类型。众多的军事架空文甚至兴起了一个网站——铁血网。《从春秋到战国》并不是朝代从春秋到战国，小说虚构了一个处于危机四伏的国内国际环境，经过四处拼杀，终于打败侵略者，统一中国，中华民族靠实力终于站在世界民族之巅。

2003年，中华杨的《中华再起》是第一部获得成功的穿越历史小说。该小说主题为"救亡"，故事背景为两位现代军人后代穿越至清代末年，建立武装根据地，先后击败落后的农民武装、反动的封建武装、入侵的帝国主义武装，建立新中华的故事。这部作品的成功，使得历史穿越小说获得了最初的模式。

2003年，酒徒的《明》，与之后两年大量穿越南明时期的救亡作品不同。这部作品穿越的时点是大明初创时期，酒徒在作品中除了驱除鞑虏光复中华，更试图在故事中进行"什么样的行为才可以振兴中华"的表述。从武安国怀柔出世，带领乡勇大破元兵，勇救燕王开始，到进京面圣时的大义凛然，如画江山前的气势磅礴，再到什么都卖但不卖国的慷慨赴义，染血的节杖上对历代"忠臣儒生"的反讽，高氏夫妇的奸诈与忠贞，最后到炎黄旗号的登场，烈焰凤凰旗上所赋予的图腾意义，最后结尾处"人民英雄纪念碑"上题词的套用……一个个热血沸腾的场景和情节，向读者展示了在那样的一个幻想世界中，曾经长久存在于传说中的，属于中华民族的"热血"、"气节"和"魄力"。2007 年，酒徒的《家园》，这是当年最受欢迎的历史类小说。《家园》的主人公是一个隋朝人，在隋末唐兴的乱世中守护着人民，坚守着理念。这是一部相当另类的网络小说，也是一部颇有主流意味的历史小说。

2004 年，阿越的《新宋》是第一部穿越后让主角在文官系统内升级的作品。小说描述了一个当代的历史系大学生意外回到北宋年间，利用知识积累，欲对北宋王朝的各个方面进行改革的故事。作品有着丰富的想象力，以主人公身为一个当代人的眼光去看待北宋的一切，并让其与历史上的各个杰出人物相接触碰撞。作品叙事结构庞大，对当时北宋社会的政治、经济、文化、平民生活、手工业状况几乎都有涉及，从而描绘出一幅整个北宋时期的全面风物图。

2006 年，多一半的《唐朝好男人》开创了所谓生活流历史小说门类。穿越的主人公第一次不以功成名就、权倾天下为己任，而是以优哉游哉的地主生活为奋斗方向。为什么会穿越？正如该书介绍：我们的祖先们将他们认为最宝贵的东西流传下来。用意是好的，但后辈们似乎并不领情，常常对着历史大加感慨：要是我在那时候会怎么怎么……后辈们总是试图给先辈纠正错误，并且自以为是地觉得自己可以成为历史的转折点。于是，自不量力地想加入推动历史车轮队伍者层出不穷。于是，穿越发生了。小说描述一个银行职员在突如其来的车祸中来到唐朝，本是单身的他在苏醒后得知，自己已成家三年。身处陌生的环境中，面对陌生的面孔，他毅然担负起一个丈夫的责任。没有称王称帝的野心，也没有改制换代拯救中华民族于后世的壮志，更没有连续摆平多个娇妻美妾还雄风不减的能力。他只想融入这个陌生的世界，靠着自己的勤奋努力，让自己和家人过一个平安幸福的生活。

2006—2007 年，月关的《回到明朝当王爷》在起点中文网发布即受到读者热捧。起点网站对这部小说的内容简介是：阴差阳错间，乌龙九世善人郑少鹏回到了大明正德年间。那是一个多姿多彩的时代，既有京师八虎的邪恶，又有江南四大才子的风流，还有大儒王阳明的心学，再加上荒诞不经的正德皇帝朱厚照。浑浑噩噩中踏进这个世界的主角，不得不为了自己的命运，周旋在这形形色色的人物之中。小说对人物形象尤其对于女性的性格、心理乃至语言和行为描写细腻微妙，人物生动丰满，故事情节引人入胜，堪称穿越文中的佳作。

2003 年创作至今的《铁血帝国》是历史穿越文中非常著名的"群穿"作品，作者月兰之剑。主人公们在知道自己有穿梭时空的机会后，进行了大量的前期准备，然后回到慈禧时代，强军强国，先后战胜了日本和俄国，建立起远东最为强大的政权。穿越的时间跨度长达四十多年，整整经历了两代人的时光，才终于迎来了世界大战。

值得一提的是，因为《三国演义》与三国类电子游戏的关系，三国题材始终是历史小说中的一个重镇。如 2003 年之前的三国阿飞的《三国游侠传》、魔力的真髓的《三国真髓传》、e_mc2 的《天变》、2003—2006 年浴火重生的《风流三国》、2004—2005 年赤虎的《商业三国》、2004—2007 年比萨饼的《全球三国》、2005—2008 年猛子的《大汉帝国风云录》、2006—2007 年吴老狼的《三国董卓大传》、2008 年庚新的《恶汉》、2008 年寂寞剑客的《混在三国当军阀》等。

（4）科幻类

科幻小说是随着近代科学技术的蓬勃发展而产生的一种文学样式。科幻小说是用幻想的形式表现人类在未来世界的物质精神文化生活和科学技术远景的虚构性文学作品，其内容交织着科学事实和预见、想象，通常将"科学""幻想"和"小说"视为其三要素。以时间划分，都市、历史、科幻代表的是现在、过去、未来。科幻与玄幻的区别在于，玄幻完全立足于想象和幻想，而科幻则以所谓的科学作外衣，大量充斥着非科学成分的内容。因为类型小说首先是商业小说，对于写手来讲，面临的主要问题不是科学知识的容量问题，而是将小说如何写成百万字以上或更长的问题。因而在科学的名义之下必然是更多的幻想内容。

类型小说中的科幻类型，创意来源于大量西方的小说作品以及美国科幻剧集、好莱坞科幻大片、单机电子游戏和日本动漫作品。小说方面最重要来源是日本作家田中芳树《银河英雄传说》和台湾作家莫仁《星战英雄》。十卷本长篇小说《银河英雄传说》是1980年代中叶由日本作家田中芳树所著的一部以浩瀚银河为背景展现的壮丽英雄史诗。《星战英雄》中无元世纪是莫仁创作幻想的故事，时间纵横大约一千余年。

2000—2004年mayasoo的《银河新世纪》，被看作一部可比《银河英雄传说》的星战类作品。在波澜壮阔的银河中，三大势力争夺霸权，还有守护古代银河帝国遗产的血族伺机而动；而新兴的势力——"地球"在银河系不过扮演一个小角色。mayasoo尝试着建构星际时代宇宙战争的合理战争模式。

2003—2006年，charlesp的《星之海洋》被认为是非常出色的长篇科幻小说。故事架空在星际殖民时代之后科技、社会大倒退的背景之下，世界设定本身为多重平行位面。动荡的大时代已经过去了半个世纪，人类一边重建家园，一边无休止的与自己的平行世界——天界激烈斗争，全然不顾不远的星空中，已经出现了新的威胁。

2003年，玄雨创作的《小兵传奇》是一部相当杰出的长篇科幻小说，该小说首发于网上，曾使各大原创文学网站点击率居高不下。故事叙述唐龙高中毕业后参了军，进入了只有他一个学员的步兵训练营，在经历了骷髅教官近乎残酷的训练之后，取得了《战争》游戏中全宇宙排名第一的成绩。他曾带领千艘炮灰战舰解决了银鹰帝国的先锋部队而立下巨大战功，不过，功劳却被穆恩雷斯之子抢走。功劳抢夺事件之后，唐龙成为SK23队长。后被联邦流放，于是带领SK23前往无乱星系发展。出征红狮星归来后发动叛变，成为唐家家主。经过多次大战统一无乱星系。又以无乱星系为基础，统一了宇宙。《小兵传奇》在没有机甲没有修真的年代里，树立了科幻小说娱乐化的最高标杆。玄雨在作品中置入大量的娱乐元素，加上流畅浅白的叙事，受到了无数读者的热捧。

2007—2008年，zhttty的《无限恐怖》，它以清晰完整的世界架构和力量升级体系，直接开创了被称为"无限流"的新生类型。小说主人公郑吒自从失去了自己最亲密的青梅竹马后，在对这种反复而又无聊的现代生活厌倦之时，由电脑屏幕上弹出了一段信息提示，进入了一个恐怖片的轮回世界——主神＊空间。在主神＊空间里，一切尽在无限恐怖！《无限恐怖》的成功，不仅给读者带来了对科幻大类的新的明确的阅读预期，也因其架构世界的丰富的延展性，使得大量作者便于在它们所创生的阅读预期上，进行同质化的创作。而这最终带来了科幻小说在 2007—2009 年的巅峰时刻。

2007 年以后较有影响的科幻作品有：2007—2011 年七十二编的《冒牌大英雄》，2008—2009 年骷髅精灵的《机动风暴》，2008 年屠狗者的《重金属外壳》，2009 年风起闲云的《星墓》，2009—2011 年猫腻的《间客》，2008—2010 年卷土的《王牌进化》，2010—2012 年缘分 0 的《无尽武装》，2011—2012 年卷土的《最终进化》，2008 年苍天白鹤的《星际之亡灵帝国》以及 2008—2009 年志村鸟的《时空走私从 2000 年开始》，2009—2011 年烟雨江南的《狩魔手记》等。

本部分内容主要参考龙空网站原创评论版的资深评论者 Weid 的《试论二十一世纪以来大陆网络类型小说的兴起与演变》一文，特此注明并致谢意。

三、网络类型小说的文化产品诉求

1. 类型小说的商品形态

如果说"凡客体"的广告文本反映出商品经济时代人们的大众化审美追求的话，那么，资本对文学的介入则进一步催生了资本化文学的发展，这就是当今网络类型小说的完全商品化的现实。让我们来进一步认识资本生产模式中的网络类型小说的亚文学形态。经过十多年的发展，网络小说的类型化渐趋成熟定型。与传统的小说相比，网络类型小说是相当典型的文化工业产品。首先，它与资本紧密相连。在经过早期的自由发展之后，网络小说很快就被资本收进自己的地盘，成为资本生产下的文化商品。从上个世纪末朱威廉投资"榕树下"网站到如今盛大文学对网络文学的通吃，实际上网络文学走过的是资本发展之路。无论从网络文学的生产目的还是生产方式抑或产品形态来看，网络文学都明显地打上了资本生产的烙印，可谓是真正意义的资本主义文学。从盛大文学的运营模式来看，今天的网络文学生产比以往任何阶段都要纯粹和直接地服从资本逐利的目的，此无须赘述。

其次，作为文化工业产品，网络文学的生产方式主要表现为"制造"、"制作"而非"创造"、"创作"的特点。这种生产方式必然制造出相应形态的文化产品。关于此，盛大文学 CEO 侯小强曾直言不讳地表达"文学就是商品"的观点，"他将盛大文学定义为'世界小说工厂'。在他的想象中，这是一个涵盖上下游产业链的企业，生产的不是小说，而是产品，有着流水线般的产业链，需要商业化运营。在这条产业链上，不仅有作者和读者，还有专业的书业经纪人、出版商、发行商、书评队伍，以及将故事进行游戏化和影视化改造的队伍。"①这段话不仅陈述了一个事实，即文学生产在现阶段已成为商品生产的事实，而且也意味着由产业化生产方式所决定的文化产品形态特征。正如特里·伊格尔顿说：

> 一个社会采用什么样的艺术生产方式——是成千本印刷，还是在风雅圈子里流传手稿——对于"生产者"与"消费者"之间的社会关系是一个非常重要的决定性因素，也决定了作品文学形式本身。在市场上成千部销售给不相识读者的作品，在形式上就很不相同于庇护制度下产生的作品；戏剧也是一样，为民众剧院写的戏，在程式上不同于私人剧院演的戏。从这个意义上说，艺

---

① 《盛大文学侯小强：起点中文网收入翻了好几倍》，2010 年 1 月 8 日，见 http://tech.qq.com/a/20100108/000217.html。

术生产关系在于艺术内部，由内部形成它的形式。①

如果说，西方马克思主义的"文学生产论"将文学生产作为社会物质生产一部分观照时，还只是侧重于文学的物质存在性而言的，却并不否认文学属于意识形态范畴的性质。但在盛大文学的经营框架里，文学完全呈现为产品形态。

这里，我们着重来认识类型小说商业化的文本特征。

先来看网络小说的题材类型，网络文学发展至今不过短短十几年，但其间涌出的各种类型名称可谓五花八门。如当今通行的有玄幻、奇幻、武侠、仙侠、言情、都市、历史、军事、游戏、竞技、科幻、灵异、美文、同人等类型。还有 YY 小说、穿越小说、小白文、耽美小说、种马小说等等。类型的区分本身就言明了网络小说的商业化特色。就像一个小说的大超市，货架上必须琳琅满目，才能满足不同顾客所需。也只有不断推陈出新，这个文学超市对顾客才有吸引力。类型化是文学商业化发展的必然，如果再稍微细致地分析这些类型名称，不难看出当下网络小说的类型具有琐细和离奇两大特点。且看玄幻与奇幻的区别：玄幻小说主要以东方法术为内容进行玄奇写作的各类题材，包括东方玄幻、转世重生、异界征战、魔法校园、王朝争霸、异术超能、远古神话、骇客时空、异界大陆、吸血家族等；奇幻小说主要以西方法术为内容进行玄奇写作的各类题材，包括西方奇幻、领主贵族、魔法校园、异类兽族、亡灵骷髅等。从这些题材可以看出类型小说内容的狭窄和定型。

再来看网络类型小说的商品化结构和篇制。霍克海默和阿道尔诺在《文化工业：作为大众欺骗的启蒙》一文中对大众文化商品结构作了具体的分析。以编剧为例：

在旧有模式中，那些根据性格和事态的发展而发展出来的

① ［英］伊格尔顿：《马克思主义与文学批评》，文宝译，人民文学出版社 1980 年版，第 73 页。

情节被毫不留情地删除了。相反，编剧需要考虑的是，下一步究竟要采取什么样的手段，才能在特殊情况下产生最让人吃惊的效果。编剧精心编排出来的离奇情节打断了故事的线索。就像恶作剧一样，整个故事的发展最后变成了毫无意义的废话，这就是流行艺术的合法成分。①

文化工业制造的产品不同于传统的艺术作品，其情节的设计和安排服从于商业利益，即为了刺激观众或读者的阅读口味，不断制造离奇荒诞的情节来吸引读者，而不顾故事自身的逻辑。比如前文路金波对"粉色梦幻"的设计，一本书可拆卸为3大情节、12个小故事。任何故事可任意替换，这种结构就是典型的文化工业产品的结构：

> 产品规定了每一个反应，这种规定并不是通过自然结构，而是通过符号作出的，因为人们一旦进行了反思，这种结构就会瓦解掉。文化工业真是煞费了苦心，它将所有需要思考的逻辑联系都割断了。②

显然，文化工业的产品因其自身的生产方式及其内容结构被打上了深深的产品化烙印而与传统的文学作品判然有别。

与法兰克福学派所批评的文化工业产品的商品化结构相比，当今网络类型小说商品化文本形态及其结构更加突出。首先，看其篇制和字数。作为产品，其盈利的水平，除取决于产品的销量（即畅销书追求的效益），还取决于产品的规模。再精彩的作品，读者几天就可以看完，那网站则无法获利。因而，几乎每部商业成功的网络小说，必须要有100万字以上的文字数量。这如同电视连续剧一样，集数越多越卖钱。与电视剧不同之处

---

① [德]马克思·霍克海默、西奥多·阿道尔诺：《启蒙辩证法——哲学断片》，渠敬东等译，上海人民出版社2003年版，第154页。

② [德]马克思·霍克海默、西奥多·阿道尔诺：《启蒙辩证法——哲学断片》，渠敬东等译，上海人民出版社2003年版，第153页。

在于，网络小说必须在开始免费提供给读者一定量的阅读章节，以吸引读者进一步付费阅读。通常免费阅读章节的字数在 10 万—20 万字左右，占其整个篇幅的 1/3 左右。为了将这 1/3 的损失再弥补回来，那只有后面再尽量延展篇幅以扩大整部小说的文字基数。所以，网络小说动辄是一二百万字的篇幅，这是由资本逐利的目的决定的。其次，再看其结构和手法。网络小说的结构完全是一种商业逻辑制导下的文本结构。一部 100 万字的小说要吸引读者天天付费阅读，只有每天保证上传一个章节（大致在 2000 字—3000 字之间），这一章节不同于传统的长篇小说。传统小说的章节安排服从故事本身的逻辑发展，一个章节就是一个叙事的自然段落。而网络小说一般是以每天上传的一定量的篇幅为一章节。每一章节字数在 2000 字左右，这也就是一个具体的情节段落。现以起点中文网的玄幻小说《斗破苍穹》为例。该书共有 5333534 字数，分 1623 个章节。如此浩大的篇幅，靠什么去吸引读者？网站首先安排的免费试读的章节有 95 章，字数为 232599，占总篇幅的 1/20 左右。对于网站和作者来说，要保证故事情节对读者有持续的吸引力，就必须每一章至少要设计一个"看点"。那么这部小说至少靠一千多个情节或看点连缀而成，这些情节和看点就是作者用来吸引读者的"纯粹的手段"。所谓"纯粹的手段"乃是脱离故事发展必然逻辑支配的商业化叙事元素。这种纯粹的手段也形成了作品特定的结构，并且"这种具体化的结构还进入这本书写作的每一个页码的细节。每一个章节在其份内摘要说明着一个更小的消费过程，以一种新的反复性的对形势的颠倒的凝结形象收场，构成一种实现其单独潜能的平面人物的更小的满足，组织它的句子进入每一个都是亚情节的段落，或者围绕着'至关重要'的句子或'戏剧性'的场景像物体般的停滞。"①这种商品化的结构正是网络文学的亚文学性质的体现。

---

① [美] 弗雷德里克·詹姆逊：《快感：文化与政治》，王逢振等译，中国社会科学出版社 1998 年版，第 241 页。

2. 类型小说的商业诉求

以上我们侧重分析了类型小说作为商业化文本的特征，由此可以看出类型小说与传统意义的小说不同。二者的不同是多方面的，这里我们要强调的是类型小说与传统意义小说的本质区别。网络文学资深评论者 Weid 有着如下的观点：

> 无论"网络小说"中的"网络"，指的是网络发表还是网友创作，其 99% 以上的文本，都不符合"小说"的定义。或者说，只用小说来定义这些作品，是不准确的。
>
> 相对准确一些的说法，是"商业小说"——以商业盈利为目的的小说。无论作品中的艺术与美学价值是米粒之光还是日月当空，"卖了多少钱"都才是一切分析、讨论的基础。自 1999 年《第一次亲密接触》两岸大卖百万套的那一刻起，猎奇也好，欣喜也好，妖魔化也好，所有的媒体中，"网络小说"其实大多数时候，指的都不是一种"小说"，而是一种"商业小说"。
>
> 商业小说的好与不好，在基础层面上与艺术与美学价值无关，它们只是一种附加。所以，作协的老先生们再怎么说这些文字是垃圾都没用，因为你拿西装革履的审美观来点评运动衣，能有人赞同才是活见鬼呢。进一步看，"YY""小白"的战斗也好，对大神们嗤之以鼻也好，"正方"往往并不从商业角度入手，也不免有"何不食肉糜"的荒唐感。①

虽然网络小说不是"小说"，这一说法似乎有点惊世骇俗。但实际上网络小说作为纯粹商业化的小说，确实与文学意义上的"小说"相距甚远，两者有着不同的价值体系。商业小说——以商业盈利为目的，无论是网站还是作者，都将追求经济利益放在第一位，"卖了多少钱"才是一切分析、讨

---

① weid：《试论二十一世纪以来大陆网络类型小说的兴起与演变》，2011 年 12 月 23 日，见 http://www.lkong.net/thread-527863-1-1.html。

论的基础，这是所有商业小说的经济逻辑。对于商业小说而言，无论艺术和美学价值多高，卖不出去等于白搭！这与传统意义的小说强调艺术和美学价值有根本的不同。说到底，网络小说是文化产品，传统意义的小说是艺术作品，两者分属两种不同的系统。因而若以同一个艺术标准来衡量，自然就是以西装革履的审美观来点评运动衣的效果。

这里我们主要从同质化/独创性、娱乐性/审美性两个方面来认识类型小说与传统意义小说的不同。

第一，同质化/独创性。文学讲究独创性，此毋庸赘言。类型小说却以同质化创作赢得读者，其道理正如 Weid 所言，商业的原理和兰州拉面好吃满大街都是兰州拉面一样简单，这是类型文学的商业属性所致。流行和畅销是商家及生产者追求的目标。只一两部小说写得再好，不为流行；大家都跟风去写去读，流行带来了畅销。所谓流行，就是建立在同一模式下的产品推广。类型小说的商业价值在于它的聚合效应，即在同一类型下有大量同质化的作品，为商家带来利润。

与传统意义的小说相比，类型小说恰恰是以其高度类型化即同质化标明自身特征和价值。就类型化特征而言，类型小说首先是作品的类型归属。当下所有的类型小说生产和消费无一不在类型之下进行，类型就是作者创作的导向，作品的标签，读者的分流。从早期的玄幻、奇幻到目前盛行的都市题材小说，类型小说分类越来越明细。以起点中文网的小说类型来看，不仅有玄幻·奇幻/武侠·仙侠/都市·言情/历史·军事/游戏·竞技/科幻·灵异/同人·漫画等划分，而且在类型之下，还有更加细致的题材分类，如将都市类型又分为白领生涯、都市生活、都市异能、都市重生、恩怨情仇、宦海风云、青春校园、商海沉浮等诸种题材。其次是同一类型基础上的同质化创作。与传统文学的独创性相反，类型小说的创作无论在题材的选择、还是具体的人物设计、情节安排、矛盾处理等方面都必须遵守类的规定性。对于作者而言，创新不是第一位的，求同则是基本要求。关于这一点，Weid 指出：

创意、文笔、细节对小说来说都很重要，但对类型小说而言，它们都不是最重要的。讲的是什么故事？在该类别题材内，基本预期层面，有没有把故事讲好？这才是最重要的。所以你会发现，"俗套"不仅不是应该去除的，反而是新人入行时的一个很好的手法。每一个类型小说作者在展望自己作品的前景时，首先应该问自己的是，"我写的是哪一类的""这一类读者一般都想看到什么""我对这些预期的处理方式是什么"。[①]

他认为，时至今日，类型小说的作者，基本上可以认为自己是在走一条前人开辟出来的路。读者的阅读习惯，是深受前辈作者作品影响的。读者的审美观、心理诉求、特定预期，是不会因为没看过作者创作的新作品，就不存在，并充满好奇的。对于作者来说，最好先给予读者基本的满足，因为读者对类型小说首先有一个基本的类型化阅读需求。

所谓类型化阅读需求，是指类型这个标签能明确地显示该类作品的创作风格以及内容和形式上的基本特征，并使商家以标签的形式预设了读者的阅读需求。不同的读者有不同的需求。读者千千万万，只能以大的类别来区分，比如女性与男性之区别，学生与职员的区别，但性别身份的区别不是最重要的，重要的是阅读的心理状态和爱好偏向的差异，这构成不同阅读类型的读者。生产者则根据读者类别将作品划分为不同类型来满足读者需求，其中主要考虑的是读者的阅读心理预期。在阅读之前有明确的预期，比如历史类我要看穿越的，都市类我要看重生的，仙侠类我要看修真的……这些都是读者的基本预期的表述。这种消费取向的细化，正是对类型小说进行探讨的价值基础，也是类型小说为什么需要用"类型"这个标签，而不是使用"商业""网络""原创"这样的定语的原因。因为无论是网站的分类还是作者的写作以及读者的阅读，都必须有明确而具体的题材指向。一旦偏离了题材指向和类型规定，那就是无视商业规则，必然会遭

---

① weid：《试论二十一世纪以来大陆网络类型小说的兴起与演变》，2011 年 12 月 23 日，见 http://www.lkong.net/thread-527863-1-1.html。

致失败。这种明确预期，也是其他诸如"商业""网络""原创"这样的定语所无法分析或无法精确分析的。因此在大众文化背景下，在成熟商业机制中，选择并生产读者喜爱的小说类型使之易于传播，是文艺作品商业价值实现的重要策略。

为什么类型对商业化文学来讲是如此重要？我们还可以用詹姆逊在《大众文化的具体化和乌托邦》中所表述的观点来进一步论证：

> 大众文化裂的或系列的"公众"，想一遍又一遍地看到同样的事物，因此迫切需要类型的结构和类型的标志：如果你对此怀疑，想想你自己发现你从神秘小说书架上挑选的纸皮书竟是一本爱情故事或科幻小说时会多么震惊；想想靠近你排队买票的那些人，如果他们以为要看的是一部恐怖影片或神秘影片，而实际上映的却是惊险片或政治秘密片，他们会多么恼怒。……即使你是一个卡夫卡或陀思妥耶夫斯基的读者，当你观看一部警察电视片或一部侦探系列片时，你也会期待已成常规的格式，不想让电视叙述对你提出"精英文化"的要求。①

詹姆逊认为，类型化产品首先满足了大众观赏和阅读的心理预期。在文化多元化以及商品极大丰富的时代，大众的文化需求表现为多样化、类型化、精细化等，他们想一遍又一遍地看到同样的事物，观赏和阅读同一类型的电影或小说。这种明确的心理预期，必须以类型化产品来满足，这就是萝卜白菜各有所爱。其次，文化产品表现出来的大众化审美倾向如通俗化、娱乐化等，并不是文化生产者审美水平的下降和创造能力的丧失所致，而在于对"重复"的设定，亦即生产者势必会迎合大众审美需求上的重复性，产品才能被大众接受。因而基于重复的"设定"的类型产品就赢得了市场、拥有了不同类别的大众。第三，在大众文化语境中，读者或观

---

① [美]弗雷德里克·詹姆逊：《快感：文化与政治》，王逢振等译，中国社会科学出版社1998年版，第248页。

众自然与精英文化的高雅趣味保持疏离甚至排斥状态。

詹姆逊所说的"期待视野"的转换，实际上涉及的就是大众文化与精英文化、类型小说与传统文学的价值标准和评价机制问题。比如我们常常自觉或不自觉地以严肃文学的标准和尺度去衡量和观照类型小说。由于文学的话语权还掌握在官方机构（如作协）、学院派那里，这样严肃文学的作家和学者教授对网络文学的态度就代表着一种主流话语。虽然，近些年来，主流机制对网络文学采取了逐渐接纳的态度和做法，但仍有相当一部分人对网络文学不屑一顾。因为其不顾，故持有偏见，甚至视其为文化垃圾等。事实上，网络文学与传统意义的文学并不在一个参照系中。

当然，类型化并不意味着定型化、模式化。事实上，优秀的作品总是在类型的框架下求新变异。甚至对于一个杰出的作者来说，在类型上寻求突破或开创，是他追求的最高写作境界。即使对于一般作者而言，写作某一类型小说时，也并非亦步亦趋地走着前人的老路。其实读者在基本预期之外，又希望每一次的阅读体验是独特的，而不是全然重复的。实际上这就是类型化与反类型化的问题。好的作品必然是对前人写作（类型）的超越。

第二，娱乐化/审美性。文学的价值主要体现于审美价值，此亦毋庸赘言。文学历来也有以审美价值为主导的严肃文学和以娱乐为目的的商业文学的区分。当然前者被视作文学的正宗，今天仍占据文学的主流地位；但是不可否认，后者正越来越赢得文学市场。在一个工作竞争激烈的社会环境中，社会压力越来越大的读者，需要的是精神的放松和娱乐。类型小说以娱乐化的价值追求满足读者的需要。我们来看网络文学业界人士对作品娱乐化和审美性的评判：

事实上作者是否用什么优美的语言文字来写作，作品都是没有特别大区别的——其实更多的时候所谓优美的问题完全是反效果——读者们需要的是休闲、放松，而不是审美。

网络读者看小说是为了什么？人物出彩？情节曲折？文字优

美？文化沉淀？

这基本都是扯淡，网络读者看小说仅仅是为了一个目的：消磨时间。

为消磨时间而看小说的读者们，需要的绝不是什么人物描写、情节安排、大势分析，需要的是打怪升级、魔武双修、炼钢发电。所以为啥《英雄志》扑街？为啥《历史的尘埃》扑街？为啥《克里姆林宫的狼人》扑街？这根本就是简单至极的道理。①

也许以上观点过于绝对和简单，但这确实表达了网络类型小说的娱乐化价值追求。如果说，严肃文学和商业文学曾经有过两个对立的市场，而今这两种市场已渐趋靠近。娱乐性和审美性也并不存在非此即彼的选择，它们可以共荣同生。不过娱乐性和审美性二者相较，"很明显的一点是，从受众和平台而言，网络小说基本上是必然向前者极端倾斜，在这样的大势面前，凡是逆潮流而动，不能好好把握网络读者心态的作者和作品，必定是要死在沙滩上的。"②此言饶有意趣。为什么娱乐能大行其道？来看霍克海默的"晚期资本主义的娱乐是劳动的延伸。"的理论：这些娱乐产品就是为了"人们要想摆脱劳动过程中，在工厂或办公室里发生的任何事情，就必须在闲暇时间里不断接近它们。"③这就是说，娱乐能帮助人们摆脱现实生活的枯燥单调和沉重的压力。从这一点来说，这正是大众文化产品的意义所在，因为"就轻松艺术而言，消遣并不是一种颓废的形式，有人抱怨说，它是对纯粹表达之理想的背叛，然而，这些人还仍然对社会抱有幻想。……对有些人来说，严肃艺术与自己无关，因为生活的艰辛和压抑是对严肃的嘲弄，如果他们的时间不全花在维持生产线正常运行的劳动上，

---

① 《推荐〈狱雷〉顺便闲聊几句网文红火的条件》，2010 年 6 月 12 日，见 http://www.lkong.net/thread-251688-1-1.html。

② 《推荐〈狱雷〉顺便闲聊几句网文红火的条件》，2010 年 6 月 12 日，见 http://www.lkong.net/thread-251688-1-1.html。

③ [德]马克思·霍克海默、西奥多·阿道尔诺：《启蒙辩证法——哲学断片》，渠敬东等译，上海人民出版社 2006 年版，第 153 页。

他们就应该感到很高兴了。轻松艺术是自主性艺术的影子，是社会对严肃艺术所持有的恶意。"①或许这就是大众文化产品总是呈现出轻松消遣而非严肃沉重风格的原因所在。

附录：起点网站类型小说的分类及说明

起点书库分类调整的通知②

起点中文网　　2009 年 07 月 23 日

随着书库内作品不断增加，内容不断丰富，原有的作品类别已经不能满足广大读者的需求，起点根据近期的热点对作品分类做了新的调整，具体的调整如下（左边为旧类别，现改为右边的新类别）

奇幻

魔法校园——魔法校园 说明：在异世界中，西方背景下以描写教授魔法、骑士知识等校园生活的作品。

西方奇幻——西方奇幻 说明：以西方奇幻体系为参照，带有浓重剑与魔法系列风格的幻想作品。

吸血家族——西方奇幻 说明：以西方奇幻体系为参照，带有浓重剑与魔法系列风格的幻想作品。

玄幻

变身情缘——都市生活 说明：现代大都市中发生的感情、生活、事业碰撞的作品。

东方玄幻——东方玄幻 说明：在东方化主角的背景下，描写基于魔

---

① [德]马克思·霍克海默、西奥多·阿道尔诺：《启蒙辩证法——哲学断片》，渠敬东等译，上海人民出版社 2006 年版，第 151 页。

② 《起点书库分类调整的通知》，2009 年 7 月 23 日，见 http://www.qidian.com/News/ShowNews.aspx?newsid=1007009。

法、法术或异世界环境的幻想作品。

王朝争霸——异界争战 说明：在东方化主角的背景下，以与现实不同的神奇异世界里的争霸战争为主题的作品。

异世大陆——异世大陆 说明：在与现实完全不同的一个包含西方中古世纪背景的神奇异世界里所展开的作品。

远古神话——远古神话 说明：根据各种神话故事演绎而出的带有西方、东方特色的上古传奇故事。

转世重生——异界冒险 说明：在东方化主角的背景下，以与现实不同的神奇异世界里的冒险活动为主题的作品。

武 侠

传统武侠——传统武侠 说明：承袭新派武侠一脉，讲述仗剑天下、行侠仗义等传统武侠世界的作品。

浪子异侠——浪子异侠 说明：主角在武侠世界中，为追求自己的梦想与天道而不断攀登的作品。

历史武侠——传统武侠 说明：承袭新派武侠一脉，讲述仗剑天下、行侠仗义等传统武侠世界的作品。

谐趣武侠——传统武侠 说明：承袭新派武侠一脉，讲述仗剑天下、行侠仗义等传统武侠世界的作品。

仙 侠

古典仙侠——古典仙侠 说明：以中国风情为背景，描写追求仙道、仙界争斗内容的作品。

奇幻修真——奇幻修真 说明：运用修炼之法，在宇宙中、不同星球中，力图突破天人之境，飞升虚空的作品。

现代修真——现代修真 说明：在现在都市里，承袭上古修仙之术，并不断突破的作品。

言 情

爱在职场——职场励志 说明：在职场中的白领男女通过奋斗、生活、感慨人生的作品。

纯爱耽美——爱情婚姻 说明：近代、当代现实背景下的情感婚姻、家庭伦理、婆媳关系的作品。

宫闱情仇——架空历史 说明：主角在虚拟世界的朝代历史沉浮，改变自己和他人的命运。

灵异恐怖——灵异奇谈 说明：魑魅精怪，深夜怪谈，秘术达人，畅谈民间异事。

快意江湖——恩怨情仇 说明：以豪门恩怨、社会仇杀、杀手恩怨为背景的作品。

浪漫言情——爱情婚姻 说明：近代、当代现实背景下的情感婚姻、家庭伦理、婆媳关系的作品。

冒险推理——推理侦探 说明：福尔摩斯开拓视野，柯南引领潮流。

品味人生——休闲美文 说明：或辞藻华丽或细微朴素，于闲庭信步间品味的文章。

奇幻架空——异世大陆 说明：在与现实完全不同的一个包含西方中古世纪背景的神奇异世界里所展开的作品。

千千心结——爱情婚姻 说明：近代、当代现实背景下的情感婚姻、家庭伦理、婆媳关系的作品。西方传奇——西方奇幻 说明：以西方奇幻体系为参照，带有浓重剑与魔法系列风格的幻想作品。

菁菁校园——青春校园 说明：当代学生校园生活、学习的作品。

都 市

白领生涯——职场励志 说明：在职场中的白领男女通过奋斗、生活、感慨人生的作品。

都市生活——都市生活 说明：现代大都市中发生的感情、生活、事业碰撞的作品。

都市异能——异术超能 说明：现实社会中意外获得超能力，从而改变人生的作品。

都市重生——都市生活 说明：现代大都市中发生的感情、生活、事业碰撞的作品。

恩怨情仇——都市生活 说明：现代大都市中发生的感情、生活、事业碰撞的作品。

宦海风云——官场沉浮 说明：时代变迁中官场沉浮、为官为民的作品。

青春校园——青春校园 说明：当代学生校园生活、学习的作品。

商海沉浮——商战风云 说明：当代商场、创业、股市、金融等领域生活、冲突等的作品。

历　史

架空历史——架空历史 说明：主角在虚拟世界的朝代历史沉浮，改变自己和他人的命运。

历史传记——历史传记 说明：以史实方式，纪述朝代历史、历史人物的传纪类作品。

三国梦想——秦汉三国 说明：以古代秦朝、汉朝、三国为背景的虚构类作品。

军　事

特种军旅——军旅生活 说明：讲述现代或当代各军种军人生活、训练的作品。

现代战争——军事战争 说明：以现实为主，近代、当代为背景的军事战争作品。

战争幻想——战争幻想 说明：以虚拟时空为主，模拟现代、当代背景发生军事战争的作品。

游　戏

电子竞技——电子竞技 说明：讲述职业玩家团队或个人，征战电子竞技比赛的作品。

虚拟网游——虚拟网游 说明：描写头盔式虚拟现实网游、未来世界网游生活的作品。

游戏生涯——游戏生涯 说明：描写职业玩家的现实电子游戏、网络游戏生活的作品。

竞　技

篮球运动——篮球运动 说明：讲述以篮球比赛为背景下篮球运动员成长的作品。

体育竞技——体育竞技 说明：讲述传统体育竞技、比赛以及运动员成长的作品。

足球运动——足球运动 说明：讲述以足球比赛为背景下足球运动员成长、足球球队经营的作品。

弈林生涯——弈林生涯 说明：讲述以围棋比赛为背景下棋手成长的作品。

科　幻

骇客时空——都市生活 说明：现代大都市中发生的感情、生活、事业碰撞的作品。

机器时代——古武机甲 说明：古代武学与机甲世界为背景的作品。

科幻世界——未来世界 说明：以未来世界为背景的作品。

数字生命——数字生命 说明：人工智能，讲述科学虚拟生命的作品。

星际战争——星际战争 说明：星际时代，战争背景下演绎的传奇。

灵　异

恐怖惊悚——恐怖惊悚 说明：刺激心跳的恐怖小说，吸引眼球的惊悚故事。

灵异神怪——灵异奇谈 说明：魑魅精怪，深夜怪谈，秘术达人，畅谈民间异事。

推理侦探——推理侦探 说明：福尔摩斯开拓视野，柯南引领潮流。

美　文

短篇小说——短篇小说 说明：单篇字数在2—5万字，合并在一本作品里发表的作品。

诗词散曲——诗词散曲 说明：唐诗宋词元曲，简短的记录，深刻的印记。

童话寓言——童话寓言说明：幼时的幸福，儿时的教育，充满甜蜜的回忆。

休闲美文——休闲美文 说明：或辞藻华丽或细微朴素，于闲庭信步间品味的文章。

杂文笔札——游记杂文 说明：笔尖下流淌的清泉，记录瞬间的点滴。

同　人

动漫同人——动漫同人 说明：以动漫作品的背景、剧情或人物为基础，依托原著进行再创作的作品。

武侠同人——武侠同人 说明：以武侠小说的背景、剧情或人物为基础，依托原著进行再创作的作品。

小说同人——小说同人 说明：以他人小说的背景、剧情或人物为基础，依托原著进行再创作的作品。

剧　本

动漫剧本——动漫剧本 说明：用文字表述和描写动画漫画的一种文学样式。

网游剧本——网游剧本 说明：用文字表述和描写网络游戏的一种文学样式。

影视剧本——影视剧本 说明：用文字表述和描写影片的一种文学样式，它为影视导演提供作为工作蓝图的文字材料。

图　文

漫画连载——漫画连载 说明：与小说连载相同，作者每画一画，便发表一话，直接全书结束。

配图小说——配图小说 说明：大量加入表现情节的图片的小说。

四格幽默——漫画连载 说明：与小说连载相同，作者每画一画，便发表一话，直接全书结束。

原画插画——漫画连载 说明：与小说连载相同，作者每画一画，便发表一话，直接全书结束。

在以上分类和说明的基础上，起点中文网又新增加了类型品种及说明，这里予以引述：

历　史

史前时代：以史前原始社会为背景的虚构类作品。

春秋战国：以古代春秋、战国为背景的虚构类作品。

两晋隋唐：以古代晋朝、隋朝、唐朝为背景的虚构类作品。

五代十国：以古代五代十国为背景的虚构类作品。

两宋元明：以古代宋朝、元朝、明朝为背景的虚构类作品。

清史民国：以古代清朝、近代民国为背景的虚构类作品。

游　戏

游戏异界：将游戏中的装备或技能带入现实世界或其他游戏中，或者主角进入游戏世界中的作品。

同　人

授权同人：获得原作者授权以及公共版权领域著作的同人作品。

影视同人：以影视作品的背景、剧情或人物为基础，依托原著进行再创作的作品。

剧　本

视频剧本：用文字表述和描写视频短片的一种文学样式。

美　文

文集评论：个人评论或杂文的集合。

灵　异

悬疑探险：谜一般的事件，玄学风水的揭秘，追寻真相的脚步，在人迹罕至处的艰辛。

武　侠

国术武技：讲述现代都市中获得国术传承的武者修行过程的作品。

奇　幻

领主贵族：带有浓重的世袭西方领主贵族体系背景，讲述领主贵族奋斗历程的作品。

亡灵骷髅：在异世界中，西方背景下以死灵、亡灵法师为主角的作品。

异类兽族：在异世界中，西方背景下以非人类的智慧生命为主角的作品。

仙　侠

洪荒封神：以中国上古神话为背景，重绘盘古洪荒、三教封神、西游取经等内容的作品。

军　事

抗战烽火：以抗日战争为主要背景，写实或虚构的作品。

都　市

娱乐明星：真实或虚拟的娱乐圈历史变迁、娱乐事业沉浮、明星镜头前后故事的作品。

现实百态：激荡改革数十年，当代企业和人民转折和发展的作品。

乡土小说：在近代、当代农村、乡镇背景下的作品。

谍战特工：围绕近代、当代的间谍和特工两个特殊职业展开的作品。

合租情缘：以年轻男女在同一屋檐下发生的生活、情感故事为背景的作品。

科　幻

超级科技：未来科技，外星科技，以超现实课题为题材的作品。

时空穿梭：在不同时空与位面间穿梭、旅行的作品。

进化变异：描述生命体因为某种人为或非人为因素而发生变异，并以此展开剧情的作品。

末世危机：因为战争或科技失控，或某种以外灾难，人类文明被毁灭或即将毁灭，以此为背景的作品

第五章

网络类型小说生产

一、国内文学网站概观

网络文学，从最早的"任意而谈，无所顾忌"地自由表达，到今天高度商业化的类型写作，虽然不到20年的时间，却伴随着文学网站的不断发展而走向成熟和壮大。作为文学网站商业运营的必然产物，各种小说类型的推出和完善，充分见证了文学与商业相互联结和渗透的过程。如果说自由和纯粹的文学精神曾在早期的文学网站滥觞，那只能将之归为是网络文学萌芽阶段"昙花一现"。文学商业化和产业化带来的类型小说的产生和成熟，才是网络文学发展的必然。

在网络媒体技术下催生出来的文学网站，与网络类型小说有着天然的联结，二者相互生成和促进，形成不同于传统文学的网络文学生产机制。这一生产机制不是由旧的生产机制孕育而成，而是伴随着网络媒体技术的普及、大众文化的发展，以及商业资本的扩张，产生的新型生产力和生产方式的变革体系。因而从生产机制而言，传统文学和网络文学属于传统机制和新型机制两种不同的系统：

> 传统机制，既指新中国成立以来建立的、目前维持主流文坛运转的官方体制（如作协—文学期刊体制、专业—业余作家体制），及其背后的意识形态系统，也包括自五四"新文学"以来

形成的"严肃性"文学传统（对抗文学的"消遣性"），以及古典文学的精英原则（包括"文以载道"的教化功能和陶冶性情的审美功能）。而新型机制一方面指寄存于传统出版体制中的畅销书机制，但更侧重目前主要以网络为载体的新媒体文学生产机制，背后是一套全新的网络时代的意识形态。[①]

所谓网络时代的意识形态，就是由网络文化、大众文化、消费文化和商品经济意识等所共同作用而对全社会成员的价值观念和行为方式起主导性影响的思想意识。意识形态是文学生产机制中的内在制约性因素，不同时代的意识形态必然产生不同的生产机制及其不同的文学样态。当全社会都进入了网络时代，就表明文学生产机制必将随着意识形态的改变而改变。

相对于传统的文学生产机制，网络文学生产机制构成则较为集中。这主要表现在网络文学生产（这里主要指类型小说）直接依赖文学网站的经营管理，亦即文学网站的运作方式和管理模式及其所指涉的内容便是网络文学的主要生产机制。因此本章论及的网络类型小说生产，主要是将其置于文学网站的建设和运作层面上展开研究的。这里我们有必要首先回顾文学网站的建立和发展历程。

1. 文学网站的发展回顾 [②]

网络文学最早出现于美国和欧洲等互联网发展较早的国家，可以上溯到 1970 年代。而汉语网络文学则萌芽于 1990 年代留学美国的中国学子在网络上的情感表达。1991 年全球第一家中文电子周刊《华夏文摘》以电子邮件的形式在网络传播，北美留学生作家少君因在其中发表了自己的小说《奋斗与平等》，成了中文网络文学的"开山鼻祖"。1994 年，方舟子等人专门成立了中文电子网络期刊，收集、摘录网络原创文学，其刊名为《新语丝》。1995 年诗阳、鲁鸣等人创办了第一份中文网络诗刊《橄榄树》。

---

① 邵燕君：《传统文学生产机制的危机和新型机制的生成》，《文艺争鸣》2009 年第 12 期。

② 此部分内容主要参照《中国文学网站发展历史及现状》一文，2008 年 1 月 10 日，见 http://hi.baidu.com/shengyongfeng/item/e69ca44c1ac027e81f19bc53。

1996 年第一份网络女性文学刊物《花招》创办。这些早期网络文学刊物就是文学网站的初期形态。

1995 年 8 月，中国大陆第一个 BBS 水木清华站正式建立。随后，多家知名高校纷纷建立起了自己的 BBS 站点。此后如雨后春笋般出现的个人免费空间，则搭建起了网上一间又一间的"书屋"，通过转载收录经典名家作品，完成了通俗文学与网络的结合。1997 年，美籍华人朱威廉创办了全球中文原创作品网站"榕树下"，这是中国大陆第一个最具影响力的文学网站。随后几年，中文文学网站遍地开花。据相关资料显示，"截至 2001 年 8 月底，全球有中文文学网站 3700 多个，中国大陆有以'文学'命名的综合性文学网站约 300 多个，设有文学栏目的网站 3000 多个，其中以'网络文学'命名的文学网站 241 个，发表网络原创文学的文学网站 153 个，发布小说的各类网站 486 个，发布诗歌的 249 个，发布散文的 358 个，发布剧本的 75 个，发布杂文的 31 个，发布影视作品的 529 个。"[1] 在众多的文学网站中，影响较大、发表网络原创作品最多的当数"榕树下"全球中文原创作品网。"榕树下"迅速网罗了包括安妮宝贝、俞白眉、"三驾马车"——李寻欢、宁财神、邢育森等当时最知名的写手，还有陈村等传统作家坐镇。"榕树下"也曾推出过不少如《死亡日记》的精品文学，但其过于理想化的编辑审稿制、不向出版利益妥协，以及找不到可以持续的盈利模式等问题，却很快影响了"榕树下"的成长。2002 年，经营不善的朱威廉将"榕树下"卖给了贝塔斯曼。这时期还有其他有影响的网站如"黄金书屋"（1998 年），详尽的分类和多方位的信息使该站点每天的访问人数大约在 3 万人左右，邮件的订阅数则接近 1 万人。1999 年年底，"黄金书屋"被"多来米中文网"收购，收购后的"黄金书屋"因版权问题造成原创作品数量下降，让出了网络书站的霸主地位。随后博库在美国硅谷成立，并进军中国网络电子书市场。虽然依靠美国产业资本而非风险投资的支持，以及资深的书业人士坐镇，博库的前途一度被业界看好。但博库所倡导的

---

① 欧阳友权等：《网络文学论纲》，人民文学出版社 2003 年版，第 11 页。

收费下载与收费阅读精神，在这个免费成为通行法则的互联网争霸年代显得格格不入。到了 2001 年年底，博库的倒闭宣告了国内第一次 ebook 收费尝试的失败。随着互联网泡沫的破灭，网络书站的黄金时期也宣告结束。

这一时期，出现了不少给文坛带来网络文学气息的写手和作品，如台湾作者痞子蔡的《第一次亲密接触》曾经让数以百万计的读者沉醉不已，许多人也正是因为这篇小说，开始关注网络文学和网络写作。而后首发于新浪网金庸客栈的《悟空传》横空出世，这本书取材于电影《大话西游》。作者今何在的文笔洗练、幽默，又带有一份豪情与少年的壮志，被视作"中文网络第一书"。但总的来说，初期的网络书站主要以转载为主，版权意识薄弱。部分网站是通过将武侠、言情等实体书扫描到网上来充实网站内容，更多的网站则是直接从别的网站转载。

2001 年至 2003 年被看作网络文学的白银时代。随着 2000 年网络泡沫破裂之后，大部分免费空间消失，早先的个人网站纷纷关闭。2001 年 1 月，自娱自乐、一意孤行和红尘阁等四个文学论坛，成立"龙的天空"原创联盟网站。"龙的天空"依靠稳定的空间和在西陆 BBS 积累的人气迅速填补了"黄金书屋"留下的空间，成为玄幻书站的盟主。到了 2001 年年中，随着流量的增大，"龙的天空"服务器资源显得不足，访问速度越来越慢，造成人气下降，其龙头地位受到挑战。这之后"龙的天空"放弃网络上的发展，全力进入出版市场，签走当时网络上最好的原创作品，买断了网站上的大批作品，进行实体书出版运作，逐渐退出文学网站的中心地位。

另一个在海南的网站"天涯"正在悄然兴起，越来越旺盛的人气和盘踞在其中的许多名家，让这家社区类的网站渐渐成了中文网络文学创作中一个响亮的名号。其旗下的天涯杂谈、舞文弄墨、莲蓬鬼话、关天茶舍以及煮酒论史等论坛，从创立至今一直在源源不断地为网络文学输送着最新鲜的血液。2002 年，现任天涯舞文弄墨特邀斑竹的慕容雪村在天涯社区贴出他的长篇小说《成都，今夜请将我遗忘》。这部小说使慕容雪村成为天涯社区乃至整个华语网络文学一个标志性的人物。宁财神、天下霸唱、写出《藏地密码》的何马、北大才女步非烟、风靡一时的《诛仙》作者萧鼎，以及当年明月、十年砍柴等知名网络写手都曾经在天涯社区发表过自己的原创文学作品。

网络书站的第三代盟主幻剑书盟，开始由几家个人书站组建。到 2002 年年初，随着幻剑书盟空间的稳定，众多作者和读者纷纷涌进了幻剑，其盟主地位才得以确立。除此之外，这时期比较著名的文学网站还有有天－鹰、翠微居、读写网以及明杨·全球中文品书网。其中读写网开始了网上收费阅读的尝试，明杨·全球中文品书网首次提出了 VIP 的概念，这是文学网站商业化运营的起始。这一时期最值得注意的是起点中文网于 2002 年 5 月在原玄幻文学协会的基础上成立，这标志中国网络文学网站进入一个新的发展时期。

从 2003 年开始，随着起点中文网的网面改版，以及幻剑书盟组建的北京幻剑书盟科技发展有限公司的成立，中国文学网站开始了商业化的探索与转型。最具标志性的商业运作是 2003 年 10 月起点中文网推出的 VIP 制度，即在线收费阅读服务，首创了真正意义上的中国网络文学赢利模式。VIP 制度的推行，使得起点网站对作者的吸引力大大增强，同时带动了其他网站 VIP 制度的实施，一时间 VIP 运动席卷了全部的网络书站。由此，各文学网站聚焦 VIP 制度的不同收费标准，展开激烈的行业竞争，尤其是起点中文网与幻剑书盟渐趋形成了南北对峙的局面。起点依靠数量众多的 VIP 作者和会员，以及不断涌现的新人新作，显示出强劲的生长势头，但资金问题将限制起点的进一步发展。幻剑则依靠积累的历史资源，与作者和出版社的良好关系，占据网络文学一席之地。但幻剑本身造血机能的薄弱，决定了它很难进一步拓展发展空间。就在这时，商业资本开始了对网络文学的介入。2004 年 10 月，中国最大的在线游戏运营商盛大公司宣布，该公司收购了起点中文网这个国内最大的原创文学门户网站。随之，盛大利用其铺设到全国近 70% 二级城市的渠道，将点卡售到内地各个网点，并开通网络银行等渠道，让众多喜欢看书并有付费能力的读者成了起点 VIP 会员。短短几个月间，读者群的增加带来大量作者涌入起点网站，盛大随即拥有了业内 90% 的作者资源和读者资源，使得其他网站几乎没有生长的空间。盛大对起点中文网的收购，宣告国内文学网站诸强并起局面的结束，大资本实现了对文学网站及网络文学的垄断。

2. 主要文学网站现状一览

目前国内有上千家网站提供网络文学资源，包括原生型文学网站、门户网站的文学频道、个人文学网站以及电子书下载文学网站等。其中原生型网站的影响力最大，现就几家著名的文学网站作一介绍。

（1）起点中文网（www.qidian.com）

起点中文网创立于2002年5月，是目前华语文学最大的原创文学门户，被称为"华语小说梦工厂"。2003年10月，起点正式推出第一批VIP电子出版作品，启动了VIP会员计划。这一"在线收费阅读"业务的实施，首创了真正意义上的网络文学赢利模式，奠定了原创文学的行业基础。2004年10月，起点中文网正式宣布被盛大公司收购，成为盛大全资子公司。依据权威的流量监测网站Alexa的统计数据显示，2012年8月14日起点中文网在Alexa上全球网站流量排名第836位，综合排名第688位。

作为最有影响力的华语原创文学网站，起点中文网率先推出了作家福利、文学交互、内容发掘推广、版权管理等机制和体系，为原创文学的发展注入了巨大活力，有力推动了中国文学原创事业的发展。目前，原创网络文学行业从基本模式、行业标准到工作制度，以及许多互动功能，均由起点中文网创立并主导。

起点中文网目前已形成了创作、培养、销售为一体的电子在线出版机制，并得以向文化产业全面延伸。通过与国内网络游戏公司、影视公司和出版社全面展开版权运营，推动了起点中文网众多优秀作品成功改编成网络游戏、影视剧、话剧以及出版线下图书等，形成了一套完整的产业链。此外，在自有平台保持高速增长的同时，起点中文网积极推进渠道拓展，在互联网、手机及其他手持阅读终端方面开拓出了巨大的市场，并同样领先业界。起点中文网成立近10年以来，培养出了众多顶尖网络作家，推动了网络职业作家这一全新职业群体的形成和扩大。

作为国内最大的原创网络文学网站，起点中文网的作品内容多元，其中玄幻、武侠、都市、言情、历史、军事、游戏、竞技、灵异、科幻等小说类型的划分和设置，基本包揽了当下国内网络小说的各种类型，并在一定程度上引导了当代网络类型小说的发展。截至 2012 年 8 月 10 日，起点原创小说书库共有 805927 部作品，在作品数量上领先国内原创文学网站。2011 年盛大文学向美国 SEC 递交了最新的 F1/A 文件，文件称根据 Alexa 统计数据显示，按照营收计算，2011 年起点中文网占据整个原创文学市场 43.8% 份额。

为了充分占有网络文学市场，起点中文网还下设起点女生网（http://www.qdmm.com/）、文学网（http://www.qdwenxue.com/）和手机网（http://c.qidian.com/）三个分站。

起点女生网成立于 2009 年 11 月，其前身是"起点女生频道"，女生网致力于对女性网络原创文学及作者的培养和挖掘。起点女生网依托起点中文网的成熟运作机制，实现了女性网络原创文学的商业化发展模式。起点女生网首创阶梯型写作全勤制度，在针对知名作者进行全方位宣传和包装的同时，兼顾对新进作者的培养。无论是知名作者还是新人写手，均享有签约作者的专属人身保险计划、VIP 作品基本福利计划、分类优秀作品奖励计划、小众类型作品的扶持计划等。在版权运作方面，起点女生网的女性题材小说成为了影视改编剧的剧本摇篮。目前，起点女生网拥有《步步惊心》、《搜索》、《毒胭脂》等多部热门影视剧的原著小说版权。起点女生网还依托领先的电子原创阅读平台，形成一个集版权运作、原创阅读为一体的综合性女性原创文化品牌。

起点文学网集创作、培养、销售于一体，开拓传统类现实题材小说的平台，同时拥有较多的网络注册用户和丰富的出版渠道，加之其成熟的线上线下双通道的商业模式，使其迅速成为具有影响力的现实类原创小说门户网站之一。起点文学网作品类型丰富，涵盖了传统现实类小说的各种题材，有校园的回忆、职场的暗战、官场的门道、军事的热血、历史的传奇、情感的波澜、婚姻的离合、乡土的眷情。起点文学网为作者提供了一个较为广阔的创作平台，也为读者提供了比较丰富的阅读资源。

针对手机阅读市场的火爆发展态势，起点中文网还设立手机阅读网，推出"起点读书 iPhone 越狱版"手机阅读业务。该网站专门提供便捷的在线下载、离线使用、与起点账号同步使用等功能，推荐精品热门的各类图书。支持多功能的不同格式的电子书阅读。

（2）幻剑书盟网（www.hjsm.tom.com）

幻剑书盟创立于 2001 年 5 月，由书情小筑、石头书城、小书亭等网络文学爱好者所创立的文学书站合并而成，以收录武侠和奇幻作品为主。驻站原创作家 2 万多名，收录作品 3 万多部。目前中文网站排名 30 左右，页面访问量 1200—1500 万 / 天，注册会员 50 多万人，已经成为国内最大的原创文学网站之一。依据权威的流量监测网站 Alexa 的统计数据显示，2012 年 8 月 14 日，幻剑书盟在 Alexa 上全球网站流量排名第 652 位，综合排名第 767 位。

幻剑书盟于 2003 年下半年正式从个人网站向商业化网站转型，幻剑书盟在为作者提供创作平台的同时，也为作者提供了完整的出版体系，同国内多家出版机构建立了合作关系。2005—2006 年推出了《诛仙》、《狂神》、《新宋》、《末日祭奠》、《和空姐同居的日子》、《十月成都九月天》、《搜神记》、《她死在 QQ 上》、《飘邈之旅》、《手心是爱手背是痛》等颇具影响力的实体书，为网络文学和实体书出版行业搭建了桥梁。

2007 年，幻剑书盟依托自身网络平台优势，吸引大批新生代原创作者涌入该网站，提升了网站的业务量和人气指数。2008 年，幻剑书盟 08 版上线，成为首家实现作者自主签约、自主上架的原创阅读网站。2009 年，幻剑全力出击新兴的无线阅读市场，成为中国移动阅读基地第一批内容提供商。2011 年，幻剑书盟全新改版，推出"免费看书"的全新运营模式，更有抢鲜、皇冠会员、夺标、推荐、赞助等互动环节，使得读者与作者有了更进一步的交流。

（3）小说阅读网（www.readnovel.com）

小说阅读网创立于 2004 年，是中国最大的原创小说网站之一。曾打造数部点击过亿的超人气签约作品，并获有 2008 年中国出版年会小说类综合排名第一的荣誉。小说阅读网主要提供言情类女性文学、青春校园及仙侠玄幻类男性文学作品。按内容分为"女生版"、"男生版"和"校园版"三个分站。小说阅读网因风格简洁、无喧杂广告，受到了国内外众多华语文学爱好者的喜爱。自 2009 年 4 月新版上线以来，诞生了包括秋夜雨寒、魔女恩恩、安知晓、淡妆浓抹、赵赶驴、燕垒生、三月暮雪、戴日强等知名网络作家。依据权威的流量监测网站 Alexa 的统计数据显示，2012 年 8 月 14 日小说阅读网在 Alexa 上全球网站流量排名第 3071 位，综合排名第 3537 位。

小说阅读网于 2009 年 4 月推出 VIP 阅读计划，推出红包榜、催更票、鲜花榜、巨额作者福利计划、VIP 金牌等功能性业务，现已成为国内功能比较完善的原创文学网站之一。2011 年盛大文学向美国 SEC 递交了最新的 F1/A 文件，文件称根据 Alexa 统计数据显示，按照营收计算，2011 年小说阅读网占据国内整个原创文学市场 9.0% 份额。

（4）言情小说吧（www.xs8.cn）

言情小说吧成立于 2005 年，主要提供言情小说、玄幻小说、网游小说、免费小说的在线阅读，是网络文学界以言情小说阅读为专业化发展的特色网站。2009 年 7 月，言情小说推出付费阅读业务。目前言情小说吧原创作品日更新字数已超过 300 万，并向着网络言情小说写作首选平台的目标前进。至 2010 年，言情小说吧日浏览次数超过 6300 万；拥有 350 万注册用户。依据权威的流量监测网站 Alexa 的统计数据显示，2012 年 8 月 14 日言情小说吧在 Alexa 上全球网站流量排名第 6276 位，综合排名第 4281 位。

言情小说吧依托自身平台优势，推出多功能特色服务。如提供优质的免费港台言情小说在线阅读，提供本站优质的独家言情小说在线阅读，拥有同时在线人数超过 10000 人的火爆 BBS，提供作品发布平台，签约作品可获得高额稿费等。2011 年盛大文学向美国 SEC 递交了最新的 F1/A 文件，文件称根据 Alexa 统计数据显示，按照营收计算，2011 年言情小说吧占据整个原创文学市场 4.6% 份额。

（5）红袖添香网（www.hongxiu.com）

红袖添香创办于 1999 年，是国内领先的女性文学数字版权运营商之一，被业界看作中文女性阅读第一品牌。红袖添香拥有技术领先的在线阅读、创作、投稿、签约、互动、稿酬结算系统；并开发出中国首个"无线版权结算平台"，成为国内第一家实现全球范围内"移动阅读"的女性文学网站。红袖添香为超过 340 万注册用户提供涵盖小说、散文、杂文、诗歌、歌词、剧本、日记等体裁的高品质创作和阅读服务，在言情、职场小说等女性文学写作及出版领域独占高地。目前，网站拥有长、短篇原创作品总量超过 192 万部（篇），日浏览量最高超过 6400 万次，注册用户 340 万。依据权威的流量监测网站 Alexa 的统计数据显示，2012 年 8 月 14 日红袖添香在 Alexa 上全球网站流量排名 8194 位，综合排名第 6879 位。2011 年盛大文学向美国 SEC 递交了最新的 F1/A 文件，文件称根据 Alexa 统计数据显示，按照营收计算，2011 年红袖添香网占据国内整个原创文学市场 7.7% 份额。

红袖添香为用户提供涵盖小说、散文、杂文、诗歌、歌词、剧本、日记等体裁的创作和阅读服务，在言情、职场小说等女性文学写作及出版领域具有巨大影响力。如 2011 年根据红袖添香原创小说《裸婚》改编的电视剧《裸婚时代》创造了网络文学现实题材版权运营成功典范。

（6）纵横中文网（www.zongheng.com）

纵横中文网成立于 2008 年 9 月，是北京幻想纵横网络技术有限公司旗下的大型中文原创阅读网站。它的初始团队汇集了原龙空及幻剑的一些资深从业者。尽管纵横有完美时空的资金支持，但在最初一两年并无特别的业绩。直到 2010 年，纵横网开始发力，连续挖走起点著名作者。作为业界的后起之秀，纵横中文网较为清醒地意识到国内多家网站片面追求点击率的急功近利做法所带来的弊病，以及因作者福利制度缺乏保障而造成作者利益受损的问题，故将推行优惠的客户福利保障制度作为该站的发展大计。如实行优惠的人才吸引政策，首先在纵横社区开辟知名作者所谓大神级写手专属的个人板块，并以大神的名字命名。其次，在分成福利方面，纵横除了提供作者较为优厚的分成获利，还将手机 SP 收入、网游等相关衍生产业改编收入，也提取一定比例分成于作者。在用户打赏的分成比例的设计上，纵横中文网将 70% 分给作者。此外纵横网还推出一系列作品保障制度，分等级奖励全勤写手。为了提升该网站的吸引力度，纵横中文网还实行全站全勤、激励制度、单本包月等创新手段。一系列的优惠政策和创新策略使纵横中文网在过去的数年时间取得了明显的成绩。依据权威的流量监测网站 Alexa 的统计数据显示，2012 年 8 月 14 日纵横中文网在 Alexa 上全球网站流量排名第 3434 位，综合排名第 2613 位。

（7）晋江文学城（www.jjwxc.net）

晋江文学城成立于 2003 年，原名晋江原创网，是国内著名女性文学阅读基地。拥有在线作品 65 万部，包括：穿越、言情、影视、都市爱情、职场婚姻、青春校园、武侠仙侠、耽美同人、玄幻、网游、传奇、奇幻、悬疑推理、科幻、历史、散文诗歌等多种类型。注册用户 700 万，注册作者50 万，签约作者 12000 人，其中有出版著作的达到 3000 人。提供作者和出版社互动沟通和创作平台的服务，在业内享有较高的地位和声誉。依据权威的流量监测网站 Alexa 的统计数据显示，2012 年 8 月 14 日晋江文学城在 Alexa 上全球网站流量排名第 3274 位，综合排名第 3425 位。

（8）潇湘书院（www.xxsy.net）

潇湘书院创建于 2001 年，现已发展成为集原创、武侠、言情、古典、当代、科幻、侦探等门类齐全的综合小说阅读网站。潇湘书院的用户主要集中在广东、江浙沪、山东、北京、天津、湖北等经济发达地区，用户年龄层基本分布在 15—40 岁之间，女性用户偏多。

作为最早实行女生原创付费阅读的文学网站，潇湘书院的 VIP 订阅量一直稳居同类女生原创网站之首。穿越、架空题材一直是女生原创的主流。潇湘书院一直努力打造女生原创文学多元化的品牌，成功打造了"红楼同人小说"的经典品牌，拥有一大批红楼同人作品的优秀创作作者及读者。被称为女性玄幻小说《傲风》创造了单章订阅突破 5 万的巅峰纪录，颠覆了男生玄幻作品一统天下的格局，为女生原创作品开创了一个更为广阔的新天地。潇湘导购系统的问世,成为全国首个为读者提供"免费"阅读的绿色通道。

潇湘书院目前每天的访问用户达到近百万人次,页面浏览量接近千万。每天用户点击率超过500万,固定用户超过了600万。依据权威的流量监测网站Alexa的统计数据显示,2012年8月14日潇湘书院在Alexa上全球网站流量排名第3816位,综合排名第4837位。2011年盛大文学向美国SEC递交了最新的F1/A文件,文件称根据Alexa统计数据显示,按照营收计算,2011年红袖添香网占据国内整个原创文学市场7.0%的份额。

(9)17K文学网(www.17k.com)

17K文学网成立于2006年5月,是中国数字出版领跑者——中文在线旗下的国内知名文学品牌。17K是一家集网络文学版权收集、版权交易,版权推广等服务为一体,具有文学专业性的网站平台。它的初始团队是起点当初的老编辑。因为有中文在线的资金支持,17K开站之初就从起点挖走了当时极有人气的血红、云天空、酒徒、烟雨江南等作者,导致起点当时一线大神几乎一空,而后更是推出大规模买断计划以吸纳更多读者,曾一度对起点网构成威胁。但是由于17K的盈利模式存在严重问题,投入规模过大,难以及时回收成本,而在初期成功地迅速累积了数据和排名后却没有成功引到二次投资,资金短缺,导致了稿费忽然断档、圈内评价降低等等诸多恶果,最终没有成为一个业务良性运转的书站。

17K小说网日均访问量超3000万,手机平台网日均访问量超5000万。网站积极开展版权交易和版权推广业务,诸如《鸿门宴》、《钱多多嫁人记》、《后宫——甄嬛传》、《建党伟业》、《非诚勿扰》、《李春天的春天》、《诡案组》等众多同名影视热播的作品均授权在17K小说网上连载。17K小说网与中国作家协会等权威机构合作,举办了"网络文学十年盘点"、"鲁迅文学院网络作家培训班"等多项大型文学活动,推荐酒徒、烟雨江南等多名作者加入中国作协。依据权威的流量监测网站Alexa的统计数据显示,2012年8月14日17K文学网在Alexa上全球网站流量排名第3463位,综合排名第5171位。

（10）榕树下（www.rongshuxia.com）

榕树下全球中文原创作品网源于 1997 年 12 月 25 日美籍华人朱威廉创作的一个个人主页。榕树下作为网络中的最早文学网站，其综合影响力，在万千文学青年心目中，就是一座文学丰碑，几乎所有的网络写手都在那里发过作品。曾凝聚了一批在华语文学界极具影响力的作家，如安妮宝贝、李寻欢、宁财神、邢育森、韩寒、蔡骏、今何在、慕容雪村、步非烟、苍月、燕垒生、郭敬明、饶雪漫、方世杰等著名网络作家。时至今日，榕树下已经成为网络文学的代名词了。"榕树下"更是一个充分体现人文关怀的精神家园，曾先后独家刊载了癌症患者陆幼青的《死亡日记》、艾滋病患者黎家明的《最后的宣战》等作品，并产生广泛的影响力。

榕树下网站作为中国最早文学网站之一，其发展历程充满起伏。2002年，朱威廉将榕树下以 1000 万美元卖给了贝塔斯曼。2006 年，贝塔斯曼又以 500 万美元转手给了欢乐传媒。不过由于域名管理一度混乱，很长一段时间用户均无法访问该网站。该网站 2009 年被盛大收购。依据权威的流量监测网站 Alexa 的统计数据显示，2012 年 8 月 14 日榕树下在 Alexa 上全球网站流量排名第 90755 位，综合排名第 33362 位。网站业绩与初始时期相距甚远。

以下根据 Alexa 的统计数据，对上述各网站访问数、每访问者浏览页数以及日均 IP 访问量 [一周平均] 日均 PV 浏览量 [一周平均]，分别列表进行比较：

表 1：各主要文学网站每百万人中访问数（2012.8.14）

网站站点	当日人数	最近一周平均	最近一月平均	最近三月平均	最近三月变化
起点中文网	1040	1100	1150	1259	↓ -1.9%
幻剑书盟网	1390	1080	1160	1282	↓ -2.3%
小说阅读网	380	440	343	320	↑ 4%
言情小说吧	200	250	255	244	↓ -18%

（续表）

红袖添香网	150	156	160	169	↓ −4%
纵横中文网	290	280	321	387	↑ 6%
晋江文学城	310	310	290	310	↓ −10%
潇湘书院	290	270	254	242	↓ −10%
17K 文学网	270	220	222	198	↓ −11%
榕树下	14	32	38	45	↑ 34%

表 1 显示了目前国内有影响力的文学网站访问数值，根据此数据，我们可以将上述网站的经营效应分为三大组合体，第一组合是起点中文网和幻剑书盟网，这两家网站每百万人中访问数基本接近，且幻剑书盟实际访问数即当日人数、最近一月平均数、最近三月平均数已超出起点中文网，说明幻剑书盟或将成为起点中文强有力的竞争对手。第二组合是小说阅读网、言情小说吧、红袖添香网、纵横中文网、晋江文学城、潇湘书院、17K 文学网等网站以及与这些网站实力类似的其他网站，虽然在业绩上大大低于起点中文和幻剑书盟，但这些网站依靠自己的特色和优势，依然能够在国内网络文学版图上占据一席之位。第三组合就是像榕树下这样的网站也包括国内其他小网站在当下的文学市场中已失去了竞争能力，处于生存维艰的状况。

表 2：各主要文学网站每名访问者浏览页数（2012.8.14）

网站站点	当日数据	最近一周平均	最近一月平均	最近三月平均	最近三月变化
起点中文网	13.5	12.2	13.4	13.56	↑ 2.9%
幻剑书盟网	7	6.5	7.7	8.08	↓ −10.7%
小说阅读网	5.3	8.1	9.7	9.3	↓ −27%
言情小说吧	5.4	9.5	11.8	12.1	↓ −13%
红袖添香网	6.4	9.6	9.3	9.7	↓ −8%
纵横中文网	11	10.2	11.5	10.8	↑ 3%
晋江文学城	9	9.7	9.9	10.4	↓ −5%
潇湘书院	8	7.9	8.4	7.6	↑ 33%
17K 文学网	15	14.3	14.8	15.1	↑ 6%
榕树下	8	3.4	3.1	3.5	↓ −32%

表 2 数据显示，起点中文网、纵横中文网、17K 文学网每位访问者浏览页数的各项数据均处于前位，相应说明读者对网站网页以及各网页的内容的关注度要高于其他各网站。如果说表一数据显示的是网站所具的人气，那么表二更能反映读者对网站深度浏览的情况，总体而言体现了读者对网站经营的认同，亦即网友通常所言的对网站或者某类题材的忠诚度，言下之意，如果连网页都不翻阅了，何以谈得上去看更具体类型的小说呢？

表 3：各主要文学网站日均 IP 访问量 [一周平均] 日均 PV 浏览量 [一周平均]

（ 2012.8.14 ）

网站站点	日均 IP 访问量 [一周平均]	日均 PV 浏览量 [一周平均]
起点中文网	≈ 920,000	≈ 11,224,000
幻剑书盟网	≈ 864,000	≈ 5,616,000
小说阅读网	≈ 352,000	≈ 2,851,200
言情小说吧	≈ 200,000	≈ 1,900,000
红袖添香网	≈ 124,800	≈ 1,198,080
纵横中文网	≈ 224,000	≈ 2,284,800
晋江文学城	≈ 248,000	≈ 2,405,600
潇湘书院	≈ 216,000	≈ 1,706,400
17K 文学网	≈ 176,000	≈ 2,516,800
榕树下	≈ 25,600	≈ 87,040

表 3 所显示的日均 IP 访问量 [一周平均]，指的是每日访问该网站的电脑数量（人数）；日均 PV 浏览量 [一周平均] 则是指每日浏览该网站电脑次数的相加（次数）。尽管 Alexa 的该项统计数据未必完全精准，但它依然是反映各网站访问量和浏览量的一个客观数据，这一数据也是网站经营成效的重要考量。根据表三显示，起点中文网的日均 PV 浏览量[一周平均]遥遥领先于其他网站，显示了该网站在目前网络文学行业中的龙头地位。其次是幻剑书盟网在日均访问量上并不明显少于起点中文网，浏览量既少于起点中文网一半，也多于其他网站一倍，这表明幻剑书盟网在网络文学

竞争中有其足够的实力和重要的地位。

在网络文学发展史上，除上述各大网站所开创的业绩外，还必须提到"龙的天空"网站对网络文学的贡献。关于"龙的天空"曾经的辉煌，有人这样评价："提起网络文学或网络文学作者，龙的天空绝对是一个贯穿历史、影响深远的重量级存在，在网络文学白银时代，没有一家网站没有龙空的资源，没有任何一个作者不知道龙空，没有任何一个读者不去龙空，他的发展高度以及垄断度一直到现在都没有任何书站能够达到，而即使是现在只剩下论坛的龙空也仍在网文圈里投下无法忽视的巨大阴影。"①"龙的天空"成立于 2000 年，原名"龙的天空原创文学联盟"，是中国内地成立最早的文学网站。早期的龙空，积聚一批立志做华语地区的第一大原创文学网站的精英，龙空成立不久即成为大陆地区规模最大、访问量最多的原创文学网站。龙空开创了大陆原创作者在台湾地区进行繁体出版的先河，在成立后的几年间，与台湾 8 家出版公司合作出版各类型长篇小说 140 余部。2002 年后，随着起点中文网的成立以及推出的付费阅读业务后，使得起点中文网迅速崛起。而龙空管理层由于缺乏网站商业运营理念，走上代理实体出版的道路，使得龙空和当时的幻剑等网站都坐失了网站发展的良机。

目前龙空网站的影响力在于其原创评论版实际上已经成为目前网络文学尤其是幻想类文学原创的核心讨论区。原创评论版以评论犀利详尽、能人众多、理性讨论著称。

值得一提的是，从龙空 2000 年建站伊始，原创评论版就有对网文进行年度总结的传统。原评版一年一度的网文盘点可以看作是龙空论坛对网文界最大的贡献。2011 年年末 2012 年年初由原创评论版负责举办的《2011年网文行业及作品回顾总结》征文活动，包括了网文运营模式、作者访谈、书站发展、产业展望、类型总结、八卦盘点、最有影响力的 100 小说评选等内容的年终征文活动一发出，便得到网文广大读者和资深人士的

---

① 《龙的天空》，http://baike.baidu.com/view/1124781.html。

积极响应和踊跃参与，在网文界取得很大反响。佳作频出，并有猫腻、月关、我吃西红柿、忘语、烽火戏诸侯、流浪的蛤蟆、林海听涛、更俗、血红、赵子曰、阿菩、罗森、金寻者等著名网文作者的访谈。

中国文学网站在进入新世纪以后，沿着文学商业化和产业化的发展之路突飞猛进，各种大大小小网站曾一度遍地开花，又曾因各种因素而纷纷凋敝。2004年盛大公司收购了起点中文网，并相继收购红袖添香网、言情小说吧、晋江文学城、榕树下、小说阅读网、潇湘书院原创文学网站以及天方听书网和悦读网，基本形成了盛大文学独霸天下的局面。2012年5月，盛大文学向美国SEC递交了最新的F1/A文件，文件称根据Alexa统计数据显示，按照营收计算，2011年盛大文学旗下五大原创文学网站（起点中文网、小说阅读网、红袖添香网、言情小说吧、潇湘书院）占据整个市场72.1%的份额，且起点中文网占有43.8%的份额。资本对文学网站的垄断所形成的话语权力主宰了整个文学网站市场的发展，并带来一些更加严峻的问题。第一，由于起点中文网的垄断地位挤压了其他文学网站生存空间，使得其他各网站总体发展失去竞争力，在客观上阻碍了中国网络文学的发展。目前众多网站的版面设计，内容分类，营销策略等基本大同小异，缺乏个性化和独创性，网站发展模式化。第二，资本逐利的性质，使得网站经营高度商业化，网站一味追求短期效应，追求访问量和浏览量；甚或竭泽而渔，为了保证每日更新，过度透支作者的劳动，导致原创作品质量下降和好作品储备不足的现象严重以及大量TJ（半途而废）作品产生。第三，网站缺乏更加合理的经营模式，目前通行的VIP制度还有种种弊端，如各网站为了争取更多的作者，不断降低VIP的签约标准，造成签约作品过多而失去质量保证。大量的平庸作品上架，极少数好作品被埋没。

二、文学网站运作与类型小说消费

对于目前中国影响力较大的文学网站而言，各种类型小说的生产及其销售是网站经营的核心，其运作主要体现于网站的版面设计和栏目的安排。鉴于起点中文网在文学网站中的"巨无霸"地位，本节将通过对该网站的版面及栏目分析来研究网站运作与类型小说生产和消费状况。

1. 起点中文网的版面及栏目设置

目前国内文学网站的版面及栏目基本上大同小异，而起点中文网 2003 年 8 月 25 日发布的第二版改良版被视作文学网站最成功的一次改版。随后这个版本的优点不断地被其他文学网站模仿，以至于到了 2005 年以后，几乎 80% 文学网站的界面都和起点大致相同。虽然后来起点中文网不断对版面和栏目进行调整和改善，但一直保持其在业界的样板型地位。

起点中文网首页上方设有网站的具体栏目。这些栏目及内容是：

排行榜：版面分设小说排行榜、作者排行榜、社区榜单、女生网小说排行榜、其他小说排行榜等。其中小说排行榜中又细分月票 PK 榜、热评作品榜、会员点击榜、书友推荐榜、书友收藏榜、总字数榜、VIP 更新榜、作品盟主榜等。

搜书：版面突出显示搜索引擎，按综合、书名、作者、印象快速搜书。

商城：设有图书、电影、周边、彩票、道具等项目并出售。

微博：主要提供给作者和读者交流平台。

作者专区：该版设有大神之光作家排行榜、投稿、作者服务三个专区。其中作者服务专区突出起点作家保障计划和作家指南两个分栏。

论坛：提供网站客户议论的平台，分原创部落、女生部落、文学部落、三江阁等方面。但发帖不多，更新较少。

充值：充值起点币，供付费阅读或他用。

帮助：分设帮助中心、客服中心、提交建议、起点问吧。

盛大手机：分设盛大 bambook 手机和 bambook 电子阅读器专卖平台、bambook 书市、云梯软件、新闻评测等网页。

电子书：提供各种类型小说电子书下载。

客户端：主要提供起点读书 Android 版，云中书城——盛大文学官方阅读器 Android 版、iphone 版。

文学精品：提供文学经典名著。

Web 游戏：起点游戏平台。提供多由热门小说改编的游戏。

起点网站设置的栏目可以分为四个大类，一是网络作品销售类，如排行榜、文学精品、Web 游戏和搜书等栏目；二是电子书销售类，如盛大手机、电子书、客户端等；三是交流服务类，如微博、作者专区、论坛、帮助中心；四是商业营运类，如商城、充值。这些栏目的设置显现了网站的文学产业化经营策略。作为文学网站，网络小说是其主打产品，此毋庸赘言。在文化产业化的大环境中，起点面临的是激烈的市场竞争以及文学产品发展维艰的局面，这迫使其围绕着主打产品，相继开发电子书、游戏、电影、文学经典等各种衍生产品，力求拓展业务范围。盛大手机 bambook 以及阅读器的推出，表明起点中文网已将产业链建设当作自己的生存发展之计，商城栏目的设置更进一步突显了网站的商业化特色。需要特别指出的是，起点依托盛大公司的网游优势，将网络游戏作品推上网站前台，Web 游戏栏目被放在一个突出位置并以亮色标显。文学与游戏结合客观上已成为网络文学的一个新的生长点。

起点中文网首页版面在上述横向栏目的下方，整体上分为八大区块，自上而下依次为：热点、原创书库、起点女生网、起点文学网、畅销图书频道、实体出版频道、评论专题、最新更新小说列表。以下予以简介：

热点区：设有本周强推、月票 PK 榜、24 小时作品热销、重磅推荐，以及起点网站动态等栏目。

原创书库：列有各种类型的原创小说。并设三江推荐、VIP 小说推荐、热门作品精选、会员点击榜。

起点女生网：分设热点小说介绍、网站动态、金笔点凤、以及推出的小说等栏目。

起点文学网：是起点网站现实题材小说的生产基地，设有热点小说介绍、文学推荐以及所推出的小说等栏目。

畅销图书频道：也是起点网的综合网上书市，除了畅销书排行榜，还有各门类的经典图书。

实体出版频道：设最新售出版权作品、版权推荐作品以及售出版权作品的介绍。

评论专题：设有作品热评，以及作品论坛。

最新更新小说列表：除更新小说列表，另设热点推荐漫画、签约作者新书榜、公众作者新书榜、评价票周榜等。

Alexa 对起点下属的子站和网页的访问量和浏览量有流量监测统计。以此我们可以具体比较起点中文网的各网页访问和浏览以及各种类型小说的消费情况，下面列表显示：

表1：起点中文网下属子站点被访问比例及人均页面浏览量列表（2012.8.13）①

被访问网址	近月网站访问比例	近月页面访问比例	人均页面浏览量
qidian.com（起点首页）	91.31%	66.55%	9.74
vipreader.qidian.com（VIP阅读页面）	11.42%	14.52%	17
me.qidian.com（个人中心）	14.04%	2.99%	2.85
all.qidian.com（书库）	7.57%	1.79%	3.2
sosu.qidian.com（搜书）	7.09%	1.69%	3.2
forum.qidian.com（书评区）	6.22%	1.25%	2.7
author.qidian.com（作者专区）	1.17%	1.00%	11.4
top.qidian.com（排行榜）	6.14%	0.65%	1.41
game.qidian.com（游戏）	6.53%	0.64%	1.32
down1.qidian.com（下载）	2.44%	0.32%	1.8

① http://alexa.chinaz.com/?domain=qidian.com。

lishi.qidian.com（历史）	2.75%	0.30%	1.5
tongren.qidian.com（同人）	3.41%	0.26%	1.01
dushi.qidian.com（都市）	2.82%	0.25%	1.2
xuanhuan.qidian.com（玄幻）	2.79%	0.22%	1.04
msn.qidian.com（和 MSN 合作的站点）	1.18%	0.15%	1.8
quanben.qidian.com（全本）	1.84%	0.14%	1
xianxia.qidian.com（仙侠）	1.44%	0.11%	1
BBS.qidian.com（论坛）	0.69%	0.09%	1.8
youxi.qidian.com（游戏小说）	1.10%	0.09%	1.1
junshi.qidian.com（军事）	0.79%	0.07%	1.1
kehuan.qidian.com（科幻）	0.80%	0.06%	1.1
qihuan.qidian.com（奇幻）	0.67%	0.05%	1
jingpin.qidian.com（精品）	0.66%	0.05%	1
c.qidian.com（读书 iphone 版）	0.68%	0.7%	1.4

表 1 列出的起点网站的子站点与该网站设置的栏目并不完全吻合，起点有的栏目如起点女生网、起点文学网以及实体书出版频道等，未在 Alexa 流量统计范围之内。因而表一不能全面反映出起点设置的子网站的被访问比例和人均网页浏览量。表一显示起点首页之外，VIP 阅读页面、个人中心、书库、搜书、书评、排行榜、游戏等网页近月网站访问比例、近月页面访问比例以及人均页面浏览量明显高于其他各子网站或网页。这些网页作为起点网站公众浏览页面，其访问量和浏览量高于其他分类性的网页，并不表明其受欢迎程度，只是反映该网页在网站栏目设置中的重要地位。值得注意的是，各种分类性的栏目尤其是类型小说的网页之间的数据比较，这些数据透视出读者对起点设置的分类性栏目和各种类型化小说的接受程度。

表 1 数据只是分版页面的点击比例，不是实际的小说点击量。但也可以从中看出，读者对这些分版的兴趣差异，此差异便是当下类型小说读者分化状态的反映。排在前几位的类型是玄幻、历史、同人、都市、仙侠、游戏。这里需要说明的是同人数据以 3.4% 高居榜首。其原因在于，一是起

点首页推荐的小说中，没有同人类型，故读者需直接打开同人页面；二是在同人的子类型（动漫同人、武侠同人、小说同人、授权同人、影视同人中）中，动漫同人小说数量最多。以 2012 年 8 月 18 日起点网站同人页面按更新时间排列的前 100 部小说中，动漫同人占了 81 部之多，反映出当今动漫文化对小说生产和消费的深入影响，即动漫文化的兴起带动了小说创作和阅读动漫化潮流的产生。

2. 起点网站各类型小说的相关数据分析比较

接下来我们再根据起点网站的各种推荐榜看当前小说的流行类型。起点首页左上方有"本周强推"（包括上周强推）的小说榜，这一推荐榜作为起点"全站推荐"出现在起点的各类型小说子站，是一种综合类的推荐榜，现引录如下：

本周强推（2012.8.19—2012.8.26）

[竞技] 暴走分卫
[科幻] 末日仙原
[都市] 全能老师
[玄幻] 女神合体
[玄幻] 萨满王座
[玄幻] 星耀天穹
[奇幻] 构装姬神
[历史] 大唐天下
[游戏] 重生大修士
[游戏] 神圣铸剑师
[玄幻] 兽族进化大师
[都市] 人物召唤系统
[游戏] 无限位面战争
[历史] 民国之钢铁狂潮

上周强推（2012.8.12—2012.8.19）

[奇幻] 北王
[都市] 野医
[历史] 惊宋
[都市] 通天神医
[都市] 修真横行
[游戏] 英雄勿敌
[都市] 最强战神
[都市] 财神门徒
[仙侠] 贫道劫个色
[游戏] 疯狂的多搭
[科幻] 唯一进化者
[科幻] 末世进化狂潮
[游戏] 网游之全能道士
[游戏] 重生之另类法师

[都市] 随身带着未来空间 　　　[历史] 武唐第一风流纵绔

[科幻] 末世之机械召唤师 　　　[都市] 现代平民宗师传奇

[游戏] 游戏三国之英雄传说 　　[都市] 在乡村的悠闲生活

在上面的两个推荐榜中，所列小说共 34 部，其中都市类 10 部，玄幻类 4 部，科幻类 4 部，历史类 4 部，游戏类 8 部，奇幻类 2 部，仙侠类 1 部，竞技 1 部。排在前五位的是都市、玄幻、游戏、历史和科幻。

我们再以起点网站的"三江推荐"书目来看各类型小说的畅销情况。"三江阁"是起点网站的一个独立编辑部，负责作品的审核和推荐。"三江"审核不以作品数据为判断依据，而是根据作品的文字水准、人物刻画、剧情结构、题材创意这四个方面综合评判。在起点众多推荐榜中，享有较高地位。下面是两周的三江推荐书目：

三江推荐 (2012.8.12—2012.8.19)

[游戏] 龙墓

[都市] 腾龙图

[游戏] 超级血生

[历史] 大唐神道

[玄幻] 龟龙变

[玄幻] 武神空间

[都市] 全能神偷

[都市] 傲世仙医

[科幻] 位面审判者

[游戏] 网游子王者召唤

[都市] 极品大少在都市

[都市] 重生之全能大亨

[科幻] 无限的水晶宫之旅

[玄幻] 唐门宗师异世纵横

三江推荐 (2012.8.19—2012.8.26)

[都市] 高官

[玄幻] 剑星

[都市] 惊门

[玄幻] 卡皇

[仙侠] 噬灵妖魂

[竞技] 篮球巨壁

[都市] 贴身强兵

[历史] 复明反清

[竞技] 凶兽前锋

[科幻] 末日仙原

[都市] 神医圣手

[科幻] 最强圣者召唤

[都市] 我的尤物老婆

[科幻] 无限之掌控世界

[都市] 超级愿望兑换系统　　　　[奇幻] 技术宅的异域人生

以上两周的三江推荐榜的小说都市类作品 11 部，玄幻类作品 5 部，历史类作品 2 部，科幻类作品 5 部，竞技类作品 2 部，游戏类作品 3 部，奇幻、仙侠各一部。排在前五位的是都市、玄幻、科幻、游戏、历史或竞技。

起点网站首页的综合推荐榜还有"VIP 小说推荐"一栏，推荐的小说及类型为：

VIP 小说推荐（2012.8.19—2012.8.26）　　**VIP 小说推荐**（2012.8.12—2012.8.19）

[都市] 反穿　　　　　　　　　　　[都市] 医手

[都市] 野医　　　　　　　　　　　[历史] 铁汉子

[都市] 财神门徒　　　　　　　　　[历史] 帝国苍穹

[都市] 海妖分身　　　　　　　　　[科幻] 恐慌沸腾

[历史] 极品账房　　　　　　　　　[都市] 大亨万岁

[都市] 最强战神　　　　　　　　　[都市] 超级强兵

[玄幻] 丹武乾坤　　　　　　　　　[玄幻] 最强客卿

[科幻] 冒牌异种　　　　　　　　　[历史] 贞观游龙

[仙侠] 飞扬跋扈　　　　　　　　　[都市] 天才科学家

[科幻] 唯一进化者　　　　　　　　[竞技] 穿越去砍鲨

[历史] 大宋首席御医　　　　　　　[游戏] 网游之焚尽八荒

[都市] 超级环境改造仪　　　　　　[都市] 重生之我能升级

[游戏] 网游之最强牧神　　　　　　[科幻] 无限之高端玩家

[都市] 极品群英在身边　　　　　　[都市] 极品丹王都市…

[军事] 第五部队之海盗王　　　　　[游戏] 混在异界的骨…

在两周的 vip 推荐榜中，都市类 13 部，玄幻类 2 部，历史类 5 部，科幻类 4 部，游戏类 3 部，仙侠、竞技、军事类各 1 部。

起点网站专设一个精品频道，现在我们再来看精品频道各类型小说的收录情况。起点网站收录精品的条件为：1. 作品订阅达到频道收录标准。2. 每月月票新书榜前三作品。3. 公认的佳作，由主编提名。（注：条件1.2为程序自动，条件3为人工添加）同样，起点网站作品有以下情况将被暂时请出：1. 未文本且7日内无有效更新。2. 作品订阅降至标准以下。3. 存在违规情形。（注：条件1.2为程序自动，条件3为人工删除）

根据以上条件，起点网站精品频道最新入库精品（2012.8.20）为：[科幻] 大宇宙时代、[都市] 大科学家、[玄幻] 历史的尘埃、[都市] 大神医、[历史] 宋时行、[历史] 一品江山、[科幻] 烈空、[仙侠] 通天大圣、[都市] 雪洗天下、[玄幻] 八零后少林方丈、[仙侠] 圣堂、[历史] 傲气凛然、[玄幻] 无尽剑侠、[都市] 妙手天师、[仙侠] 大圣传

最新入库的15部作品中都市类4部，玄幻类3部，历史类3部，仙侠类3部，科幻类2部。

现在我们对起点网站的推荐榜各类型小说的数量做一综合：

推荐榜	玄幻	都市	历史	科幻	奇幻	仙侠	游戏	竞技	军事
本周强推1	4	3	2	2	1		4	1	
本周强推2		7	2	2	1	1	4		
三江推荐1	3	6	1	2			3		
三江推荐2	2	5	1	3	1	1		2	
VIP小说推荐1	1	7	2	2		1	1		1
VIP小说推荐2	1	6	3	2			2	1	
精品入库	3	4	3	2		3			
合　计	14	38	14	15	3	5	14	4	1

上表统计的数据显示，排在前五位的小说类型是都市、科幻、玄幻、历史、游戏。虽然这一统计只是建立在有限的数据基础上，但亦能基本反映出当前小说类型中的热门所在。

下面我们再根据起点网站首页的"会员点击榜"（综合）和"书友推荐榜"（综合）提供的数据，了解各类型小说受读者关注的情况。

会员点击榜（月，总）(2012.8.18)

无尽神功（玄幻／东方玄幻），47319

野医（都市／都市生活），38450

贫道劫个色（仙侠／洪荒封神）32743

天才相师（都市／都市生活）29738

现代平民宗师传奇（都市／异术超能）27015

高官（都市／官场沉浮）26698

逆天升级（玄幻／东方玄幻）25152

宋时行（历史／两宋元明）24992

武动乾坤（玄幻／东方玄幻）24537

北王（奇幻／西方奇幻）24293

史上第一暴君（仙侠／奇幻修真）23782

暴走分卫（竞技／篮球运动）22759

傲世九重天（奇幻／异界大陆）22081

无限之作弊修仙（仙侠／奇幻修真）22034

惊门（都市／现实百态）21235

按小说类型归纳，各类型的点击量及占总点击量的比例为：

会员点击榜15部小说点击总量为412828，其中：

玄幻类3部，点击量为97008，占其总量23.4%

都市类5部，点击量为143136，占其总量34.6%

仙侠类3部，点击量为78559，占其总量19%

奇幻类2部，点击量为46374，占其总量11%

历史类和竞技类各1部，分别占其总量6%、6%

书友推荐榜（月，总）

光明纪元（玄幻／东方玄幻）38489

神印王座（玄幻／异界大陆）32331

最终进化（科幻／时空穿梭）30334

遮天（仙侠／古典仙侠）29196

求魔（仙侠／奇幻修真）25510

天才相师（都市／都市生活）24698

锦衣夜行（历史／两宋元明）24398

将夜（玄幻／东方玄幻）22760

凡人修仙传（仙侠／奇幻修真）21831

傲世九重天（奇幻／异界大陆）19547

宋时行（历史／两宋元明）18553

神煌（玄幻／异界大陆）18062

圣堂（仙侠／奇幻修真）17685

武动乾坤（玄幻／东方玄幻）17622

惊门（都市／现实百态）17437

再对上述数据做一归纳，各类型的点击量以及点击比例为：

书友点击榜 15 部小说点击总量为 358453，其中：

玄幻类 5 部，点击量为 129264，占其总量 36%

都市类 2 部，点击量为 42135，占其总量 11.8%

仙侠类 4 部，点击量为 94222，占其总量 26.3%

历史类 2 部，点击量为 42951，占其总量 12%

奇幻类和科幻类各一部，分别占其总量 5.5%、8.4%

会员点击榜和书友推荐榜提供的只是排名前 15 位的书目点击数据，这一基数虽然不能全面地反映读者对小说各种类型接受差异，但从点击榜和推荐榜看，玄幻、都市、仙侠、奇幻和历史均占其前五位。从点击量来看，会员点击榜的排位依次为都市、玄幻、仙侠、奇幻、历史；书友推荐榜的排位依次为玄幻、仙侠、历史、都市、奇幻。两者排位差别不大，且与 Alexa

对起点各类型小说页面的访问量和浏览量统计比例基本吻合。

综合以上统计的起点网站的各推荐榜，可以看出，在起点所列出的众多小说类型中，玄幻、都市、历史类组成第一强势阵容，科幻、仙侠、奇幻和游戏是第二阵容，而武侠、言情、军事、灵异则排在第三阵容。值得我们注意的是，作为类型小说的始祖武侠小说如今不再风光，代之而起的是玄幻、仙侠等类型。就武侠小说而言，网络小说产生之初，武侠小说无疑是最有影响的类型小说题材。早期网络写手中，很多人都是从武侠小说开始自己创作生涯的。武侠小说也因为黄易先生的《大唐双龙传》和《寻秦记》而衍生了诸多变体。当前类型小说最核心的"玄幻小说"，其名称由来就是黄易先生在台湾的作品被称之为"玄幻"系列。可以说，玄幻小说是武侠小说的血亲后裔。而《寻秦记》首次在武侠小说中成功展现穿越、架空历史以及军事战争场面，为架空历史小说、古武、修真、仙侠等类型的出现都提供了充足的养分。正因为武侠小说是很多类型小说的始祖，故其让位于其他类型，这也是小说类型进化之必然。无论是网络文学还是实体书，武侠小说读者都被新出现的类型小说迅速抽离。对大多数大陆读者来说，武侠小说的起止主要集中在金庸、古龙、梁羽生和黄易这些大师的作品上，尤其是金庸先生令后人难以超越的艺术成就，也让很多作者对武侠题材望而却步。以上两点应该是武侠小说退出了小说主流市场的原因。

三、起点网站小说生产经营策略举要

起点网站之所以在当下众多的网站中占据霸主之位，除了最早成功推行"VIP 计划"实行收费制度，以及盛大的收购使其获得资本优势这两个基本因素之外，还在于起点所执行的一系列经营策略。作为一个大型书站，类型小说的生产以及相关的增值服务是其工作的核心。以下，我们用一些关键词来解说起点的经营思路和手段。

大卖场 既然将其定义为以长篇原创小说内容提供为主的网站，那么如何为用户收集展示原创小说，自然是网站的重中之重。起点依据自身的网络优势和实力，把网站建成目前国内门类相当齐全、产品非常丰富的超级小说大卖场。与其他网站相比，起点对小说各种类型有较为全面的掌控和细致的分类以及说明。类型建设不仅是起点在小说分类方面所做的开创性贡献，使其成为小说类型门户中的豪门，而且体现了起点类型小说生产最基本的经营思路。这就是给用户进行分类引导，无论是作者写作还是读者的阅读都凭借这一分类指南，确定其生产和消费的目标。除了设有各种类型小说专门频道外，起点还设有"起点女生网"、"起点文学网"、"畅销图书频道"，力求在当下女性阅读市场和纯文学市场占据一方领地。

榜单　既然是卖场，商家总得为自己产品吆喝。起点有各式各样的榜单，首页就设有"本周强推"、"月票 PK 榜"、"三江推荐"、"VIP 小说推荐"、"会员点击榜"、"书友推荐榜"、"金笔点凤"、"文学推荐"、"图书推荐"、"版权推荐"、"签约作者新书榜"、"公众作者新书榜"、"新人作者新书榜"等榜单。除首页榜单外，起点在各类型小说的网页中，继续推出相关榜单。这些榜单由排行榜和推荐位所组成的榜单系统是网站的运营基础。这是面对读者进行内容推介的主要阵地，也因此成为网站的权力场。排行与推荐的区别在于：排行榜为用户行为产生的自动榜单，网站仅出于某种运营目的进行规则和特定作品的调控；推荐位则是由网站编辑部掌控的人工推荐资源。优秀的榜单系统能起到引导用户消费行为和体现网站运营策略的宣传作用。当网站平台的流量越来越大，同期连载书籍越来越多的时候，榜单的作用就越来越重要。一般来说，书籍资源越丰富和浏览量越大的网站，排行榜的作用就越大，因为用户本能地相信，由其他用户行为集聚而成的榜单，公信力更强。这就是排行榜的集聚效应。再比如起点网站的三江阁在业界一直享有较好的口碑，因而"三江推荐"发挥了比较明显的推荐效果。一些本来比较小众的作品，经由三江推荐而获得成功。如 2012 年 8 月三江阁推出"从原始到未来"小说专题。以"时间"为连接线，精选 11 部具有代表性的网络经典作为专题推荐。这 11 部小说的重新推出，无疑体现了网站引导历史类型小说写作与消费的目的。

我们还可以从用户的行为类别和小说类型区分方面来解读榜单。行为类别方面，比如网站有点击榜、推荐榜、收藏榜等。点击榜的数据基础是用户打开该作品的浏览量，如"起点会员点击榜"；推荐榜的数据基础是用户向其他站内用户推荐该作品的总次数，如起点"书友推荐榜"；收藏榜的数据基础是在站内书架中收藏该作品的用户数量，如起点"最新入库精品"。小说类型区分方面，我们可以针对不同类别作品中各种不同用户不同行为的数据，判别用户对不同类别作品的整体接收程度。比如前面我们通过对各榜单中各种类型的数据统计来了解用户对各种类型的接受情况。同时，榜单也供用户阅读分类引导之用。概括地说，书站的榜单政策与其说是网站的态度，不如说是商业化运营下的书站对站内用户的行为分析。哪种榜单能得到更多用户的关注，哪种规则更受用户的欢迎，用户的不同行为如何区分价值的大小，这些都可以从榜单入手分析。

书评　互联网时代文学网站不仅是汇集和展示作品的平台，也是作者与读者互动和交流的空间。将网站建成公众交流的集聚中心，开发网站社区型保障功能以积聚网站人气，这是所有网站管理者所期待和追求的目标。追溯网络文学最早的阶段，便是写手与读者混杂在 BBS 上，互联网特有的"交流""集聚"特性，激发了作者的创作欲望，由此诞生了一部部带有鲜明互联网特质的作品。2002 年，幻剑书盟首先开设书评系统，在书库作品信息页面下开设留言板。这一改进，从根本上同时满足了作者展示、交流的欲望，同时还使得作者拥有一个独立专享的空间，书评区成为粉丝的首选集聚地。幻剑书盟也因此开始了流量的迅速增长。2003 年 8 月，"起点 2.0 改良版"上线，全面继承了书评区这一模式。

目前起点网站设有"论坛"、"评论专题"、"微博"、"作者专区"等栏目。"无评论，不读书"，起点为网站推出每一部作品都设有书评区，还为作品开辟互动信息区块，提供"本书月票"、"打赏作品"、"催更作者"、"章节赠送"等功能。起点全方位地为读者和作者提供交流互动的各种形式和渠道，就在于管理者充分认识到网络平台必须靠用户来积聚和支撑，用户数量的多寡就是网站的生命线。

　　月票　打赏　这是起点网站开展的增值业务。月票是用户投给自己喜爱的作品的票记方式，同时也激励作者通过月票提升人气以及获得奖励。起点中文网自 2005 年开始实行 VIP 作品的月度评选，分设"新书月票奖"、"老书月票奖"、"分类月票奖"、"全年月票奖"等奖类。新书月票奖针对当月上架的 VIP 作品，每月月票排名前十的作者将获得不同金额的奖励；老书月票奖针对所有上架的 VIP 作品，每月月票排名前十的作者将获得不同金额的奖励；分类月票奖按上架作品所属大类划分，在该类别每月月票榜排行在前六的作品即可获得相当金额的奖励；全年月票奖针对年度月票前三名作品及年度新人月票第一名，将获得不同金额的奖励。月票能让读者以一种特定的消费方式来提升作品的影响力，并提高作者人气或使之得到奖励。这也是起点在读者、作者及网站之间增加联系并保持活力的一项成功增值业务。起点推出的打赏功能，指的是用户可以直接给予指定作者"小费"。这是用户对作者的物质褒奖。对于受欢迎的作者来讲，有时能获得相当可观的打赏收入，甚至可以在一定条件下得到远超作品订阅所带来的收入。这一行为模式有效地满足具有高消费能力用户的消费冲动和死忠作者的表现欲望，也更加促进了作者与读者之间的联结。为了能够得到打赏，作者必须多方面地获得用户的好感，这也是业内所说的"求包养"方式。有些作者仅靠混打赏就能月收入达几千或上万，这对作者来说不能不是一个很大的利诱。

　　催更　小说更新对于作者是异常重要的，关于此，业内人士指出：

　　　　所有网文作者都必须谨记一件事：更新等于点击、更新等于推荐、更新等于打赏、更新等于收入……更新等于一切。无论文章写得好还是坏，更新稳定的，永远在横向竞争力上占据极大优势，无论红票、月票还是打赏，读者心里都有一杆秤，会在断更时给作者投票的死忠，绝对不多。

　　　　在作品质量过关的前提下，需要什么样的创作量才能保持更新稳定？笔者的观点为：日更三千是能在网文圈生存的最低标准，日更六千则是基础标准，日更九千作品很有希望，日更一万二以上的作品前途无量。[①]

对网站而言，更新就是产品不断在生产，犹如机器一直在运转。作者每日更新，不仅来自于自身的勤奋、毅力和恒心，也来自于网站所制定的激励机制即催更。网站的催更分为奖励性和惩罚性两种措施。就奖励而言，月票、打赏本身就包含对坚持更新的作者的奖励。起点在2010作家的福利计划里，设立全勤奖和完本奖励，即在每个自然月内，每部已上架作品每日VIP章节更新字数达到一定标准，将可获得最高1000元每月的全勤奖；完本奖励保持每月更新VIP收费章节12万字以上并完成作品的作家，将会获得等于稿酬40%的现金奖励；每月更新VIP收费章节6万字以上并完成作品的作家，将会获得等于稿酬20%的现金奖励。2012年起点女生网针对所有女生网分成A级签约作者，推出全新作家福利计划，对更新给予不同的激励。奖励标准是1.每日更新VIP正文字数3000字（含）以上，即可获得每月300元的奖金。2.每日更新VIP正文字数6000字（含）以上，且平均订阅不低于500的作品，即可获得每月500元的奖金。3.每日更新VIP正文字数9000字（含）以上，且平均订阅不低于1500的作品，即可获得每月1000元的奖金。而惩罚实际自不待言，一个经常不及时更新的作者无疑自绝于读者，自绝于网络写作。因而，网站都会对作者提出更新要求，如起点网站VIP精品频道收录规则中有"未完本且7日内无有效更新"将被程序自动清理的说明。

分成　分成指的是网站与作者所获得的作品收入的分配，这是建立在VIP制度上的网站与作者达成的分配办法。具体的分成比例根据竞争程度的不同而定，一般情况下，作者能获得付费用户消费额的五成以上。分成作为网站在激烈的市场竞争下采取的分配制度，能有效地保证作者的经济利益，也能确保自己的实际利益，这是一种双赢模式。网站作为一个平台，提供给作者打拼获利的空间。平台越大，付费用户越多，分成所能吸

---

① 新杰：《站在2011年年底，对网络文学回顾和展望》，2011年12月23日，见 http://www.lkong.net/thread-528088-1-1.html。

引的作者也就越多，而网站也得之越多，这是网站基本的运营之道。在对作品收入分成基础上，网站一般会要求分成作品的独家互联网版权，其他版权根据网站在不同时期的强势与否以及版权实际效益而定。作者可授予网站优先代理权或独家代理权，甚至直接白送给网站。与这一分成制度形成对抗的是实体出版，网上发行与实体出版是类型小说的两个市场。是分成所得高还是获取版税收入多，这是让作者颇为纠结的问题。

买断 买断本来是网站和版权机构利用出版资源获取利润的方式，以相对低价买入作品部分或全部版权，再高价卖出获得营业利润。在 VIP 制度初创之时，网站用买断形式保障作者收入预期，以留住优质版权资源。现在网站买断版权，更多的是为了给作者以创作保障，能否盈利全赖网站的版权运营能力。起点在 2010 年实施的起点作家福利计划中，对于买断作如此规定：对于一些优质作品，为了避免作家在创作时受到影响，起点将购买该作品，全权帮助作者宣传推广。价格根据作品质量从 1000 字 10 元到 1000 字 500 元不等。

买断这一形式是网站为获得版权而采用的运营方式。从经济利益来讲，网站与作者之间常常利益不够均等。如网站买断了版权，对于作者而言，旱涝保收，网站却可能无利可图；或者是作者将其版权以低价售出，结果让网站获利。总的来说，买断在更多的情况下有利于作者，网站则承担较多的经济风险。

买断带来的问题也是非常突出的，正如 Weid 指出："因为种种原因，买断滋生出很多不良的现象，最典型的是找枪手、卖合同、编辑吃回扣等现象，因为收入与作品表现无关，对续写的要求进一步降低，为了获得更大利益，有部分作者在获得买断合同后以一个较低的价格交予他人创作。对于失去上进心的作者、失去职业道德的编辑来说，买断是天堂，买断也是毒药"。[①] 由于买断造成的枪稿泛滥，必然导致网站作品总体水准的下降，因此各个网站也都纷纷考虑对策。目前起点已停止了大规模的买断签

---

① Weid：《试论二十一世纪以来大陆网络类型小说的兴起与演变》，2011 年 12 月 23 日，见 http://www.lkong.net/thread-527863-1-1.html。

约。当然，另一方面，买断也能使一部分适应了网络连载创作的作者，反而由此获得一个相对宽松的创作环境，让他们可以相对更从容不迫地进行自己所希望的创作。烟雨江南、酒徒、猫腻，近年来的作品中自我实现的痕迹越来越明显，和版权买断有着一定的联系。

福利　福利是网站出于运营目的推出的版权政策，一般有两个诉求，一是为了刺激作者更多更稳定的码字更新，二是为了鼓励作者不要因为没有收入而放弃在本站进行创作。目前的福利政策往往将二者结合，针对签约上架的作品按每月完成更新的字数，给予一定的补贴。

福利政策对于新成立而四处吸纳作者的网站尤为重要，作为投资网站总是要拿出一笔钱，每月付给那些按时按量完成了创作的作者们。这个事实一方面证明了各运营方对"独家内容每日更新量"的重要性的肯定，另一方面则让网站培育下的作者金字塔结构呈现更宽阔的底边。每月数百上千的收入，虽然微薄，但它已经切实地让网络写手成为了一种职业，成为让失业、待业的青年可以认真考虑的一个职业。作为行业霸主的起点，虽然事业如日中天，但并非高枕无忧，也必须在不断调整福利政策，以对抗其他网站的挖墙脚。如起点在 2010 年作家福利计划中实行了多类别多层次的福利政策，起点女生网推出的 2012 全新作家福利计划，就体现了起点在作家福利方面做出的努力。此外，起点还必须根据行业竞争的需要，对相关福利计划尤其是版权政策做出相应调整。

委托创作　因为买断无法获得著作权，商业机构还可以通过另外一种方式来获得作品著作权，那就是 2009 年盛大文学举办的"全球写作大赛"上推出的委托创作协议。协议规定，作者所原创的稿件，所有版权将以"委托创作"的名义永久让渡给起点中文网。在领取一次性稿酬之后，作者对自己的作品就仅仅拥有署名权了，即作品的所有权利都是商业机构所有，无论著作权还是实体出版、网络、无线及其他任何范围的版权，都与作者没有任何关系。从逻辑上讲，可以说签署了委托创作协议的作者等同于商业机构的枪手，并无作品作者的身份可言了，因此可以将起点这个计划解读为想将所有作者变成自己旗下枪手的企图。

委托创作协议对商业机构而言，有其合理性。由机构根据市场需求，提供产品类型、题材内容、形式等，然后委托作者加工。通过委托创作，网站永久占有版权资源，与外部版权需求方进行合作，谋取利润。但对作者而言，这被认为是"迄今为止对作者创造价值最凶残的掠夺。"①

版权　关于版权运营，盛大文学 CEO 侯小强曾这样表述："盛大文学是一个彻头彻尾的版权公司，目前盛大文学下属网站有 3 家网站，1 家漫画公司，以及基于 3G 服务的无线公司。"②他说："盛大文学目前只有 1 个核心，就是运营版权，并且围绕这个核心只做两件事情：第一是把盛大文学变成一个版权的生产基地，好比一个果园，里面生产各种各样的果子；第二是做好版权的分销，目前重点做无线渠道的分销"。③对于盛大文学来说，网站已经不再是网络文学的唯一渠道。无线阅读将成为网络文学的第二大传播渠道。为此，盛大文学早早就开始了 3G 的战略布局。比如，推出手机文学原创平台 MOGA；开发了手机客户端软件"盛大书童"，与多家电信运营商和手机制造商达成战略合作协议，无线渠道可以让手机用户便捷地分享盛大文学 400 亿字的网络文学内容。总之，一部优秀作品可以通过网络收费阅读、手机收费阅读、出版实体书，以及改编成影视、动漫、游戏实现版权收益。

盛大文学目前已经整合了线上和线下出版的资源，图书出版已经日臻完善。盛大文学合作出版和版权转让出版的图书，每年都超过上百种，总印量超过 2000 万册。此外，盛大文学还与聚石文华和华文天下两家传统出版公司建立了合作关系。在盛大文学目前版权转让的作品中，转让费最高的作品为《鬼吹灯》，以 100 万元转让给著名导演杜琪峰。网游中，《星辰变》和《盘龙》也分别卖出 100 万元和 315 万元。

---

① weid：《试论二十一世纪以来大陆网络类型小说的兴起与演变》，2011 年 12 月 23 日，见 http://www.lkong.net/thread-527863-1-1.html。

② 廉锋：《盛大文学：全版权运营的探索者》，2010 年 2 月 26 日，见 http://www.chinavalue.net/Media/Article.aspx?ArticleId=54268。

③ 廉锋：《盛大文学：全版权运营的探索者》，2010 年 2 月 26 日，见 http://www.chinavalue.net/Media/Article.aspx?ArticleId=54268。

版权运营所遭遇的劲敌就是盗版，虽然网站在反盗版的道路上做了很多努力，但随着移动互联网盗贴站的增多，整体环境并不能得到很大改善。这将进一步迫使网站在未来很可能走上不再依靠作品盈利的道路。

只要众多的作品能够为网站集聚足够的消费用户，网站可能在竞争之下将盈利的目标仅限于各种广告与增值服务上，而将读者阅读本身产生的收入完全反馈回作者群体。

第六章

网游小说与网游产业

一、网游小说：网游与文学的联姻

1. 网游小说的概念及类型

网游小说是网络游戏与文学在互联网时代相结合的产物，而网络游戏是随着电脑的出现以及互联网的发展而出现和不断推进的。为什么电脑与游戏有如此密切的关系？英国著名游戏研究者，哥本哈根 IT 大学电子游戏博士 Jesper Junl 认为：

> 游戏是一种跨媒介现象。既然游戏并未与任何一种物质器械捆绑在一起，而是需要电脑程序数据，那么游戏所需要的物质支持（就像电影需要导演和银幕一样）事实上是非物质的。第二，游戏所拥有的完美的规则意味着由电脑去执行。这成为了人类历史的一个不可思议的讽刺，进行和发展了数千年的游戏被证明与现代数字电脑如此契合。①

正因为二者如此契合，使得游戏在历经数千年发展之后，由网络游戏将之带到了一个飞跃式的发展高度，并由此产生了具有发展前景的网游产

---

① ［英］Jesper Junl：《游戏、玩家、世界：对游戏本质的探讨》，《文化艺术研究》2009 年第 3 期。

业。不仅如此，还由此诞生了一种特别的文体——网游小说。

关于网游小说概念，有广义狭义之分。狭义的网游小说是指创作背景或创作素材基于已有网游的小说作品，包括网游体验小说、网游同人小说等。广义的网游小说则有两种含义，一是指所有关于网络游戏及其玩家（游戏者）的文学作品总称，这一定义既涵盖网游小说的狭义概念，也包括网游官方背景小说、网游脚本和基于虚构网游创作的幻想小说等；二是指发表在互联网上以虚拟电子游戏为创作背景和创作素材的小说。综而言之，网游小说是以网络游戏为背景或素材进行小说创作并发布于互联网的网络类型小说。

本世纪以来，网游在计算机及互联网技术的不断更新中迅速崛起并发展为规模性产业，伴之而起的是网游小说的产生及类型化程度的加强。目前，网游小说已成为类型小说中的一个重要部类。如起点中文网专设游戏小说频道，截止 2012 年 9 月 21 日收录游戏小说 33831 部。就其数量，排在玄幻（173510 部）、奇幻（37391 部）、都市（107985 部）、仙侠（62216 部）之后，高出于武侠（23467 部）、历史（23544 部）、军事（6225 部）、竞技（3674 部）、科幻（28434 部）、灵异（12844 部）、同人（24445 部）。在起点分设的 12 个小说类型中，网游小说这一后起之秀，有着很大的继续上升空间，已成为当前流行的主要类型之一。

在起点中文网所设的子类别中，游戏类小说根据其题材分为（1）电子竞技——讲述职业玩家团队或个人，征战电子竞技比赛的作品。（2）虚拟网游——描写头盔式虚拟现实网游、未来世界网游生活的作品。（3）游戏生涯——描写职业玩家的现实电子游戏、网络游戏生活的作品。（4）游戏异界——将游戏中的装备或技能带入现实世界或其他游戏中，或者主角进入游戏世界中的作品。这四个类别基本包括了目前游戏小说的类型，即游戏小说一般包括电子竞技小说、游戏背景小说、网络游戏小说、游戏道具小说四种不同的类型。电子竞技小说已归属于竞技类作品。游戏背景小说，指的是故事所发生的时空，完全是在某一具体游戏的世界设定之中，即在一个虚拟网游中。主人公不是以玩家身份进行游戏，而是真实地生活在其中。游戏道具小说，指的是主角的金手指来自于某一游戏的道具。主人公携带游戏技能或道具，穿越到可以发挥它们威能的世界即游戏异界。游戏异界和游戏背景小说在表述上略有区别，后者为了展现游戏世界设定下的精彩故事，而前者则偏重于主角称霸世界能力的获取方式。

顾名思义，网游小说是与网游密切关联的类型小说，因而根据文学作品的创作是否基于已有网游以及故事情节的网游脚本化程度，网游小说可分为实在型网游小说、半实在型网游小说、蓝本型网游小说、半虚构型网游小说和虚构型网游小说几种类型。关于网游文学几种类型，百里清风在《网游文学心理能量范式研究》[①]一文中作了简要介绍，这里借以参照说明网游小说的类型：

（1）实在型网游小说：指创作背景或创作素材基于已有网游且文本情节网游脚本化程度较高的网络小说作品。根据网游体验程度和文本想象力的高低，实在型网游小说再可细分为：a. 网游官方背景小说，即网游开发运营商与网游同步推出的官方版网游文学作品，如网游《完美世界国际版》官方背景小说。b. 网游体验小说，即以玩家在网游中的经历和体验为素材而创作的小说，如《隋唐演义 OL 前传》经验球体验。c. 网游同人小说，即网游写手完全沿用某一网络游戏的世界设定，以游戏情境为背景来发挥个人想象力完成的奇幻故事。如根据著名网络游戏《奇迹 MU》的创作的小说《奇迹：幕天席地》（钱珏）。

（2）半实在型网游小说：是指创作背景或创作素材本与网游无关，但恰好与某已有网络文化背景或设计风格相近，或者与某已有网游同源于某文学名著而又与该网游携手推广的网游小说。如《搜神记》（树下野狐）。

（3）蓝本型网游小说：指改编为网游的原非网游的小说，即创作背景或创作素材原非基于网游，作品内容也与网游无关，但获得成功后成为网游蓝本的网络小说。如《斗破苍穹》（天蚕土豆）小说成功后被改编成网络游戏。

---

① 百里清风：《网游文学心理能量范式研究》，《渤海大学学报》2011 年第 4 期。

（4）半虚构型网游小说：即创作背景或创作素材基于作者自行虚构设计的网络游戏，却恰好与后来出现的某个网络游戏文化背景和设计风格相近或者同源于某文学名著的网络小说。如《蜀山》（流浪的蛤蟆）是在还珠楼主的《蜀山剑侠传》和《蜀山剑侠后传》基础上的网游化再创作，该小说在网上热载时，网络游戏《蜀山 OL》还没有开始运营，《蜀山 OL》是一款以《蜀山剑侠传》为背景精心打造的网络游戏。小说《蜀山》与网游《蜀山 OL》具有创作背景和创作元素上的同源性，据此认定《蜀山》为半虚构型网游小说。

（5）虚构型网游小说：即创作背景或创作素材基于虚构网游且文本情节网游脚本化程度较高的网游小说。如《魔痕》（庭雨）、《盗梦宗师》（国王陛下）。

在上述网游小说的五种类型中，实在型网游小说、半虚构型网游小说和虚构型网游小说的创作背景或创作素材是基于已有网络游戏或作者自行虚构的网游游戏，而半实在型网游小说和蓝本型网游小说的创作则未基于网络游戏，即创作背景或创作素材与网络游戏无关。蓝本型网游小说是小说获得成功后再据此改编为网络游戏的，亦即网络游戏是基于小说而改编制作。在小说文本情节的网游脚本化程度上，实在型网游小说、半虚构型网游小说和虚构型网游小说的网游脚本化程度比较高。

2. 网游小说与网络游戏

从上面对网游小说类型的介绍中，不难看出，网游小说依存于网络游戏，没有网络游戏，便没有网游小说。同时，我们还可以将网游小说看作是游戏媒介化的延伸形态。Jesper Junl 说："我们知道事实上很多游戏都是跨媒介的：纸牌游戏用电脑操作，运动游戏发展成一种流行的电脑游戏类别，电脑游戏偶尔会变成棋盘游戏。"① 既然没有哪个单个媒介或一套工具可以成为游戏的专用媒介，那么不管是纸牌游戏、棋盘游戏电脑游戏等，游戏都确实存在，而且确实包含可识别的特征。不同的媒介也在改写着游

---

① [英] Jesper Junl：《游戏、玩家、世界：对游戏本质的探讨》，《文化艺术研究》2009 年第 3 期。

戏本身。他认为：

> 电脑游戏也像其他游戏一样以规则为基础，同时电脑游戏修正了传统游戏模式，是以计算机作为规则支持的。这大大增加了电脑游戏的灵活性，允许更负责的游戏规则，将玩家从被迫接受规则的困境中解放出来，不了解规则的玩家也可以进行游戏。[①]

他还列出电脑游戏对传统游戏模式的突破，电脑游戏修正了传统游戏的结果多样性，玩家永远达不到一个最终结果而只是注册进入游戏的暂时人员。同时电脑游戏还打破了传统游戏受时间和空间的限制，甚至进入"真实世界"的游戏。所有这些都是电脑和网络使几千年的传统游戏在新的媒介置于其身而发生的改写。同时，我们也看到电脑游戏（网络游戏）由于这样的改写，使其内容、规则和结果以及游戏的情境等更为丰富和灵活多变，这为网游小说置入更富有想象性的内容提供了条件。并且，从跨媒介的角度看，网游小说在一定意义上就是小说或曰文字的网络游戏，它体现了网络游戏跨媒介的成果。

　　从产业方面来看，网游小说也是网络游戏产业发展和文学产业化发展的衍生物。产生于上个世纪末的网络游戏，在本世纪以来得到了长足的发展。娱乐化作为这个时代的文化特征，召唤游戏尤其是网络游戏产业的蓬勃兴起。在产业化的推进中，网络游戏不仅自身获得了良好的生存和扩展的优势，而且也带动了网游小说的繁荣兴盛。比如，中国少年儿童新闻出版总社出版的网游小说《植物大战僵尸》自 2012 年年初上市以来，发行量已突破 500 万册。网游小说《植物大战僵尸》的热销，自然要归功于同名游戏培养了无数粉丝。实际上在对网游小说类型的说明中，已包含着网络游戏与网游小说天然的联结关系的阐释。大多数的网游小说依存于网络游戏，无论是背景和素材都来自于网络游戏，无论是玩家置入其中的网络游

---

① ［英］Jesper Junl：《游戏、玩家、世界：对游戏本质的探讨》，《文化艺术研究》2009 年第 3 期。

戏生活还是作者自行虚构的网络游戏，都是网游小说所表现的内容。总而言之，没有网络游戏，便没有网游小说。

反之，网游小说也影响并作用于网络游戏。网游小说首先产生于游戏玩家自身的写作诉求，如最早的 MUD（一种多人参与冒险的早期电子游戏名称，中文名为"泥巴"）文学类似于游戏日志，多侧重于游戏玩家的亲身经历和游戏体验的表达。早期的网游小说写手也都是游戏职业玩家，他们以游戏为题材，通过文字来分析网络游戏中出现的问题，与读者分享其网游体验等等，所写的网游作品对于改进和推介网络游戏也会产生一定的影响。尤其是虚拟性网游小说为网络游戏提供丰富的素材，许多网游策划人员能从中获得创作灵感。从产业发展来看，网游小说往往是配合和促进网络游戏的营销。比如网游官方背景小说，就是网游开发运营商与网游同步推出的官方版网游文学作品，如网游《完美世界国际版》、《烈焰飞雪》等官方背景小说就是配合游戏《完美世界》、《烈焰飞雪》而发行的。再如《蜀山》所代表的网游小说商业前景在于："作为一部优秀的网游小说，《蜀山》不仅成为网游《蜀山 OL》的一种有效宣传模式，也为同题材网络游戏提供了丰富多彩的设计灵感，必然要融入网络游戏产业链。"[①]可以说，网游小说与网络游戏在产业融合发展中找到了生长点。

在网游小说与网络游戏的联系中，非常值得注意的是由小说而改编为游戏的现象。我们知道很多武侠小说被改编为网络游戏，比如金庸的《天龙八部》、《笑傲江湖》、《鹿鼎记》等。时下很多网络游戏都是由当前流行的网络小说改编而成的，网络小说成为国产网游题材中的主要源头。如《神墓》、《鬼吹灯》、《星辰变》、《诛仙》、《恶魔法则》、《天元》、《兽血沸腾》、《斗破苍穹》等都是影响力很大的网络小说。线上的成功吸引了许多玩家和游戏商家关注，这些小说相继被改编为同名网络游戏。网络小说改编网游具有天然的优势，网络小说通常具有系统的设定，并且与游戏的设定大致相同，非常容易照搬，这是网络小说改编为游戏的先天性条件。

---

① 焦琦：《半虚构型网游小说〈蜀山〉浅析》，《大众文艺》2012 年第 5 期。

从传播来讲，网络空间拥有庞大的读者群，也有很多潜在的玩家。让玩家置身于网络小说的故事情节中，化身为小说中的人物，享受故事的奇幻环境，这是两全其美之事。

网游小说是网络小说与网络游戏在互联网时代资源内部整合的典型范式。网络小说作为原创型小说，尤其是玄幻、奇幻、仙侠类小说其情节内容的奇异变化和丰富多彩，体现出超凡的创造力和审美性。但仅靠线上的成功尚不足以实现其最高的商业价值，如何开发自己的版权资源，寻找进一步的盈利模式，是作者和文学网站运营商的共同愿望。网络游戏市场潜力雄厚，具有较强的盈利能力，但背景策划单薄，缺少创意资源。而网络小说与网络游戏的相互渗透所产生的网游小说将在游戏脚本背景的开发上为中国网游开辟了一条新生之路。目前网游小说已逐渐成为网游创意产业的上游环节，在推进网游业的发展中发挥作用。

3. 网游小说与文学

在各种类型小说中，网游小说是一种特殊的门类，这主要表现在它与游戏的天然联结。二者相互渗透，无论是基于游戏背景而创作的小说，还是作者虚拟的网游，抑或被改编为游戏的网络小说，都表明网游小说与游戏密不可分的关系。现在我们再来看网游小说与文学的关系。一个简单的推断是网游小说归于网络文学，而网络文学则属于文学范畴，亦即网游小说与文学为种属关系。这段推断是不言而喻的，但也是无谓的认识。事实上网游小说是互联网时代文学与游戏结合而出现的一种新的文学变体，它的存在和发展势必导致文学越界的发生。无论是文学遭遇了游戏，还是游戏幸逢了文学，网游小说使文学的版图和疆域发生了新的变化。

如果说文学是有一个（假定的）界限的话，那么所谓的文学越界也就是在是与非之间的穿越。网游小说是文学还是非文学？这是难以进行实际考量的事情，比如我们不能简单地拿出一个文学性强的网游小说文本来代表它就是文学的证明，也不能用一个没有什么文学性的游戏攻略之类的文本来表明它不是文学。我们只能来考察网游小说对文学会产生怎样的影响。

　　网游小说是在本世纪初随着网络游戏的盛行而产生的一种类型文学。从特定的游戏题材，玩家真切微妙的游戏体验，以及小说写手所虚拟的游戏内容等方面来看，它无疑在文学的体裁及形式、题材和内容等方面扩充了文学的空间。再从传播来看，网游小说写手多为网游玩家，当玩家不满足于游戏现状或不满足自身在网游中的等级状况时，就会试笔于文字，或通过小说，描述其游戏体验，或虚拟其网络游戏等。网游小说读者与网游玩家也有着较高的重合度，网游小说读者和网游玩家基本以受教育程度较高的青年为主。网游小说写手、网游玩家与网游小说读者之间形成了互动关系，即网游玩家因游戏而成为网游小说写手；也有写手因网游而成为玩家；读者中因读网游小说而成为网游玩家，或再成为网游小说写手。这样的互动不仅表明网游小说与网游的密切联系，也使网游小说以自身特别的传播方式在文学空间中开启一道门户。因为写手、玩家、读者身份的叠合，必将为网游产业的发展而扩大用户数量。一个庞大的用户群体所支撑起来的网游小说本身，就在表明文学空间和疆域的变化。

　　诚然，网游小说也许更贴近游戏，也许按传统的观念上它算不上真正的文学。但当网络文学的影响越来越大，当网游小说的读者随着网游玩者的增加而不断增加时，那么，我们能说文学依然是拒绝网游小说于门外的纯粹的文学吗？或许，网游小说将更深刻地影响着文学的未来。如王晓明先生预言的那样：

　　　　玩着网游长大的一代或两代人，用不了十年，就会成为文学无论网上网下的主要读者群和可能最大的作者群之一。网游对未来文学的影响之大，也就不必说了。事实上，今天已经出现了不少主要以网游作品而非文学经典为样板的文学、图像甚至建筑作品，各种文体和媒介类型的互相渗透，真是深入肌理了。[①]

---

　　① 王晓明：《"网络" or "纸面"：今天的文学阅读》，《新华文摘》2011 年第 22 期。

事实上，文学从来就不是纯粹的文学，过去、现在是这样，将来更是如此。这样看来，未来文学的走向或将产生大幅度的改变。

二、网游小说的发展历程

网游小说是随着近些年来网游产业的迅猛发展而逐渐兴盛起来并成为当前流行的主要类型之一。回顾网游小说的发展历程，网游小说的形成几乎同网络游戏的诞生同步。有着"游戏产业第一时评人"之称的张书乐，在他的《网游文学发展历程》一文中，较为详细地描述了国内网游文学的早期发展状况。现主要参照此文部分内容对网游小说的发展作如下梳理：

1. 网游小说的产生

网游文学萌芽于 MUD。MUD 游戏（Multiple User Domain 或者 Multiple User Dialogue 多用户虚拟空间游戏）是文字网游的统称，也是最早的网络游戏。没有图形，全部用文字和字符画来构成，通常是武侠题材，直译成中文就是多人参与冒险游戏，中文名称为"泥巴"。网游小说从"泥巴"中诞生。《苦苦闯天关》便是其代表性作品。《苦苦闯天关》是玩家书写在《侠客行》中的个人游戏体验。该篇文字处理上比常见的游戏攻略文字更为细腻，并有故事情节、景物描写，甚或有粗略的人物内心描写，这种表现超出游戏攻略的正常叙述模式，已经具备了小说的初步构成要素，可视为网络游戏小说的最初形态。当然，由于 MUD 游戏只是相当低级的网游早期形式，真正沉迷于此类游戏的玩家数量极其有限，所以这一时期以《苦苦闯天关》为代表的为数不多的早期网络游戏小说并没有被大多数玩家所注意。

网游的鼻祖是《网络创世纪》（Ultima Online），这款网游于 1997 年问世，由 EA 旗下 Origin 游戏工作室研发。《网络创世纪》是 Origin 以 Ultima 系列产品为背景所创造出来的线上 PRG，简称 UO。该游戏可以让千人同时在线上互动。正是这款网游的诞生使得广大玩家对于"网络游戏"这个名词逐渐熟悉起来。1999 年《网络创世纪》民间模拟服务器在国内的出现，标志文字 MUD 的历史正式终结。《网络创世纪》在当时积聚了大量的人气。一些痴迷游戏的玩家将自己在游戏中的心情感受记下来，发在知名游戏网站的论坛里。随后在各类网络游戏自己的主页以及一些游戏网站，一个特殊的专栏——"心情故事"相继开设。这类游戏心情故事，可以视为原生态游戏小说形式。从 UO 开始，网络上才出现了真正意义上的网络游戏文学作者，他们开始以网络游戏为题材，创作和分析在网络游戏中出现的问题，又通过虚拟的故事情节和构思来改进本身服务器（也就是他们本身的 UO 私人站点）的服务内容。网络游戏文学开始了与网络游戏的有益互动。

这一阶段的心情故事大多只是如实记录网游玩家在游戏中的遭遇，可以被看作是一个记录真实游戏经历的网络日志式的纪实文学。受众群也仅局限于同类游戏的玩家，因为一旦离开了某一游戏的具体环境，心情故事在很大程度上只能被非游戏玩家读者视作一段莫名其妙的零碎文字而无法理解。故 2000 年年末之前，心情故事作为当时网络游戏文学的形式，尚处在小众传播的阶段。这一时期的心情故事只是游戏玩家作为 BBS 论坛写作的一种延伸形式，在文字表达和文体风格上都显稚嫩，片断式的记录模式有的显得杂乱无章，而且时断时续，缺少故事情节发展的连续性，可以说还不是严格意义上的小说。

从 2000 年开始，国内游戏正式进入 UO 时代，这也预示着真正意义上的网络游戏小说的产生。最有代表性的 UO 题材作者诸如 COMANDS，碎梦渊，笑三少等。他们代表作品诸如《杀手》、《糨糊文集》、《SUN LAND 日记》等等，这些作品不再像过去的心情故事那样，仅仅局限于游戏玩家本身的亲身经历和游戏感受，而是跳出了日志式的写作模式，更偏重于表现网络游戏虚拟的宏大场面和分析玩家内心在现实和虚拟网络之间的矛盾，赞颂典型的网络式的友谊，并开始构筑自己理想中的游戏环境和情节。在他们所描述的游戏世界里，较之游戏内容更加天马行空，场景奇特瑰丽，具有典型的魔幻色彩和理想化情结。此阶段的游戏小说被认为"源于游戏，高于游戏"。①网络游戏小说的创作在某种程度上也促进了 UO 的发展，读者因阅读 UO 题材小说而纷纷进入到游戏中来，扩充了游戏玩家的数量。而因为某一 UO 题材游戏小说的风靡，使得 UO 的技术支持人员在更新游戏的时候，引入该小说的相关元素，将小说中的情境更好地还原到游戏中来，游戏与小说实现了互动。当然由于 UO 的英文版本对游戏玩家英文水平的要求，这在很大程度上制约了 UO 及其该题材游戏小说的发展。加之韩国网络游戏在国内的兴起，造成 UO 玩家以及该题材的小说读者的大量流失，因而 UO 主导网络游戏小说主流方向的时代在 2001 年后随之雨打风吹去了。

2. 网游小说的发展

进入 2001 年以后，由于网络配置和服务器联网能力及承载量的改进，带来了网络游戏用户数量的激增。同时这一时期，一些著名的网络游戏《万王之王》、《网络三国》、《石器时代》也陆续登场。随之而来的是中国游戏本土化情结的唤醒以及中国传统文化元素逐渐取代了此前 MUD 和 UO 的西方化背景，网络游戏进入到以中国传统文化为主导的新阶段。与游戏相随相形的是网游小说也进入到一个新的历史时期。

从内容上看，这一时期的网游小说的一大亮点是三国题材的兴盛。2001 年，随着国产网络多人联机游戏《网络三国》的问世及其三国游戏热潮的兴起，一个特殊类别的小说——三国网游小说开始流行并逐渐成为网游小说的一个分支。《网络三国》是以中国传统的三国历史题材为基础的网络游戏。由于对三国历史的耳熟能详，当时有很多不知名的玩家都开始将自己在这款游戏中的经历化为小说，甚至完全把自己化身为那个纷乱时代的一个从未有过的人物，大话三国，乱舞历史。而读者多为喜欢三国历史及三国游戏的年轻人，加之喜欢读网络小说，这便产生了喜欢三国网游小说的读者群。目前三国网游小说的创作量相当可观，以每年上千部的

---

① 张书乐：《网游小说发展历程》，2006 年 10 月 5 日，见 http://www.netbarcn.net/Html/NetGameFront Edge/20061005111354387.html。

速度递增，主要在各大原创文学网站上刊出，如起点、17K、红袖添香、纵横等原创中文网站。较为热门的三国网游小说有：《邪影本纪》、《横行在超级三国志》、《网游三国之王者天下》、《网游三国之城市攻略》、《三国之模拟城市》、《三国之占山为王》、《网游之三国狂想》、《网游之三国神话》、《网游之最强三国》、《网游之神话三国》、《网游三国之英雄与诸侯》、《网游之模拟城市》等等。

如果说，三国版的单机游戏与小说《三国演义》一样，三分是实，七分是虚，其大体的故事框架和历史脉络依旧是人们通晓的那部三国史，那么网游三国中玩家所要做的，就是作为一个独立人格的虚拟人物如何在这个与三国相似的虚拟世界中生活、交友乃至在乱世中生存。网络游戏的世界完全不同于那个历史意义上的三国，仅仅是披着一层三国外衣的玩家自己的历史。这种具有高度幻想内容的游戏也在暗示着游戏玩家将自己在游戏中的经历记录下来，或者将自己想象之中如何进行游戏的方式衍化成一部虚拟的三国史，甚至颠覆游戏本身，而完全衍生出自己梦想中纵横三国的故事，以体现个人英雄主义情结。网游三国小说最常见的情节框架大多是某人因为某种原因进入到过去的三国时代，并结识了诸如诸葛亮、刘备、关羽、张飞等人物，利用自己手上掌握的现代知识和武器武装了三国时代的英雄，而击败一个又一个强敌，最后自己成为君王或辅佐某位君王一统江山。因为这样的情节主线一再在网游三国小说中反复出现，使得三国题材的网络游戏文学尽管数量多，但情节内容和表现手法基本大同小异，无特别优秀之作。

2000 年年底，华义国际代理由日本 Digipark 公司开发的《石器时代》开始测试，即受到《石器时代》玩家和业界的好评。2001 年 1 月，《石器时代》更新 1.0 版本在北京首发，推出不久，游戏在线人数就突破了 6 万。其人数远远超过了《网络三国》，"石器"成了当时网络游戏的代名词。与之相伴的是石器时代这一主题的网游小说的流行。

与《网络三国》男性化游戏不同，《石器时代》以它的 Q 版造型和低上手性、简单的回合式战斗强势登陆，吸引了很多女性玩家的加入，女性玩家成了网络游戏中的一道风景。因为女性玩家的加入，网游小说的题材也开始转向，由过去从 MUD 时代《苦苦闯天关》到 UO 乃至网络三国中的那种大男子主义色彩的超级无敌个人英雄主义情结转换成了关注男男女女在这个虚拟的网络社会上的爱恨离合。在一系列围绕《石器时代》的风行而出现的网络游戏文学作品中，几乎大多数能够吸引眼球的作品都围绕着男女情爱而展开。此时网游小说的主题已由英雄理想转换成了平民爱情。除了题材的转向，这一时期女性作者也成为网游小说的一支生力军，由此产生了所谓的女性游戏文学。女性游戏文学"是由女作者（玩家）创作的，描写女性在虚拟世界和现实世界生活的、抒写女性独特情感体验，并具有独特的女性风采的网络游戏文学作品。"[①]女性代表作者如蓝色妖姬、瓜瓜等，代表作品有《那一场风花雪月》系列、《飞到你身边》、《光阴》、《苦行龟的爱情》等。特别是蓝色妖姬，以海派玩家的文笔让大家大开眼界，其作品散发着一种浪漫主义气息，唯美而凄凉。

　　2001 年年初，由上海盛大网络公司代理运营的韩国版《传奇》在国内发行，随即引起了网络游戏的全民热潮。《传奇》以其操作的简易性和极强的娱乐性吸引了更多的玩家以及普通人进入到这个游戏中。从传奇开始，用户数量也从过去游戏的十数万一下跃升到百万之多。传奇的兴盛也促进了网络游戏文学的进一步发展。这一时期具有代表性的网游文学写手有 JESSCAL、狂风、爱飘飘、小龙骑兵、维生素 A、再见夕阳、SPRMOON、RED 等，代表作品有《传奇你还能走多远》系列、《疯子日记》、《爱在半梦半醒间》、《给我一个理由讨厌你》、《MOON》、《JOJO 和藤香》、《帝国覆灭记》等。

　　从《传奇》开始，网络游戏文学开始走向大众化并呈现为多样化风格。此前的网游文学诸如 MUD 时代的攻略型游戏文字、UO 时代初期的心情故事、网络三国时代的创造或改变历史的幻想文字、石器时代的女性唯美主张等等，都表现为特定阶段的比较单一的风格化倾向。而《传奇》所

---

　　① 张书乐：《网游小说发展历程》，2006 年 10 月 5 日，见 http://www.netbarcn.net/Html/NetGameFront Edge/20061005111354387.html。

造成的游戏与文学的互动，不仅从游戏玩家中脱颖而出了一批网游文学作者，也使大量的游戏玩家成为文学潜在读者，实际上形成的是玩家与玩家的互动交流。这种网游文学已成为玩家之间经验交流、情感沟通的重要方式。作者描述在游戏中的种种遭遇，以及对游戏内涵的深刻感悟，并通过幻想的形式建构虚拟世界，游戏人生，借此反映现实或发泄对现实的不满。

《传奇》所造成的游戏与小说的互动不仅表现在游戏推动了网游小说的创作，而且网游小说的兴盛亦表明关注网络游戏的用户群体正在逐步增加，因为网游小说实质上是网络游戏一种延伸形态。无论是作者还是读者都是网游的潜在用户，因小说而进入游戏，这实在是最便捷之径。所以说，从传奇时期开始真正兴盛的网游小说显然已对网络游戏今后的发展起到了推动作用。

3. 网游小说的现状

网游小说从产生至今，已走过了十多年的发展历程，正逐步走向成熟。网游小说的逐渐成熟不仅表现在网游小说的内部形态上，也体现在小说与游戏结合的产业化生产互动上。

从网游小说的内部形态来看，网游小说的类型齐全，题材多样。前面提到，起点中文网在网游小说中下设的子类别有电子竞技、虚拟网游、游戏生涯、游戏异界等四种，这些类别基本上涵盖了当今游戏小说的题材内容。值得注意的是虚拟网游这一类网游小说，它在目前的游戏小说中较为流行。小说写手在作品中描述自己心目中的理想网游，不仅设想了虚拟现实技术的高度发展、网游虚拟财产的合法化、以及电子商务与网游的紧密结合，还描绘了网游虚拟社会的生存体验和人际互动。可以说这一类型的小说充分发挥了写手的想象力，通过幻想的文字、虚拟的游戏以及虚拟的社会及人生，不仅给读者以阅读和畅想的满足，而且对进一步开发游戏项目，设置游戏内容，虚拟游戏场景等等都提供给游戏策划和制作者的构思帮助，在一定程度上能促进网游的发展。除此，相比早期单纯的网游小说，现阶段网游小说质量也有了较大的提高。早期网游小说大多是遵循着主角无敌、运气无敌的双料无敌的主线进行，小说当中的场景和设定带有当时比较流行的网络游戏的影子，借鉴了其中各种系统作为小说的框架。而随着大量网游小说的相继出现，读者并不满足看那种纯快餐式的网游小说。一些文笔流畅，设定新颖，主题思想明确的网游小说随之出现，网游小说的质量有了普遍提升。

再从小说与游戏结合的产业化生产来看，网游运营商意识到网游与网游小说在题材内容上的相互渗透以及玩家、写手、读者之间的相互影响，并预想网游小说用户作为网游潜在的付费用户能为网游带来更大的市场这一前景，随将网游小说作为网游宣传推广模式进行推介。在产业化生产中，一是网游小说实体书的出版与网游的联姻，如上海世纪出版集团2003年出版的国内第一部网游小说《奇迹：幕天席地》，新世界出版社和游戏运营商光通公司合作出版了传奇3第一部网络体验小说《影·魅：未完成的日记》。网游小说实体书出版，为网游商家争取了更多的玩家；而网游的流行也为出版商的小说发行打开了市场。二是网游运营商为发行游戏而配套发行官方背景同名网游小说，如网游《完美世界国际版》、《烈焰飞雪》等官方背景同名小说。三是将在网络上产生较大影响的小说改编为网游，如《神墓》、《鬼吹灯》、《星辰变》、《诛仙》、《恶魔法则》、《天元》、《兽血沸腾》、《斗破苍穹》等都是影响力很大的仙侠、玄幻、奇幻类作品，线上的成功吸引了许多玩家和游戏商家关注，这些小说相继被改编为同名网络游戏。

网游小说自产生至今作品数量难以计算，尤其是近几年随着网游产业的发展，网游小说的生产也越加火爆，但相对于其他网络类型小说而言，尤其与玄幻、奇幻、仙侠小说相比，精品之作甚少，在重大创意上的突破性作品屈指可数。即使如此，我们也在此列举一些影响力较大的作品，以显示网游小说的发展轨迹。①

《梦幻魔界王》经典网游小说之一，是 X 在 2002 年开始创作的一部开

---

① 此部分内容参见 weid：《试论二十一世纪以来大陆网络类型小说的兴起与演变》，2011 年 12 月 23 日，http://www.lkong.net/thread-527863-1-1.html。

创性很强的作品。《梦幻魔界王》呈现出了一个相当出色的，充斥着奇幻元素的，以大型网络游戏的形式展现在读者面前的世界。在 X 所编写的网游世界中，并不仅仅是砍怪升级。没有过多的属性介绍，没有繁琐的操作系统，X 用他幽默的文字描绘出了一个玄幻世界的真实翻版。这部作品也是以后日益成为主流类型的网游小说的先声之一。

2004 年，天使的 12 音阶的《游戏狂想曲》，一部 30 万字的太监作品①，以其真实可信的玩家体验，为读者呈现了网游小说游戏主线的良好表达，成为早期网游小说读者心目中的经典。

2004—2005 年骷髅精灵的《猛龙过江》，2005—2006 年云天空的《网游梦幻现实》，2005 年至今雷云风暴的《从零开始》，2005—2006 年兰帝魅晨的《高手寂寞》等一系列作品的出现，建构起了网游小说的一个引人注意的类别。

2005—2010 年，绯炎的《迦南之心》，这是一个完全在奇幻世界中展开的游戏故事。主人公其实是一个玩家，而所有的故事都是在玩家与 NPC（游戏中的"非玩家控制角色"）之间展开。

2006—2007 年，流浪的蛤蟆的《蜀山》，第一部非常成功地将仙侠世界植入网游小说中的作品。该小说将中华侠义文化精髓与现代网络游戏元素结合，以极其丰富的想象力创造出一个在光脑上运行的仙侠类虚拟世界。2007—2008 年，流浪的蛤蟆的《母皇》展现主角获得一整套类似星际虫族基地升级能力后被安放在异界的故事。故事的趣味性主要集中在主人公如何运用虫族各个兵种并为它们升级，来应对各种不测的局面，展开制霸外星的旅程。

2007—2010 年，射虎的《网游之混迹在美女工作室》，主角集祭司、采石工、农民三个身份于一身，可谓游戏界的"神话"级人物，没有特别超强的运气和王霸之气，主要靠计算、分析与体力来奋斗。小说没有虚拟度 99% 的技术，没有游戏币兑换，没有智能 NPC，但却有全球数以万计工

---

① 太监作品，网络文学用语，指未写完的作品。

作室和工会，百万职业玩家率领军队相互角逐的宏大场景，智慧与勇气的血拼，情义与仇恨的较量。

2008—2009年高楼大厦的《貌似高手在异界》，2009年至今，庄毕凡的《异界全职业大师》直接丰富了一个被称为"游戏异界"的子类。

2009年至今，四排长的《戒指也疯狂》这部作品的成功之处不是在于某个特殊的金手指道具，而是将网游中逐步升级的过程以及升级所带来的能力表现，在都市文中做了很好的构建。

2010年，七十二翼天使的《英雄无敌之十二翼天使》，主角因为迷上了《英雄无敌》这款网游，导致众叛亲离，最终选择自杀。当他重生时，回到了两年前，脑袋里只有海量的《英雄》知识。本书不是数据流，也不是纯YY小说，没有神器，没有幸运，有的只是重生两年的知识，凭此成为"无敌英雄"。

三、网游小说创作心理机制及背景设定

网游小说是网络游戏与网络文学的结合，或者说是基于网游的一种小说形式。玩家作为小说的写手或读者，无论是创作还是阅读小说，实际上都是将自己的游戏心情、经历、体验以及幻想植入小说中，亦即网游小说是玩家、作者和读者通过文字进入游戏世界并获得游戏体验的一种特殊文学类型。类型的特殊性也决定了小说游戏化的写作模式和内容设定。

1. 网游小说创作和阅读心理机制

论及网游小说创作心理机制，本质而言，是在表述游戏的功能以及游戏与艺术包括文学的关系。厨川白村说：

> 我们当投身于实际生活之间，从物质和精神这两方面受着拘束，常置身于两者的争斗中。但在我们，是有生命力的余裕的，总想凭了这力，寻求那更其完全的调和的自由的天地；就是官能

和理性，义务和意向，都调和得极适宜的别天地。这便是游戏。
艺术者，即从这游戏冲动而发生，而游戏则便是超越了实生活的
假象的世界。这样的境地，即称之为"美的精神"。[①]

这里所讲的艺术的游戏发生说，是文学史上一个古老话题。最早从理论上
系统阐述游戏说的是德国哲学家康德。他认为艺术不同于手工艺，艺术
是"自由的游戏"，手工艺则是追求利润与报酬的行业。"游戏没有别的企
图，只是叫人忘怀于时间的流逝。"[②]这种单纯以享受作它的目的的活动，
都属于快适的艺术。后来诗人席勒与英国学者斯宾塞分别提出了"过剩精
力"是文艺与游戏产生的共同生理基础的见解。他们认为有时动物一些无
谓的嘶吼就是为了发泄身体多余的精力，这是动物的游戏。不同在于，动
物游戏还局限在身体运动的方式，而人还有想象力的游戏，艺术活动就是
这类游戏。从这里所引的论述中，可以看出，发泄是艺术活动产生的动因
之一。

网游小说创作和阅读的心理机制也主要来自于发泄或曰宣泄。百里清
风在论及网游文学创作和阅读心理机制时认为：

从心理能量视角来看，网游文学对写手和读者而言，本质
上都是为缓解应急反应产生的心理势能而进行的转向攻击方式，
即在二者的转向攻击下以文学作品文本为中介的心理能量循环过
程，也可以看成是玩家释放焦虑和补偿生活（主要是在使用网络
游戏过程）中所遇到的挫折的另一种手段，即其心理能量宣泄的
特殊途径之一。[③]

文章中较为详细地解析读者和写手在网游小说与网游之间所建立的心理能

---

① [日]厨川白村：《出了象牙之塔》，鲁迅译，人民文学出版社 2007 年版，第 90 页。
② 伍蠡甫主编：《西方文论选》（上册），上海译文出版社 1979 年版，第 408 页。
③ 百里清风：《网游文学心理能量范式研究》，《渤海大学学报》2011 年第 4 期。

量循环联系，他将之分为七个方面：

1. 网游写手和读者以作品文本为中介的心理能量循环；

2. 网游写手与读者心理能量的直接交流；

3. 读者间心理能量的交流；

4. 网游写手心理能量的积蓄与释放（游戏化）；

5. 网游写手与作品文本心理能量的交流；

6. 读者心理能量的积蓄与释放（游戏化）；读者与读者文本间心理能量的交流。

应该说，在这些心理能量的交流形式中，网游写手和读者以作品文本为中介的心理能量循环是核心环节。所谓的循环，亦即网游小说和游戏是通过双向运动分别作用于读者和写手，并建立了二者的联结。一方：作品／读者文本→读者→生活实践（网络游戏）；另一方：生活实践（网络游戏）→写手→作品／读者文本。在作品和游戏的双向运动中，读者与写手也发生了互动联系，读者由网游小说而进入游戏成为玩家或成为写手；或玩家或写手因游戏而阅读网游小说成为读者。读者和写手这种双向联系建立在一个特定的心理机制上，即无论是阅读还是写作或游戏本身，都可以看成是玩家释放焦虑和生活中挫折感，宣泄自己心理能量的一种特殊方式。当今社会，人们对于现实生活中的不满，往往希望通过网络游戏或者小说进行发泄和放松；而网游小说的出现使得人们对于这种发泄和放松的心理找到了一个两者结合的载体，这或许是网游小说流行的重要因素。

网络类型文学资深评论者 Weid 在论及竞技和游戏这两种小说阅读心理机制时，认为二者基于最初的一个共同阅读诉求，即能不能"玩"出名堂来。因为在大陆教育体制之下，学习是唯一的正业，所有体育和游戏，如不能在"有利于学习"的框架内，都会被视为不务正业，孩子也往往会被视为没前途。然而，"不是所有学生都是尖子生，也不是所有尖子生都不喜欢玩。这种叛逆心理以及源自不被尊重的愤怒，在类型小说中体现为追求一种'不走寻常路'的成长方式。"因而"'这样的人生是有价值的'——至少在最初，这是竞技网游小说激发读者共鸣的作品主题。而这一点往往在都市文中并不是核心的情感寄托。"①在网游小说中，如果说主角在游戏中得不到现实中的货币，那么这本网游小说的商业性无疑便要低上许多。多数读者喜欢看到的就是玩游戏也能生存这种理念，来满足自己心中的奢想。这种网游小说中的主角一般都是生存在比较贫困的境地，以游戏为最后的稻草，逐渐地向着小康、富翁前进。这几乎成为竞技网游小说的竞技游戏内容中铺伏的一条主要暗线。

概而言之，网游小说给游戏玩家和读者带来了特别的阅读体验，使他们得到了在游戏中得不到的愉悦感与满足感。网游小说能使一些读者"实现了"在现实中不能成就的梦想，可以说网游小说在一定程度上承载着读者英雄主义与浪漫主义理想情结。对于读者而言，这应该是网游小说的阅读价值所在。如有网友这样认为："单纯从网游小说的功能上来说，这种类型可以满足玩家或者读者在网络虚拟空间中无法获得的现实，以及现实世界中却又无法品尝的虚拟。……从人生这个角度来说。大家都是人，只能活一次。可是，在网游之中，我们却可以重新来过，无限复活。所以，无论你在这个世界上是贫穷抑或富有，是得意还是失意，在虚拟空间中，都可以找到属于自己的位置。所以，网游小说，从作品上来说只是一个YY描写网络游戏的分支，但不得不承认，该类小说同时也是在书写另一种可能的YY人生呀！"②网游小说给读者和玩家带来的此番阅读体验，实际上仍然是基于游戏的功能。游戏能让人置入其中，产生"内摹仿"的心理机制。德国学者谷鲁斯认为游戏的发泄和宣泄说，难以解释人在游戏类型上的选择性和殚思竭虑、废寝忘食的专注，他认为游戏有隐含的实用目的，如女孩喂洋娃娃是学做母亲，男孩玩枪是练习打仗等。"例如一个人看跑马，这是真正的摹仿当然不能实现，他不愿放弃座位，而且还有许多其他

---

① weid：《试论二十一世纪以来大陆网络类型小说的兴起与演变》，2011年12月23日，见 http://www.lkong.net/thread-527863-1-1.html。

② 《什么是网游小说与存在意义》，2012年10月10日，见 http://BBS.17k.com/viewthread.php?tid=2699132。

理由不能去跟着马跑，所以他只心领神会地摹仿马的跑动，享受这种内摹仿的快感。"①谷鲁斯的内摹仿观点，不仅可以解释游戏和网游小说带给玩家和读者的心理体验，也直接阐述了艺术在本质上与游戏的相同之处。实际上，所谓的"内摹仿"，在游戏和网游小说中也可以看作是玩家和读者的"补偿"心理作用。这与前文 Weid 所阐发的网游小说的读者阅读诉求是一致的。

概括以上论述，可以基本得出这样的结论：发泄（宣泄）与补偿是构成网游小说创作和阅读的主要心理机制。

2. 网游小说内容设定

网游小说内容设定首先是游戏背景的设定。读者看网游小说的时候，一般都会先看看它们所构建的游戏世界的背景是否是自己所喜欢的那种游戏风格。网游小说中的游戏背景设定主要有：

西方奇幻设定：此类设定大多是源自于奇幻小说中的世界，算是一种比较普遍而又常见的设定方式，此类作品通常在网游小说发展前期多见。优点在于较好操作，设定简单，完全可以借鉴流行的网络游戏中的设定。其缺点在于设定得过于简单，往往无法表现作品的真正意图。奇幻和玄幻与网游小说有天然的联结，世纪之初受到《骇客帝国》影响，一些早期作者喜欢将世界主线设定为"玄幻（奇幻）世界最后被发现是个游戏世界"。如《梦幻魔界王》呈现出了一个相当出色的，充斥着奇幻元素的，以大型网络游戏的形式展现在读者面前的世界。

东方武侠设定：这是在网游小说的发展期产生的一种网游小说的背景。此类设定最大的特点在于，以梁、古、金三大家的作品为出发原点进行创作，没有太过离谱的设定出现。优点在于东方风味十足，让人很容易产生认同感。如流浪的蛤蟆的《蜀山》，是第一部非常成功地将仙侠世界植入网游小说中的作品，完成了网游小说背景的全部拼图。

西方 D&D 设定：D&D（龙与地下城 Dungeon and Dragons，也作 D&

---

① 朱光潜：《西方美学史》（下卷），人民文学出版社 1979 年版，第 616 页。

D 或 DnD）是世界上第一个商业化的桌上角色扮演游戏。此类设定可谓是历史渊源深久，但是作为网游小说设定的出现也只是近两年的事情。此类设定拥有完整的游戏体系，优点在于有极佳的发展性和众多读者群。但是缺点也很明显，太过完善的游戏体系难以驾驭，稍有一丝错误便会被读者批判。

东方修真＋西方奇幻设定：这种设定在网游小说中出现较多，目前起点中文网的东方玄幻类别有些实际上就是西方奇幻＋修真＋游戏的结合体。优点在于飞剑与魔法共舞，东西方文化一个都不能少，场面极为壮观，可读性强。缺点在于稍有不慎满盘错，对于游戏公平的掌握上极为棘手。

游戏背景设定后就是主角命运的设定和情节的安排。关于网游小说中的主角命运一般是两种情况。一种是主角无敌，运气无敌，这种设定中的主角一直受命运女神关照。在游戏世界中无所不及，无所不能，所向无敌。这类小说读起来虽然爽快之极，但是读后便觉得索然无味。还有一种是主角一般，运气尚好，但不是一帆风顺，这种靠的是主角一步步成长，依仗着比常人稍好些的运气，加上自己后天努力才能成功。这类小说已经成为当今网游小说的主流。

主角的路线确定之后，我们再来看小说情节主线的安排。一般来讲，网游小说采用常见的线上、线下双主线结构。线上部分与玄幻、奇幻作品非常接近，常见的模式，升级、跳地图、刷副本、拍卖行、时间流速差、模拟战斗、天赋树……甚至包括原地满 buff 复活，日益成为更广泛读者群体所熟悉的玄幻小说套路。最多只是从虚拟舱玩家变成虚拟舱网页游戏玩家，金手指从幸运 +10 的戒指变成敏捷 +10 的法师。升级流畅、故事精彩、装备炫目，往往就足以保证读者的热情。线下部分则与都市文一致。网游小说从一开始就不太关注真实的游戏生活，正如 Weid 所分析："这在本质上并非游戏玩家的故事难以精彩，而是能写好这些故事的作者，一般都会投身于更有前途的其他类型。这也导致网游常见的线上、线下双线结构中，线下部分往往是苍白的让读者总想快速翻过。"①

① Weid：《试论二十一世纪以来大陆网络类型小说的兴起与演变》，2011 年 12 月 23 日，见 http://www.lkong.net/thread-527863-1-1.html。

四、网游与网游小说的产业化链接

进入 21 世纪以来，网络游戏行业引发的传统游戏的震荡与游戏产业的变革，使网游生产的产业化态势充分突显，这其中也包括网游小说与网游的产业化链接。

1. 网游产业的发展现状

作为网游小说依托的网游产业，凭借政府的大力扶持、产品的日益丰富、市场的急剧扩张、出口的不断增长，不论是游戏用户人数还是产业增速和市场规模，近些年发展成效明显，已成为全球数字娱乐市场最为重要的组成部分和国际资本不可忽视的新生力量。根据《2012 年 1—6 月中国游戏产业报告》[①]显示，2012 上半年，中国网络游戏用户规模持续增长。截至 2012 年 6 月底，中国网络游戏（含 PC 与手机）整体用户规模超过 3 亿人。其中，网页游戏与移动网络游戏用户数增长速度较快，同比增长率分别为 27.7% 和 70.9%，用户数也达到了 2.05 亿人与 7820 万人，成为上半年用户规模增长的主要动力。客户端网络游戏用户数 1.2 亿人，同比增长率为 4.6%，出现明显下降（注：客户端网络游戏，指的是需要在电脑上安装游戏客户端软件才能运行的游戏。目前客户端网络游戏主要有角色扮演类游戏和休闲网络游戏。网页游戏，指的是用户可以直接通过互联网浏览器玩的网络游戏，它不需要安装任何客户端软件。目前网页游戏主要有策略游戏和角色扮演游戏）。值得注意的是，新增用户主要转向网页游戏等细分市场。2012 年上半年，网页游戏行业新增 4450 万人，客户端网络游戏行业新增用户 530 万人，移动网络游戏行业新增 324 万人。其中，作为中国网络游戏产业用户数量最大的细分市场，网页游戏行业保持 27.7% 的增长速度，移动网络游戏增长率连续 5 年保持在 70% 以上，预示了未来的巨大增长潜力，提供了产业持续发展的空间。

---

① 中国版协游戏工委（GPC）：《2012 年 1—6 月中国游戏产业报告》，2012 年 7 月 25 日，见 http://www.cgigc.com.cn/201207/137190440156.html。

中国游戏产业在近几年得到了明显加速的发展。《2012 年 1—6 月中国游戏产业报告》表明，2012 年上半年，中国游戏市场（包括 PC 网络游戏市场、移动网络游戏市场、PC 单机游戏市场等）实际销售收入 248.4 亿元人民币，比 2011 年上半年增长了 18.5%。在整个游戏产业中，网络游戏占据了绝对性优势。2012 年上半年，中国 PC 网络游戏市场实际销售收入（包括了客户端网游、网页游戏、社交游戏及游戏平台的市场销售额）为 235.5 亿元人民币，比 2011 年上半年增长了 16.9%。

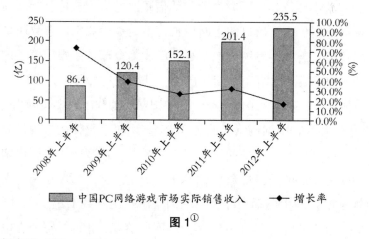

图 1①

数据来源：GPC and IDC, 2012

上述的一系列数据，尤其是图 1 列出的 2008 年以来中国网游市场的实际销售收入的增长速度，显示了中国网络游戏目前已经拥有庞大的用户规模与市场规模，是文化产业中的重要新生力量。

在整个游戏产业格局中，网页游戏和移动网络游戏销售收入呈现快速增长态势。《2012 年 1—6 月中国游戏产业报告》显示，2012 年上半年，中国网页游戏市场的实际销售收入为 38.2 亿元。比去年历史同期增加了 12.2 亿元，同比增长 46.7%。中国移动网络游戏实际销售收入则达到 12.6 亿元，比去年历史同期增加了 4.4 亿元，同比增长 54.4%。这种增长势头是由

---

① 中国版协游戏工委（GPC）：《2012 年 1—6 月中国游戏产业报告》，2012 年 7 月 25 日，见 http://www.cgigc.com.cn/201207/137190440156.html。

于找到了差异化的市场空间，市场细分趋势明显，客户端游戏增长速度放缓，而网页游戏与移动网络游戏市场强劲增长态势表明游戏市场的多渠道供给充分，网络用户游戏需求方式灵活多样，最为重要的是如此庞大的用户规模不仅为网络游戏发展开辟新的空间，也为网游小说市场储备了一定的用户资源，因为网游与网游小说无论在用户身份、娱乐文化方式还是游戏和阅读心态上都具有一定的相似度，尤其是用户身份的同源性，将是构成网游与网游小说产业链接的重要关节点。

从网络游戏产业发展来看，2012 年上半年中国网络游戏用户规模增速放缓，2012 年上半年，中国网络游戏用户规模持续增长。但由于用户基数被逐年抬高，增长速度呈放缓趋势，这与中国网民整体基数增大，增长速度明显减缓实际情况相符。从经济结构来看，受客户端网络游戏市场实际销售收入同比增长率大幅下降影响，中国网络游戏市场实际销售收入同比增长率低于历史同期水平。客户端网络游戏用户数 1.2 亿人，同比增长率为 4.6%，与 2011 年上半年的同比增长率 27.8% 相比，下滑比例达到 6 倍。同时，也造成了 2012 年上半年度游戏市场实际销售收入同比增长率下滑。2012 年上半年，客户端网络游戏市场占有率为 79.4%，处于近五年来的最低水平。客户端网络游戏市场用户以及实际销售收入同比增长率的下降趋势明显，主要因为新用户对客户端网络游戏需求下降，流向其他细分市场。首先，市场上产品竞争加剧，用户选择面更广。对以 90 后为主要对象的用户群体而言，网页游戏画面效果提升、娱乐方式便捷灵活、体验游戏轻松简单，与客户端网络游戏复杂的系统，繁琐的操作相比，更能满足大多数人的需求。其次，随着 70 后、80 后用户年龄增长，工作压力提升，碎片时间增加，需求逐渐从追求刺激到放松压力，其中的一部分用户虽然渴望但没有时间进入新的客户端网络游戏进行长期娱乐。总体而言，随着网页游戏用户规模的强劲上升，客户端网络游戏市场占有率的逐渐递减，中国网游产业的发展形势比较严峻。

目前，中国网游产业市场还处于发展初期，产品结构单调，产品结构不尽合理，原创作品不多，文化品位不高，存在许多不容忽视的问题。如网络游戏产品存在色情、赌博、暴力、迷信等不健康内容，未经内容审查的境外网络游戏产品充斥我国游戏市场，缺少拥有自主知识产权的原创网络游戏产品。"私服"和"外挂"等非法经营行为比较突出，影响游戏产业健康发展。（"私服"和"外挂"是指未经许可，擅自从事网络游戏经营活动，以非法获得服务器端安装程序之后私自架设网络服务器；接获并修改网络游戏作品数据程序，并以此牟利的违法行为。前者简称"私服"；后者简称"外挂"。）

尽管网游产业市场发展还存在诸多问题，但是网游产业已经创造了较大的产值，带动了相关产业的发展，成为网络经济和娱乐业的重要支撑，并成为文化产业具有潜力的增长点。网络游戏也丰富了人们的文化娱乐生活。网络游戏行业作为互联网文化的一部分，对主流文化的影响越来越大。比如2009年风靡全国的一款社交游戏"偷菜"，在最火爆的时候，每天有3000万人同时在玩，不仅包括白领和学生，更有公司高管、退休老人加入其列。这款让熟人好友间竞相跑到对方虚拟空间采摘蔬菜的游戏，成为当年流行的文化现象。再如，PK、秒杀这些现在大家都耳熟能详的词汇，10年前还只是流传在极少数专业网游玩家之间的"行话"。现在正越来越多地渗透到现代人的生活中。如名列新浪微博"全球热门排行榜"之首，在网络中被转发上千次的帖子："新时代中国白领十大标准：偷得了成熟蔬菜，当得了开心市长，杀得了愤怒小鸟，做得出开心美餐，查得出三国奸臣，放得出拳皇必杀，斗得过绿色僵尸，打得了组队DOTA，敲得动达人太鼓，玩得起魔兽争霸。"所谓十大标准，每一条所对应的都是一款热门的网络游戏。可见网络游戏在当今文化建设和人们精神生活建构中所起的作用不容忽视。

2. 网游与网游小说的互动生产

当前我国文化产业的建设强调文化企业跨界和融合发展。这里的融合，不只是产业链的延伸，而且是向其他领域的拓展。跨界融合在本质上是一种不同艺术门类之间的跨越、嫁接与合作。作为一种集多种传统艺术于一身的艺术形式，网络游戏可以以更大规模、在更多方向上与其他产业进行合作，促进彼此发展。中国网络游戏与音乐、动漫、影视、设计以及文学等不同领域的文化产业相互渗透，以"泛娱乐"思维探索产业新模式。网络游戏与网游小说就是利用网络平台实现了二者的相互渗透和融合。

那么，网游与网游小说二者融合的交汇点是什么？我们来看搜狐畅游的游戏开发人员对游戏创作过程的解释：

> 网络游戏生产的起点是一个文化创意，这个创意可以是一套独特的世界观体系，也可以是一部文学作品。首先根据创意的想象轮廓，用美术、编程等各种技术，造出一个网络虚拟梦境，最终让玩家通过游戏客户端进入这个梦境，然后大家一起在这个梦境中种植、买地、建房、狩猎、交朋友、结婚，探索龙脉宝藏等。虚拟世界非常庞大，玩家的吃穿住行，全部都需要设定和细化。一款游戏就是一个"梦工厂"，梦境只有真实到一定程度，才可能获得玩家情感上的认同。[①]

故而网游开发人员把自己的工作形容为是造梦师的工作。文学作品无疑是以其虚构和想象呈现出自身的审美特征的，或者说，因为文字表达的恣意，文学的想象力更为奇特超逸，无所约束，因此，游戏与文学可以相互融合，游戏可以借鉴文学作品的创造性和想象力，营造一个虚拟的游戏世界，设定更为丰富的游戏环节，充实游戏的文化内涵。文学也可以以游戏为背景，通过描述游戏的环节和内容或者虚拟的游戏世界，体验游戏的快乐心情，并为此吸引更多游戏爱好者成为网游小说读者。

在产业生产方面，网游与网游小说的相互渗透所带来的互惠互利已有目共睹。一方面，由游戏导入网游小说创作，我们可以把网游小说看成网络游戏的附属品和下游产品，以及网游的新推广方式。网游企业投拍影视

---

① 李舫：《中国网游向成熟期过渡：一款游戏就是一个梦工厂》，2011年4月22日，见http://gd.people.com.cn/GB/14458364.html。

剧或者出版网游小说多是一种营销噱头，力图将消费者最终吸引到旗下的网游产品。但随着网游本身的发展饱和、互动娱乐化趋势的诱惑，网游企业纷纷投身跨界经营，表明他们已经认识到网游、影视、文学的联手发展带来的巨大效益。网游小说要实现良好的商业价值，与网络游戏互动才是其发展的根本出路。一部好的网络游戏有可能孕育出好的网游小说，一部好的小说也能造就出一部好的网络游戏，这是二者互动生产的价值所在。

游戏推动网游小说的产生和发展，网游小说因游戏产业的红火才得以成为一种流行的类型小说。由游戏改编为小说的，比如《仙剑奇侠传》系列游戏即将被改编为官方同名小说。《仙剑奇侠传》系列游戏是由中国台湾大宇资讯制作发行的电脑游戏。系列首款作品发行于1995年7月，故事以中国古代的仙妖神鬼传说为背景、以武侠和仙侠为题材，迄今已发行六代单机角色扮演游戏、一款经营模拟游戏、一款网络游戏。该系列游戏被众多玩家誉为"旷世奇作"。《仙剑奇侠传》初代及三代还相继于2004年和2008年被改编成电视剧。2012年"仙剑奇侠传之父"姚壮宪与国内仙侠小说作家管平潮合作，将历代《仙剑奇侠传》改编成一部长达十本以上的《仙剑》官方原著小说，该书将由近年来以出版畅销书出名的磨铁图书出版发行。媒体报道："近日，由著名仙侠作家奇侠传管平潮执笔、'仙剑之父'姚壮宪监制的新书《仙剑奇侠传1》在微博上引起读者的热议。12月1日，两人一同亮相解放碑重庆书城，为新书签售。整个书城一楼都被'仙剑迷'围得水泄不通，很多读者为此已经排队等了4个小时，气氛火爆。"① 管平潮在谈到游戏与小说联姻时说：

> （《仙剑奇侠传》）现在的影响力，已经不仅仅限于游戏，其改编成的电视剧、动漫在国内拥有诸多粉丝。将"仙剑"改编成小说，属于大势所趋。影视与小说联系紧密，是因为当年影视的产业独占鳌头，而现在游戏产业也越来越好，从市场调查来看，

---

① 《〈仙剑奇侠传〉小说受追捧，管平潮：将出仙剑结局》，2012年12月2日，见 http://www.ithome.com/html/game/31586.htm。

游戏与小说的联姻是必然的。①

对于游戏改编小说的难度，管平潮认为最大困难就是如何让读者体会到当初玩游戏时的那种快感，"小说要从文学角度出发，把它写成完整的故事，并且还要加入人物的恩怨情仇。创作'仙剑'系列小说并不是为了赚噱头，而是想把其打造成经典剑侠作品，让即使没玩过游戏的读者，也能在阅读时感到非常的享受。"②由此可以看出，影响力大的游戏往往能推动小说的改编以及出版发行。

小说之于游戏产业的意义还在于，当游戏产品同质化现象严重、产品单一、缺少创意、产业生产面临困境之时，需要优秀或有影响的小说作为创作素材和创意来源。如：金庸系列武侠小说标示了中国武侠小说的最高成就。从 1960 年代开始，小说已经被改编成了许多版本的影视剧。自 90 年代初期开始，其小说也逐渐成为了游戏商的投资选择。最早智冠推出的单机游戏《金庸群侠传》，到 21 世纪初出现的《金庸群侠传 OL》，再到目前市场上层出不穷的由金庸先生那 14 部经典小说改编的游戏，都曾给游戏商家带来商机。1996 年，由河洛工作室制作的《金庸群侠传》迷倒了无数武侠迷和游戏迷，穿越时空的主角、完全开放式情节、集合金庸 14 部奇书，种种要素结合下，《金庸群侠传》获得了极大的成功。2000 年，PS 游戏机（PlayStation 是索尼公司在 1994 年推出的第一次家用电视游戏娱乐平台）在中国台湾推出 PS 上首个中文游戏《射雕英雄传》，由中日 30 多名游戏设计师共同研发 3 年，游戏情节很长，内容丰富，成为 PS 上的经典之作。小说《笑傲江湖》被改编为多部游戏，如《笑傲江湖之东方不败》、《笑傲江湖之日月神教》、《笑傲江湖之五岳剑派》、《笑傲江湖之东方再起》和网游作品《笑傲江湖网络版》。《神雕侠侣》的单机游戏，在国内流传比较广的是 2000 年的《新神雕侠侣》和 2001 年的《新神雕侠侣 2》，《天

① 《仙剑奇侠传》小说受追捧，管平潮：将出仙剑结局》。2012 年 12 月 2 日，见 http://www.ithome.com/html/game/31586.htm。

② 《仙剑奇侠传》小说受追捧，管平潮：将出仙剑结局》。2012 年 12 月 2 日，见 http://www.ithome.com/html/game/31586.htm。

235

龙八部》是金庸作品中情节结构比较宏大的一部代表作，改编的游戏有《天龙八部之六脉神剑》、《天龙八部》，2007 年搜狐开发的网络游戏版《天龙八部》，备受玩家欢迎。《倚天屠龙记》数款改编游戏，如 2001 年的单机游戏《新倚天屠龙记》和后来的《真·倚天屠龙记》等。至于《鹿鼎记》的单机版的游戏，20 世纪就有《鹿鼎记》推出，到 2000 年左右，又出了《鹿鼎记 2》，网游《鹿鼎记》尚未推出，或将成为众多玩家翘首以待的巨作。

近些年来，一些热门的网络小说相继被改编为网络游戏，见下表①：

网络小说	网络游戏
小说名称：诛仙 作者：萧鼎 内容简介：《诛仙》是萧鼎创作的一部网络古典仙侠小说，情节跌宕起伏，人物性格鲜明，"何为正道"、"天地不仁，以万物为刍狗"是小说的主题思想。描述了主人公张小凡的旷世恋情。	网游名称：诛仙 OL 开发运营：完美时空 游戏状态：正式运营 游戏简介：拥有丰富生产系统以及各种门派，有激烈的阵营对抗，也能够进入神秘莫测的地底迷宫探险。
小说名称：星辰变 作者：我吃西红柿 内容简介：一部背景极大的奇幻修真小说，而主角秦羽则是一位王爷的三世子，讲述的就是他得到一块流星泪后的故事。	网游名称：星辰变 OL 开发运营：盛大网络 游戏状态：研发中 游戏简介：游戏将还原原著，以秦羽实力不断提升为主线，将凡人界、仙魔妖界和神界 3 个不同层次的空间依次展现在我们面前。
小说名称：飘邈之旅 作者：萧鼎 内容简介：仙侠修真类网络小说，资产过千万的成功商人李强遭遇女友背叛，愤怒伤人。就在他万念俱灰时，神秘人物傅山利用真气将其改造成高大俊美的年轻人，穿越地球来到火星，踏上了惊异未知的飘邈之旅……	网游名称：飘邈之旅 OL 开发运营：智冠 / 悠游 游戏状态：三测中 游戏简介：飘邈之旅 OL 试图带领玩家们进入另一种无限可能的奇幻旅程。只要修真可以在外形样貌上变得俊俏……

① 参见《网络小说改编网游知多少》并有所改动，见 http://games.qq.com/zt/2009/xs/index.htm。

（续表）

小说名称：兽血沸腾 **作者**：静官 **作品简介**：这是发生在一个异次元空间的故事。一个阵亡的侦察兵刘震撼，莫名其妙重生在异时空中。人类、比蒙兽人、海洋民族、无数的魔兽都在那里生活着……	**网游名称**：兽血沸腾 **开发运营**：百游汇通 **游戏状态**：封测中 **游戏简介**：《兽血沸腾》是一款 2.5D 写实风格游戏。在角色的成长过程中，玩家可以完全按照自己的喜好选择武器装备培养出真正有个性的角色来。
小说名称：佣兵天下 **作者**：说不得大师 **内容简介**：讲述一个没落贵族和一个从祈愿塔走出来的魔法师，为了恪守对友人的承诺，用魔鬼一般的训练培养出了两位少年——艾米和大青山的故事。	**网游名称**：佣兵天下 **开发运营**：蓝港在线 **游戏状态**：研发中 **游戏简介**：《佣兵天下》采用自主研发性能卓越的新一代 3D 引擎，游戏画面力求风格清新、唯美，为玩家创造出完美的游戏世界。
小说名称：神墓 **作者**：辰东 **内容简介**：神魔陵园除了安葬着人类历代的最强者、异类中的顶级修炼者外，其余每一座坟墓都埋葬着一位远古的神或魔，这是一片属于神魔的安息之地。一个平凡的青年死去万载岁月之后，从远古神墓中复活而出。	**网游名称**：神墓 **开发运营**：边城 / 游艺 **游戏状态**：研发中 **游戏简介**：《神墓 OL》是由小说原作者亲自监制，游戏拥有四大精锐职业加一神秘级隐藏职业、拥有小说里的圣灵神兽、独特的升级晋阶方式。
小说名称：鬼吹灯 **作者**：天下霸唱 **作品简介**：2006 年在网络上迅速流行起来的一部糅合了现实和虚构、盗墓和探险的网络小说，主要讲述了"摸金校尉"（盗墓者）一系列诡异离奇的故事。	**网游名称**：鬼吹灯外传 **开发运营**：盛大 **游戏状态**：开放内测 **游戏简介**：一款大型横版过关格斗网游，画面在不失传统街机风格的前提下，最大幅度地提升了特效的华丽程度。

第七章

博客写作与审美泛化

一、博客与博客写作

在今天，博客已不是一个新名词；其在当下各种网络传播媒介中的影响，也已被微博所取代。但是博客（包括微博）所标志的媒体源代码的开放而引起的各种社会效应以及所产生的广泛影响力，足以构成对传统媒介传播方式的颠覆。有着中国博客之父称誉的方兴东如此认为：

> 如果说马丁·路德的改革运动借助印刷术开放的是圣经的源代码的话，斯塔尔曼的自由软件运动则借助互联网开放了软件的源代码。但是互联网的爆发力远远没有释放出来。21 世纪之初，比自由软件运动更大的一场网络博客运动开始登场了。博客的出现，有力地消解了从前的"编辑"机制，使媒体的"话语庄家"地位发生了极大的动摇，它表明一个新的时代已经来临。博客这次要开放的是媒体的源代码。①

那么，何为源代码？源代码的开放之于博客的意义是什么？让我们从这里开始认识博客。

---

① 方兴东、王俊秀：《博客——e 时代的盗火者》，中国方正出版社 2003 年版，第 5 页。

1. 博客——开放源代码的公共性私语

博客最初的名称是 Weblog，由 web 和 log 两个单词组成，按字面意思就是网络日记；后来喜欢新名词的人把这个词的发音故意改了一下，读成 we blog。由此，blog 这个词被创造出来，中文意思即网络日志。blog 是一个网页，通常由简短且经常更新的帖子构成。作为网络日志，按方兴东解释，"博客是满足'四零'条件的（零编辑、零技术、零成本、零形式）而实现的'零进入壁垒'的网上个人出版方式，从媒体价值链最重要的三个环节：作者、内容和读者三大层次，实现了'源代码的开放'"。[①] 正因为博客实现了"零进入壁垒"，才成为一个自由的网上个人出版方式，这源于源代码的开放。源代码就是源程序，是指未编译的文本代码，也就是一系列人类可读的计算机语言指令。计算机源代码的最终目的，是将人类可读的文本翻译成为计算机可以执行的二进制指令，这一过程叫做编译，通过编译器完成。所谓源代码开放，就是在 2000 年前后，一批开放源代码领域的程序员开发出各种各样的博客软件。这些软件不但免费，而且开放源代码，即可以让具有计算机基础知识和技能的任何人，方便、快捷地构建自己的网站或网页。博客正是凭借源代码的开放得以产生，并被视作"媒体的开放源代码"。2003 年，托尼·帕金斯推出博客网站 AlwaysOn。作为高科技媒体领域最具前瞻性的人物之一，他提出了博客是"媒体开放源代码运动"的观点，这与方兴东的"博客：媒体的开放源代码"理念不谋而合。

媒体源代码的开放，涉及作者、内容和读者三个最重要环节。

从作者来讲，如果说作者是媒体的"源代码"的话，这是指作者是相当专业化和职业化的人员，他们无论是在新闻媒体还是文学领域或其他方面，都有自己所从事行业的准入证。作为专业人员，他们是相对封闭的行业群体。由于源代码的开放，互联网为所有具有写作能力的人打开了一个可以自由发表言论的空间，博客使那些具有写作能力的网民成为了作

者。这是因为博客提供了"四零"条件，这个"四零"条件是理解博客作者源代码开放的关键。零技术，过去即使是最开放的个人网站，也有一定的技术门槛，只有少数精通技术的人才能拥有自己的网站，而博客可以让人们无技术障碍地开通和使用博客，博客的力量就在于技术的极度简化，包括架构和申请博客网站，编辑、上传和修改内容等，都因为简单而具有革命性。零成本，开通博客或微博无须任何费用。任何人都可以免费申请开通博客，不需要注册域名的成本、租用服务器空间的成本和软件工具的成本。零编辑，博客就是没有经过编辑的个人声音。编辑作为中介，是内容发表的重要屏障和壁垒，以此常会屏蔽了众多作者的声音。但博客使作者成为自己的编辑，作者可以任意为自己添加、删改或装饰等，并在编辑过程中得到自我确认和满足。零形式，就是博客实现了返璞归真，它提供了自动、简单、明了的形式，使得作者只需简单选择形式的模板，而无须为形式耗费时间和精力，博客的零形式使内容获得了更大的解放。正因为上述"四零"近乎无规定的要求，使博客成为人人都可以进入的个人化网络空间，作者成为了自己的博主。在传媒发展史上，作者第一次成为自己编辑、发表文字和音像的主人，不仅是我写作我做主，而且是我编辑我做主，我发表我做主！这种自我实现的满足感，激发了作者写作和发表的欲望和热情。

在内容上，博客对内容的开放，首先是对传统文档的颠覆和超越。我们来看被称为网络思想家的戴维·温伯格对互联网之于文档意义的论述：

　　文档是互联网的基础，也是互联网所颠覆的第一个对象。网络使文档的内部结构发生了变化，而不仅仅是改变了它们之间的链接方式。它将文档拆散，视紧密联系的文档为一系列观点的集合——没有一个长过单个屏幕所能显示的长度——读者可以按照自己选定的顺序来阅读，而不论作者的意愿是什么。它使指向文档之外的链接成了文档的一个组成部分。曾经紧密的文档现在被划分为一块一块的，撒入空中。①

戴维·温伯格指出了一个重要的观点，链接是文档组成部分，也就是说链接是内容的一部分。在一般人看来，链接游离于内容之外，仅仅是内容之外的技术表现手段，而戴维·温伯格认为，链接不仅仅是形式，而是内容本身。

　　链接可以开放文档本身的源代码，什么是文档的源代码？按方兴东的解释："文档是作者思想和观点的体现，而在形成文档的过程中，其实就是作者经验的汇聚、信息的参考和观点的汇聚和增值等过程中思想的外在体现。那么在这个过程中，这些积累的经验、参考资料和各种引发思考的'催化剂'都是这个文档的'源代码'。"②长期以来，就像专有软件封闭源代码一样，图书以文本的固定形态封闭和保管作者的文档。而现在，由于网络的开放以及链接的使用，传统的文本被超文本取代。超文本其实就是一些不受页面限制的"超级"文件。在超文本文件中的某些单词、符号或短语起着"热链接"的作用，这些通往其他页面的热链接，构成了超越既定文本的超级文本网络。当然，这里的文本或超文本都不局限于文字形式。事实上，现今文本的观念已经扩展到绘画、行为、衣着、风景——总之，一切我们附着意义于其上的事物，即可称为文本。文本即具有意义的物理性存在。而超文本自然也不局限于文字形式，亦即一切于网络可以链接的物理存在都可以构成超文本。超文本最大的优越性在于，"它把文本潜在的开放性、阅读单元离散性等特点和盘托出，使文本潜在的'互文性'彰明昭显，一望便知。"③整个互联网原本就是一个硕大无朋的超文本，它最大的特点就是能无与伦比地凸显出文本潜藏的"互文性"，使文本之间相互依存、彼此对释、意义共生的潜能，得到最充分的呈现或迸发。

　　现在博客通过链接，使文本内容实现超文本跨越，即在博客中，作者

---

①　[美]戴维·温伯格：《小块松散组织》，辽宁教育出版社 2003 年版，第 15 页。
②　方兴东、王俊秀：《博客——e 时代的盗火者》，中国方正出版社 2003 年版，第 69 页。
③　陈定家：《比特之境——网络时代的文学生产研究》，中国社会科学出版社 2011 年版，第 97 页。

的即时写作可以突破自己知识和视野的局限，完全可以把整个互联网优秀的文档作为自己文档的组成部分：

> 有了链接，指向别人的文档，不但合理合法，而且也是给予别人的文档以新的生命。当然，在给别人链接成为一种互文提升的"双赢"过程，而不再是简单的索取和给予的单一关系，也就是相当于解放了互联网上的文档，包括那些没有链接的文档，也会因为博客的链接增加新的活力。网络因为文档内的链接实现了自我组织、自我增值和价值扩散。①

博客也因为有了链接，开放了内容的源代码，使文档自身也成为自我组织、自我增值和价值扩散的文本，这也是博客的魅力所在。

再来看读者层面的"开放源代码"。在传统媒体中，读者仅仅是被动的受众。即使用接受美学的观点来看读者的阅读，其价值也只是文本通过被读者阅读或被读者接受而使文本意义得以实现，读者的作用仅仅在于通过阅读建构了文本意义。现在互联网成为信息交互传送与接受的平台，尤其是在博客里，读者不仅仅有了参与意识和参与行动，而且以主人公的身份与作者发生并置或互换关系，即读者←→作者。这种互动式关系源于博客本身就是一个互动平台，这里的博主既是作者也是读者，作者在意自己创设的文本是否引起读者的注意和反应，他以读者的身份阅读和倾听博客里的留言；读者通过自己的留言，参与到博客写作中来，自然地成为他自己文本的作者，亦即读者也是作者。这种并置和互换关系，正是博客所开放的源代码所致。网络以及博客设置的读者参与功能，解构了作者"绝对中心论"的传统。或者说，读者成为了网络和博客的上帝。从某种意义上讲，拥有博客的目的就在于博主以自己的各种文本吸纳读者的注意和反应，或者说博客即是为了博得读者的积聚才得以存在，无人关注的博客即

---

　① 方兴东、王俊秀：《博客——e时代的盗火者》，中国方正出版社 2003 年版，第 65 页。

无存在之意义。

正因为如此，当有人问方兴东，"博客中国"什么样才算成功？他的回答是："肯定不是收入、甚至不是访问量，而是如果有一天，博客中国的文章，留言的分量（信息量、观点和思想等内涵）能够超过每一篇文章本身，就算初步成功，达到预定目标了。这个理念就是博客中国追求的理想。"[①]因而，方兴东自述自己曾一段时间天天耗费掉几乎全部的业余时间在博客里，他个人最大的动力或者说精神支柱就是：看着网站文章后面的留言越来越多，越来越精彩。精彩的留言（不管是批评、赞美还是补充）都是对作者最好的支持和回馈。从这里可以看出，读者及其留言是作者及其博客的需要和存在的理由。

博客对读者的源代码开放，主要表现在博客非常注重并多样化设置与读者的互动功能。以新浪博客为例，在主页上设有"加好友"、"发纸条"、"写留言"、"加关注"的互动栏目，并显示博客访问量及关注人气。除此，还有"我最关注的人"一栏，与其他博客进行互动。

以上我们从作者、内容和读者三个方面源代码开放来阐述博客的性质。不难看出，博客尽管是以个人化网络日志的形式呈现，但它又是大众话语的空间。这是互联网时代人们为自己营建的精神家园。

2. 博客写作——走出象牙之塔的草根写作

如果说博客写作是写作史上的一次重大变革，那就在于博客因源代码的开放而将写作变成为真正的草根写作，这是博客写作走出象牙之塔最重要的标举。美国学者休·休伊特（Hugh　Hewitt）说：

> 从1999年年初的约24个博客到5年之后412万的博客"冰山"：在人类历史上，这是最大的一次文本爆炸……大众受众的文本创作者从古时候的一小撮牧师、古腾堡及其同僚、莫尔斯和帕雷、成千上万名编辑一直演变到任何一位使用电脑的人。……

---

① 方兴东、王俊秀：《博客——e时代的盗火者》，中国方正出版社2003年版，第71页。

从这一大批博客中，诞生了 6 万家新的虚拟报纸。这就是"每天都更新的"博客：由一名编辑及其需要链接的资源组成的报纸。精英们通过牢牢控制信息传播系统以掌握新闻权的传统，就这样被彻底摧毁了。传统文本的能力和权力现在已经被真正地民主化了。①

从这个意义上来说，博客写作是写作民主化的一次全民行动。而草根则是民主化写作运动的主体，这从无数的草根博客即可看出。草根博客相对于名人博客而言，但名人博客与草根博客并不构成如精英文化与大众文化那样比较分明的壁垒。这主要在于，名人博客并未形成一种整体性力量构成对草根博客的影响，而且所谓的名人在博客空间里也大多自觉地将自身降落到民间。即当博主以一种平和的心态坐在电脑前抒写自己真实情感的时候，他就是一个草根，他的博客也是草根的博客，不过其存在状态宛若漫天星辰中的几颗耀眼明星。门户网站用名人做招牌，目的还是吸引大量的草根。博客让草根不再只是充当衬托精英的背景，每个 blogger 都是一个主角。而当一个草根写出精英般文字的时候，他也有成名的可能。故而新浪博客频道中专门开设了草根名博空间。

与名人博客相比，一些草根博客之所以同样能够广受欢迎和关注，主要是由草根博客的内在特性所决定的。博客提供给草根一个发抒自我的空间，草根第一次因为拥有了博客而成为自己网络空间的主人，于是草根的根性就得以彰显："我草根所以我草根"，"我是草根我怕谁？"草根的野性和生机由此暴露无遗。正是这种野性和生机，才使草根博客得以红火。一般来讲，草根博客的内容更贴近普通人的生活，表达的情感也更容易产生共鸣。草根博客的内容未必是万众触目的明星事件，也不是那些广受关注的经济学家评论，而更多地倾向于个人思想观点、生活细节和喜怒哀乐的情感表达。这种普通人的生活和情感，使人们常常可以在草根博客当

---

① [美]休·休伊特：《博客——信息革命最前沿的定位》，杨竹山等译，中国铁道出版社 2006 年版，第 64 页。

中看到自己。实际上，每个人内心需求的表达，都有可能引起其他阅读者的关注、评论、支持。因为阅读者所"阅读"的，其实就是他们自己。其次，博客也是草根展示自我和实现自我的舞台。如当年明月的《明朝那些事儿》就是一个最典型的例子。当年明月 2006 年在自己的博客上连载历史长文《明朝那些事儿》，三个月点击已超过百万，积累起越来越高的人气，最后作品出版热销，成为草根成名的典范。

草根博客较为集中地体现了网络文化中万民狂欢的特点并形成特有的草根文化。草根文化的生命力在于其如"野火烧不尽，春风吹又生"的顽强和广泛。应该说，每一个在自己键盘上坚持更新的 Blogger 都是草根。这是一个非主流、非正统、非专业等出自民间草泽的人所构成的群体，这一群体所代表的草根文化不可忽视。仅从博客用户数量来看，《第 30 次中国互联网络发展状况调查统计报告》（2012.7.19）显示，截至 2012 年 6 月底，中国网民数量达到 5.38 亿，博客和个人空间用户数量为 3.35 亿，较 2011 年年底增长 3467 万，增长率为 10.9%。[①]尽管与 QQ 等个人空间相比，博客在人气和数量上有萎缩趋势，但作为个人门户网站，博客的相对专业性和创作的高门槛，使其成为一个较有影响力的高品质草根文化空间。

博客写作的民主化建立在网络技术的基础之上。从 2003 年开始，网络开始进入了 Web2.0 阶段。自由、个性、互动、平等、民主和可参与性等是 Web2.0 的口号。比如维基（WIKI），就是建立在 Web2.0 技术基础上的一种多人协作的写作工具和平台，所开展的维基百科是一个自由、免费、内容开放的百科全书协作计划，不同于被少数文化精英所控制的权威版在线大不列颠百科全书。这个站点使用 WIKI，意味着任何人都可以编辑维基百科中的任何文章及条目，维基百科是一个动态的、可自由访问和编辑的知识体系。维基网站只提供软件服务和书写空间，而不提供任何知识权威和价值判断。同样，作为 Web2.0 的技术代表的博客，也展现了自由、个性、互动和民主化的写作精神。所谓自由和个性，是指在博客空间，博客的自

---

① 《第 30 次中国互联网络发展状况调查统计报告》，中国互联网络信息中心（CNNIC），2012 年 7 月 20 日，见 http://www.isc.org.cn/zxzx/ywsd/listinfo-21627.html。

主化写作表达,"我的博客就是我的报纸"、"我的博客我做主!",博主就是编辑,他可以随意书写、粘贴、链接,文字、音乐、图像、视频任意编辑,传统文本的权力控制被解除。所谓互动和民主,是指博客实质上是交互空间,任何人都可以在这里发表信息,于是"信息的读者群已经出现了。控制信息流的斗争,以及控制中的利润和力量早在 5 千年前的苏美尔就已经开始了。现在,这种斗争实际上已经结束了。任何想要拥有发言权的人都实现了他们的愿望,尽管他们必须赢得人们对这种'发言权'的关注。"① 博客写作的民主化,解构了知识、信息及其文本的权威,体现了大众文化时代的写作诉求。

那么,作为草根化的博客写作究竟呈现哪些特征?我们先来看相关的论述。国内网络文学研究学者马季认为,博客以公开性、交互性和可追溯性为其最基本特征。在更广泛意义上,博客写作对传统传媒产生了颠覆性的影响。它的出现,使受到时空、传播速度、传播范围、言论实际权益等方面限制的传媒向大众敞开大门,是民众共享信息资源的有效形式。除此之外,博客写作还具备这样一些特性——开放性和民主性;简洁化和系列化;时效性和真实性;游戏性和文学性;情感化和个人化;跨文体性和立体化;通常局限性和粗鄙性,等等。② 欧阳文风、王晓生等合著的《博客文学论》是国内第一部研究"博客文学"的专著。作者认为,与传统传播方式乃至早期网络传播相比较,博客写作表现出了以下几点鲜明的特色:第一,操作简易便捷;第二,个人性与公开性的统一;第三,开放互动性;第四,游戏娱乐性。③ 陈定家在《比特之境——网络时代的文学生产研究》一书中概括博客写作的特点为:(一)自发、自主、自为;(二)随时、随地、随意;(三)互补、互动、互娱。④ 以上这些观点从不同方面揭示了

---

① [美]休·休伊特:《博客——信息革命最前沿的定位》,杨竹山等译,中国铁道出版社 2006 年版,第 64 页。
② 马季:《读屏时代的写作:网络文学 10 年史》,中国工人出版社 2008 年版,第 88—89 页。
③ 欧阳文风等:《博客文学论》,中国文史出版社 2007 年版,第 8—12 页。
④ 陈定家:《比特之境——网络时代的文学生产研究》,中国社会科学出版社 2011 年版,第 168—170 页。

博客写作的特征。马季的概括比较全面，但也流于宽泛；欧阳文风等的总结虽然比较具体地呈现了博客写作的一些基本特点，但没有更切近地把握博客写作的基本特性。相比较而言，陈定家的归纳突出了博客写作的基本特征。不仅如此，自主、随意、互动应该是博客写作的基本精神。总的来讲，以上这些概括都是侧重于博客写作的行为特征而言的。这里我们再就博客写作的文体特征作进一步认识。

关于博客写作的文体特征，这让本书作者想到日本文学理论家厨川白村曾在《出了象牙之塔的 essay》中就 essay 这一文体所作的论述。首先，以"象牙之塔"冠之于 essay，表明 essay 是一种朝向大众的写作，而博客写作的民主化和草根性则与之相近；其次，从写作状态上讲，"如果是冬天，便坐在暖炉旁边的安乐椅上，倘在夏天，则披浴衣，啜苦茗，随随便便，和好友任心闲话，将这些话照样地移到纸的东西，就是 Essay。……想到什么就纵谈什么，而托于即兴之笔者，是这一类的文章。"[①]这种自由随意的写作状态，在博客写作中更得以充分展现。如果说，任心闲话、随意放松的自由状态以及信笔所致的内容是随笔走出象牙之塔最重要的通道的话，那么博客写作作为网络个人日志则更加天马行空，无所约束。应该说自由是博客写作最大动力基础，亦即写作对博主而言仅是自我需求。可以写，也可以不写，不受外在因素制约，任性而为，随意而写。再次，就 essay 内容而言，虽然是想到什么就纵谈什么，但作为一种闲话体的散文或随笔，依然属于文学的范畴。博客写作则古今中外，天南海北，无所不写，无所不包。如今，商界精英、文化名人、专家学者、普通百姓都已习惯把博客看成一个在世界各地开设有无数分号的个人"无边书斋"。这个无边即指其写作内容的开放和扩散。无论是商业宣传、股市分析、专业研究、文化动态、市井琐事还是个人的雅趣爱好和情感生活，都可以共生共存于博客天地。显然，博客写作已超越了 essay 自我表现的写作功能，而将之扩展为更具有社会广泛意义的生活方式。休·休伊特说：

---

① ［日］厨川白村：《出了象牙之塔》，鲁迅译，人民文学出版社 2007 年版，第 6 页。

博客界的新颖之处在于，博客能够为你提供几乎无限的读者群。关键在于：提供，而不是保证。任何人都可以发帖子。如果这些帖子具有很强的可读性，人们就会进行浏览。博客界拥有一大批贤明的读者群，他们是追求乐趣的人。无论你的产品是经济学分析、全国汽车比赛协会的热心支持、性爱绯闻或者政治趣谈，博客界都让你有机会推销你的文本产品。①

这段话让我们除了从中领略博客的社会功能外，还能感受到博客写作在内容上的开放性。而这在休伊特看来，正是博客存在的理由。概而言之，与essay相比，博客文本在内容上和体式上呈现出更大的开放性和自由度。

二、博客与文学

新世纪以来，网络与文学的结合越来越深入广泛。无论是网络文学还是手机文学、博客文学、微博文学这些文学称谓的产生，都表明文学在各种新兴技术和媒介的冲击下，传统文学的边界和秩序已被打破，文学面临新的拆合与重组。作为个人网络日志形式的博客，正以新的文本形态向文学靠拢，或使文学游离于自身。

1. 日志：面对文学的召唤

以上我们论及的是博客写作的性质和特征。尽管在博客写作中，有很大一部分文字触及文学，但其并不意味着博客文学这一命名的合法性存在。换言之，尽管博客可能会产生文学，但是诸多的博客文本也更多地并不涉及文学。因而，不能简单地为"博客文学"命名。博客与文学这种若即若离的关系，正是我们考察文学的多义性和分散性的切入口。

---

① ［美］休·休伊特：《博客——信息革命最前沿的定位》，杨竹山等译，中国铁道出版社2006年版，第87页。

首先，博客并不仅仅属于文学。早期博客在一系列新闻事件和商业话语中，发挥了个人媒体的作用。比如在当年的"克林顿性丑闻"、"9·11事件"、"伊拉克战争"、"纽约时报造假"等事件中，博客发挥了较大的影响力，成为国内引进博客的宣传话语。但总体而言，博客在国内作为媒体的功能性并不突出。除了一些娱乐新闻以及商业评论，应该说，日志、随笔、娱乐等成为博客的主要内容。根据内容博客大致可以分为"日记博客"、"专业博客"、"知识博客"、"娱乐博客"、"新闻博客"等类别，内容上的包容性显示了博客与文学的疏离，但是，博客与文学似乎又有着天然的联结，根据2005年搜狐IT的《首届全球中文博客调查报告》显示，"写作动机以抒发感情、交流、交换资源为主，同意和基本同意的都超过了75%，……而博客的主要内容选择感性生活的超过了80%。"①感情和感性化正是日志体所表达的内容取向，而这正是文学入口之处。

从博客界面的设计，包括日历、时间、版面安排等，也可看出其更倾向于日志体式或日记形式：

> 日志和日记之间的区别很难明确说清楚，但是为了我们的目的，我们要说日志本质上是一本工作笔记，作者在其中简单写出自己的观点和对事物的评论，而日记则是对个人活动和想法的非常私人的记录。这一区别满足了我们的目的，尽管有些人的日志就像另一些人的日记。②

在博客写作中，日志通常以"日记"呈现，记述私人情感、个人生活和人生感悟等相关内容。博客作为网络日志，虽然可以书写任何技术和自由限度内所允许的内容，但日志的发表形式在博客写作过程中的暗示力量是不可忽视的：

---

① 付亮：《搜狐博客调查结果简单分析》，2005年10月15日，见 http://it.sohu.com/20051015/n240543949.shtml。

② [美]阿瑟·阿萨·伯格：《通俗文化、媒介和日常生活中的叙事》，姚媛译，南京大学出版社，第143页。

对于不少的博主，"日志"等同于"日记"，至少也是与日记相类似的东西，至少是一个记录生活，抒发感情的空间。以至于不少研究者把博客简单化为一种公共空间中的个人日记。虽然不准确，但它确实道及了大多数博客的存在基础。显然，只有纯粹私人性的、日记性的、个性化的写作方式，才能最大限度将写作普及化。它决定了写作的多元和内容的丰富。①

强调博客的日记体式，就是为了突出博客私人性和个性化的写作方式，这种方式也是文学的一种表现形式。美国学者阿瑟·阿萨·伯格认为："记日志或日记是一种文学行为，和其他创造性行为一样，这种行为经常开发出就连作者本人都没有意识到自己具有的观点和感觉。这些文本都是在正在经过的时间里写的超自传——同在特定时刻里写的自传不同。自传作者通常已步入老年，想要重温过去。自传作者用一根线索将所有事件串在一起。在日记和日志里，除了时间的流逝之外，并没有作者意识到的线索。"②

当然日记体并不是一种天然的文学体裁，它不可能是宏大的史诗和长篇小说。日志作为一种体裁，预设的时间单位以"日"来衡量，使长篇小说和史诗难以构建，这并非完全就形式层面而言。日志的精神品格和载体形式是散文，日志使其"整体的关于社会和世界的想象已经瓦解，象征已经消失，剩下只有重复、平淡、短小、瞬间和碎片，其中混合着消费制造的温馨和伤感。"③这些日常生活化的内容，正是博客写作的主要对象。日志将日常生活事件记录展示出来，同时暗示其"私有"、"隐私"的性质，使之向文学靠拢。但是，"在如此统一了的生活内容里，在这篇无所不包的文摘里，不可能再有什么感觉：产生梦幻、诗意与感觉的东西。即重大

---

① 蒋述卓、李凤亮主编：《传媒时代的文学存在方式》，广西师范大学出版社2010年版，第140页。
② [美]阿瑟·阿萨·伯格：《通俗文化、媒介和日常生活中的叙事》，姚媛译，南京大学出版社，第144页。
③ 蒋述卓、李凤亮主编：《传媒时代的文学存在方式》，广西师范大学出版社2010年版，第158页。

的搬迁与浓缩形式，建立在不同成分相互间有机链接基础上的比喻和矛盾的重大意象，是不可能再存在了。相同成分的永久性替代特立独行。不再有象征功能：在永恒的春天里，气氛的组合是永恒的。"①在日志里，文学的内核已大半被抽离。与传统文学相比，或许今天的文学更趋碎片化、日常化、经验化和表面化，没有创造，没有想象，文学只剩下能指，或者说文字转向了自身。这正是日志体的博客写作的特质所在。因而，我们只能说，博客写作在以日志体这一散文化的文本形态走近文学。至于这是否就是文学，并不是一个简单的断语所能明确的。

正因为博客介于文学的边界，故在今天的文学地图中，博客的文学性特别受到关注，乃至成为人们讨论文学版图划分的一个案例。其实我们不必下一个结论，论及博客是否归于文学版图，只需承认这样的事实，文学的边界处确有博客这一片特别的天地。因为博客的存在，"文学与非文学的边界，却实实在在被打破了。在纸面世界，是那些软硬不等的制度：大学中文系的学科分类、文学杂志的栏目、出版社的经营范围、书店的分类标签，作家协会的组别……划定和维持着边界，但这里，那些制度基本不管用。相反，是另一些更无形的因素，在影响人们对'边界'的感受：由跳跃式点击主导的网上阅读方式、网外生活中多媒体交互影响下形成的感受和表达习惯、作者／读者互动过程中对奇思异想的激发效应……天性中本就有一股偏要踩线越界才快活的热情的写作者，当然要在'博客文学'里跨过来跨过去了。"②那我们就来具体观照博客的跨界行动吧。

2. 文学边界与越界

虽然"博客文学"这一命名将博客与文学生硬地捆绑在一起，未免有些武断和简单，实质上也有降低文学门槛之嫌；但从另一方面，我们也不能就此断定，博客写作并非真正意义的文学行动。在更多的情况下，所谓的博客文学仅仅表现为一种文学越界。让我们先来看一篇题为《爸爸》③的

① ［法］鲍德里亚：《消费社会》，全志刚等译，南京大学出版社2006年版，第7页。
② 王晓明：《"网络"or"纸面"：今天的文学阅读》，《新华文摘》2011年第22期。
③ Wenyingniao.blog.163.com。

博客文章：

娟说，妈妈电话告诉她爸爸要独自去桂林旅游，绕道杭州，先在她家做小停留，看看她和毛毛。

妈妈一如往常亲自来看她们一样，特意让爸爸从家乡背来毛毛爱吃的红心萝卜、红薯干、毛豆，还亲自做了豆腐卷。另外，家乡的大米不仅便宜好吃，还没有污染，就特意到自由市场买了50斤带上。

妈妈电话不无得意地对娟说，特意多带点东西，专门治治老头子这个不舍得打车的毛病！

娟知道爸爸的脾气，能乘公交车，无论手里东西有多重，只要拖得动，就决不会打出租车的。所以，当妈妈说东西带的多，有四大包呢！那边是娟的弟弟送上大巴的，到杭州后打车就到娟家了……电话那头妈妈又说又笑，娟握着话筒却笑不起来了。

她了解爸爸，他不会打车的，那四大包沉甸甸的行李怎么拿得动！娟想问爸爸是哪趟车，没问，因为妈妈从来讲不清楚车次。想和爸爸联系，老爸一向反对用手机。

……

这一晚，娟听见爸爸睡在床上累得直哼哼。娟坐到床边，心疼地直对爸爸说，以后再来，看看就行了，杭州啥都有，不要带东西。爸爸笑了，说哪有那么娇气啊！

第二天早饭后爸爸从包里掏出张有点发皱的纸用笔在做标记。娟拿过来一看，原来是爸爸自己画的旅游地图。已经去过的地方用红笔作了标记，就像作战地图，攻下的山头要做个醒目的标记一样。

去年他去看过西安的兵马俑，还去了山西的乔家大院和被列为世界文化遗产的平遥古城，今年的目标是广西桂林，那是刘三姐的故乡啊！

为此老爷子亲自为自己的宏伟计划绘制蓝图。他把弟弟给他买的最新版的中国地图扔在一边，嫌那些纵横交错的红黄蓝绿的线条复杂难懂，亲自绘制只有他自己才能看明白的地图，线条简单，从家的方向出发，一条线直接通往桂林——美丽的刘三姐的故乡。

第三天，爸爸出发了。他的行李异常简单，一个存折，上面有 800 元钱，一只旅行袋，里面有几包方便面、一个水杯和一块毛巾。

他神情轻松，因为他把所有的重负都卸在娟家了。

车站，他对娟和毛毛挥挥手，微笑着说："回去吧，不用为我担心。"

怎么能不担心？娟扭不过爸爸的倔脾气，眼睁睁看他把她给他的手机扔在床上不肯带走。一个 75 岁的老人独自去旅游了，去圆自己一生的梦想，路途遥遥，没有联系方式，这让娟无论如何也没法不担心。

她每天都算着爸爸外出的时间，只能根据时间判断他此刻已经到达哪里了。爸爸走后第五天，终于在广西境内的一个公共电话亭给她打来了长途电话，爸爸说，他的钱丢了。爸爸把电话挂了，娟还没来得及问他怎么找他，给他汇钱。爸爸又从一家小旅店打来电话，说又在一个口袋里翻出 300 元钱，叫她别担心，够他回来的路费了……

在第 10 天的下午，爸爸结束行程回到小县城自己的家中。

这篇博客因记述的是本书作者父亲的一段真实经历，故全文引上。那么这篇博客是否称之为文学作品？如果说是，这几乎完全是一篇纪实性文字，没有想象，没有虚构，展现的就是生活的情景，几乎未作任何的艺术加工和处理；如果说否，那么在还算简洁轻快的文字叙述中，见出一个可亲可敬的父亲形象，还有女儿那份挂念。情感的表达、神思的飞扬以及叙述者的叙述视角与文章中女儿内视角的一致，恰到好处地渲染了文中充溢的深情厚爱，这样的文章又怎能否认其文学的感染力？那么就文学而言，此篇文章到底是耶？非耶？

对此我们不必作一个终结性判断。首先，博客写作本身就将其置于文学的边界处，日志体与文学所建立的亲密联系前文已述。从博客这个角度讲，博客写作中的文学性显而易见，比如上文《爸爸》引自的博客（Wenyingniao.blog.163.com）站点就标注为"闻莺（wenyingniao）的文学博客"，该博主还分门别类地开了社会生活博客、新闻时事博客等。就其文学博客而言，该博客登载了博主创作的一些艺术性较强的散文和诗歌。现引一首诗歌《今夜……》① 如下：

> 一个诗人来过了
> 他留下海子的诗
> 今夜我不关心人类，我只想你
>
> 想我，因为我头顶上
> 有点亮生命的
> 母性的光环
>
> 于是，我决定就在今夜
> 把自己搁置在
> 珠穆朗玛峰的峰巅
>
> 那是生命至高无上的祭坛
>
> 远离了喧嚣和掠夺

---

① Wenyingniao.blog.163.com.

没有污浊的河流

没有杀戮，甚至没有微生物

我要以——

雪域高原鹰的眼睛

纯净而温柔地注视

夜幕覆盖下的地球上

无数个人类的孩子

也包括你，我的诗人

因为我是母亲

我要借女神的力量

于黎明前抖落寒冷的星星

托起鲜红的太阳

为你也为所有的孩子

照亮前程……

如果说，《爸爸》这篇文章还让我们犹疑不定是否为文学作品，但是面对这首《今夜》，我们只能感慨诗歌中所积聚的文学力量，想象和象征手法开拓了诗歌广阔和深邃的意境，衬托了母亲博大的情怀。一篇是纪实的散文，一篇是写意的诗歌，二者相比，无疑后者比前者更具有文学性。当下博客中存在着大量的像《爸爸》这样的文章，究竟有多少文学性的成分，这似乎不是一个可以量化的问题。有些文章即便我们不能断然肯定其为文学作品，但也同样不能否认文学性的存在。

将博客写作置于文学的内与外之间，这就是假设文学有一条界线来划定自己的版图。文学"内"与"外"界限如何确立的？在传统的文学史上，"内"与"外"是由文学体制和权威的隐喻性建立起来：

　　　　它既可以是现实存在的制度，例如出版机构、媒体、学院权威机构、审查机构等建立起来的文学等级和文学体制，以排外、拒绝和等级的运动维持着"文学圈内"和"文学圈外"的划分，通过文学教育、文学发行以及文学史编写等运动控制和塑造一种'正确'的文学概念和文学意识形态。它也可以是某种象征性的"内"和"外"的划分，靠着这种"内"和"外"的距离产生的幻想空间支撑起作者、学院、出版社等的权威性。①

　　而今，博客写作对传统文学"内"和"外"的界限的消弭，首先存在于作者与读者之间关系的转换以及读者与文本距离的消失上。在文字印刷时代，印刷文本的不可逆转和不可改写的稳定性，建立了文本的唯一性（版本）。作者身份的专业性和神圣感，构成了与普通读者的距离，并增加了作者与读者互动的难度。而在博客中，每个人都拥有写作的权利和资格。每个人既是读者，也是作者。也正因为此，读者和文本的距离在不断缩减。读者不仅可以在第一时间读到更新的文本，而且其留言和评论实际上是在以互动的方式介入文本的再创作。

　　博客写作对传统文学"内"和"外"界限的消弭还在于博客消解了文学的"距离"。关于此，金惠敏作了较为集中的论述。他认为文学的距离亦即审美的距离：

　　　　文学批评史尽管不如美学史如此地倡言"距离"，但究竟只是个术语问题，"模仿"、"想象"、"陌生化"、"修辞"等等实际上都只是"距离"的另一种说法，而且在文学上扮演着如"距离"在美学上的角色，是它们造成了文学，使文学堪称为文学。②

---

① 蒋述卓、李凤亮主编：《传媒时代的文学存在方式》，广西师范大学出版社2010年版，第145页。
② 金惠敏：《媒介的后果——文学终结点上的批判理论》，人民出版社2005年版，第13页。

无论是从哲学意义上对文学"距离"的理解，还是从审美价值上认识文学的"距离"，都可以认为"距离"是作为文学的内在规定性而存在的。网络媒体技术的发展，在时间和空间以及人们的心理距离上大大地缩短了哲学、美学、文学等等的"距离"。正是在这一意义上说，博客写作如果说是在靠近文学，毋宁说是在从距离上消解文学的属性。博客写作犹如德里达所言的"明信片"：

> 任何一篇公开发表的文字，任何一个开放的文本，都像打开的信的表面，因而也像明信片那样被提供给读者，毫无隐私，连同地址一起包容进来，从此被密码化的而且同时定型化的语言质疑，并且正是被那些密码和数字变得烦琐。相反，任何一种明信片都是一种公开文献，其隐私被剥夺，而且更有甚者，也因此把自己和盘托出交给法律。[①]

明信片本来是私人信件，但它的文字却是公之于众的。博客亦然，本是私人空间的日志，完全呈现于公共空间，一切都是公开和透明的。"正如明信片没有所有者一样：它依然没有任何特定的收信人"[②]。与德里达所言电信时代情书的消失所意味着文学的衰落一样，今日之博客乃如这明信片，一个完全开放的文本，没有隐私，没有距离，也因而意味着它与文学的若即若离。

3. 文学内爆与审美泛化

应该说，"博客文学"这一命名本身就言明了博客与文学的交互作用以及文学的越界状态。博客写作之于文学的意义不仅在于它使传统文学的"内"与"外"的边界变得模糊不清，纯粹的文学与非文学区分也不再那么判然有别，而且从根本上说，它是文学内爆的一个投射和侧影。"随着个人空间介入公共空间，一系列文学概念在博客写作中发生动摇，这是可以

---

① [法]雅克·德里达：《文学行动》，赵兴国等译，中国社会科学出版社 1998 年版，第 200 页。
② [法]雅克·德里达：《文学行动》，赵兴国等译，中国社会科学出版社 1998 年版，第 202 页。

预料的，其中最重要的是'内'和'外'之间的边界的消失和文学法则间的内爆。具体来说，在博客写作中，区分一种纯粹的文学和非文学已不可能，文学'内'和'外'的边界也在消失。写作呼唤各种文学外的他者。其次，文学内部所维持的各种标准、界限、秩序等也开始崩裂，传统文学根基开始动摇。"①

具体地讲，文学内爆主要表现在以下几个方面：

首先，在世界与作者关系上，二者并不是直接和透明的，现代传媒在其间插入了一个由"信息环境"组成的"虚拟世界"，它越来越成为作者获取创作材料和信息的另一"世界"，这就使作家的"模仿、再现、表现、符号化、程序化"等出现了更为复杂的情况。现代社会已由语言中心转向了以图像为中心，电影、电视、电脑还有广告等向人们展示直观的图像。图像构建了人们的生活，或者说人们生活在图像之中，而实际的生活反而不真实了，因而鲍德里亚明确断言：

> 今天的现实本身就是超级现实主义的。从前，超现实主义的秘密已经是最平庸的现实也可能成为超现实，但这仅仅限于某些特定的时刻，而且这些时刻仍然属于艺术和想象的范围，今天则是政治、社会、历史、经济等全部日常现实都吸收了超级现实主义的仿真维度：我们到处都已经生活在现实的"美学"幻觉中了。②

对于作家来讲，世界已不再真实，因为"现实在超级现实主义中的崩溃，对真实的精细复制不是从真实本身开始，而是从另一种复制性中介开始，如广告、照片，等等——从中介到中介，真实化为乌有，变成死亡的讽喻，但它也因为自身的摧毁而得到巩固，变成一种为真实而真实，一种失物的拜物教——它不再是再现的客体，而是否定和自身礼仪性毁灭的狂

---

① 蒋述卓、李凤亮主编：《传媒时代的文学存在方式》，广西师范大学出版社2010年版，第145页。
② [法]让·波德里亚（鲍德里亚）：《象征交换与死亡》，车槿山译，译林出版社2006年版，第108页。

喜：即超真实。"①那么这种超真实就造成作家写实仿真的眩晕。如果说，以前艺术品和图像作为仿像，是透明和一目了然的，人们不会混淆制造与仿造；那么现在，真实和想象混淆在相同的操作中，到处都有美学的魅力：特技、剪辑、剧本等造成无意的戏拟和策略性仿真。反映到文学写作中，作者在真实与超真实的转换中，已经将外部世界作为超真实性的存在予以表现了，艺术与生活"真正地"融入到一起。

其次，在作者与读者的关系上，网络空间消弭了二者的距离，直接导致文学行为和文学参与方式的变化。在传统的文学体制中，作者无疑是文学活动的中心和权威，读者处在一个被动接受的位置。博客里人们似乎不再以"作者"和"读者"身份来称呼博主和博客里的访客。因为维护"作者"和"读者"的因素已经被解体和重组，"作者"不再仅仅以写作为唯一职责。作为博客空间的主人，他在经营装点维持这个空间的一切，他所做的一切在很大程度上是为了得到更多读者的认同和欣赏。他也特别关注读者的留言，此时他成为读者的读者。显然这时原来的读者已成为作者。作者与读者身份的并置互换、共同参与的方式，不仅是博客生存和发展的基石，也直接影响着博客写作。

再次，读者和文本的距离在不断缩短。在传统文学活动中，读者面对的是一个经过若干生产环节制造出来的定型化文本，其神圣和权威性造成了读者与文本不可跨越的心理距离。"电子文本的流动性、可复制性和可参与性在形式进而在象征层面上动摇了文本不可改写的观念。这种观念曾被纸质载体的静止、稳定的性质决定，在此基础上隐喻成坚固的文学权威。"②现在博客写作不仅解构了文学权威，颠覆了纸质文本的不可改写性，引发了文学核心的内爆，而且通过博客日志的更新变动，读者可以第一时间掌握博客动态和日志内容，并以此幻想性地占有作者。这也是名人博客备受关注的原因所在。读者对文本的及时反应和反馈以及参与，使得

① ［法］让·波德里亚（鲍德里亚）：《象征交换与死亡》，车槿山译，译林出版社 2006 年版，第105 页。
② 蒋述卓、李凤亮主编：《传媒时代的文学存在方式》，广西师范大学出版社 2010 年版，第 146 页。

博客缺乏一个"手稿"，亦即读者除了看不到作者写作的原初状态外，作者和读者共同拥有那个文本，作者不再享有文本的专利权，作者权利被读者的参与所瓦解。

最后，还必须强调，当代文学生产的外部机制诸如审核、编辑和出版等在很大程度上已被网络传播新的机制所取代。博客写作的"四个零"条件，本身就会使文学放下身段，与民共舞，这也使博客空间杂草丛生。从这点来说，"博客文学"这一称谓或许本身就意味其文学之业余，无论是博客对文学的介入，还是文学对博客的渗透，博客文学已不是一种纯粹意义的文学，它仅是网络时代审美泛化现象在博客写作中的映射。

审美泛化作为一个概念最早是由英国学者迈克·费瑟斯通提出来的。这一概念的完整表达是"日常生活的审美化"或"日常生活的审美呈现"，他在三个意义上阐述了日常生活审美化的涵义：

> 首先，我们指的是那些艺术的亚文化，即在第一次世界大战和本世纪20年代出现的达达主义、历史先锋派和超现实主义运动，在这些流派的作品、著作及其活生生的生活事件中，他们追求的就是消解艺术和日常生活之间的界限……其次，日常生活的审美呈现还指将生活转化为艺术作品的谋划……日常生活的审美呈现的第三层意思是指充斥于当代社会日常生活之经纬的迅捷的符号与影像之流。①

费瑟斯通是在1980年代指出日常生活的审美化这一现象的，他所阐述的三层意思在当今时代已得到完全的融合和统一。首先，如果说早期的达达主义、历史先锋派等流派追求的是消解艺术和日常生活之间的界限，那么到今天，艺术与日常生活界限的消弭已成为一个非常具有普遍意义的现实；其次，如果说电视催生了图像主义，亦即日常生活审美化，那么今天各种

① [英]迈克·费瑟斯通：《消费文化与后现代主义》，刘精明译，译林出版社2000年版，第87页。

新兴的媒体和网络更加速了文化的传播，也使各种符号和影像充斥于日常生活，占据了生活的主体位置，以至于人们的生活变成了对图像的仿拟，艺术与生活的界限消失。再次，随着消费主义的盛行，生活不再仅仅是艺术的来源，而且是直接将其以艺术的形态来呈现，如各种行为主义艺术，或今天的广告艺术、装潢艺术等等。

这种状态就是"审美泛化"："艺术进入了自己的无限再生产；一切在自身重叠的东西，即便是平庸的日常现实，也都同时落入艺术符号的手中而成为美学。"[①] 鲍德里亚说：

> 我们到处都已经生活在现实的"美学"幻觉中了。"现实胜于虚构"这个符合生活美学化的超现实主义阶段的古老口号现在已经被超越了：不再有生活可以与之对照的虚构，即使是胜利地对照——现在是整个现实都转入现实的游戏——这个彻底的幻灭，控制论的冷酷阶段接替了幻想的酷热阶段。[②]

由此看出，"日常生活的审美化"不仅仅意味着审美在日常生活中的增量，而且表明资本与媒介的结合所产生的控制力量在支配着美学生产。这种控制或曰霸权，借助广告、媒介或者形象对一切事物施行了符号加工术：

> 一切都被加工为符号，一切都被锻造成形象，在如此普遍而根本性的"审美泛化"中，文学由以托付其身的现实与审美之间的界限和张力被彻底地内爆了，谈论再现或者反再现，现实或者虚构，真理或者表象等等，将不会有任何的意义，也不再有任何的可能。[③]

---

① [法]让·波德里亚（鲍德里亚）：《象征交换与死亡》，车槿山译，译林出版社2006年版，第110页。
② [法]让·波德里亚（鲍德里亚）：《象征交换与死亡》，车槿山译，译林出版社2006年版，第108页。
③ 金惠敏：《媒介的后果——文学终结点上的批判理论》，人民出版社2005年版，第33页。

应该说，审美泛化是文学内爆的燃点所在。因为审美泛化导致了现实与虚构、生活与审美之间界限的消失。"因此到处都有艺术，因为人为方式处于现实的中心。因此艺术死了，这不仅因为它的批评超验性死了，而且因为现实本身完全被一种取决于自身结构的美学所浸透，与艺术形象混淆了，它甚至没来得及产生现实效果。"①鲍德里亚在此断言由审美泛化所导致的艺术之死包括文学。

回过头来看博客写作，看所谓的博客文学，这里我们首先把它作为一种假定的文学存在来讨论。在一切被审美化的时代，博客写作自然可以被指称为一种特别的文学行动。不过从审美的角度看，由于现实与艺术形象的混淆，艺术创造不再需要虚构和升华，也不再有梦幻，因为现实在超级现实主义中已经崩溃，对真实的精细复制不是从真实本身开始，而是从另一复制性中介开始，如广告、照片，等等。人们生活在超现实当中，处在一个泛化的审美世界中，生活就是艺术，艺术真正等同于生活。文学和语言越加频繁和越加精细地渗透在生活的任何一个角落，宏观的把握、整体的情感和记忆就越加没有可能。以此来衡量前文所引《爸爸》一文，究竟是文学还是非文学，答案或许显而易见。如果以距离作为文学生存的唯一条件，那么这个时代已不再有那虚构的想象的世界所构成的文学，唯有那些断片式的日记体的随想和感悟。这就是金惠敏所言的审美泛化导致了文学以托付其身的现实与审美之间的界限和张力的内爆。正是在这个意义上，他说，"毫不夸张，'审美泛化'将就是文学的灭顶之灾，灭顶在一个审美的汪洋大海，如果人类真的仅剩一个世界，仅剩一个'泛美学'的或者'拟像化'的世界的话。"②那么，博客写作作为审美泛化的存在物，是否成为文学死亡的讽喻？

如果说，审美泛化主要是因网络媒介和其他新媒介的发展而成为具有普遍意义的现象，那么另一方面，媒介同样也赋予文学特别的生存意义并

---

① [法]让·波德里亚（鲍德里亚）：《象征交换与死亡》，车槿山译，译林出版社 2006 年版，第 110 页。

② 金惠敏：《媒介的后果——文学终结点上的批判理论》，人民出版社 2005 年版，第 49 页。

制导出新的文学样式，所谓网络文学、手机文学、博客文学、影视文学等等，都是文学与媒介的结合体。按照"媒介即讯息"的观点，各种文学样态自然因媒介的不同而具有不同的特征。比如"博客文学"就不同于网络文学，网络文学以商品形态言说其资本诉求，"博客文学"则以日志形式处于文学内外的界点；网络文学作为商业化文学有其一整套商业运营规则，并形成特有的长篇连载的小说范式，以此区别于传统意义的纸媒小说，博客写作则带有鲜明的私人化写作性质，同样作为主体的表达也更加自由，不受商业法则支配。但是，我们也要看到，博客写作正是博客以其自身特定的媒介形态使文学媒介化了。文学媒介化的直接现实就是文学成为希利斯·米勒所说的那样，是信息高速公路上的沟沟坎坎、因特网之神秘星系上的黑洞。这样说来，金惠敏所言的审美泛化就是文学的灭顶之灾并非断言文学的终结。因为文学毕竟没有死亡，它只是以另一种形态和方式在生存着，就如博客写作给人们呈现的"文学"样式，文学还活着，"但是文学活着这一不争的事实同时却也不能全然抹杀其'终结'论的某种价值，因为'终结'论者的每一次宣判都可能指出活着的文学不曾意识到的其已经坏死的部分；文学活着，但它是以不断更新的方式活着，没有更新就没有文学的生生不息。而这反过来也可以说，文学总在'终结'着，'终结'着其自身内部不得不'终结'的部分。文学作为'家族'没有'终结'，而这家族之结构则在与时俱变。"① 概而言之，媒介的出现既促发了文学的内爆，也使之托付其身得以生存。因而也可以说，所谓的"博客文学"，既是博客对文学的浸染和侵占，也是文学在当今时代的一种存在方式。

三、作为生产与消费的博客写作

1. 博客写作作为一种生产

博客由于源代码的开放而将其变成一个可写、可参与、可填充、可分

---

① 金惠敏：《媒介的后果——文学终结点上的批判理论》，人民出版社2005年版，第8页。

享的空间，这个空间允许生产者在其中进行任何形式的知识、信息和内容的创造，因而我们说博客写作也是一种生产。

对于网站来讲，博客生产是博客功能生产的衍生，即生产者在博客网站提供的功能服务下进行的生产。在这种情况下，博客的"零壁垒进入"确保任何写作者都能发布自己的写作内容，而无须任何生产成本。但任何生产都有财力、物力及人力的成本消耗，博客网站无偿为博客写作者提供博客空间及其功能服务，表面上是一种非计算的慷慨的赠送，实际上支撑博客运营的仍然是可以看得见的商业逻辑。在经营博客的网站，博客的内容越丰富，越能吸引较多的人气和商机。在一定程度上，博客空间的兴盛与否，能直接透视出网站商业经营的成败。在一些重要的门户网站，如新浪博客、搜狐博客，"名人博客"的开设为网站积聚了人气，也提升了名人的社会效应，实现了网络公司和名人之间的互利；对于更无数的草根博客来讲，其"礼品经济学"的商业规则更显露无遗，网站访问量的飙升意味着广告价位的升值和商业潜力的增强。因而，回过头来看博客网方兴东所提出了博客功能即记录分享、沟通交流、交友平台和机会中心等，实际上都是在强化博客的社交功能。一个配套的功能强大的网络社区，其商业潜力也同样巨大。博客网站伸展博客的触角，实现个人手机和博客服务的连线，将随时随地的感想和见闻通过短信付诸博客等，无非是进一步扩大博客的传播效应。所以不难看出方兴东"每个人拥有一个博客"的激情宣言中的商业话语性质。人气、访问量及博客写作的内容，转变成网站无形的商业资本。

博客写作对于生产者而言，是内容生产与发布相统一的活动，这不仅刷新了印刷出版的概念，也超越了数字出版的审查限制，形成"我写作、我发表、我做主"特定的自主化生产模式。这一模式极大地解放了博客写作的生产力，最大限度地将写作普及化，也导致了写作的多元和内容的丰富。就生产方式而言，博客空间技术提供给生产者不断的生成、更改和编辑的自由操作。从生产标准来讲，博客也从来就没有一个规定性的文本范式，更未提供经典性的博客文学样式。"零编辑"释放了博客写作者的热情和才智，使他们在博客空间更充分地展示和实现自我价值。

当然，从另一方面来看，博客诸多"零条件"是否会导致博客写作成为一种无价值的写作？对此，有人认为："各种没有经过审查、编审、授权、认可、生产的写作，将变成一种零价值的写作。它丧失了意义、权威性和象征性。在博客写作中，所遵守的是巴塔耶意义的广义经济学，它偏向无用性的。"①诚然，如果以价值观来衡量，博客写作颠覆了传统写作所代表的权威性和象征性的中心话语权力，将写作普及到万千草根，自会使博客写作犹如未被开垦的土地上滋生的蔓草自由地生长，而出现良莠不齐的现象，但是，谁能否认，教堂有教堂的神圣，市集有市集的生动，后者的喧哗之声就一定是零价值的存在吗？埃里克·雷蒙德在他的《大教堂和市集》一书中，以生动形象的比喻，将自有软件和商业封闭软件之间区分开来：

> 我一直想找一个比喻，能够强调我所发现的在两种开发模式中所存在的重要区别。一种是封闭的、垂直的、集中式的开发模式，反映一种有权利关系所预先控制的级权制度；而另一种则是并行的，点对点的、动态的开发模式。②

埃里克·雷蒙德认为，自由软件不仅仅是一种意识形态，也不仅仅是乌托邦的理想，而是在开发模式上真正代表着先进的生产力，代表着历史发展趋势的必然。这个观点应用到博客写作上来，就是公开源代码程序带来了写作生产力的解放。同时，也使博客写作走出象牙之塔，成为大众化写作。事实上，在当今大众文化成为这个时代的主流话语时，大众化写作的自身价值不言而喻。虽然，减少了审核和编辑等环节，虽然也有一些不尽如人意甚至格调不高的博客存在，但总体而言，博客写作基本集中于文化素养较高的知识阶层。他们将博客空间作为属于自己精神领地，并想获得

---

① 蒋述卓、李凤亮主编：《传媒时代的文学存在方式》，广西师范大学出版社2010年版，第142页。
② 转引自方兴东 王俊秀：《博客——e时代的盗火者》，中国方正出版社2003年版，第65页。

他人的认可，就会注重博客写作的质量以及认真维护博客空间的。其实，博客写作并不是真正意义的"零编辑"，只是将编辑审核的权力由他者移交给博客写作者自身。至于写作质量总有高低之分，一如其他写作。再说写作的所谓无功用性，这同样失之偏颇。因为博客写作已远远超出日志体写作的范畴，即以私人空间介入公共空间。博客平台所提供的各种社交功能，也充分彰显了博客写作的意义和价值。

如果我们一定要从文学生产方面来探讨博客写作的意义，那就是博客写作正因为其无商业功利性而表现出写作者比较纯粹的文学旨趣。与目前以经济利益为驱动力的文学市场上的商业化文学相比，其文本的文学象征意义更加突出。如新浪草根名博中的"弱水三千"博客的《这个春天我在江南夜夜听雨》[①]：

> 十年春事十年心，一寸相思一寸灰。——是为题记。
>
> 壹
>
> 江南三月，本应草长莺飞，万紫千红，而今却是片叶未发，花事了无。唯有春雨春愁，如宿醉缠绵，挥之不去。这个春天，我在江南，夜夜听雨。孤枕之上，听冷雨敲窗，淅淅沥沥，点点滴滴，每一声都那么冷彻心肺。只是，春寒夜长心孤寂，闲愁赋词无人和。多少落寞情怀，便在如此这般的夜。
>
> 贰
>
> 那一晚独坐咖啡屋，烛光明灭之间，忆多少前尘往事，历历如昨，却又恍若隔世。也曾温婉淑雅可人心脾，也曾意气风发勇往直前。但即使千年落花，万世流水，终不过随时光归去，了无痕迹。而那样凡俗的人与事，又怎敌得住岁月如刀，风霜似剑。最心痛是，情到不堪回首处，人却还在红尘中。
>
> 叁

---

① 《这个春天我在江南夜夜听雨》，2012 年 3 月 8 日，见 http://blog.sina.com.cn/s/blog_43ee41430102dvkv.html。

　　心向明月又如何？应知明月之下，总有沟渠。我们都是命运的人质，被绑定在各自命定的城池。若能躲进城市一角，静下心来，听一曲萨克斯风，喝一杯卡布其诺，读一读渡边淳一，看一看城市的夜色，已是足够。每个城市的夜色，都有着人人得以目睹的美丽，而城市的背面，却有着只可一人独享的另一种温暖。这种温暖，正好可以让你自理羽毛自舔伤口，并为所有的凉薄找到最合适的理由。然后，试着与自己和解，并且，与这个你所不喜欢的世界和解。

　　肆

　　并不是所有的记忆都能在漫漫寒夜里开出花来。尤其，在这个夜夜下着冷雨的江南。江南的夜雨里，声声都是顾曼桢的千万次重复："世钧，我们回不去了。"简单，心酸，却又那么遗憾。只是从此，便要各自天涯，各自珍重。

如果说，在今天几乎无处不在的商业化社会，还依然有较为纯粹的文学作品，那么就是博客中诸如此类的文章。这番细腻纤约的文笔和格调以及所表现的闲情逸致，应是文学正宗的招牌，这也是那些身处红尘俗世而又寄情于物外之人借博客这一空间而展现给世人的作品。当然，这里所谓的文学，也仅仅表现是些散文类的小品。整个的关于社会和世界的想象已被重复、平淡、短小、瞬间和碎片所分裂瓦解，这其中还混合着消费制造的温馨和感伤。

2. 博客——新生活方式的门户

　　当博客写作成为人人都可以从事的活动，那就不仅表明当今时代人人都有可能成为信息的生产者和发布者，而且意味着博客正在成为人们生活的组成部分，或者说博客正在构建人们新的生活方式。

　　博客的内容涉及社会生活的各个领域，这里我们以博客的分类看其博客内容。以新浪博客为例，新浪将博客分成下属若干类别：娱乐、文化、体育、情感、财经、股票、校园、教育、时尚、军事、休闲、美食、旅游、汽车、房产、家居、育儿、星座、健康、游戏、杂谈、媒体、草根、圈子、图片等。名人博客根据其博主的身份划归在不同类别中，如娱乐类博客中成龙、李连杰、秦海璐等；文化类博客中有韩寒、郭敬明、当年明月、柯云路等；体育类博客中黄健翔、科比、米卢、聂卫平等。每一类中的博客按英文字母顺序排列，如媒体类博客：A 爱情房车、B 百家讲坛、C 城市画报、D 大学生、F 法律与生活、Z 最小说等。博客圈子：如 A 癌症病友圈、C 蔡依林圈、C 处女座博客圈、D 读书文化圈等都按英文字母顺序依次排列。以上各种类别仅从名称即能观其博客写作的大致方向。在新浪博客中，还专设了"草根名博"一类，这类博客内容各擅其长，涉及上述各个类别所指。

如果说，早期博客是以个人日志体的形式呈现于世人，博客内容大都局限于个人生活和情感空间，那么随着博客内容的逐渐丰富，博客文化空间不断拓展，博客写作的功能性意义也得到了进一步提升。新浪博客的分类即可看出博客涉及当今社会生活的各个领域。事实上，所列的这些类别诸如娱乐、休闲、时尚、旅游、汽车、房产等正在建构当今人们的生活内容。也正是在这个意义上，博客网董事长兼 CEO 方兴东将博客网定位于新生活方式门户。方兴东提出了博客网的愿景："让每一个人拥有自己的博客，博客网的使命就是创造新一代网络生活方式。"[1]在他看来，中国博客网的理念是博客网不是传统门户，不是资讯门户，不是信息门户，是基于博客的生活门户，博客就是生活！按照这一理念，博客的功能在于：记录分享（share）：越分享越多的人生经历和心灵历程，生活的点滴，生命的痕迹；沟通交流（home）：沟通亲朋好友，全天候全息的深度交流新方式；交友平台（friends）：汇聚新朋网友，24 小时可信赖的网络交友新方式；机会中心（opportunities）：需求匹配中心，超越时空的生活、学习、工作、娱乐需求匹配，等等。

---

① 《博客网正式发布新生活方式战略　打造新式门户》，2006 年 1 月 19 日，见 http://tech.qq.com/a/20060119/000273.htm。

应该说，博客网的"新生活方式门户"的理念并不是其独家追求。从"个人写作出版"提升到"基于社会关系的新生活方式"，这是中国博客发展的必然进程。

3. 博客写作的消费性质

这是一个消费文化盛行的时代，自然，博客也被纳入消费文化之列。费瑟斯通就消费文化对人的本能的释放和潜在欲望的激发以及操纵作如下阐述：

> 资本主义也生产出了各种消费的影像与场所，从而导致了纵欲的快感。这些影像与场所，还混淆着艺术与日常生活的界限。……受文化理性化、文化商业化、文化现代化等观念的鼓舞，这些理论都强调了大众文化中的越轨、反抗、狂欢和有节制地挥霍的传统。狂欢节、商品交易会和节日盛会等大众传统，是对官方"文明"文化的象征性颠覆和僭越，是对激情、情感宣泄以及膏腴的食物、烈性酒、淫乱的性生活等等，所表现出的直接而粗俗荒诞的肉体快感。在其中日常生活世界被颠倒了，禁忌和幻想有了实现的可能，不可能的梦想也可以得到表达。①

费瑟斯通认为消费文化使用的是影像、记号和符号商品，它们体现了梦想、欲望与离奇幻想；它暗示着，在自恋式地让自我而不是他人感到满足时，表现的是那份罗曼蒂克式的纯真和情感实现。这一观点正可以用来解释博客写作的消费意义。博客空间对于博主来说，他采用的影像、文字、音乐等等形式，实际上都是一种符号性的文化消费。"在以博客为代表的网络世界里，形形色色的影像、记号和符号商品都是文化，这种记号与形象的溶解和渗透，逐渐消解了现实与幻想、高雅与通俗、审美与功利、原型与象征、原创与模仿、戏拟与抄袭等等之间的区别。它带来的结果是，在

---

① ［英］迈克·费瑟斯通：《消费文化与后现代主义》，刘精明译，译林出版社2000年版，第32页。

消费过程中，对于物质消费而言，从以前对使用价值的重视转向对商品象征性消费的看重；对于艺术消费而言，从以前对审美价值的重视转向对娱乐消费的看重；由于计算机技术的虚拟特性决定了网络文化生产与消费的非物质特征，因此，网络文化消费实际上也可以说是一种典型的象征性符号化消费。"①

关于消费，鲍德里亚将其置于社会结构中进行分析，指出消费逻辑是"符号和差异的逻辑"。与使用价值的功能逻辑、交换价值的经济逻辑、象征性交换逻辑相比，只有符号/价值的逻辑界定了消费领域，显然，鲍德里亚不是在一般性的物质需要和使用层面上来谈消费的。在消费社会，消费作为一种交换和差异的结构而呈现。比如对于都市人群来讲，购买手表不是为了看时间，而是一种时尚需求。这种时尚的消费建立于一种差异的结构，即不同价位与品牌的手表，表明的是人物身份、地位以及财富的差异。符号交换的逻辑就是差异的生产。鲍德里亚认为：

> 每一个群体或个人甚至在基本的生存得到保证之前，就已经体验到了一种压力，要让自己在一个交换和关系的体系之中拥有存在的意义。与商品的生产同时产生的还有意指关系与意义的细化，由此产生的结果是，在一个人与另一个人为自己而存在的同时还要一个人为另一个人而存在。②

鲍德里亚在这里强调两点：第一，人是社会性的人，人在一定的社会结构中显示其存在意义；第二，对于人类而言，商品生产和消费不仅是物质性生产和消费，还具有意指作用，即某种生产与消费总是指向某个特定的群体和个人。因此，他认为：

> 物作为符号，从而就不再从两个人的具体关系中显现它的意

---

① 陈定家：《比特之境——网络时代的文学生产研究》，中国社会科学出版社2011年版，第198页。
② [法]让·鲍德里亚：《符号政治经济学批判》，夏莹译，南京大学出版社2009年版，第58页。

义。它的意义来自与其他符号的差异性关系之中。有点像列维－斯特劳斯所谓的神话，符号—物在它们之间交换。由此，只有当物自发地成为差异性的符号，并由此使其体系化，我们才能够谈论消费，以及消费的物。①

也正是在这个意义上，我们论及博客写作的消费意义。

作为象征性符号化消费，博客拥有一个具有较高消费潜力和消费欲望的用户群体。比如根据相关统计，在中国博客网的注册用户中，将近50%的用户都集中在上海、北京、广州等经济发达的商业化大城市，并且50%以上的用户是单身白领女性，80%以上的用户拥有大学或以上的学历，85%以上的注册用户年龄在18—35岁之间，男女比例为4∶6，有着极强尝试欲望，是消费的中坚力量。②在博客群体用户数据分析中，应该说这一数据统计具有一定的代表性，反映了当前博客门户网站现有用户的基本状况。在文化消费中，博客用户群体的消费水平和消费能力相对高于一般社会群体。博客写作和阅读成为这一群体的一种爱好和习惯，或者说成为特殊的休闲方式。就休闲来说，"休闲由此并不是一种对休闲需求的满足，即对自由时间的享受以及有效的放松。它完全可能是一些活动，只要这些活动与生计无关。休闲可以被界定为任何非生产性时间内的消费。现在，这都与被动无关：它是一种积极的行动，一种充满责任感的社会现象。"③这就是说，我们将博客写作和阅读看成是一种休闲性活动的话，这种活动也是表现为用户和个人对自身身份、文化产品、写作能力等等的自我确认。从某种意义上说，博客就是他们掌握的某种文化特权。这也是鲍德里亚所说的消费的差异性逻辑，亦即博客的消费意义所在。

博客的消费性，体现于博客写作的操作方式在于，"博客写作，与其说是写作，不如说是一个游戏操作的过程。软件决定了这个过程的成败，

---

① ［法］让·鲍德里亚：《符号政治经济学批判》，夏莹译，南京大学出版社2009年版，第47页。

② 《中国博客网》，http://baike.baidu.com/view/432421.htm。

③ ［法］让·鲍德里亚：《符号政治经济学批判》，夏莹译，南京大学出版社2009年版，第60页。

它汇合了发布图片、视频、链接、复制、声频的功能。文字经验和水平等传统所注重的写作能力成为次要，而操作这个软件才是重要的。这些来源于文化工业的产品（视频、图像、音乐）不仅代表了我们真实的情感，也让一些语言表达能力有限的人实现了写作的愿望。"在博客这里，写什么已不再重要，"写作好坏的标准也撤销了——其一，图片、录像、音乐等博客的素材已经超越了高级文化和低级文化的划分；其二，博客写作的首要目标是消费，无论是消费快感、他者还是被消费。文学的宣泄、交际、交流、发表、自恋等实用功用在发挥作用。这样，文学的审美性被实用性置换了。"①对于博主而言，文字写作固然是他开设博客空间所要从事的主要事项，但是在博客空间，写作不只是单纯的文字处理，还有博客所提供的各种媒体功能和网络链接功能融入到写作之中，所以说，博客写作在一定意义上具有操作的成分；其次，博主的写作以及在写作的过程中发布图片、视频、音乐等所获得的快感，实际上就是一种消费欲望的满足。

博客的消费性，还体现在博客的阅读上。首先，对于许多博客用户来说，博客阅读已演变成一种行为和生活习惯。方兴东所说的"博客就是生活"以及博客是一种新的生活方式的观点里面已经含有博客所具有的消费功能。交流、交友、消遣以及关注他人或认知各种信息等等获得的快感，大于阅读文字本身所得的知识经验等动机。再者，阅读也可是一种无目的的、意识流的阅读体验。随着超链接、Tag等，从一个页面到另一个页面，从一个空间到另一个空间，从一个"能指"到另外一个"能指"。阅读进入"沉溺"和"浸染"的状态，这就是凌乱、破碎、随意和偶然的阅读行为，时间在阅读中取消。阅读成了比较纯粹的消遣，包括对时间的消费：

> 时间，在这一情形下，不是"自由的"，而是富有牺牲精神的，是一种浪费。它是一种价值的生产，是社会地位的规定，社会中的个体并不能自主地逃脱它的束缚。对这种空闲时间的消费

① 蒋述卓、李凤亮主编：《传媒时代的文学存在方式》，广西师范大学出版社2010年版，第147页。

是一种夸富宴的形式。在此，自由时间是一种交换和意义的载体。①

　　鲍德里亚认为，时间消费也产生社会意义，比如有闲阶层用休闲来证明他的时间的消费性。时间的剩余，就像作为财富的剩余资本一样。休闲时间如同一般意义上的消费时间一样，成为了象征性的社会时间。其次，阅读成为一种多媒体的体验，文字、图像、视频、音乐各种感官性的欣赏和体验，代替了单纯的阅读审美。这与传统文学阅读的性质和意义有着很大的对立："现代主义小说使阅读不再是一种消遣和享受，阅读已成为严肃的甚至痛苦的仪式，小说的复杂是与世界的复杂相一致的。"②那么，与严肃甚至痛苦的阅读仪式相比，博客阅读实在是一种消遣和享受。

四、微博小说与文学信息化发展

　　微博，即微博客（MicroBlog）的简称。作为博客中的一个特别门类，微博是一个基于用户关系的信息分享、传播以及获取平台。用户可以通过 WEB、WAP 以及各种客户端组建个人社区，以 140 字左右的文字更新信息，并实现即时分享。2009 年 8 月份中国最大的门户网站新浪网推出"新浪微博"内测版，成为门户网站中第一家提供微博服务的网站，微博正式进入中文上网主流人群视野。与博客相比，微博的创作门槛较低，交互性更强，网络应用率更高，因而也更受到越来越多的用户欢迎。据《第 30 次中国互联网发展状况调查统计报告》（2012.7.19），截至 2012 年 6 月底，我国微博用户数达 2.74 亿，网民使用率为 50.9%。③作为一种新型媒介工具，微博因其发布和传播信息快速便捷受到用户欢迎，并产生比较广泛的

---

①　[法]让·鲍德里亚：《符号政治经济学批判》，夏莹译，南京大学出版社 2009 年版，第 60 页。
②　吴晓东：《从卡夫卡到昆德拉——20 世纪的小说和小说家》，生活·读书·新知三联书店 2003 年版，第 4 页。
③　《第 30 次中国互联网络发展状况调查统计报告》，中国互联网络信息中心（CNNIC），2012 年 7 月 20 日，见 http://www.isc.org.cn/zxzx/ywsd/listinfo-21627.html。

社会影响，尤其是中国政府近年积极开启微博问政，更加强了微博的社会传播功能。

微博小说是在微博平台上发布和传播的一种文学样式。它要求一个单篇在140字以内，可谓是真正的"微型"小说。2010年闻华舰在微博上发表的《围脖时期的爱情》开创了国内微博小说的先河。这部小说以其微博性和文学性兼具的特质引人注意，并于2011年由沈阳出版社予以纸质出版，这算得上是国内微博小说运作最为成功的范例。微博小说的产生及其发展，一时引发众多议论。有人期待微博小说春天的到来，也有人断定其为"短命文学"。微博小说是渐入佳境还是转瞬即逝？这不是一个可以简单预测的问题。我们应该将微博小说的出现与信息化时代文学的发展状态联系起来，深入考察微博小说的时代特征，以及文学发展的新动态。

1. 微博小说：信息化时代的文学新样态

微博小说是随着微博的迅猛发展而产生的。2010年，美国作家马特·斯特瓦特因找不到出版商，而将自己的小说《法国大革命》发表在微博上，成为第一本"微博小说"。日本知名作家辻仁成的《喃喃自语的人们》和角田光代的《晚安、明天见》两部微博小说，在网络中引起一定的反响。作为国内首部微博小说《围脖时期的爱情》，则集中体现了作者闻华舰为微博小说总结"用140个字完成、有微博元素、开放式写作、充分利用微博功能"等特点，当推为"微博性"比较突出的小说。

"微博性"是微博小说的形态表征，主要表现在以下几个方面：首先，小说用的是140个字数限制的"微博体"，虽然，从整篇小说来讲，它不止是单篇140字就能完成的小说单位。但是，受发布平台限制，微博小说不仅以每次140字上传，而且要以140字作为一个小说的一个基本单元，即在螺蛳壳里做道场，不仅讲究的是语言的精炼，更要在有限的字数里设置"亮点"，或冲突、或悬疑、或包袱等等。其次，所谓的"微博性"，最主要的表现在微博小说写作的交互性上，微博小说是以一节（140字）为一个单位上传的，作者的写作和上传都是在微博上进行的。由于微博本身就是一个开放的平台，因而作者的写作也处在一个开放状态中，作者实时更新，与读者即时互动，并将"微博"自身写进了小说。如《围脖时期的爱情》除了主要的几个人物是虚构的之外，其他都是真实微博网友的介入，他们的互动评论和留言都被写进了小说里，甚至包括真实的微博链接地址。除了写作和阅读的交互性外，微博小说在内容上有鲜明的当代气息或时尚感，无论是都市言情，还是历史叙事，都强调当代性因素的介入和作者的在场感，以及作者常常采用移花接木、戏仿暗讽等轻松幽默的手法。再次，微博小说的传播更体现了微博功能，读者通过微博与作者交流，读者之间相互转发传阅，作者利用微博平台实现了微博小说的高效率传播。

微博小说的"微博性"是其区别于其他媒介形态小说的重要因素。与同属于微型的手机小说相比，微博小说的功能效应更为突出。首先微博小说的作者有自己的网页，写作状态相对比较宽松自由，发布时间不受限制，且在微博上发表小说，无论是独立单篇还是短篇连缀，作者都可自行安排。手机小说在作者完成创作之后，就进入了由小说生产商以及手机出版商合作运营出版的商业渠道。换言之，手机小说的创作先在地受到市场的制约，至于微博小说，总体而言目前尚未形成商业性气候，仍处在清水出芙蓉状态。其次，随着手机智能化普及以及手机阅读的迅速发展，手机小说已逐渐湮没于各种文学形态之中，微博小说却借机进入了手机阅读的视野。

从文学性方面来说，微博小说可以看作是微型小说的一种。但它与传统的微型小说不同，传统的微型小说是一个自足性的单篇，讲究的是精短和精彩，无论怎样的开合承转，都强调一种微言大义或哲理审美等，可谓小说中极其精致的小品。而微博的文学性则在于作者在每一单篇中，力求能出现吸引读者的亮点，或情节的拐点，或语言的精辟，或观点的睿智，或风格的幽默等等。更为重要的区别在于，传统的微型小说属于文学范畴，而微博小说，是戴了微博帽子的小说的变体。有的虽冠称微博小说，实际上仅是一些段子的组合。如《新雷锋日记》虽然虚构了主要人物及其相关事情，在一定层面上戏仿了当今社会现象，但各篇内容之间并无有机勾连，只是随感性的语录集合。故而有人称微博小说属于语录体文学。其实，微博小说作为微博的衍生物，从本质上来说是信息的艺术化、审美化，或者说是小说审美的泛化。

应该说，微博小说的出现体现了信息化时代人们阅读需求的变化。当今各种信息海量涌现并呈泡沫化、碎片化状态，这使人们的文学阅读需求也发生了变化。人们无暇留意于长篇描写叙事的文学作品，更愿意消费一些快餐化文学。微博小说以 140 个字数的限制和短篇切分以及连接的体式，或许正应对了信息化时代人们碎片化阅读的现实。正是在这个意义上，我们说微博小说是信息化时代文学发展出现的新样态。

2. 信息化时代的文学变革

讯息就是信息时代的标准媒介，斯各特·拉什说，"以往占主导地位的媒介是叙事、律诗，论说、绘画，但如今则是讯息或者通信。如今的媒介像极了计算机内存用的字节，它是被压缩过的。"[1]他认为，媒介一旦变成了讯息，或是信息的字节（非常短，但长短不一），整个情况就被极端地改变掉了。比如在长篇小说中，叙事的运行方式是从开头到中段到结尾，主角的主观意图是推动情节的发动机，而诸多事件则一个接一个随因果相循次第展开。至于论说——比如在哲学或社会科学的文章中——则是由概念框架、认真严肃的言说行动、命题逻辑、由合法性的论证所支撑的言说行动等元素所构成。然而，以上所说的一切在信息里都不存在。斯各特·拉什这一观点正是解释为什么昔日辉煌的文学如今却风光不再，长篇小说、叙事诗也作为经典被时间封存，代之而起的各种类型小说、手机小说、微博小说等新形态文学虽眼花缭乱却又如过眼烟云的原因所在。

信息化在改变着文学的命运，这主要表现于，一是信息海量出现，信息正以这个社会一个根本性媒介制约其他媒介，甚而人类生活的内容和方式均被信息所主导，文学也不例外。关于此，本雅明在《讲故事的人》里

---

① ［英］斯各特·拉什：《信息批判》，杨德睿译，北京大学出版社 2009 年版，第 35 页。

作过精辟的论述：

> 我们看到，一种新的交流形式诞生了，这种新的交流性就是新闻报道，它完全控制在中产阶级手里。在充分发达的资本主义社会，新闻业是它最主要的工具。……它更具威胁；而且它也给小说带来了危机。……如果说讲故事的艺术已变得鲜有人知，那么信息的传播在其中起了决定性的作用。

以至于"每天早晨，我们都会听到发生在全球的新闻，然而我们所拥有的值得一听的故事却少得可怜。这是因为，发生的任何事情，几乎没有一件是有利于讲故事艺术的存在，而几乎每一件都是有利于信息的发展的。"[1]信息包围了文学，或者说文学正处于被信息所湮没的危机之中。二是当今信息传播载体日趋数字化，这是信息化时代的技术标志化成果，它反过来又影响信息传播的形态。信息被压缩和加速，呈非线性状态。斯各特·拉什说："科技的生命/生活形式却快到容不下反思和线性。它不仅压缩了线性；它把线性给远远甩在了后面。在加速之际，文化变得日益朝生暮死。"[2]在他看来，论说或长篇叙事小说或绘画要用大量的时间去进行反思才能生产出来，而一份新闻报道则必须以最快的速度完成，或者必须被实时与事件链接，予以报道。不仅是新闻报道，所有信息都具有时效性。如今这些信息特征也移植到了文化以及文学，换言之文学也被信息化了，而微博小说正是文学信息化的直接现实。

微博小说的出现，至少可以从三个方面来解释文学的变革：一是文学的性质由艺术向信息转化。文学属于古老的艺术门类，到了信息化时代，叙事，传说、故事等让位于信息，一切均为信息湮没。从本质上而言，微博小说即是微博传播的一则有着字数限制的艺术化的信息而已。以往作为小说核心元素的故事已经解体。读者阅读的是信息，是作者对信息的设置

---

① 陈永国等编：《本雅明文选》，中国社会科学出版社1999年版，第296页。
② [英]斯各特·拉什：《信息批判》，杨德睿译，北京大学出版社2009年版，第36页。

安排和艺术处理，亦如浏览一般信息。进而言之，这个时代人们对文学的关注远不及对信息的需求，人们离不开那些快捷传播并转瞬即逝的信息。二是文学的形态从单纯走向多元。微博小说作为传媒时代文学的新生形态，也为文学自身作了扩容和变异。三是文学的传播方式由纸媒向数字化方向发展。纸质传播是继口耳相传之后文学传播最为中心化的媒介形态。在印刷文化时代，文学带给人们的精神财富是神圣和丰厚的，同样作为书本形态的文学也一直被人们珍视。到了信息化时代，通过电脑、手机、电子书等阅读文学作品的读者人数迅速上升。伴随数字阅读用户的快速增长，纸媒文学不断受到冷落，各种形态的网络文学影响日渐扩大。

3. 信息化文学的基本特征

文学信息化是指在信息时代文学表现出来的具有总体性倾向的形态特征。从媒介形态上，当下中国文学可以分为传统的纸媒文学和新兴的媒体文学两类，这两类文学所表现出来的信息化程度差异明显。前者代表主流文学，捍卫文学传统，坚守经典原则，在文学场中依然处在权力中心位置。相对而言，受信息化影响并不突出。但是在文学市场中传统文学的所占份额明显下降，其文化影响也渐趋缩小。后者则是大众文学，生产和传播依赖于各种新媒体。媒体与文学的结合所产生的各种类型文本，明显地具有信息化特征。应该说在今天的大众文化占主体性地位的时代，新媒体文学所产生的影响更加广泛，在一定意义上代表文学的发展趋势。文学信息化，就是针对当前文学发展的这一态势而言的，并非是指今天一切的文学都是信息化的文学。然而我们也不能因为今天的文学存在这样两种不同的形态，就认为文学信息化的说法是以偏概全。关于这一认识，詹姆逊在使用后现代主义概念时曾有类似的观点：

> 只有按照某种支配性文化逻辑的概念或统治性标准，真正的区别才能够得到衡量和评价。但我决不认为，按照我对"后现代"一词的广泛运用，今天的一切文化生产都是"后现代的"。

然而后现代是力量的领域，其中每一种不同的文化冲力——雷蒙德·威廉斯以实用的方式称作"剩余的"和"必然发生的"文化生产的方式——都必须形成自己的方式。如果对一种文化要素我们没有获得某种总的看法，那么我们就会倒退到认为现在的历史完全是异质成分的构成，是任意的差异，是许多无法确定其效能的截然不同力量的一种共存。①

我们正是借詹姆逊这一观点作为文学信息化认识的逻辑判断。

文学信息化的直接现实就是文本的信息化。文学创作与新闻报道是两种不同门类的生产形态，但在信息时代，文学创作在很大程度上具有信息生产的特征，无论是反映的内容还是创作的方式，都接近新闻报道。这就是一种照相式的呈现，现实不仅是创作的题材，而且成为作品所表现的直接内容。詹姆逊在《后现代主义，或后期资本主义的文化逻辑》中，曾将梵高的《农民鞋》与沃霍尔的《钻石粉末鞋》两个作品作一对比分析，指出两者不同的艺术风格。前者给人们提供了自由丰富的艺术想象，也留下了足够的阐释空间；而后者的艺术照相式的创作，所表现的物质世界是一种直接的现实。它的光滑的 X 光片的精美抑制了观画者具体化的目光，而且其方式仿佛与死或内容层次上的死的困扰或死的焦虑毫无关系。詹姆逊指出：

在梵高的鞋和沃霍尔的鞋之间，还有其他一些重要的区别，对此我们现在必须非常简要地加以叙述。最重要和最明显的是出现了一种新的直接性或浅显性，一种在最刻板意义上的新的表面性，这或许是一切后现代主义的最重要的形式特征。②

---

① [美]弗雷德里克·詹姆逊：《快感：文化与政治》，王逢振等译，中国社会科学出版社1998年版，第158页。
② [美]弗雷德里克·詹姆逊：《快感：文化与政治》，王逢振等译，中国社会科学出版社1998年版，第163页。

詹姆逊所说的直接性或浅显性也是今天文学中存在的明显特征。在大众文化占主导地位的文化环境中，作家成了写手，创作变成写作或写字，作品就是文字的堆砌。无论是几百万字的小说还是几十字的短信，都可以充当文学，但此文学非彼文学。以往文学所讲究的矿藏般的艺术含量，或冰山一角，现在被极其表面化的内容取代。如《围脖时期的爱情》主人公及作品中人物的故事是虚构还是真实？这本身并不重要，但作品中那些"真实化"的提示，诸如真实微博网友的介入、博友的互动评论和留言，都被写进了小说里，甚至包括真实的微博链接地址等等，就是一种新闻式的写作。这种新闻式的作品具有平面化和直观性的特征，内容上无深度感，仅停留在文字的表面。这就是詹姆逊所言的后现代主义作品取消了深层模式。从符号学方面而言，后现代主义拆散和解构了能指和所指之间的对立和联系。詹姆逊说："旧式的哲学相信意义，相信所指，认为存在着"真理"，而当代的理论不再相信什么真理，只是不断地进行抨击批评，抨击的不再是思想，而是表述。当代理论的主要成就就是写下大量的文字，写下句子。"[①]文学亦然，不再反映生活的本质，只需录下生活的表象；不再追求作品的深层意义，只需文字本身的表述，任由能指的狂欢，文学变成为没有思想的写满文字的信息化文本。

文学信息化带给文学的变化是多方面的。当信息取代叙事时，作者实际上就扮演着信息播报者的角色。这一身份具有的客观性是显然的，换言之，他无需对所写内容投以感情，他只是一个写手，完成写作的劳动。因而，无论是作者自身还是其作品，都失去了以往文学所具有的个体特征和风格。这一特点在各种类型化小说生产中表现尤为突出。类型小说题材和写作模式的同质化现象相当突出，文学成为工业化产品，作者进入无名时代。自然，信息化文学也导致审美主体的消失，因为作品的直观性、平面感以及距离的缩短几乎不留给读者审美性阅读的空间，作品无须阐释，也拒绝阐释。

第八章

移动阅读与数字出版

3G/4G手机时代的到来以及平板电脑的广泛应用，使移动阅读成为当下流行的阅读方式。文学阅读从纸本阅读发展到手机阅读以及平板电脑和专用阅读器阅读，不仅是阅读载体及阅读方式的改变，实际上也是文学形态在信息化时代产生重大变革的外在呈现。从出版产业发展来说，伴随移动阅读用户的迅速增长，数字出版已形成规模性的产业结构和效益。由移动通信运营商为主导建立的手机出版产业链，对整个手机出版的产业格局产生了重要的影响，并正在引起整个数字出版业的产业格局调整。

一、移动阅读与文学消费

1. 移动阅读：一种新的阅读方式

美国媒介理论家保罗·莱文森在一本研究手机的著作中写道："有人破天荒地想到在石板、木板、泥板书写的时候，人类就已经进入了一个移动媒介的领域。……摩西很聪明，他把'十戒'刻在石板上带上，于是，'十戒'不仅在他穿越沙漠时能够携带，而且最终被带到了全世界。"[①]如果说在摩西那个时代，人类已被引入到了移动媒介领域，那么，在数千年之后的今天，人类才真正进入了一个以手机为代表的数字化移动媒介时代。

---

① [美]保罗·莱文森：《手机：挡不住的呼唤》，何道宽译，中国人民大学出版社2004年版，第17页。

这个时代也赋予了移动阅读特别的意义。

移动阅读是指阅读者以手机、平板电脑、电子书以及其他电子阅读载体进行阅读的行为和方式。在移动阅读中，手机阅读占其核心地位，故这里着重以手机阅读为主要研究对象。手机阅读有广义狭义之分。艾媒市场咨询《2009—2010年中国移动互联网阅读市场状况调查》认为：任何通过手机这一终端获得阅读信息的行为，均可统称为手机阅读。从广义上来说，手机阅读包括新闻信息、电子图书、搜索信息、短信、彩信、BBS等方式获得的信息阅读。从狭义上来说，手机阅读仅仅指通过手机作为电子载体进行电子图书阅读。[①]本书所指的手机阅读兼有广狭两义。即：既将手机阅读看作是以手机为终端，通过对文字和图片的理解以获得信息的一种阅读行为，用户一般通过WAP、客户端、WWW及彩信等途径获取新闻、文学、动漫及其他资讯等内容；又特指利用手机进行的电子图书阅读。狭义的手机阅读由手机移动终端向用户提供各类电子书内容。由于内容运营商能够实时采集和了解读者对各类题材内容的阅读需求，并向内容出版商或发行商提供读者的各类阅读需求信息，因此手机移动终端可以根据读者的阅读需求，精准地提供更多符合读者个性化的阅读内容，使读者以更便捷的方式随时获取到各类相关性信息。

随着移动互联网应用的快速普及以及用户对手机阅读接受度的不断提升，手机阅读进入了快速发展阶段。近些年利用手机阅读新闻、文学、资讯的用户数量不断上升。据《第30次中国互联网络发展状况统计报告》统计，2012年上半年，通过手机接入互联网的网民数量达到3.88亿。相比之下，台式电脑为3.80亿，手机已成为我国网民的第一大上网终端。[②]中国新闻出版研究院组织实施的《第九次全国国民阅读调查》显示，2011年中国18—70周岁国民包括书报刊和数字出版物在内的各媒介综合阅读率为77.6%，其中图书阅读率为53.9%，数字化阅读方式（网络在线阅读、手

① 艾媒市场咨询：《2009—2010年中国移动互联网阅读市场状况调查》，2009年12月6日，见http://www.iimedia.cn/4149.html。
② 《第30次中国互联网络发展状况调查统计报告》，中国互联网络信息中心（CNNIC），2012年7月20日，见http://www.isc.org.cn/zxzx/ywsd/listinfo-21627.html。

机阅读、电子阅读器阅读、光盘阅读、PDA/MP4/MP5 阅读等）的接触率为
38.6%，比 2010 年的 32.8% 上升了 5.8 个百分点，增幅为 17.7%。具体来
看，2011 年有 29.9% 的 18—70 周岁国民进行过网络在线阅读，有 27.6%
的国民进行过手机阅读，有 5.4% 的国民在电子阅读器上阅读，有 2.4% 的
国民用光盘读取，有 3.9% 的国民使用 PDA/MP4/MP5 等进行数字化阅读。[①]

　　手机阅读用户主要以直接登录网站或者客户端软件在线阅读为主。一
般来说，用户比较喜欢自由登录手机阅读网站（WAP 网站）。这些网站可
以自由发表读者意见，读者之间以及读者与作者可以互动，这是目前比较
流行的阅读形式。通过 WAP 站提供的分类目录进行阅读，具有无终端限
制的优势，用户可以自主在互联网站上定制内容，用户还可以通过交互查
询获得阅读外的常用资讯。另一种就是通过阅读器阅读电子书。手机阅读
器，是安装于一些智能手机上的手机阅读软件，可以进行不同格式和内容
的阅读。这类手机阅读工具能用于阅读原版杂志、图书、报纸、音乐、视
频等。目前比较流行的阅读器有掌上书院、百阅、熊猫看书、Anyview 等。
这些阅读器有的直接由手机厂家安装在手机上，也有的是手机用户自行下
载于智能手机上。

　　继手机游戏、手机音乐之后，手机阅读已成为最受手机用户欢迎的移
动应用。易观智库（Enfodesk）《中国手机阅读市场用户研究报告 2011》显
示，手机阅读用户手机上网使用率比较高，手机上网用户数占到 97%，每
天上网 3 次以上的占到 71%，其中，阅读频次每天 3 次以上与 2—3 次总
占比达到 59%，阅读时长 1—2 小时较多，占比达 21%。[②] 这些数据表明，
目前手机阅读用户中，手机上网的渗透率和使用频次都较高，手机阅读用
户对手机阅读需求较为旺盛。与其他媒介阅读相比，手机阅读具有随时随
地、方便快捷等不可比拟的优势，这为手机阅读产业打开一片巨大的蓝
海。据易观智库最新发布的数据显示，2012 年第 1 季度中国手机阅读市场

---

① 中国新闻出版研究院：《第九次全国国民阅读调查》，2012 年 4 月 19 日，见 http://www.chinanews.
com/cul/2012/04-19/3832813.shtml。

② 易观智库：《中国手机阅读市场用户研究报告 2011》，2011 年 11 月 11 日，见 http://www.docin.com/
p-285876769.html。

总营收增速 2.57%，达 12.15 亿元。作为国内手机阅读的最大用户平台中国移动已经累计为 3.5 亿用户提供过手机阅读服务。目前，中国移动手机阅读业务的每月访问用户接近 8000 万户，每月点击量约 4.4 亿次。[①]

2. 信息时代的文学阅读

从纸质阅读一枝独秀的状态，发展到纸质、电脑、手机、阅读器等多种阅读载体并存的局面，这不仅是文学阅读方式的变化，而且也显示了文学形态和功能意义的演变。

美国学者尼尔·波兹曼在《娱乐至死》这部名著中，从媒介即隐喻的角度，阐述纸质和视频对文化建构的不同影响及作用，他首先表述这样的观点：

> 和语言一样，每一种媒介都为思考、表达思想和抒发情感的方式提供了新的定位，从而创造出独特的话语符号。这就是麦克卢汉所说的"媒介即信息"。但是，他的警句还需要修正，因为，这个表达方式会让人们把信息和隐喻混淆起来。信息是关于这个世界的明确具体的说明，但是我们的媒介，包括那些使会话得以实现的符号，却没有这个功能。它们更像是一种隐喻，用一种隐蔽但有力的暗示来定义现实世界。不管我们是通过言语还是印刷的文字或是电视摄影机来感受这个世界，这种媒介—隐喻的关系为我们将这个世界进行着分类、排序、构建、放大、缩小、着色，并且证明一切存在的理由。[②]

尼尔·波兹曼将麦克卢汉的观点作了进一步延展。媒介不仅是信息，而且还具有隐喻的性质，即深入一种文化的最有效途径不仅要了解这种文化中用于会话的工具，而且要通过这种工具认识其承载的意义。尼尔·波兹曼

---

① 《中国移动阅读每月访问用户近 8000 万》，2012 年 4 月 19 日，见 http://www.yuewe.cn/article-139989-1.html。

② [美]尼尔·波兹曼：《娱乐至死》，章艳译，广西师范大学出版社 2004 年版，第 12 页。

较为详尽地回溯了印刷机统治下的美国思想文化。他指出，在印刷术统治下的文化中，公众话语往往是事实和观点明确而有序的组合，大众通常都有能力进行这样的话语活动。由此他认为："印刷术赋予智力一个新的定义，这个定义推崇客观和理性的思维，同时鼓励严肃、有序和具有逻辑性的公众话语。"①这就是说，人们阅读铅字印刷出来的书面语言，与听口语的讲话不同；同时，阅读文字也与看电视和图片不同。这个不同不仅在于接受对象及其接受方式的不同，而且表现于文化气质倾向的差异。比如印刷术树立了个体的现代意识，却毁灭了中世纪的集体感和统一感；印刷术创造了散文，却把诗歌变成了一种奇异的表达形式。不同媒介主导的文化有其不同的特征，这是我们认识纸质阅读与手机阅读二者差异的理论之源。

现在我们进入到了多种媒体阅读共存的时代，那么是否意味着纸质阅读与视频阅读（包括电脑、手机、电子书等）能够长久地获得一个平分秋色的局面？或者说，相比纸质阅读，手机阅读具有怎样的优势和特征？首先，我们来看尼尔·波兹曼对前一个问题的解释：

> 在我们的文化里，信息、思想和认识论是由电视而不是铅字决定的。我们不否认，现在仍有读者，仍有许多书在出版，但是书和阅读的功能和以往是大不相同了。……有人相信电视和铅字仍然共存，而共存就意味着平等。这是一种自欺欺人的想法。根本没有什么平等，铅字只是一种残余的认识论，它凭借电脑、报纸和被设计得酷似电视屏幕的杂志还能存在下去。像那些在有毒的河流中幸免于难的鱼儿以及那个仍在上面划船的人一样，我们的心中仍保留着过去那条清清小河的影子。②

纸质阅读是否最终被视频阅读所取代，虽然目前还不能妄自断定，但是从近些年来纸质出版的萧条和数字出版的兴盛便可预测两者的前景及盛衰。

---

① [美]尼尔·波兹曼：《娱乐至死》，章艳译，广西师范大学出版社2004年版，第68页。
② [美]尼尔·波兹曼：《娱乐至死》，章艳译，广西师范大学出版社2004年版，第34页。

就目前而言，纸质阅读作为一种传统的阅读方式，有其存在的价值和理由。移动阅读则更代表一种时尚的潮流，引领新的阅读方式的发展。

应该说，手机阅读更顺应信息化时代文学形态的变化。这个时代，所有话语的内容和形式包括文学都被信息化了。信息化意味着一是一切话语形态都呈现了信息化的特征，二是人们对话语的接受一如信息的接受，不需要思考和理解。比如近些年曾一度兴起的手机文学和微博小说，就是相当典型的信息化文学样态。手机文学作为一种新型体式起源于日本。2000年，一位名叫 Yoshi 的日本作家通过手机连载的方式，发表小说《深爱》，成为手机小说这一文学样态的开山鼻祖。小说问世后，一年内点击率突破了 2000 万。2006 年，日本另一位作者美嘉将一真实动人的爱情故事写成手机小说，由于语言简洁，情节紧凑，该作品在"魔幻岛"发表后获得巨大成功，其累计点击量达 2672 万次。中国手机文学起始稍晚于日本，2004年，被称为"中国手机短信小说第一人"的广东作家千夫长写了第一部手机短信小说《城外》，被运营商以 18 万元价格买下版权，以每篇 70 字，分成 60 条短信，共 4200 字篇幅发行。与此同时，中国图书市场上也出现了两本以手机小说为题材的图书。一本是复旦大学学生主编的"国内第一本精短手机小说集"《又寂寞又幸福》（作者李叙，格致出版社 2004 年版），另一本则是被称为"中国第一部短信体小说"《谁让你爱上洋葱的》（作者戴鹏飞，中国电影出版社 2004 年版）。而台湾作家黄玄于 2004 年所写的 1008 字的小说《距离》，是当时掌上灵通推出的无线阅读业务"梦幻书城"的首部作品。

手机小说以及我们曾在上一章论及的微博小说，便是文学信息化的直接产物，它表明这个时代纸质文学所诉求的深度阅读已经或即将结束。这些所谓的文学"没有关联，没有语境，没有历史，没有任何意义，它们拥有的是用趣味代替复杂而连贯的思想"①。它与传统文学有着本质区别：如果说传统文学属于印刷文化时期文化的代表，需要阐释，那么手机小说和微

---

① ［美］尼尔·波兹曼：《娱乐至死》，章艳译，广西师范大学出版社 2004 年版，第 102 页。

博小说诸如此类的信息化文学不再需要阐释，也不需要认真阅读，只需浏览即可。这种体式的文学正顺应了当今手机阅读内容和阅读时间碎片化的特征。所谓碎片化阅读，一方面是指通过手机短信、电子阅读器、网络等终端进行的不完整、断断续续的阅读时间上的碎片化；另一方面是指阅读上以短小的片断式、随时可中断的零碎化阅读内容为主。易观智库调查还发现："手机阅读用户使用手机阅读的场景较为集中在三个场景，分别为睡觉前，等待时，乘坐交通工具时，占比分别为51.5%，49.9%，40.5%，此外，在课间、上班休息时使用手机阅读的用户占比为38.5%。"[①]可以得出，手机阅读用户使用手机阅读的时间较为集中在空闲的、碎片化的时间段。就读书方式而言，自古就有"马上、枕上、厕上"读书说法，这种带有休闲型的阅读方式与当下的手机阅读颇为相似，只是今天的手机阅读更不受时间和空间的限制。数字媒介在导引着当下文学形态的转变及阅读方式与之相适应。《中国手机阅读市场用户研究报告2011》显示，"手机阅读用户经常阅读的内容分别占比为：报纸52.5%，资讯39.8%，社区28.4%，博客26.8%，杂志26.4%，网络原创文学24.8%，其他19.5%，传统文学14.7%，教育13.7%，动漫11.8%。"[②]从内容类型占比来看，内容碎片化特征明显，其一、报纸、资讯类内容是用户在手机上经常阅读的内容种类；其二、微博、SNS等内容超过文学内容；其三、传统文学内容不如网络原创文学。

那么，阅读方式的改变究竟对文学产生怎样的影响？我们来看尼尔·波兹曼对阅读所作的阐释。在他看来，18和19世纪的阅读同今天的阅读有着截然不同的特征。因为铅字垄断了人们的注意力和智力，除了铅字以及口头表达的传统，人们没有其他了解公共信息的途径。大多数美国人都能够阅读并且也参加文化对话。对于这些人来说，阅读为他们和外部世界的联系提供了纽带，同时也帮助他们形成了对于世界的认识。在书本

---

① 易观智库：《中国手机阅读市场用户研究报告2011》，2011年11月11日，见 http://www.docin.com/p-285876769.html。

② 易观智库：《中国手机阅读市场用户研究报告2011》，2011年11月11日，见 http://www.docin.com/p-285876769.html。

里，这个世界是严肃的，人们依据理性生活，通过富有逻辑的批评和其他方式不断完善自己。所以"阅读对于他们有一种神圣的因素，即使说不上神圣，至少也是一种被赋予特殊意义的每日一次或每周一次的仪式"；"阅读从本质上来说是一件严肃的事情，当然也是一项理性的活动"①。文学阅读亦如此，继口头相传的文学传播后，印刷时代的文学在很大程度上被人们作为精神食粮来供奉，人们对作家的尊崇便反映出文学在人们心目中地位。如1842年狄更斯访问美国所得到的礼遇，足以同现在人们对电视明星和体育明星的崇拜相媲美。狄更斯在给朋友的信里写道"我无法向你形容我所受到的欢迎，人群四处追随着，欢呼着，各种富丽堂皇的舞会和酒会，各种公众人物左右相随，这个地球上大概没有一个国王或皇帝有过这样的礼遇。"②此例也可以说明，纸媒文学在当时有着极为广泛的传播效应和社会影响。一直到今天，人们也习惯以纸媒文学来代指传统文学或严肃文学，那么对这一类文学的阅读也必然会付之以比较严肃和郑重之态度。这种阅读更多地表现为对作品的理解和阐释：

> 阐释是一种思想的模式，一种学习的方法，一种表达的途径。所有成熟话语所拥有的特征，都被偏爱阐释的印刷术发扬光大：富有逻辑的复杂思维，高度的理性和秩序，对于自相矛盾的憎恶，超长的冷静和客观以及等待受众反应的耐心。③

尼尔·波兹曼将印刷文化时代命名为"阐释时代"，文学自然被纳入阐释体系之中，因而文学阅读就是一种阐释行动，也是一种理性活动。

如果说将阅读看成是理性活动，或把阅读解释为"阐释"，这代表着精英文化的传统观念，在尼尔·波兹曼这里得到了比较集中的表达，那么，这一观念到苏珊·朗格这里则被颠覆。她说："建立在艺术作品是由诸

---

① ［美］尼尔·波兹曼：《娱乐至死》，章艳译，广西师范大学出版社2004年版，第81、66页。
② ［美］尼尔·波兹曼：《娱乐至死》，章艳译，广西师范大学出版社2004年版，第51页。
③ ［美］尼尔·波兹曼：《娱乐至死》，章艳译，广西师范大学出版社2004年版，第84页。

项内容构成的这种极不可靠的理论基础上的阐释，是对艺术的冒犯。它把艺术变成了一个可用的、可被纳于心理范畴模式的物品。"①在她看来，艺术作品之所以需要阐释："根深蒂固于大多数以严肃态度来看待一切艺术的人们之中。对内容说的这种过分强调带来了一个后果，即对阐释的持续不断、永无止境的投入。反之，也正是那种以阐释艺术作品为目的而接触艺术作品的习惯，才使以下这种幻觉保持不坠之势，即一定存在着艺术作品的内容这种东西。"②然而，对于今天的大众文化艺术而言：

> 阐释并不总是奏效。实际上，今天众多的艺术被认为是受了逃避阐释的鼓动。为逃避阐释，艺术可变成戏仿。或者可变成抽象艺术。或者可变成（"仅是"）装饰性艺术。或者可变成非艺术。③

实际上，苏珊·朗格并不反对阐释本身，而是反对唯一的一种阐释，即那种通过把世界纳入既定的意义系统的阐释行为。她认为，如果对内容的过度强调会引起阐释自大的话，那么对形式的更广泛、更透彻的描述将消除这种自大。"批评的功能应该是显示它如何是这样，甚至是它本来就是这样，而不是显示它意味着什么。"④

我们将尼尔·波兹曼与苏珊·朗格的阅读观念作了一个简单对比，并不意味着将之作二元对立价值的评判，也就是说，无论是阐释还是反对阐释，对文学而言，都有特定的意义。实质上搁置一切价值评判，就意味着对一切价值评判同等对待。在今天多元文化融合交汇的时代，我们更需要以开放的姿态看待文学的变化以及阅读方式的改变。如果说文学既然已被信息改写和压缩，抽离了内容，那么再去试图对内容进行阐释或者以对内容阐释的标尺来衡估今天的大众文化艺术的价值，那无异于刻舟求剑。

文学在变，阅读的方式也随之改变。对比印刷时代的阅读，今天的数

---

① ［美］苏珊·朗格：《反对阐释》，程巍译，上海译文出版社 2003 年版，第 12 页。
② ［美］苏珊·朗格：《反对阐释》，程巍译，上海译文出版社 2003 年版，第 6 页。
③ ［美］苏珊·朗格：《反对阐释》，程巍译，上海译文出版社 2003 年版，第 12 页。
④ ［美］苏珊·朗格：《反对阐释》，程巍译，上海译文出版社 2003 年版，第 17 页。

字化阅读更多的是一种轻松消遣式的阅读，这种阅读方式必然影响着当下的文学生产，或者说文学正从阐释体系中脱身，以直观化或感官化的文字满足人们娱乐需求。因而以浅阅读碎片化阅读为表征的移动阅读就成为一种新的阅读方式。

3. 手机阅读的消费取向

如果说手机阅读是信息化时代产生的一种新的阅读方式，那么这种阅读方式在当今消费文化主导的社会里无疑又表现为一种特定的消费方式，或者说，手机阅读实际上就是一种文化消费。现阶段的文化消费与其他商品消费一样，都受制于消费逻辑，属于消费文化范畴。什么是消费文化？"顾名思义，即指消费社会的文化。它基于这样一个假设，即认为大众消费运动伴随着符号生产、日常体验和实践活动的重组。"① 迈克·费瑟斯通相当精要地揭示了消费文化含义，指出消费文化必须涉及的两个要素，首先这是一场波及全社会的消费文化浪潮，消费意识形态已成为一种权力话语，影响和主导社会成员的消费活动。其次，这个社会一切活动包括人们的实践和意识活动都纳入到了消费体系中，整个社会文化表现出消费价值取向。诚如詹姆逊所说：

> 在这个新阶段，文化本身的范围扩大了，文化不再局限于它早期的，传统的或实验性的形式，而是在整个日常生活中被消费，在购物、在职业工作、在各种休闲的电视节目形式里，在为市场生产和对这些产品的消费中，甚至在每天隐秘的皱折和角落被消费，通过这些途径，文化逐渐与社会市场相连。②

也就是说，所谓消费文化，乃是整个社会文化被消费话语主导。无疑，消费文化也盛行于今天的中国，尤其在经济发达地区，房屋、汽车、手表和

---

① [英]迈克·费瑟斯通：《消费文化与后现代主义》，刘精明译，译林出版社2000年版，第165页。
② [美]弗雷德里克·詹姆逊：《文化转向》，胡亚敏等译，中国社会科学出版社2000年版，第108页。

各种品牌的生活用品以及各种文化产品的消费，早已超出其使用价值和交换价值，表现为象征性和符号性的价值差异。以手机消费为例，在都市人群中，iphone 以及一些主要品牌手机的流行，便较为典型地折射了消费文化对消费者的消费意识和行为的影响。在消费者那里，手机随身携带不仅是通讯的工具，而且在一定的群体中，含有消费者对其社会身份及购买能力的自我确认，具有超出物自身的符号价值。伴随手机上网用户在特定群体中的放量增大，手机阅读也表现为一种非常典型的文化消费。

作为一种文化消费，手机阅读首先建立在商品消费的基础上。虽然纸质阅读也在消费其书本的使用价值和费用，也是一种商品消费，但这种消费并不明显地伴随阅读行为。而手机阅读是在具有开通网络条件的手机上进行，且大多数的阅读会产生移动网络的数据访问流量，亦即手机阅读多半是付费阅读，读者（消费者）一般根据其消费能力定制相应的数据流量费用，用于浏览信息和阅读文本。这就规定了手机阅读的商品消费属性，即手机阅读本身就是商品消费行为。消费的本义就是用尽、耗费，消费者支付了费用，就会以实际的支付换来相应的消费行为和消费内容。

总体而言，现阶段手机阅读用户付费意愿与付费金额呈现较低水平。易观智库《中国手机阅读市场用户研究报告 2011》显示："手机阅读用户可接受的为手机阅读客户端软件付费不愿意占 79%，愿意占 21%。手机阅读用户平均每月可接受的手机付费费用分别为，10 元以上 19%，3—5 元占 22%，5—10 元占 23%，3 元以下占 36%。手机阅读用户近半年平均每月费用支出 50—99 元占 31%，50 元以下占 27%，100—149 元占 15%，149—199 元占 6%。"[①] 这些数据可以看出，手机阅读用户手机费用支出较少，手机阅读客户端付费意愿较低，可接受的手机阅读费用也呈现低费用水平。

易观智库相关报告还显示了传统文学内容现阶段用户付费现状及付费意愿均不够理想的状况："1、从手机阅读用户愿意付费内容来看，27.8%的用户不愿意为阅读内容付费，愿意付费的用户集中在为报纸、教育、网

---

① 易观智库：《中国手机阅读市场用户研究报告 2011》，2011 年 11 月 11 日，见 http://www.docin.com/p-285876769.html。

络原创文学、杂志、资讯类付费，用户占比分别为 21.2%、18.3%、17.7%、14.4%、12.6%。2、手机阅读用户目前目前为之付费的内容，报纸类占比居首，达 35.3%，位列第二的是网络原创文学，占比达 22.5%，杂志、资讯占比相对较高，分别为 20.5%、19.8%。"①整体来看，传统文学内容现阶段在移动阅读市场的表现并不理想，其主要原因来自于缺乏优质的内容，另外用户在移动阅读过程中对传统文学内容的具体要求也值得内容运营商思考。

以上两段的相关数据仅根据易观智库调查所得，由于调查数据来自样本统计，并不能完全反映所有手机阅读用户的阅读状况。这里我们再据《第九次全国国民阅读调查》来看手机阅读用户的消费情况。此调查发现，"手机阅读的群体中 51.4% 的人在过去一年中进行过付费阅读，而有 48.6% 的人只看免费的手机读物。综合所有手机阅读人群在 2011 年全年花费在手机阅读上的费用，调查发现手机阅读人群在 2011 年全年人均花费在手机阅读上的费用为 20.75 元。"②

手机阅读除了是一种商业消费，更是娱乐文化消费。在消费社会，消费与娱乐有密切的联系。鲍德里亚说："消费并不是普罗米修斯式的，而是享乐主义的，逆退的。"③消费的核心话语就是娱乐。这与传统的文学阅读有着明显的区别。如果说，印刷文化时期的阅读被看作是神圣和严肃的事情，那么，随着阐释时代的结束，我们迎来了娱乐时代，这个时代既被消费话语所主导，也被娱乐所浸润，娱乐与消费共生共荣。阅读在这个时代已成为消遣和娱乐。齐格蒙特·鲍曼也指出："在消费社会中，消费本身就是目的"，"消费活动的灵魂，不是一系列言明的需要，更不是一系列固定的需要，而是一系列欲望——这是一个更加易逝的和短命的、无法理解的和反复无常的、本质上没有所指的对象"④。欲望成为消费文化主义的逻辑构

---

① 易观智库：《中国手机阅读市场用户研究报告 2011》，2011 年 11 月 11 日，见 http://www.docin.com/p-285876769.html。

② 中国新闻出版研究院：《第九次全国国民阅读调查》，2012 年 4 月 19 日，见 http://www.chinanews.com/cul/2012/04-19/3832813.shtml。

③ [法]让·鲍德里亚：《消费社会》，刘成富等译，南京大学出版社 2008 年版，第 225 页。

④ [英]齐格蒙特·鲍曼：《被围困的社会》，郇建立译，江苏人民出版社 2005 年版，第 190 页。

成，体现在手机阅读上，就是读者利用阅读来打发时间或娱乐消遣。审美不再是阅读的需求，阐释也不是阅读的义务，唯有欲望诉求，且这个欲望也并非有明确的指向。对于手机读者来说，他的阅读更多的是浏览，是从这个界面换到那个界面，新闻、各方面的资讯，博客、论坛、微博、各种类型文学作品等等，不停地翻转。因为他面对的"是一个没有连续性、没有意义的世界，一个不要求我们，也不允许我们做任何事的世界，一个像孩子们玩的躲猫猫游戏那样完全独立闭塞的世界。但和躲猫猫一样，也是其乐无穷的。"① 在这里，阅读也许可以直接被娱乐置换。如果说，消费本身就是目的，那手机阅读就是以娱乐的形式完成对自身的消费。

我们来看《第九次全国国民阅读调查》显示的相关内容："中国 18—70 周岁网民上网从事的活动中，互联网的娱乐功能排在首位。例如，有 72.7% 的网民将'网上聊天 / 交友'作为主要网上活动之一，有 50.0% 的网民将'在线听歌 / 下载歌曲和电影'作为主要网上活动之一，有 41.5% 的网民将'网络游戏'作为主要网上活动之一；信息获取功能也受到较多网民的重视，有 63.1% 的网民将'阅读新闻'作为主要网上活动之一，有 46.3% 的网民将'查询各类信息'作为主要网上活动之一。值得注意的是，有 16.0% 的网民将'阅读网络书籍、报刊'作为主要网上活动之一。"② 可以看出，娱乐消遣是网民上网的主要目的。同样，从消费行为来看，手机阅读直接表现为娱乐消遣活动，这只需看手机阅读的场景及其碎片化时间即可。再从消费内容看，手机阅读用户感兴趣的是娱乐化的内容及其呈现方式。易观智库《中国手机阅读市场用户研究报告 2011》显示的用户可接受的内容呈现方式："首先以文字 + 图片形式为主，占比 57.9%，其次为纯文学阅读方式，占比 26.3%，图片阅读占比 25.9%，视频阅读占比 23.9%，视听占比 23.5%，其他为 10%。"③ 这一统计数据反映出当今手机阅读用户

---

① ［美］尼尔·波兹曼：《娱乐至死》，章艳译，广西师范大学出版社 2004 年版，第 103 页。
② 中国新闻出版研究院：《第九次全国国民阅读调查》，2012 年 4 月 19 日，见 http://www.chinanews.com/cul/2012/04-19/3832813.shtml。
③ 易观智库：《中国手机阅读市场用户研究报告 2011》，2011 年 11 月 11 日，见 http://www.docin.com/p-285876769.html。

以娱乐为主的阅读取向。从中国移动手机阅读网站阅读排行榜上可以看出，在数十种图书排行榜中，大多为《我与25岁美女老总》、《斗破苍穹》等网络文学内容。分类排行榜中，也以都市言情、穿越玄幻、武侠仙侠、游戏竞技、灵异悬疑等类型为主。分类榜中虽有历史军事、名著传记等类型，但点击次数及下载次数与其他类型相比相差甚远。

这里我们以手机阅读软件"QQ阅读"提供的图书分类栏目为例，来简要说明当下文学消费的内容。在"QQ阅读"书架上，图书分为：畅销小说、青春文学、经典名著、经济管理、励志、文化艺术、生活时尚、人文社科、少儿读物、科学技术、教材教辅等十一大类，文学在这些类别中占据前列。除此，"QQ阅读"还根据手机阅读用户阅读取向，将小说分为男生和女生两组不同类别。男生组的小说有：武侠仙侠、玄幻奇幻、都市异能、悬疑惊悚、游戏竞技、历史军事、科学空间、官场职场等；女生组的小说有：穿越时空、古代言情、现代言情、青春校园、魔法幻情、仙武奇缘、恐怖惊魂等，这些分类与网络原创小说类型基本一致。仅从这些类型小说的分类名称便可看出手机阅读中娱乐与消费二者合一的消费性质，这些文化产品无疑又恢复了商品形态。

二、手机阅读调查与分析

近年来，我国智能手机和电子阅读器市场占有率逐步上升，随之带来了移动阅读的蓬勃发展。移动阅读有效地填补了普通人的碎片时间，年轻人尤其是高校学生是智能手机的主要使用者和手机文学的主导消费人群。因而，对年轻人手机阅读的行为调查分析，更能折射当代移动阅读的现象和存在的问题。为此，我们在高校学生中组织了手机阅读行为倾向的调查。

1.手机阅读问卷调查

关于调查问卷的设计，本次调查的指导思想是首先将大学生的手机阅读置于其整体阅读状态中考察。换言之，是在了解当下大学生整体阅读状况的基础上，再深入调查其手机阅读的行为倾向。因此，调查问卷就大学生的整体阅读状态设计了 4 个问题：你每周花在专业学习之外的阅读时间（不包括英语）是多少？专业学习之外，你对其他学科的书籍阅读是否感兴趣？与其他类别书籍阅读相比，你对文学阅读是否感兴趣？你每年课外阅读的书籍数量大约是几本？而大学生的手机阅读消费和手机阅读对象是此次调查的重点。围绕此问题，调查问卷设计的问题较为密集和深入（见本节附录《手机阅读调查》问卷）。除此，调查问卷还就大学生的阅读方式以及手机阅读行为状态设计了相关问题，如目前你更倾向于纸质阅读还是网络在线阅读或手机阅读？你手机阅读的原因、场所和时间？总体而言，本问卷围绕当下大学生的整体阅读状态以及手机阅读消费行为的调查，作了比较清楚和合理的设计。

关于调查的组织和展开，本次问卷调查于 2012 年 11 月展开，调查以在校本科生为对象，具体而言，以本书作者所在学校的学生为调查对象。本次调查共发放了 450 份样卷，收回 437 份，选取 400 份为有效问卷。其中女性 230 人，男性 170 人。回收的 400 份问卷所有问题的回答，通过计算机输入和相关数据统计，最后得出调查结果，在此基础上进行分析。

《手机阅读调查》问卷共设计了 27 个问题，主要围绕以下五个方面内容展开。

（1）阅读习惯

大学生的阅读习惯在一定程度上影响着他们的手机阅读行为。"与其他类别书籍阅读相比，你对文学阅读的态度是"，调查结果显示大部分受访者（56%）选择了"感兴趣"，只有 20% 的受访者选择了"不感兴趣"，23% 的受访者选择了"无所谓"。对于"专业学习之外，你对其他学科的书籍阅读的态度是"这个问题，绝大多数受访者（74%）表示"感兴趣"，有 11% 的受访者选择了"不感兴趣"，14% 选择了"无所谓"。由此看出大部分学生对阅读抱有兴趣，这是颇让人欣慰的数据。

在"你选择手机阅读的主要原因是"的调查结果中，选择"花费低"的受访者频率是 10%，绝大多数受访者（68%）选择了"便携性"，只有 2%

的受访者选择了"从众心理"，16%的受访者选择了"其他原因"。（见图1）

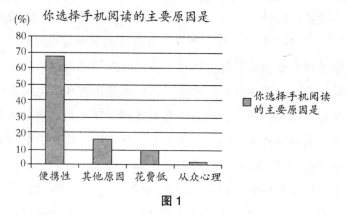

图1

（2）手机阅读方式

调查结果显示，91%被接受调查的大学生有过手机阅读经历。对于"你的手机阅读频率是"这个问题，有21%的受访者选择了"经常"，31%的受访者选择了"比较多"，相对较多的受访者（44%）选择了"偶尔"，只有4%选择"从不"。调查发现，对于"通常情况下，你每次手机阅读内容的长度是"这个问题，选择"30分钟以下"的受访者为28%，选择"30分钟～1小时"的受访者为35%，选择"1小时以上"的受访者为27%，选择"3小时以上"的受访者只有7%。以上数据反映了手机阅读已成为一种普遍现象，受访者中有一半人是经常或比较多地进行手机阅读，应该说，大学生是一个比较高的手机阅读群体。（见图2）

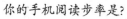

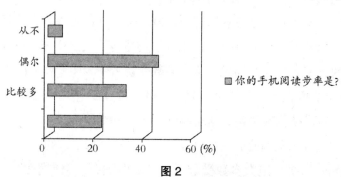

图2

针对"你常用的手机阅读软件是"这个问题,用百阅的受访者占到了13%,QQ阅读则占到了14%,ibook为8%,ireader占到了6%,ggbook占到了3%,开卷有益占到了1%,共有23%的人选择了网页阅读,23%的人选择了其他。可以看出,到目前为止,除百阅和QQ阅读软件在学生手机阅读中占据较为明晰的优势外,整体而言,手机阅读软件的选择性比较分散。而网页阅读则是学生阅读较为倾向性的选择。这也可以说明,学生的手机阅读主要是浏览网页,阅读的随机性较为突出。

(3)阅读对象

在"就阅读对象而言,你更喜欢的手机阅读是"的调查结果中,选择传统文学的受访者比例为17%,33%的受访者选择了网络类型小说,选择论坛的比例为12%,5%选择了博客,31%的受访者选择了微博。(见图3)

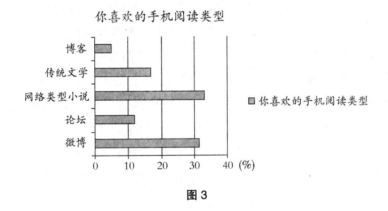

图3

对"就阅读对象而言,你更喜欢的手机阅读是"这一问题,选择都市/情感为45%,玄幻/奇幻为15%,历史军事8%,武侠/仙侠为4%,科幻/灵异为3%,游戏竞技为1%,其他为24%。(见图4)

以上数据显示出学生手机阅读取向比较集中,文学尤其是网络类型小说在手机阅读中占据重要地位。此外,微博也受到较高的关注,通过微博了解更多信息以及微博的交互性强是其具有优势的原因所在。

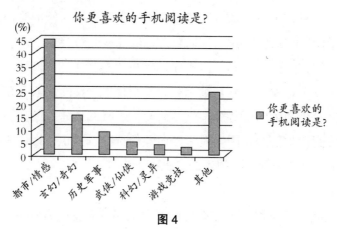

图4

（4）手机阅读消费

在调查是否为手机阅读付费的问题上，只有12%的受访者愿意为手机阅读付费，大部分受访者（71%）选择了"不愿意"，还有17%的受访者选择了"无所谓"。在"你觉得手机阅读终端运营商收费是否合理"上，有23%的受访者选择了"比较合理"，只有3%的受访者认为"收费偏低"，28%的人选择"收费过高"，大多数（45%）的受访者选择了"没感觉"。

在"你愿意付费的手机阅读内容是"这个问题上，较多的（37%）的受访者选择了"网络文学"，14%的受访者选择了"传统文学"，19%受访者选择了"新闻"，9%受访者选择了"资讯"，5%受访者选择了"教育类信息"，15%的受访者选择了"其他"。相较于其他内容，网络文学体现出相对优势。（见图5）

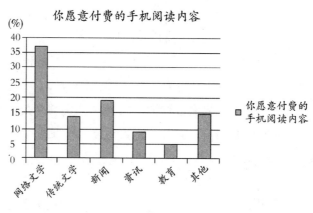

图5

　　针对"你目前为手机每月支付的上网流量费用是"这个问题，17%的受访者选择了0～5元，24%选择了5～10元，25%选择了10～20元，18%选择了20～30元，只有14%的受访者选择了30元以上。调查结果显示大部分大学生都为手机上网支付一定的费用。在"你能接受的手机阅读每月付费是"这个问题上，多数（51%）的受访者选择0元，28%的受访者选择了0～5元，12%选择了5～10元，4%的受访者选择了10～20元，2%的受访者选择了20～30元，只有1%的受访者选择了30元以上。可以看出绝大多数大学生不愿意付费或者只愿意为手机读物支付较少的费用。（见图6）

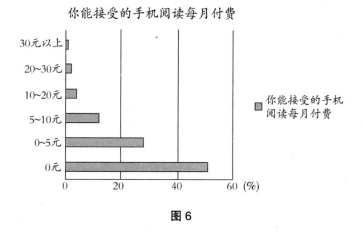

图6

（5）传统阅读与手机阅读

　　在"你认为手机阅读软件提供的阅读内容的满意度中"，10%的受访者选择了"满意"，53%的受访者选择了"比较满意"，18%的人对手机阅读软件提供的内容持"不满意"态度，17%的受访者选择了"无所谓"。

　　在"你认为纸质阅读和数字化阅读有本质性区别吗"这个问题上，大部分的受访者（72%）认为纸质阅读和数字化阅读存在区别，只有14%的受访者认为两者没有区别，还有13%的受访者选择了"说不上"。对于"你认为数字化阅读是现在的主流吗"这个问题，40%的受访者选择了"是"，47%的受访者选择了"不是"，13%的受访者认为"不确定"。对于"你认为纸质书未来会消失吗"这个问题，8%的受访者选择了"会"，大部分受访者（87%）选择了"不会"，5%的受访者认为"不确定"。调查结果显示大部分受访者认为纸质书在未来不会消失。由此可见尽管电子读物已经渗透到普通人的生活当中，但是纸质书仍然有着不可替代的地位。（见图7）

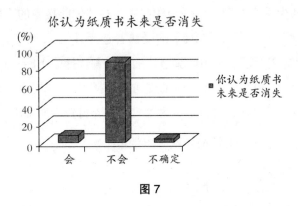

图7

2. 调查问题分析

（1）网络类型小说在手机阅读中占据主导地位

网络类型小说作为文学的一种新形态，随着电子产品覆盖率不断升高得到了迅速发展。通过调查，我们发现网络类型小说在手机阅读中占有主导地位，具体表现为大多数调查者倾向于在手机平台上阅读各种类型小说，并愿意为阅读支付一定的费用。

网络类型小说在移动阅读平台上的流行，可从多方面进行解释。第一，手机等一系列的数码产品作为新型的移动阅读平台，适合于网络文学所需要的浅度阅读。年轻人可以借助手机随时随地进行浅度阅读。调查结果显示大部分受访者认为便携性是选择手机阅读的主要原因。第二，网络文学需要网络的传播媒介，网络文学的性质决定了其具有更新速度快、传播媒介多样化的特点，智能手机的普及率不断升高和3G/4G网络的建设，为网络文学的传播提供了必要条件。第三，读者对网络读物的黏性高。网络文学的发布通常都采取定期更新的方式，通过移动阅读平台读者可以随时阅读最新的网络文学。这一系列原因都推动了网络类型小说的发展。

移动终端的多样化也推动了网络类型小说的发展。网络类型小说最初只限于在电脑屏幕上阅读，而现在网络类型小说的阅读平台已经拓展到智能手机、电子阅读器，mp4、平板电脑。移动阅读终端的迅速拓展，打破了阅读的空间和时间限制。在可以预见的未来，我们可以推断移动阅读会扩展到更多的阅读平台上。例如，最新的"云"存储技术打通了不同的移动阅读平台。读者可以继续在电子阅读器上阅读之前用手机阅读的一般内容。同样，移动阅读的性质也使网络文学的样态发生了一定变化。越来越多的网络文学（包括手机文学、微博小说等）迎合了移动阅读的需要，朝着碎片化，即时化方向发展。但是更新速度加快，往往容易导致文本质量下降。

（2）手机阅读付费状况不理想

首先，调查结果显示大部分大学生对移动阅读付费普遍持消极态度。大学生不愿意付费的原因有以下几点：第一，大学生的经济消费水平较低，无法承担较高的手机阅读费用；目前的网络读物收费较高，大学生不愿意购买。第二，网络上存在较多的免费阅读资源，无需任何成本即可获得。第三，手机阅读的付费通道和平台目前相对不完善，相较于发达国家，读者无法便利地为手机读物进行支付。第四，大学生的版权意识不强，缺乏对正版数字读物的保护意识。大学生无法对网络上泛滥的免费资源进行抵制。总体而言，目前国内缺少一个良性的手机阅读的消费环境。

（3）手机阅读的形态延伸

通过调查发现，除手机阅读外，其他阅读载体例如微博、论坛也在移动阅读中占有一定比例。微博的流行体现了现代人碎片化阅读的需求。具体来说，微博及时性、互动性、便携性的特点正代表了移动阅读的优势。微博和论坛，已成为当下年轻人网络社交的主要平台。学生通过移动阅读，除了了解文学、新闻、咨询类信息等，还借此关注或发布社交网站的信息。因此，社交网络让每个人都有可能成为网络写手。

（4）传统阅读和手机阅读的冲突

随着传统读物市场近年来持续萎靡，手机阅读有效地填补了传统阅读的空缺。但是手机阅读仍然短期内无法代替纸质阅读。从阅读体验和阅读深度上来说，传统读物依然具有不可替代的优势。调查结果显示大部分受访者认为纸质书不会消失，并且相当部分的受访者觉得数字阅读现在仍然不是主流。不过总体而言，尽管传统图书依然占有相当大的市场份额，但是数字读物正在不断地冲击传统图书的市场。年轻人对于移动阅读的依赖导致了传统读物的购买率不断降低。和发达国家相比，我国不仅缺乏传统书籍的保护政策，也缺少传统书籍和电子书籍并存的有利环境。以美国的 amazon 网站为例，消费者可以以不同的价格购买同一本书的电子版本和实体书。而两种书籍的价格相差并不大，从而使实体书得到了一定的价格保护。

其次，当代大学生的手机阅读类型较为狭隘。调查结果显示玄幻、情感类网络小说受到大学生的青睐，而人文社科类书籍阅读率不高。可以看出，手机阅读作为一种阅读方式有着一定的局限性，导致大部分人在手机平台上只进行较为浅度的阅读。碎片化阅读是现在数字时代的特定产物。长此以往，手机阅读对现代人的阅读习惯有可能造成一定程度上的负面影响。不仅如此，手机阅读所推动的网络文学的流行，对传统文学产业也造成相当程度的冲击。由于传统文学的印刷量减少，作家和出版社都无法获得相应的回报，在一定程度上抑制了传统文学的发展。

最后，通过本次调查，我们可以预见未来手机阅读的发展趋势。年轻人依然为手机阅读的主要消费者，但伴随数码产品的普及率升高，手机阅读将渗透到不同年龄层的读者。

附录：手机阅读调查问卷（2012 年 11 月浙江传媒学院）

1. 你的性别

    a. 男　　　　　　　b. 女

2. 你每周花在专业学习之外的阅读时间（不包括英语）是

    a. 从没有　　　　b. 1 小时以下　c. 1～5 小时

    d. 5～10 小时　f. 10 小时以上

3. 专业学习之外，你对其他学科的书籍阅读

    a. 感兴趣　　　　b. 不感兴趣　　c. 无所谓

4. 与其他类别书籍阅读相比，你对文学阅读

    a. 感兴趣　　　　b. 不感兴趣　　c. 无所谓

5. 你每年课外阅读的书籍数量大约是

    a. 0 本　　　　　b. 1～5 本　　c. 5～10 本　　d. 10 本以上

6. 目前你更倾向于

    a. 纸质阅读　　b. 网络在线阅读　　　　c. 手机阅读

    d. 电子阅读器阅读　　　　e. mp4 等阅读

7. 你目前为手机每月支付的上网流量费用是

    a. 5 元　　　　b. 5～10 元　　c. 10～20

    d. 20～30 元　　e. 30 元以上

8. 你有过手机阅读的经历吗？

    a. 有　　　　　b. 没有

9. 你的手机阅读频率是

    a. 经常　　　　b. 比较多　　c. 偶尔　　　c. 从不

10. 通常情况下，你每次手机阅读的长度是

    a. 30 分钟以下　　　　b. 30 分钟～1 小时

    c. 1 小时以上　　　　d. 3 小时以上

11. 你常用的手机阅读软件是

    a. 百阅　　　　b. QQ 阅读　　　c. ibook　　　　d. Ireader

    e. Ggbook　　　f. 开卷有益　　　g. 网页阅读　　　h. 其他

12. 你选择手机阅读的主要原因是

    a. 花费低　　　b. 便携性　　　c. 从众心理　　　d. 其他原因

13. 你手机阅读的场所和时间是

    a. 室内　　　　b. 交通工具　　c. 课间

    d. 空闲时　　　e. 其他

14. 你愿意为手机阅读付费吗?

    a. 愿意　　　　b. 不愿意　　　c. 无所谓

15. 你能接受的手机阅读每月付费是

    a. 0 ~ 5 元　　　b. 5 ~ 10 元　　c. 10 ~ 20 元

    d. 20 ~ 30 元　　e. 30 ~ 50 元　　f. 50 元以上

16. 你每月为手机阅读实际付费大约是

    a. 0 元　　　　b. 0 ~ 5 元　　　c. 5 ~ 10 元　　　d. 10 ~ 20 元

    e. 20 ~ 30 元　　f. 30 元以上

17. 你愿意付费的手机阅读内容是

    a. 网络文学　　b. 传统文学　　c. 新闻　　　　d. 资讯

    e. 教育　　　　f. 其他

18. 你觉得手机阅读终端运营商收费

    a. 比较合理　　b. 收费偏低　　c. 收费过高　　　d. 没感觉

19. 在手机阅读的过程中你考虑过阅读内容的版权吗?

    a. 有　　　　　b. 没有　　　　c. 不确定

20. 你喜欢手机阅读内容的呈现方式是

    a. 文字 + 图片　b. 纯文字阅读　c. 图片阅读

    d. 视频　　　　e. 其他

21. 你手机阅读的目的是

    a. 学习或了解信息　　　　　　b. 娱乐

c. 纯粹消遣时间　　　　　　d. 其他

22. 就阅读对象而言，你更喜欢的手机阅读是

    a. 传统文学　　　b. 网络类型小说

    c. 论坛　　　　　d. 博客　　　　f. 微博

23. 你手机阅读的网络小说类型是

    a. 都市 / 情感　　b. 玄幻 / 奇幻　c. 历史军事　　d. 武侠 / 仙侠

    e. 科幻 / 灵异　　f. 游戏竞技　　g. 其他

24. 你对手机阅读软件提供的阅读内容

    a. 满意　　　　　b. 比较满意　　c. 不满意　　　d. 无所谓

25. 你认为纸质阅读和数字化阅读有本质性区别吗？

    a. 有　　　　　　b. 没有　　　　c. 说不上

26. 你觉得数字化阅读是现在的主流吗？

    a. 是　　　　　　b. 不是　　　　c. 不确定

27. 你认为纸质书未来会消失吗？

    a. 会　　　　　　b. 不会　　　　c. 不确定

三、数字出版：文学出版产业的转向

1. 数字出版及其发展态势

何为数字出版？相关文献显示，关于数字出版这一概念的定义有数十种之多。比如，最早进行数字出版研究的是北京大学谢新洲教授。他认为，所谓数字出版，"是指在整个出版过程中，从编辑、制作到发行，所有信息都以统一的二进制代码的数字化形式存储于光、磁等介质中，信息的处理与传递必须借助计算机或类似设备来进行的一种出版形式。"[1] 这一定义侧重于载体介质而言。近些年来，业界对数字出版的认识，从介质这个表层特点开始，逐步认识到数字出版对出版业务流程的改变与提升以及数

---

① 谢新洲：《数字出版技术》，北京大学出版社 2002 年版，第 1 页。

字技术驱动的跨媒体特征，并进而认识到，出版的本质是文化内容的生产传播，媒体形式可以新建、改造、融合，带来产业形态的变化和升级。由此认为，"数字出版实质是文化出版的内容，通过数字化、网络化出版方式，提供满足大规模的个性化需求的出版物产品和服务。"①总体而言，随着数字出版技术及其功能的发展，人们对数字出版的认识也越来越清晰。这里，我们予以简单的概括：数字出版是指利用数字技术进行内容编辑加工，并通过网络传播数字内容产品的一种新型出版方式。其主要特征为内容生产数字化、管理过程数字化、产品形态数字化和传播渠道网络化。

目前数字出版产品形态主要包括电子图书、数字报纸、数字期刊、网络原创文学、网络教育出版物、网络地图、数字音乐、网络动漫、网络游戏、数据库出版物、手机出版物（彩信、彩铃、手机报纸、手机期刊、手机小说、手机游戏）等。数字出版产品的传播途径，主要包括有线互联网、无线通讯网和卫星网络等。随着世界范围内数字时代的到来，大众的阅读方式已经从传统纸质开始向新兴媒体转移。电脑、手机、电子书、平板电脑等各种电子媒介的出现以及日新月异的发展，使得数字出版风生水起，迅速形成产业化态势。近些年来，我国数字出版产业规模和效益不断扩大，据《2011—2012中国数字出版产业年度报告》（2012.7.19）显示，2011年国内数字出版产业整体收入规模为1377.88亿元，比2010年整体收入增长了31%。其中：互联网期刊收入达9.34亿元，电子书（E-book和电子阅读器）收入达16.5亿元，数字报纸（不含手机报）收入达12亿元，手机出版（含手机彩铃、铃音、手机游戏等）收入达367.34亿元，网络游戏收入达428.5亿元，互联网广告收入达512.9亿元。②手机出版、网络游戏和互联网广告收入占据全部营收的前三位。与2006年数字出版总收入213亿元相比，数字出版取得了极其可观的经济效益。

数字出版的发展从根本上讲是建立在人们的数字化阅读基础之上，数

---

① 黄孝章等：《数字出版产业发展研究》，知识产权出版社2011年版，第8页。
② 中国新闻出版研究院：《2011—2012中国数字出版产业年度报告》，2012年7月20日，见 http://www.chuban.cc/yw/201207/t20120720_125664.html。

字化阅读作为一种新的阅读方式，已被越来越多的人接受。据《第九次全国国民阅读调查》显示，2011 年国民数字化阅读方式（网络在线阅读、手机阅读、电子阅读器阅读、光盘阅读、PDA/MP4/MP5 阅读等）的接触率为 38.6%，比 2010 年的 32.8% 上升了 5.8 个百分点，增幅为 17.7%。与图书阅读率为 53.9% 相比，数字化阅读的接触率呈现了较高的态势。[①] 整体而言，数字出版行业在数字化时代的发展有着极为良好的发展前景。应该看到，数字出版的崛起已迫使整个出版行业进行数字化转型，这不仅是国内出版行业的变化，实际上，这是世界范围内发生的由纸质出版向数字出版的转变。比如，作为国际出版业巨头的英国培生公司高度重视数字化转型，十多年前这个集团就在学术与专业出版物方面率先采纳数字平台，目前仍是该领域的领跑者。在过去五年里，该公司数字出版业务增长很快，在销售总额中占比近 30%，近 20 亿英镑。旗下的《金融时报》的里程碑成就是，该报数字版超过纸质版。从该公司近些年增长的业绩来看，越是成熟的市场两种阅读产品的分化越明显，越成熟的市场纸质书受到的挑战越大。[②] 数字出版的革命正在给出版业带来深刻的巨变和前所不遇的改变。

与纸质出版相比，数字出版以出色的快速查询、海量的存储、低廉的成本、方便的编辑以及更加环保等特点显示了自身的优势，并构成了对纸质出版的巨大冲击。就整个出版业的发展进程来看，出版永远是技术革命的产物，纸质出版物是印刷革命的产物，数字出版则是信息技术革命的产物。新的技术必将领先或取代旧的技术。在数字出版正如朝阳之际，纸质书的前景到底如何？这可通过英国这样一些事例来看：大英百科 2012 年 4 月宣布不再印纸质版；剑桥大学出版社的印刷厂于 2011 年年底关闭，而牛津大学出版社的印刷厂在 1989 年就已关闭。英国出版商协会提供的数据表明，英国整个出版业的销量 2011 年下降 2%，但数字出版却增长 54%，占

---

① 中国新闻出版研究院：《第九次全国国民阅读调查》，2012 年 4 月 19 日，见 http://www.chinanews.com/cul/2012/04–19/3832813.shtml。

② 《培生数字化转型秘诀》，2012 年 2 月 16 日，见 http://roll.sohu.com/20120216/n334957391.shtml。

总收入的 8%。[①]这一数据可以看出，纸质出版的前景暗淡，那么纸质出版何处去？应该说，从目前来看，纸质出版物并未到山穷水尽的地步。就国内出版产值来看，新闻出版总署发布的产业统计数据显示，2011 年图书出版总印数 77.1 亿册（张），同比增长 7.5%；总印张 634.5 亿印张，同比增长 4.7%。期刊出版总印数 32.9 亿册，同比增长 2.2%；总印张 192.7 亿印张，同比增长 6.4%。报纸出版总印数 467.4 亿份，同比增长 3.4%；总印张 2272.0 亿印张，同比增长 5.8%。[②]书、报、刊出版总量增长，且分创历史新高，表明纸质出版物在数字阅读不断增长、数字出版冲击愈烈的情况下仍有发展空间。

再来看文学的数字出版，主要以网络文学出版为例说明。网络文学出版是文学出版中的新业态，实际上网络文学这一概念，就是根据文学发布的网络平台以及读者浏览或下载阅读的网络载体而言的。伴随网络文学的蓬勃发展，以网络文学为领军的数字出版已形成了规模性的产业结构和运营机制。如盛大文学作为盛大集团旗下文学业务板块的运营和管理实体，运营的原创网站包括起点中文网、红袖添香网、言情小说吧、晋江文学城、榕树下、小说阅读网、潇湘书院七大原创文学网站以及天方听书网和悦读网，占有国内原创文学的 90% 以上的份额。盛大文学下属网站在创作、培养和销售、传播方面已形成了比较良好的运营机制，初步建立起包括在线付费阅读、版权运营、影视、网游改编等商业模式，呈现出了网络文学数字出版产业的兴盛局面。网络文学的数字出版包括在线付费阅读、手机付费阅读、手持阅读器销售、下线出版、影视改编、动漫、游戏改编等产业总量已近百亿元人民币。"从网络文学出版内容产生价值看，目前网络文学产业已初步形成以版权收入为主，网络广告为辅的产业格局，其中，版权收入（包括收费阅读、实体书出版、影视改编、手机出版）所占

---

① 《出版向何处去——在英国考察出版业的两点思考》，见 http://innovation.epuber.com/2012/1121/8797.shtml。

② 文东：《2011 年新闻出版统计数据显示产业大势向好　纸质与数字出版创新高》，2012 年 7 月 13 日，见 http://www.sinobook.com.cn/guide/newsdetail.cfm?iCntno=9856。

比重最大，占总产值的80%，网络广告则占产值的20%。"[①] 但是在这可观的数字背后，数字出版的隐忧也愈益凸显，即数字出版一直存在盈利模式不清晰、版权保护性能差、内容监管不到位、用户支付意愿不高等问题，这使网络文学数字出版长期陷入经营洼地，发展受到严重阻碍。

2. 手机出版业的兴盛

手机出版指的是将文字、图片、音频、视频等内容编辑加工制作成数字产品，传输和发布到无线互联网络、有线互联网络以及手机载体上，供手机终端用户浏览、阅读、下载和使用的传播行为。目前手机出版物主要有手机图书、手机报、手机游戏、手机地图、手机文学、手机动漫、手机音像等形态。手机出版按照内容可分为手机读物、手机音视频和手机娱乐；按运营传播形式可分为短信型、彩信型和掌信型；按照内容的获取形式可分为无线互联网手机出版、有线互联网手机出版和手机载体出版3类。3G/4G 时代的到来，为手机出版创造了良好的时机。目前手机出版已形成规模性的产业结构和效益，在中国数字出版行业中占有较高的市场份额。2010 年中国数字出版产业总体收入规模达到 1051.79 亿元，其中手机出版为 349.8 亿，超过网络游戏的 323.7 亿和互联网广告的 321.2 亿。2011年国内数字出版产业整体收入规模为 1377.88 亿元，其中手机出版（含手机彩铃、铃音、手机游戏等）收入达 367.34 亿元，占全部数字出版收入 26.7%。[②] 这显示了手机出版在数字出版中所占据的高地。

与其他媒体形式出版相比，手机出版的运营模式优势凸显。其商业模式清晰，移动通信运营商成为产业主导者。在中国，手机媒体是由移动通信运营商主导的一种出版形态。2010 年由移动通信运营商为主导建立的手机出版产业链，对整个手机出版的产业格局产生了重要的影响。在手机阅读方面，2010 年，中国最大的手机通信运营商中国移动公司浙江分公司建立了第一家手机阅读基地，创建了由运营商为主导，为用户提供一点接入

[①] 黄孝章等：《数字出版产业发展研究》，知识产权出版社 2011 年版，第 86 页。
[②] 中国新闻出版研究院：《2011—2012 中国数字出版产业年度报告》，2012 年 7 月 20 日，见 http://www.chuban.cc/yw/201207/t20120720_125664.html。

的全网服务，联合内容提供商、设备商等合作者，并与合作者分成的运营模式。这种以移动通信运营商主导的手机出版模式，以手机话费代扣代缴为阅读付费方式，不对用户阅读时产生的流量计费，而只对出版物本身计费。这种模式由于采用手机客户端软件模式，将手机阅读接口主动送到用户手机界面上，不仅使用户觉得界面良好，而且也较好地解决了支付和结算问题。从而使手机阅读摆脱传统出版业印刷和仓储物流等中间环节成本高、库存积压严重等诸多问题，也避免了数字出版业遭遇的版权、小额支付不方便等问题。总体而言，手机出版显示了具有版权保护好、盈利模式清晰、质量监管较为规范、阅读用户量不断增大等特点。中国移动手机阅读基地这一运营模式取得了明显的规模效应，目前已成为国内收入规模最大的数字阅读门户。每月全网访问用户数超过了 5000 万，每月平均的收入超过 1 亿元，每个月的增幅大概在 5% 左右。①

在内容方面，中国移动阅读基地基本构建了国内正版图书最多的内容平台，到目前为止，总共汇聚包括 21 万册精品内容，涵盖图书、杂志、漫画、图片等，覆盖了 70% 以上的出版榜单图书，95% 以上的原创图书。截至 2011 年 6 月底，平台上点击量超过 1000 万次的书有 1140 本，排名第一的图书点击量是 12.3 亿次。用户阅读 10 章以上的图书有 17.5 万册，占总数的 79.8%。同时也推动了经典好书的二次发行，2010 年图书发行量超过 5 万册的图书约 500 种。②

目前国内手机出版的产业链，主要由内容提供商、服务提供商和电信运营商等构成。其中内容提供商负责提供版权内容，服务提供商负责将内容进一步加工与包装，并通过自己的业务平台与电信运营商对接，并进行业务推广、客户服务等。电信运营商负责把内容通过自己的通信渠道传输给用户，并从用户的手机费中扣除相关费用，完成业务代收费。"从收入分配方式上，由于电信运营商具有垄断地位，因此获得了收入分配的支

① 《中国移动手机阅读：开辟"全民阅读"新天地》，2011 年 8 月 22 日，见 http://www.cnii.com.cn/index/content/2011-08/22/content_911301.htm。

② 《中国移动手机阅读基地月收入过亿 初显四大效应》，2011 年 7 月 6 日，见 http://tech.hexun.com/2011-07-06/131188250.html。

配权，他们在分配比例上，给自身留下收入的 60%—70%，剩下的 30%—40% 由内容提供商和服务提供商进行分配。整个产业链上运营商占主导地位，CP 处于最弱势的位置，获得的利益最少。在过去的发展历程中，基本上都是渠道为王、运营为王。"[1] 中国移动手机阅读商业运营，一方面可以扩大数字出版业的收益，一方面可以带动纸质书的发行。从出版产业发展来说，由移动通信运营商为主导建立的手机出版产业链，对整个手机出版的产业格局产生了重要的影响，并正在引起整个数字出版业的产业格局调整。

在手机出版产业中，文学出版占据较大的份额。目前手机阅读平台排行榜前十名原创书籍的总销售收入，已远远超过同类标杆原创文学网前10 名的总销售收入，还有很多图书的手机阅读销售收入已经超过实体书收入。因而，手机文学出版成为继纸质出版和数字出版之后的又一极具优势和潜力的出版产业。阅读基地与文学网站的合作，使文学网站的数字出版效益得以提高。目前中国移动阅读基地主要收入由原创文学站点和服务运营公司创造，中国移动阅读基地 2011 年 5 月有关数据显示，收入分账中的前列几乎被原创文学网站和专业服务运营公司垄断，榜单前 10 位全部为原创文学网站和服务运营公司。其中，盛大文学旗下的起点中文网分账超过1000 万元，位居第一位；大众书网和中文在线位列第二和第三位。盛大文学旗下的众多子公司——红袖添香、晋江原创、网文欣阅（小说阅读网）和潇湘书院等也都位居榜单前列，分账均在 50 万元至 300 万元之间，收入比较可观。[2]

3. 手机出版的发展趋势以及存在的问题

手机出版是目前发展最快的数字出版新业态。3G/4G 手机和移动互联网的迅猛发展，极大地带动用户对手机应用的热情，因此手机出版拥有广

---

① 徐升国：《数字出版：手机为王？——手机出版的特征及其在中国的发展》，《中华读书报》2012年 2 月 29 日。

② 《移动阅读基地惊现"借壳操盘"》，2011 年 8 月 4 日，见 http://www.dajianet.com/digital/2011/0804/167202.shtml。

阔的发展前景。手机出版将成为数字出版的主要模块。近年来，手机出版规模持续上升，据《2011—2012 中国数字出版产业年度报告》显示，从 2006 年到 2012 年五年间手机出版收入逐年增长，分别为 80 亿、150 亿、190.8 亿、314 亿、349.8 亿、367.34 亿。[①] 就手机业务来看，目前国内已有一半以上的报刊开展了手机报业务，手机报数量已经突破 1500 种，手机新闻网站、手机小说、手机报等业务已经成为手机网民阅读最重要的途径之一。可以预见手机出版将会持续发展，并成为未来数字出版的重要盈利模式。如果这样，数字阅读和数字出版将可能进入手机为王、移动为王的时代。同时，3G 手机及 3G 平板电脑的出现，将极大地改变未来的数字媒体和通信媒体形态，使手机与电子阅读器、平板电脑三屏合一，为手机出版形成全媒体平台提供了技术可能。传统媒体和互联网等其他媒体可以为手机出版提供内容，或在手机出版产业链的各个环节中展开合作。这将进一步拓展手机出版的内容和出版渠道，为手机出版带来更广阔的前景。

目前，手机出版存在的问题主要有：

其一，手机的浅阅读与手机文学出版的低门槛既为手机出版创造了良机，也带来手机阅读一定的负面效应。手机阅读主要是利用碎片时间看一些娱乐性的文学作品。手机阅读排行榜上的作品大都是都市言情、玄幻武侠之类娱乐性较强的类型文学及手机小说、微博小说、短信文学等。这类作品属于新兴的文学体裁，比较受读者欢迎，而手机出版正迎合读者这一需求。从文学生产来讲，手机出版不同于传统出版，低门槛现象比较突出。因而手机目前原创性的手机文学类作品整体质量不够理想，内容不够丰富，大部分作品一味追求娱乐效果，满足读者快餐式消费。我们认为，手机阅读虽然适宜于浅阅读，但文学阅读毕竟不同于新闻及资讯浏览，尤其是优秀的文学作品，需要细加品味鉴赏。如果年轻读者长此以往阅读那些快餐作品，而忽视优美的文学经典的欣赏，必将会导致文学审美的缺失。尤其是不健康的带有色情暴力成分的作品，更会带给读者不良影响。

---

① 中国新闻出版研究院：《2011—2012 中国数字出版产业年度报告》，2012 年 7 月 20 日，见 http://www.chuban.cc/yw/201207/t20120720_125664.html。

因而，手机生产既要提高浅阅读类作品质量，也要开发深度阅读作品类型，以满足不同层次不同群体读者的文化需求。

其二，手机付费阅读与手机出版的版权保护不够理想。手机阅读已为大多数人接受，但付费阅读习惯尚需培养。目前大部分用户习惯通过阅读器和一些网站免费阅读文学作品，即由于国内阅读器和网站提供的很多书目没有得到版权保护，被任意复制和盗版，而用户则利用出版机制不健全的漏洞或渠道，免费下载和直接阅读，这直接影响手机出版产业的发展。版权保护问题是关系到手机出版业能否持续良性发展的关键问题。从手机出版知识产权保护的现状来看，手机出版产业存在着出版主体不明确、数字版权保护技术不成熟等问题。因而，必须从根本上对我国的出版及版权保护机制实行严格的监管，出台专门针对手机出版的规范和标准，否则数字出版包括手机出版产业将难以得到健康发展。继而要形成比较合理规范和便捷实惠的付费阅读模式，以利于读者付费阅读习惯的养成。目前我国手机用户半数以上的人都集中在年轻人和农民当中，这两大阅读群体由于经济消费能力相对较低，手机阅读付费意愿较低。对他们来说，手机付费阅读也许不仅仅是一个习惯问题，更需要手机出版商根据中国国情，建立适合低消费层次和群体需求的收费阅读模式。

其三，手机内容生产商与手机出版运营商的利益分配不尽合理。手机出版产业链与传统出版不同，运营结构比较复杂，基本由手机内容生产商、技术服务商和移动运营商的运作构成。目前手机出版产业链上的各方还没有形成一个更加成熟合理的合作经营模式。由于手机出版是在无线互联网络上的出版活动，基础是无线互联网的接入，因而移动运营商就处在这一产业链上的垄断地位，它们有权力决定选择与哪些技术服务商和信息内容提供商合作。可以说手机出版的盈利模式几乎完全由移动运营商控制，生产出版单位处于弱势地位。尽管生产方面既涉及原创文学的创作及其供给，又有大量现成作品的电子化制作等等，在内容生产上付出了大量精力和成本，但由于其处在产业链的弱势地位，因而相对于运营商的低成本高收益来讲，内容生产商及技术服务商的获利很小。收入分配上的不均衡，也阻碍了手机出版产业的发展。应该看到，3G 时代内容为王，手机出版物的内容能否吸引更多的使用者，将直接影响手机出版产业的效益，因而一个合理的商业发展模式尚需进一步培育。

本章最后有必要对目前我国出版产业的发展态势作一展望：1990 年代以来，互联网的广泛应用，推进了出版、电影、音乐、广告、教育等产业的融合。产业融合的大趋势也促进了出版产业内部的调整、重组和融合，使出版产业形成了产业融合化的发展模式。出版产业的融合，主要集中在传统出版和数字出版融合，书、报、刊数字出版融合，传媒业、互联网和电信业融合三个方面。① 就传统出版和数字出版融合来讲，2009 年 11 月，《第一财经周刊》封面报道作出预言：2018 年，书籍灭亡。这一预言显然不会成为今天的现实。但数字化代表着出版业的未来走向毋庸置疑。当下纸质出版的空间依然较大，应该说，两种形态的出版物将会长期共存。因此，数字出版产业与传统出版产业的融合化发展是我国数字出版产业发展的有效模式。传统出版和数字出版将基于复合出版系统平台而融为一体。传统出版和数字出版将共享全数字出版流程，而仅仅在流程的最后环节，通过出版引擎或内容发布引擎，发布为不同的出版物。书、报、刊出版长期以来一直各有所属，壁垒分明。在目前文化产业发展推动下，出版业出现了联合、兼并和重组的热潮。宽松的产业政策和良好的外部经济环境，推动了书、报、刊数字出版企业由单一介质型向多介质融合型方向发展。近年来广电网、电信网、互联网的三网融合，使传媒业、互联网和电信业走向融合，这表现在传统媒体、电视和互联网的融合上。比如《杭州日报》，不仅可以看、读，可以报网互动，而且还有报网电视，是一家名副其实的"报道社"。产业融合发展直接促进了产业创新，在产业融合基础上形成的新产业和新产品成为经济发展的新增长点，这对我国数字出版产业的发展具有十分重要的意义。

---

① 黄孝章等：《数字出版产业发展研究》，知识产权出版社 2011 年版，第 156—159 页。

走向文化产业的亚文学生产

在对亚文学生产与消费的研究过程中，一个始终萦绕于本书作者脑中的关键词是：亚文学。对作者来说，这确是一个既如此熟悉又相当新鲜的概念。说它熟悉，这是近年来本书作者致力于研究的对象；论起新鲜，则是亚文学这一概念至今尚未获得国内学界的公认。由亚文学概念所引发的一个根本性问题是，亚文学的理论价值和实践意义是什么？在当今多种文化交织汇集的时代，亚文学究竟被赋予怎样的时代质素？正是这一问题，引发了作者对当代文学生存形态及文本范式的变化以及亚文学生产和消费现状进行思考和研究。

一、文化工业理论范畴中的亚文学

亚文学作为文学的次生形态，是在文化生产进入工业化阶段才出现的。此前尽管有亚文学类文本，但只被认为是介于文学与非文学之间的文体类型。而在本书中，亚文学被更多地赋予了文化产品的性质。

提到文化产品，自然会想到"文化工业"和"文化产业"这两个词语。"文化工业"（Cultural Industry）一词源于马克思·霍克海默和西奥多·阿道尔诺合著的《启蒙辩证法》一书。与19世纪以来其他使用"文化"一词的学者一样，霍克海默和阿道尔诺将理想状态下的文化等同于艺术。他们秉持乌托邦式的观点，认为艺术（文化）能够担当对社会批判的责任，也能够描绘更美好的生活。但是，到了资本主义工业化阶段，文化已经被商品化了，它几乎已经完全失去了扮演乌托邦式批判手段的能力。文化和工业本是对立的两面，而现代资本主义的发展将二者糅合，出现了文化工业，也因而有了这一词语。文化工业概念的提出，具有非常重大的理论价值，这一概念被广泛用于批评现代工业生产所导致的产品物化现象。该词也被法国社会学家、活动家和政策制定者所接受，并且转化为"文化产业"（Cultural Industries）一词。文化工业与文化产业的区别，不仅在于单复数形式上的差异。美国学者大卫·赫斯蒙德夫指出：

> 法国"文化产业"社会学家反对阿多诺和霍克海姆采用单数形式的 Cultural Industry 一词，因为它被局限在一种"单一领域"之中，这样一来，现代生活中共存的各种不同形式的文化生产，都被假设遵循着同一种逻辑。他们不仅想要指出文化产业的复杂程度，还想辨别不同类型文化生产所遵循的不同逻辑。[①]

从单一到复杂，从同一到差异，文化工业与文化产业二者对文化产品的区别性认识，为我们深入考察亚文学形态以及生产和消费特征提供了一个新的视角。

在霍克海默和阿道尔诺看来，启蒙的辩证法主要侵害的领域之一就是文化工业。"当人们谈论文化的时候，恰恰是在与文化作对。文化已经变成一种很普通的说法，已经被带进行政领域，具有图式化、索引和分类的涵义，很明显，这也是一种工业化。"[②]启蒙辩证法使得这个曾经自治或者相对自治的领域开始遵从工业的法则。也就是说，原本自由的文化领域一旦受到工具理性法则的支配，就变成了好莱坞及新兴出版业、唱片业、广告业等垄断资本手中的工具。这就意味着：

---

① [美]大卫·赫斯蒙德夫：《文化产业》，张菲娜译，中国人民大学出版社 2011 年版，第 18 页。
② [德]马克思·霍克海默、西奥多·阿道尔诺：《启蒙辩证法——哲学断片》，渠敬东等译，上海人民出版社 2006 年版，第 118 页。

一度是启迪的来源和人类潜能的培育者的文化变成了统治机器，而维持这个机器运转的主要动力就是能够满足寡头公司经济利益的资源消耗活动。文化开始遵循资本主义经济中普遍存在的积累规律。工厂逻辑培育了文化产业中的梦工厂。一度与人类主体性发展联系在一起的文化和所有其他商品一样，变成了对象。①

概而言之，文化在文化工业中成为工业制造的产品，成为人类活动的对象。

用霍克海默和阿道尔诺的批判理论来观照亚文学生产，很显然，由于文化工业的"形式、范畴和内容"注入了亚文学整个生产过程，使其具有商品生产特征。在本书中，网络类型小说被作为当下文学的特殊样态纳入亚文学体系，乃因网络文学在生产目的、生产方式以及文本的结构特征和审美功能方面都是有别于传统意义的文学。与传统意义的小说相比，网络类型小说是相当典型的文化工业产品。在经过早期的自由发展之后，网络类型小说很快就被资本收进自己的地盘，成为资本生产下的文化商品。如"盛大文学 CEO 侯小强曾说：'文学就是商品'，为此他把盛大文学看成一个车间，一条生产产品的流水线。……他将盛大定义为'世界小说工厂'"。② 这段话陈述了文学在现阶段已成为工业生产线上的产品的事实。事实上，盛大文学就是一个涵盖上下游产业链的文学生产企业，小说生产如一般产品生产，有着流水线般的产业链，需要商业化运营。在这条产业链上，不仅有作者和读者，还有专业的书业经纪人、出版商、发行商、书评队伍，以及将故事进行游戏化和影视化改造的队伍。

将文学生产看成是物质生产，这是马克思艺术生产理论中的基本观点，这在西方马克思主义理论家那里得到进一步阐发，无论是本雅明、布莱希特还是伊格尔顿等都有过专门论述。他们把艺术看作一种社会活动，

---

① ［英］斯科特·拉什、西莉亚·卢瑞：《全球文化工业——物的媒介化》，要新乐译，社会科学文献出版社 2010 年版，第 5 页。

② 《侯小强：盛大文学生产的不是文学，而是产品》，2010 年 1 月 8 日，http://news.cyzone.cn/news/2010/01/08/132938.html。

一种与其他形式并存和相关的社会、经济生产的形式，文学像别的东西一样，是一类商品的生产。尽管如伊格尔顿所说："批评家，即使是马克思主义的批评家，很容易忘记这个事实。因为文学是处理人类意识的，这就会诱使我们这些文学研究者局限于这个领域之内。"① 但是如果我们仅就此而言，指出当下网络类型小说生产是一种商品生产，这在今天商品经济时代简直就是无谓的言谈。因为文学生产作为商品生产是再明摆不过的事实了，让人无法忽视。而文化工业理论的意义在于指出文化的工业化使得"文化工业的所有要素，却都是在同样的机制下，在贴着同样标签的行话中生产出来"②。既如此，作为精神创造的文化活动及其创造物也就失去其本应有的风格：

> 从前具有批判性和差异性的文化被资本主义的同一性逻辑所侵蚀。艺术品被简化为相同的效用单位，丧失了原有的本质属性——异质性，物品的内在价值被削减为相同个体所具有的相同交换价值和价格，量取代质。③

显然，文化工业理论在强调文化工业机制下生产出来的文化产品具有批量生产和复制所造成的同质化的倾向。同质化主要是以产品形态的共性特征表明工业生产的经济效用价值，这一特点在网络类型小说生产中得到最充分的体现。这里我们只需看网络类型小说的命名，即可发现其作为文化产品的同质化诉求。网络文学的业内人士认为："类型小说的一个基本特点是同质化创作，商业上的原理和兰州拉面好吃满大街就都是兰州拉面一样简单，所以所谓的类型，最简明的基础概念就是，同一时间段内出现的众多

---

① [英]伊格尔顿：《马克思主义与文学批评》，文宝译，人民文学出版社1980年版第66页。

② [德]马克思·霍克海默、西奥多·阿道尔诺：《启蒙辩证法——哲学断片》，渠敬东等译，上海人民出版社2006年版，第116页。

③ [英]斯科特·拉什、西莉亚·卢瑞：《全球文化工业——物的媒介化》，要新乐译，社会科学文献出版社2010年版，第5页。

的同质化作品。"①类型不仅表示小说题材和内容的文本分类，而且还制导着小说的生产和消费。当今网络小说生产高度类型化，其原因就在于小说受商业行为驱动。简言之，小说如同货架上的商品，必然要贴上自己的标签才能利于销售。将众多的小说归于某一类型，必然会产生大量同质化的产品，而同质化能够满足读者的阅读心理预期。这在本书前面的章节中已有论述，此不再赘述。

　　同质化在文本形态上对于亚文学区别于文学也有着突出的意义。这里来看美国学者阿瑟·阿萨·伯格对长篇小说与通俗文化小说的区分。他将侦探小说、科幻小说、间谍小说、西部小说、浪漫小说等等称之为通俗文化小说。这里所说的通俗文化小说相当于亚文学类小说。而在他看来，长篇小说"也就是'文学'或'高雅'文化小说"。值得注意的是他用"样式"一词来标志通俗文化小说的特质：

　　　　通俗文化小说中的小说在本质上是经常公式化的，很多这样的小说可以被划归特别的样式。……在很多情况下，我们通常理解的长篇小说和通俗文化"样式"小说之间是有区别的。我将其划分为通俗文化小说的长篇小说是具有长篇小说的所有属性但也可以根据其样式进行分类的作品——而传统长篇小说就不能这样分类。

　　那么样式是什么？他认为："样式和公式之间有区别。样式一词的意思是'门类'或'种类'，……然而，在某种特定样式中，可能有很多不同的公式。"②比如他列出侦探小说这一样式主要有三种公式：经典公式、硬汉公式、程序公式。显然，这里的公式就是小说中的同质化内容或曰模式，样式就是类型。因而，阿萨·伯格所说的样式小说，在概念上基本等

---

　　① weid：《试论二十一世纪以来大陆网络类型小说的兴起与演变》，2011 年 12 月 23 日，见 http://www.lkong.net/thread-527863-1-1.html.

　　② ［美］阿瑟·阿萨·伯格：《通俗文化、媒介和日常生活中的叙事》，姚媛译，南京大学出版社 2006 年版，第 106、108 页。

同于我们所说的类型小说。阿萨·伯格关于通俗文化小说样式和公式的论述，也有助于我们认识网络类型小说中类型与模式（同质化）的区别以及二者关联。

按照霍克海默和阿道尔诺的观点，文化产品同质化产生于特定的文化生产机制。这样的生产机制服从于同样的目的和行业规范，它使得文化产品具有物质产品的属性，而失去其自身的独特性和创造性。"因此，所谓文化工业的风格已经不再需要通过抑制无法驾御的物质冲动来检验自身了，它本身就是对风格的否定。普遍与特殊之间的调和，规范与特定的需求之间的调和以及唯独能够为风格提供本质的，有意义的内容的成就，都是无效的，因为它们连所有对立两极之间最微弱的紧张状态都消除掉了：这些相互协调的极端状态软弱无力地统一了起来：普遍替代了特殊，或者相反。"[1]这正是文化工业理论要批判的要害之处，产业化文化就是同质文化。"在同质文化中，每个个体都相同于其他个体，个体作为商品和工具的本质与其他个体的本质无任何差别。"[2]这就是资本主义的同一性逻辑，文化工业理论哀叹于这种同一性逻辑，并对此进行批判。霍克海默、阿道尔诺对文化工业产品的批判，实际上也为我们认识当今网络类型小说生产及其文本的商品化特征提供了批判的武器。

二、文化产业中的亚文学生产

但批判的武器不能代替武器的批判，在看到文化工业批判理论所认为的工具理性法则对文化的渗入和改写的同时，我们也要看到在文化工业批判理论产生之后，文化工业的实际情形又发生了变化，这种变化对文学和亚文学生产产生了直接的影响和作用。

斯科特·拉什在他的著作《全球文化工业——物的媒介化》中将文化

---

[1] ［德］马克思·霍克海默、西奥多·阿道尔诺：《启蒙辩证法——哲学断片》，渠敬东等译，上海人民出版社 2006 年版，第 116 页。

[2] ［英］斯科特·拉什、西莉亚·卢瑞：《全球文化工业——物的媒介化》，要新乐译，社会科学文献出版社 2010 年版，第 5 页。

工业分为两个阶段，即霍克海姆和阿道尔诺所指的经典文化工业和现在的全球性文化工业。他认为，霍克海默和阿道尔诺所谓的工业化其实只是商品化，而且是表征的商品化。随着文化工业过渡为全球文化工业，其内部又产生了不同逻辑。全球化已经赋予文化工业一种全新的运作形式，即进入到文化产业化的阶段。而从同一到差异、从商品到品牌、从表征到物、从象征到真实、从广延物到内涵物、虚拟的兴起等等，则构成经典文化工业与全球文化工业不同体系中的文化产品的诸多不同。斯科特·拉什对文化工业发展的阶段性区分以及文化产品差异的概括，有助于我们认识当下亚文学生产尤其是网络类型小说的生产及其文本特征。与文学生产商品化命题相比，当下网络类型小说的产业化生产态势更加典型和复杂。

以网络类型小说为主体的亚文学生产是一种更加具有专业化性质的生产，这是文学产业化的首要特征。在文化产业中，文学生产不仅是个体性的职业劳动，也不仅是行业性的生产活动，而是更具专业性的生产机构所从事的生产和再生产的产业性生产活动。这里我们用专业化生产来概括网络类型小说生产的产业化总体样貌。关于专业化生产，著名的马克思主义文化批评家雷蒙·威廉斯有较为集中的论述。他将文化生产发展分为三个时代，并以符号创作者及其与更广的社会关系来为每一个形态命名：1.资助，指自中世纪开始到19世纪结束流行于西方的多种体系。如诗人、画家、音乐家等，会受到贵族的资助、保护和支持。这种体系直到19世纪早期还占据着统治地位。2.专业市场，19世纪初以来，艺术作品间接地通过中介得以出售：通过发行人，如书商、出版商。这时期，发行中介和生产中介更加高度资本化。创作者获得了"独立的职业地位"。3.专业公司，从20世纪初开始，到1950年代以后急剧扩充，出现了专业公司。作品的委托生产变得更加专业化和更具组织性，通过酬金和合约，人们不断成为文化公司的直接雇员。专业公司的出现使文学生产更具专业化性质。也正是在这个认识基础上，我们将网络类型小说生产纳入专业化生产体系中来考察。这与纸媒文学所代表的传统生产方式有着很大的不同。所谓专业性生产，亦是强调文学生产已不再属于少数人经营的活动，而是进入了由大公司所控制的产业化格局中。这里我们以盛大文学为例来说明其文学生产经营活动。

　　成立于 2008 年的盛大文学全称盛大文学有限公司，是目前国内最大的网络类型小说生产的专业性机构，其专业性表现在文化公司全面操纵和经营网络小说的生产：1. 公司本身就是一个类型小说生产和运营的专业生产组织，除了作者外，由书业经纪人、出版商、发行商、书评队伍等专业人员构成。2. 专业生产的阶段性及其流程，类型小说生产总体上可以划分为创作、发布和推销等三个阶段。这三个阶段组成了基本的产业链，其中发行是生产中的重要环节，包括市场营销、宣传等。3. 版权运营。文化产业中一个非常重要的方面就是版权经营和保护，版权法强化了文化商品的产权，也因而巩固了整个文化产业。盛大文学的版权运营特点在于强化全版权运营，所谓全版权运营，就是建立一个有多元业务组成的完整产业链，即一部作品可以通过网络收费阅读、无线收费阅读、出版实体书，以及改编成影视、动漫、游戏等实现版权收益。以上几点即可看出，网络类型小说生产和再生产的专业化性质和程度超过以往任何时期的文学生产。

　　由专业文化公司经营文学生产，其经济效益表明文学产业就像其他文化产业一样，具有更大的产业风险性。与其他物质商品相比，文学生产面临着诸多的不确定性，比如读者对文本接受的不稳定性与不可预测性，读者无偿消费产品，盗版侵权，缺少畅销之作等。这些因素使文学产业生产形势并不乐观。在这种情况下，公司首先通过"过量生产"的方法，使畅销作品的利润与亏损相互抵消，即只要大量发行，总会出现看好的作品。按照商业逻辑，每 9 种唱片中只有 1 种是畅销品，其余 8 种都是失败品，那么，只发行 5 种唱片的公司与发行 50 种唱片的公司相比，就多了一分在商海中沉船的危险。这种商业逻辑促使文学网站必须追求生产的数量和规模，这也是目前国内各文学网站每年上架的小说多得难以计数的原因所在，但真正能获得可观收益的小说屈指可数。于是生产畅销书就成为网站经营的策略之举。畅销书制度作为商业法则，建立由来已久，一直成为文学生产的重要法宝。目前各文学网站推出的形形色色的各种榜单，都属于畅销书生产系列。"尽管畅销书的地位最初建立在销售量很小的精装书的基础上，这种地位本身却足以增加未来的销售量。较多受众购买这种图书是因为它是畅销书，并且有很多的书店贮存这种书。精装畅销书现象也促进了这些小说素材以其他形式，如平装本、拍成电影、改编成漫画和连载形式被复制和消费。换句话说，一本书赚大钱与它成为畅销书密切相关。通常为联合大企业所拥有的一小批大出版公司参与这个过程"。① 美国著名文化社会学家戴安娜·克兰为我们具体地解读了畅销书在经济运营中的地位和作用，它是生产链的开始环节。问题是，面对过量生产的局面，究竟什么书能成为畅销书，这几乎又是一个不可预知的问题。"如果一本书在出版几周之内没有成为畅销书它就不会有可能拥有大量的读者。出版商根据销售量评估产品，并立即终止出版书单上销路不好的图书。"② 当然，上述"过量生产"和"生产畅销书"两项运营，并不足以使文学生产机构应对目前产业生产的不景气局面。以盛大文学的经济效益而言，虽然占据行业的垄断地位，并取得明显业绩，但近几年也持续处在亏损状态。据 2011 年 5 月盛大文学的海外控股公司 Cloudary Corporation 正式向美国证券交易委员会（SEC）递交的招股书显示，"过去三年盛大文学分别亏损 2250 万元、7450 万元、5648 万元。今年第一季度，盛大文学仍亏损 369 万元，但比去年同期少亏损了 1200 万元。"③ 仅就这点来看，网络类型小说生产前景堪忧。

　　文学产业化不仅在生产机制上呈现出更加复杂的样态，而且将其复杂性移植到其创造和传播的产品即文本上。如何看待生产与文本之间的联系？关于此，大卫·赫斯蒙德夫认为："有三种主要方式可以用来讨论文化产业和文本成果之间的关系：多样性与选择问题，质量问题以及社会公正问题，尤其是揭示文化产业是否为权贵利益服务问题。"④ 现在我们围绕这

---

① ［美］戴安娜·克兰：《文化生产：媒体与都市艺术》，赵国新译，译林出版社 2001 年版，第 75 页。
② ［美］戴安娜·克兰：《文化生产：媒体与都市艺术》，赵国新译，译林出版社 2001 年版，第 75 页。
③ 《盛大文学亏损上市》，2011 年 5 月 26 日，见 http://money.163.com/11/0526/00/74UKET3I00253B0H.html。
④ ［美］大卫·赫斯蒙德夫：《文化产业》，张菲娜译，中国人民大学出版社 2011 年版，第 18 页。

几点来对网络类型小说的文本形态和价值作一认识。

大卫·赫斯蒙德夫认为，多样性问题对于讨论垄断、集中和集团化非常重要。其实，这也是斯科特·拉什所说的从经典文化工业到全球性文化工业的产品形态转变问题。斯科特·拉什说：

> 霍克海默和阿多诺所谓的文化工业产品是确定的，而全球文化工业产品是不确定的。……霍克海默和阿多诺所谓的确定性乃是"同一"的问题，而不确定性则是"差异"的问题。全球文化工业中，生产与消费是建构差异的过程，文化工业中，生产表现为福特式流水线和劳动密集型生产，全球文化工业中，生产则表现为后福特式的设计密集型差异生产。①

文化工业批判理论认为文化工业导致了同质化和标准化，但在文化产业化时期，"文化产品的供应无论是在范围还是多样性上都有了显著增长：大街上的音像店、报刊亭和书店堆满了各类产品，在发达地区，几乎每个人都能接收到比以前多得多的电视台和广播台。我们怎么能说多样性缺失呢？"②对于网络类型小说生产而言，"差异"建构更显得重要。如果说，类型就是题材内容的分类，那么在同一类型下，确实会容易出现题材和内容都比较接近的小说，如大量的清穿小说和都市官场文的同质化倾向比较明显；但如果将类型小说看作就是同一时间段内出现的众多的同质化作品，那么这种认识也仅是就小说的表征而言。事实上，"所有文化产品都包括两种因素的混合物：传统手法与创造。传统手法是创作者和观众事先都知道的因素——其中包括最受喜爱的情节、定型的人物、大家都知道的观点、众所周知的暗喻和其他语言手段，等等。另一方面，创造是由创作者独一

---

① ［英］斯科特·拉什、西莉亚·卢瑞：《全球文化工业——物的媒介化》，要新乐译，社会科学文献出版社 2010 年版，第 8 页。

② ［美］大卫·赫斯蒙德夫：《文化产业》，张菲娜译，中国人民大学出版社 2011 年版，第 18 页。

无二地想象出来的因素，例如新类型的人物、观点或语言形式。"①这就是阿萨·伯格所说的："所有通俗文化样式也都一样：我们也许非常清楚最终会发生什么事，但是不知道主人公将会如何取胜并达到目的。"②"如何取胜"乃是此小说区别彼小说的独特之处，正是小说建构"差异"之处。网络类型小说亦然，怎样在类型框架下寻求新的创意和突破，是小说在同类产品中"克敌制胜"的私密武器。无论哪种类型的小说，也无论采用怎样的模式，如果没有求新求异的创作追求及本领，那只能湮没在小说的汪洋大海之中。面对今天的文学市场，生产机构若仅以十几种类型区分的同质化小说，是根本无法满足读者需求的。因此我们在承认类型小说同质化倾向的同时，也要看到其差异的一面。当下网络小说的类型种类包括其子类别总计不超过百种，而生产的数量数以百万计，显然，这些小说不可能在类型的框架下全然趋于同质的内容。尤其在今天的大规模高产出的产业化生产中，具有独创性文化产品才具有市场的竞争力。

　　关于类型小说的文本质量，一个比较趋同的看法是网络类型小说总体上比较粗劣低俗。且先看"总体"，仅起点中文网原创小说书库就有858669部（截至2012/12/16），若要总体上不粗糙，这是一个多么壮观辉煌的成就啊！事实上，即使以万分之一计，综合当今各文学网站发表的小说，有100多部优秀的小说，也是网络文学的骄傲。毕竟，网络文学才走过十几年的时间历程。事实上，在文化产业中，生产机构会通过过量生产的方法，生产大量作品以平衡失败作品与畅销作品。再看所谓的粗劣低俗，有一个较为定势的思维逻辑是，文化产业公司发行文本的首要目的是挣钱，那文本为了商业目的去迎合受众，因此内容也就低劣粗俗。这是建立在将文学创作与商业目的看作是水火不相容的对立法则基础上的。其实，一个毋庸置疑的事实是，只有高质量的作品才有更好的商业价值；许多卖得好的作品，在文本质量上也是属于上乘之作。而大量内容匮乏、缺乏想

---

① ［美］阿瑟·阿萨·伯格：《通俗文化、媒介和日常生活中的叙事》，姚媛译，南京大学出版社2006年版，第108页。

② ［美］阿瑟·阿萨·伯格：《通俗文化、媒介和日常生活中的叙事》，姚媛译，南京大学出版社2006年版，第108页。

象力、语言粗糙的文本充斥在我们生活中，但它们之所以质量差，并非一定是由于为了获取商业利益。许多经由商业运作而生产的文本具有非常精彩有趣的内容和精致美观的装帧等。可以这么认为，网络类型小说就其数量而言，确实存在绝大部分作品质量不高的现象，但质量不高与商业目的没有必然的联系。因为过度关注利润，则会使文本整体质量下滑，然而"这一论点很难被证明，这不仅仅是因为质量评价带有强烈的主观色彩。真正的问题在于，那些赞成某一特殊文化产业质量整体下滑的人，却不能从外化的审美标准上提供更多实质性的论据来支持他们的论点。"[①] 实际上，文本的质量也常常成为人们考察文学与亚文学、严肃文学与通俗文学的一个无形的标尺。而阿萨·伯格这段话则更有意味：

> 就小说而言，我想这种看法是有意义的——一部拙劣的"严肃"小说是拙劣的作品，而一部优秀的"样式"小说是优秀的作品。这里出现了一个问题：当一部像达希尔·哈米特的《马耳他猎鹰》这样的样式小说达到了一定的文学优秀水平之后，是否就失去了其样式身份？[②]

显然，严肃小说与样式小说不是以其质量来划分的。对于网络文学来说，也许总体质量不尽如人意，但在十多年的发展历程中，也出现过多部具有一定影响力的优秀作品。如2009年，在中国作家协会的指导下，中国作家出版集团、长篇小说选刊杂志社和中文在线共同举办了"网络文学十年盘点"活动，对近十年的网络文学进行了全面盘点，评出了"十佳优秀作品"以及"十佳网络人气作品"。这些作品如《此间的少年》（作者：江南）、《成都，今夜请将我遗忘》（作者：慕容雪村）、《新宋》（作者：阿越）、《窃明》（作者：大爆炸）、《韦帅望的江湖》（作者：晴川）、《尘

---

① [美]大卫·赫斯蒙德夫：《文化产业》，张菲娜译，中国人民大学出版社2011年版，第90页。
② [美]阿瑟·阿萨·伯格：《通俗文化、媒介和日常生活中的叙事》，姚媛译，南京大学出版社2006年版第106页。

缘》（作者：烟雨江南）、《家园》（作者：酒徒）等应该说在一定程度上代
表了网络文学所取得的成就。

如何看待网络类型小说的文本价值，这实际上关系到我们对文化的选
择和判断问题。关于此，雷蒙·威廉斯认为，对大众文化作品的质量进行
评判首先应考虑选择方法问题：

> 在选择问题上主要有两点值得注意。第一点，很明显，为
> 了证明他们的说法（要阻止低劣东西盛行的话，进行证明的确非
> 常重要），研究流行文化的当代历史学家习惯把目光聚焦在低劣
> 的东西上而往往会忽略那些优秀的东西。如果有很多低劣书籍的
> 话，同时也有相当多的优良书籍；而且这些优良书籍和那些低劣
> 书籍一样，比原先更为广泛地流通开来。……第二点，在评判文
> 化问题时有必要记住一点，仅仅关注习惯是远远不够的，因为这
> 些往往与观察者本人的习惯有很大的巧合关系。①

关于第一点，雷蒙·威廉斯指出：在看到低劣作品出现的同时，也要看
到，优秀的书籍报纸杂志的读者、公共图书馆的使用人数、严肃音乐、戏
剧、芭蕾的受众、博物馆和展览馆的参观人数等都在普遍稳步上升。显然
大众接触到的优秀作品占相当大的比例。

第二点所谈的思维习惯，也是我们对与文本有关的社会公正问题评判
应该持有的思维方式。所谓与文本有关的社会公正问题，指的是对文化产
品的价值评判。大卫·赫斯蒙德夫从三个方面阐述文本生产的价值：公司
通过文本提升自身利益；公司通过文本提升文化产业公司的利益（或占据
垄断地位的主要公司）的整体利益；公司通过文本提升行业整体利益及其
所属社会阶级的利益。②这也是我们透视亚文学文本价值的视角。无疑，亚

---

① ［英］雷蒙·威廉斯：《文化与社会》，高晓玲译，吉林出版集团有限责任公司 2011 年版，第
322—323 页。

② ［美］大卫·赫斯蒙德夫：《文化产业》，张菲娜译，中国人民大学出版社 2011 年版，第 91—92 页。

文学文本作为文化产品，其意义就在于它为个人和公司乃至社会创造了经济利益和社会效益。

但是，在评判亚文学文本价值时，多数人通常会受到自身文化身份的限制，对其存有偏见。正如雷蒙·威廉斯所言：

> 学问高深的观察者往往禁不住做出这样的假定：阅读在他的生活中起重要作用，因而在多数人的生活中也是如此。但是，如果他把自己的阅读物和那些流行读物进行比较的话，就会发现他并非在进行不同文化层次的真正比较。实际上，他比较的是，为了那些把阅读看作重要活动的人所生产的读物，和那些把阅读看作次要活动的人所生产的读物。同样，由于他自己从阅读中获得了相当比例的思想和情感，他会错误地推定，多数人的思想和情感也是通过相似的方式获得的。①

雷蒙·威廉斯所论述的观察习惯和态度，从根本意义上属于价值评判的主体性建构问题。尽管在现代生活中，大众文化已得到了普及，但评判大众文化的人却往往是掌握话语权的知识阶层。尽管在后现代主义者看来，大众文化与精英文化二者界限正趋于弥合，但是根深蒂固的传统文化观念仍然制约人们对大众文化包括诸如亚文学文本的价值判断。因而面对大众文化文本，我们需要有一个全面的客观的整体性的文化观念。在雷蒙·威廉斯看来：

> 文化的观念是针对我们共同生活状况所发生的普遍和重大变化所作出的一种普遍反应。其基本成分是努力进行整体性质的评估。我们共同生活的总体形态发生改变后，必然会产生了一种反应，使人们把注意力集中在整体形态上。②

---

① [英]雷蒙·威廉斯：《文化与社会》，高晓玲译，吉林出版集团有限责任公司2011年版，第323页。
② [英]雷蒙·威廉斯：《文化与社会》，高晓玲译，吉林出版集团有限责任公司2011年版，第311页。

评判一种文化，其评判的标准、方法和态度都不是单一和孤立的，应对事物整体形态作出整体性质的评估。亚文学作为大众文化产品，是这个时代的产物。如果站在精英文化立场上，去审视大众文化，那只能看到大众文化中的庸俗和低劣的一面，也只能对之持消极或否定的态度。但当我们面对这样一个现实图景，即大众文化产品正如势不可挡的潮流涌进社会生活的各个方面，并建构大众的文化生活、情感和精神结构，那我们是否应该做出一个积极的回应和客观的审视？

从文化工业到文化产业，这既是一个历史的进程，也是文化观念演进的过程，但这并不意味着我们对亚文学的评估是沿着从否定到肯定的命题走向，也许，深入事物内部的探究远比下一个结论要复杂和困难得多。

但是，我们完全可以相信，亚文学不仅在今天现实地存在并提供给文学一个参照，而且必将会得到进一步的发展。虽然，产业化生产方式未必全然有利于亚文学自身的艺术生产规律；虽然，至今还有相当一部分人仍然以传统的文学观念评估和考量亚文学；虽然，亚文学生产及其发展还会遭遇种种不利因素；等等。但是，信息时代的到来以及大众文化的兴起，为亚文学提供了更广阔的生存空间，这在本书中已得到充分阐述。正是基于此，我们可以预言，也许文学的式微是历史发展的必然，而那些介于文学与非文学之间的亚文学或将描绘着文学未来的图景。

参考文献

[德] 马克思、恩格斯:《共产党宣言》,《马克思恩格斯选集》第 1 卷,人民出版社 1972 年版。

[德] 马克思、恩格斯:《德意志意识形态》,《马克思恩格斯选集》第 1 卷,人民出版社 1995 年版。

[德] 马克思:《1861—1863 年经济学手稿》,《马克思恩格斯全集》第 33 卷,人民出版社 2004 年版。

[德] 马克思:《1844 年经济学哲学手稿》,《马克思恩格斯全集》第 42 卷,人民出版社 1979 年版。

[德] 马克思:《资本论》(第 1 卷),《马克思恩格斯全集》第 49 卷,人民出版社 1982 年版。

[德] 马克思:《〈政治经济学批判〉导言》,《马克思恩格斯选集》第 2 卷,人民出版社 1995 年版。

[美] 阿瑟·阿萨·伯格:《通俗文化、媒介和日常生活中的叙事》,姚媛译,南京大学出版社 2006 年版。

[俄] 巴赫金:《周边集》,李凡辉等译,河北教育出版社 1998 年版。

[法] 布尔迪厄:《布尔迪厄访谈录——文化资本与社会炼金术》,包亚明译,上海人民出版社 1997 年版。

[法] 皮埃尔·布迪厄(布尔迪厄):《艺术的法则——文学场的生成和结构》,刘晖译,中央编译出版社 2001 年版。

[美] 保罗·莱文森:《手机:挡不住的呼唤》,何道宽译,中国人民大学出版社 2004 年版。

［日］厨川白村：《出了象牙之塔》，鲁迅译，人民文学出版社 2007 年版。

［美］戴安娜·克兰：《文化生产：媒体与都市艺术》，赵国新译，译林出版社
2001 年版。

［美］大卫·赫斯蒙德夫：《文化产业》，张菲娜译，中国人民大学出版社 2011
年版。

［荷］杜威·佛克马、伯顿斯主编：《走向后现代主义》，王宁等译，北京大学出
版社 1991 年版。

［美］戴维·温伯格：《小块松散组织》，辽宁教育出版社 2003 年版。

［美］弗雷德里克·詹姆逊：《快感：文化与政治》，王逢振等译，中国社会科学
出版社 1998 年版。

［美］弗雷德里克·詹姆逊：《文化转向》，胡亚敏等译，中国社会科学出版社
2000 年版。

［美］杰姆逊（弗雷德里克·詹姆逊）：《后现代主义与文化理论》，唐小兵译，
北京大学出版社 1997 年版。

［德］康德著：《判断力批判》，邓晓芒译，人民出版社 2002 年版。

［美］莱斯利·菲德勒：《文学是什么？——高雅文化与大众社会》，陆扬译，译
林出版社 2011 年版。

［英］雷蒙·威廉斯：《文化与社会》，高晓玲译，吉林出版集团有限责任公司
2011 年版。

［法］罗兰·巴特：《神话修辞术批评与真实》，屠友祥等译，上海人民出版社
2009 年版。

［法］罗兰·巴尔特（巴特）：《写作的零度》，李幼蒸译，中国人民大学出版社
2008 年版。

［法］罗兰·巴尔特（巴特）：《符号学原理》，李幼蒸译，中国人民大学出版社
2008 年版。

［法］罗贝尔·埃斯卡尔皮：《文学社会学》，符锦勇译，上海译文出版社 1988
年版。

［德］马克思·霍克海默、西奥多·阿道尔诺：《启蒙辩证法·哲学断片》，渠敬

东等译，上海人民出版社 2006 年版。

[加] 马歇尔·麦克卢汉：《理解媒介——论人的延伸》，何道宽译，商务印书馆 2007 年版。

[美] 马克·波斯特：《信息方式》，范静晔译，商务印书馆 2001 年版。

[美] 曼妞尔·卡斯特：《网络社会的崛起》，夏铸九等译，社会科学文献出版社 2001 年版。

[加] 马克·昂热诺主编：《问题与观点——20 世纪文学理论综论》，史忠义等译，百花文艺出版社 2000 年版。

[英] 迈克·费瑟斯通：《消费文化与后现代主义》，刘精明译，译林出版社 2000 年版。

[美] 尼尔·波兹曼：《娱乐至死》，章艳译，广西师范大学出版社 2004 年版。

[英] 齐格蒙特·鲍曼：《被围困的社会》，郇建立译，江苏人民出版社 2005 年版。

[法] 热拉尔·热奈特：《热奈特论文集》，史忠义译，百花文艺出版社 2001 年版。

[法] 让－伊夫·塔迪埃：《20 世纪的文学批评》，史忠义译，百花文艺出版社 1998 年版。

[法] 让－马贺·杜瑞：《颠覆广告》，陈文玲等译，中国财政经济出版社 2002 年版。

[法] 让·鲍德里亚：《消费社会》，刘成富等译，南京大学出版社 2008 年版。

[法] 让·鲍德里亚：《符号政治经济学批判》，夏莹译，南京大学出版社 2009 年版。

[法] 让·波德里亚（鲍德里亚）：《象征交换与死亡》，车槿山译，译林出版社 2006 年版。

[法] 鲍德里亚：《生产之境》，仰海峰译，中央编译出版社 2005 年版。

[美] 苏珊·朗格：《反对阐释》，程巍译，上海译文出版社 2003 年版。

[英] 斯科特·拉什、西莉亚·卢瑞：《全球文化工业——物的媒介化》，要新乐译，社会科学文献出版社 2010 年版。

［英］斯各特·拉什：《信息批判》，杨德睿译，北京大学出版社 2009 年版。

［俄］什克洛夫斯基等：《俄国形式主义文论选》，方珊等译，生活·读书·新知
　　三联书店 1989 年版。

［英］特雷·伊格尔顿：《二十世纪西方文艺理论》，伍晓明译，北京大学出版社
　　2007 年版。

［英］特里（特雷）·伊格尔顿：《马克思主义与文学批评》，文宝译，人民文学
　　出版社 1980 年版。

［德］瓦尔特·本雅明：《迎向灵光消逝的年代——本雅明论艺术》，许绮玲等
　　译，广西师范大学出版社 2008 年版。

［德］瓦尔特·本雅明：《本雅明文选》，陈永国译，中国社会科学出版社 1999
　　年版。

［美］韦勒克、沃伦：《文学理论》，刘象愚等译，生活·读书·新知三联书店
　　1984 年版。

［美］休·休伊特：《博客——信息革命最前沿的定位》，杨竹山等译，中国铁道
　　出版社 2006 年版。

［法］雅克·德里达：《文学行动》，赵兴国等译，中国社会科学出版社 1998
　　年版。

陈奇佳：《马克思精神生产理论的当代诠释》，人民出版社 2011 年版。

陈定家：《比特之境——网络时代的文学生产研究》，中国社会科学出版社 2011
　　年版。

方兴东、王俊秀：《博客——e 时代的盗火者》，中国方正出版社 2003 年版。

黄孝章等：《数字出版产业发展研究》，知识产权出版社 2011 年版。

何国瑞：《艺术生产原理》，武汉大学出版社 2010 年版。

蒋述卓、李凤亮：《传媒时代的文学存在方式》，广西师范大学出版社 2010
　　年版。

金惠敏：《媒介的后果——文学终结点上的批判理论》，人民出版社 2005 年版。

困困：《不上流，不下流》，浙江文艺出版社 2011 年版。

李益荪：《马克思"艺术生产"理论研究》，巴蜀书社 2010 年版。

李龙:《"文学性"问题研究——以语言学转向为参照》,人民出版社 2011
年版。

刘克敌主编:《网络文学新论》,凤凰出版社 2012 年版。

马季:《读屏时代的写作:网络文学 10 年史》,中国工人出版社 2008 年版。

欧阳友权:《网络文学论纲》,人民文学出版社 2003 年版。

欧阳文风等:《博客文学论》,中国文史出版社 2007 年版。

单小曦:《现代传媒语境中的文学存在方式》,中国社会科学出版社 2008 年版。

童庆炳主编:《文学理论教程》,高等教育出版社 1998 年版。

童庆炳、陶东风主编:《文学经典的建构、解构和重构》,北京大学出版社 2007
年版。

伍蠡甫主编:《西方文论选》上册,上海译文出版社 1979 年版。

温恕:《精神生产与社会生产——20 世纪国外马克思主义艺术生产理论研究》,
巴蜀书社 2008 年版。

王乾坤:《文学的承诺》,生活·读书·新知三联书店 2005 年版。

伍蠡甫主编:《西方文论选》,上海译文出版社 1979 年版。

吴晓东:《从卡夫卡到昆德拉——20 世纪的小说和小说家》,生活·读书·新知
三联书店 2003 年版。

谢新洲:《数字出版技术》,北京大学出版社 2002 年版。

禹建湘:《网络文学产业论》,中国社会科学出版社 2011 年版。

朱光潜:《西方美学史》,人民文学出版社 1979 年版。

朱立元、李钧主编:《二十世纪西方文论选》,高等教育出版社 2002 年版。

中国社科院外国文学研究所编:《文艺学和新历史主义》,社会科学文献出版社
1993 年版。

Thomas Kent, *Interpretation and genre*, New York:Associated university presses, Inc.
1986.

Chris Baldick, *Oxford Concise Dictionary of Literature Terms*, Shanghai Foreign
Language Education Press, 2000.

Merriam-Webster's Encyclopedia of Literature, Publisher: Merriam-Webster, 1995.

Jacques Derrida, *The Post Card, From Socrates to Freud and Beyond*, trans. Alan Bass, Chicago & London: The University of Chicago Press, 1987.

[英] Jesper Junl:《游戏、玩家、世界：对游戏本质的探讨》,《文化艺术研究》2009 年第 3 期。

[美] 罗伯特·库弗:《书籍的终结》,陈定家译,《南阳师范学院学报》2007 年第 2 期。

[美] 希利斯·米勒:《全球化时代文学研究会继续存在吗》,《文学评论》2001 年第 1 期。

[美]B. 布莱第 L. 李:《微型电影剧本的写作》,黎耜译,《世界电影》1996 年第 1 期。

百里清风:《网游文学心理能量范式研究》,《渤海大学学报》2011 年第 4 期。

陈庆:《博客文学:"零壁垒"的"自媒体"的文学形态——中国博客文学的兴起与研究现状》,《当代文坛》2010 年第 2 期。

焦琦:《半虚构型网游小说〈蜀山〉浅析》,《大众文艺》2012 年第 5 期。

烈日:《文化商人郭敬明》,《出版参考》2008 年第 5 期。

邵燕君:《传统文学生产机制的危机和新型机制的生成》,《文艺争鸣》2009 年第 12 期。

王列生:《论世界市场时代的文艺生产与消费》,《东南大学学报》(哲学社会科学版) 2007 年第 6 期。

王晓明:《"网络" or"纸面":今天的文学阅读》,《新华文摘》2011 年第 22 期。

王宁:《"后新时期":一种理论描述》,《花城》1995 年第 3 期。

[美] 希利斯·米勒:《"我对文学的未来是有安全感的"——希利斯·米勒访谈录》,《文艺报》2004 年 6 月 24 日。

黄文学:《本地手机阅读用户数量激增》,《南方都市报》2012 年 4 月 25 日。

马季:《2009 年网络文学综述》,《光明日报》2010 年 1 月 21 日。

徐升国:《数字出版:手机为王?——手机出版的特征及其在中国的发展》,《中华读书报》2012 年 2 月 29 日。

王怀宇:《稿费不增+税点不升,你还敢不敢当作家?》,《青年时报》2012 年

4 月 8 日。

郭小寒、王坤:《郭敬明:青春是一门好生意》,《北京青年周刊》2009 年 11 月
　　27 日。

《情人节情书已死　英国调查:爱的表达方式日益科技化》,《都市快报》2011 年 2
　　月 15 日。郭婧:《我是党员》专题报道,《都市快报》2012 年 6 月 8 日。

中国互联网络信息中心(CNNIC):《第 30 次中国互联网络发展状况调查统计报
　　告》,http://www.isc.org.cn/zxzx/ywsd/listinfo-21627.html。

中国新闻出版研究院:《第九次全国国民阅读调查》,http://www.chinanews.com/
　　cul/2012/04-19/3832813.shtml。

中国新闻出版研究院:《2011—2012 中国数字出版产业年度报告》,http://www.
　　chuban.cc/yw/201207/t20120720_125664.html。

易观智库:《中国手机阅读市场用户研究报告 2011》,http://www.docin.com/p-
　　285876769.html。

艾媒市场咨询:《2009—2010 年中国移动互联网阅读市场状况调查》,http://
　　www.iimedia.cn/4149.html。

中国游戏版协游戏工委:《2012 年 1—6 月中国游戏产业报告》,http://www.cgigc.
　　com.cn/201207/137190440156.html。

《盛大文学:全版权运营的探索者》,http://www.chinavalue.net/Media/Article.aspx?
　　ArticleId=54268。

《盛大文学亏损上市》,http://money.163.com/11/0526/00/74UKET3I00253B0H.html。

《侯小强:盛大文学生产的不是文学,而是产品》,http://news.cyzone.cn/news/2010/
　　01/08/132938.html。

《盛大文学第一季度净利 48.7 万美元　首次季度盈利》http://www.cww.net.cn/news/
　　html/2012/5/8/2012581016313483.htm。

《盛大文学侯小强:起点中文网收入翻了好几倍》,http://tech.qq.com/a/20100 108/
　　000217.htm。

《盛大文学支付作者费用过少　商业模式被质疑》,http://news.sina.com.cn/m/2011-
　　05-20/103522499452.shtml。

《"唐家三少"走红曝光盛大文学商业模式》，http://news.cntv.cn/20120509/116935. shtml http://www.tudou.com/programs/view/l9Nmd03oC1E/?FR=LIAN。

《起点书库分类调整的通知》，http://www.qidian.com/News/ShowNews.aspx? newsid=1007009

Weid：《试论二十一世纪以来大陆网络类型小说的兴起与演变》，http://www. lkong.net/thread-527863-1-1.html。

《推荐〈狱雷〉顺便闲聊几句网文红火的条件》，http://www.lkong.net/thread- 251688-1-1.html。

《龙的天空》，http://baike.baidu.com/view/1124781.htm。

张书乐：《网游小说发展历程》，http://blog.sina.com.cn/s/blog_7315152 10100v7eu.html。

《什么是网游小说与存在意义》，http://bbs.17k.com/viewthread.php?tid= 2699132。

《网游小说素材》，http://www.17k.com/chapter/86627/2714634.html。

《中国网游向成熟期过渡：一款游戏就是一个梦工厂》，http://gd.people.com.cn/ GB/14458364.htm。

《〈仙剑奇侠传〉小说受追捧，管平潮：将出仙剑结局》，http://www.ithome.com/ html/game/31586.htm。

《网络小说改编网游知多少》，http://games.qq.com/zt/2009/xs/。

《中国移动阅读每月访问用户近8000万》，http://www.yuewe.cn/article-139989-1. html。

《中国移动手机阅读：开辟"全民阅读"新天地》，http://www.cnii.com.cn/index/ content/2011-08/22/content_911301.htm。

《中国移动手机阅读基地月收入过亿 初显四大效应》，http://tech.hexun.com/ 2011-07-06/131188250.html。

《移动阅读基地惊现"借壳操盘"》，http://www.dajianet.com/digital/2011/0804/ 167202.shtml。

《培生数字化转型秘诀》，http://roll.sohu.com/20120216/n334957391.shtml。

《出版向何处去——在英国考察出版业的两点思考》，http://innovation.epuber. com/2012/1121/8797.shtml。

《2011年新闻出版统计数据显示产业大势向好 纸质与数字出版创新高》，http://

www.sinobook.com.cn/guide/newsdetail.cfm?iCntno=9856。

《搜狐博客调查结果简单分析》，http://it.sohu.com/20051015/n240543949.shtml。

《这个春天，我在江南夜夜听雨》，http://blog.sina.com.cn/ruoshuihz。

《博客网正式发布新生活方式战略 打造新式门户》，http://tech.qq.com/a/20060119/000273.htm。

《中国博客网》，http://baike.baidu.com/view/432421.htm。

《韩寒新书每本售价998元 送3000元黄金》，http://www.cnr.cn/jmlm/xfzx/201009/t20100925_507092874.html。

《韩寒〈1988〉精装限量版988元？》，http://www.tianjinwe.com/tianjin/tjwy/201009/t20100921_1862030.html。

《碧海 蓝天 榕树下》，http://bbs.tianya.cn/post-free-1477832-1.shtml。

《盲童》，http://www.worlduc.com/blog2012.aspx?bid=3660445。

《天价稿酬还能走多远？〈风语〉坐地涨价至千万》，http://culture.people.com.cn/GB/22219/12132533.html。

罗超凡、刘创：《细伢子》视频，http://v.youku.com/v_show/id_XNDYyN zI3NDA0.html。

《小时代2.0虚铜时代》宣传视频，http://you,video,sina.com.cn/b/27351183_ 1188552450.html。

后 记

本书是 2012 年教育部人文社科项目"文学转型背景下亚文学生产与消费研究"的研究成果。在多年个人积累和学界研究的基础上，从 2012 年年初动笔到现在完稿，用了约一年时间。这一年也是本人任教二十多年来承担课务最繁重的一年，于是教学和科研便基本涵括了我其间生活的全部内容。因而当我顺利完成这一学年的教学任务，即将开始一个放松的寒假之时；当我收拾完书桌上那些堆叠的书籍为自己的书稿打下"后记"两个字时，我该是多么轻松和欣慰！但是，面对这一课题及其研究文字，作为研究者，除了那种甘苦自知的滋味外，还有意犹未尽之言。

本书以亚文学生产与消费为研究对象，旨在对亚文学概念及文本形态进行理论界定和内容梳理，并深入考察亚文学作为当下流行写作的文化特征，着重研究亚文学在生产与消费方面的相关理论和实际问题。这也是该项目研究的理论价值和实践意义所在，但研究的难度也由此而生。其一，何为亚文学？虽然这个概念（subliterature）伴随大众文化流行而产生，被翻译为"亚文学"、"副文学""次文学"、"准文学"种种，但无论国内还是国外，对此作相关专门研究的资料甚少。且因其动态的文化质素，也使得亚文学本身始终处在一个发展过程之中，因而其概念的内涵和外延都存在理论界定和实际划分的困难。其二，关于亚文学生产和消费，既需要理论阐述，更需要面对生产和消费的现状作切实深入的调查研究。而针对这一课题，第一手资料不仅同样存在着动态发展的变化问题，而且在今天商品竞争激烈的经济环境中又是何其难得！

以上这两个难题，使得本人始终以敬畏之心和求真务实态度对待此项目研究以及书稿写作。至于研究资料，因为研究对象涉及的是以网络类型小说为主体的大众流行写作，更因网络已成为当今文学和亚文学重要的生存载体，便自然脱离不了对网络数据资料的直接引用。如果说围绕亚文学概念作相关的理论阐述，是本书稍具学术性之处，那对亚文学生产与消费的实际研究，更是针对国内文化产业发展形势所作的实际考察。正因如此，本书亦显出半是理论半是实证即有些不伦不类的样貌；也唯其如此，或许才可能达到本项目理论与实践研究两线齐头并进的学术目的。当然，面对本书存在的研究不够深入全面等诸多问题包括错误之处，本人在心存愧恧之际，亦恳切希望得到读者的教正。

本书所作的研究得到了教育部人文社科项目基金资助，在此专致谢忱。同时本人也向人民出版社宰艳红编辑表示诚挚的谢意，感谢她对本书出版的热情支持和辛勤付出。

最后，本人要深切感谢多年来一直关心和帮助我的同学、同事和朋友，受益终生的支持和关怀，本人亦当终生铭记！

葛　娟

2013 年 1 月 21 日于杭州香樟公寓

责任编辑:宰艳红
封面设计:四甲图文
责任校对:杜凤侠

图书在版编目(CIP)数据

亚文学生产与消费研究/葛娟 著. -北京:人民出版社,2013.4
ISBN 978 - 7 - 01 - 011915 - 1

Ⅰ.①亚…　Ⅱ.①葛…　Ⅲ.①中国文学-当代文学-文学研究
　Ⅳ.①I206.7

中国版本图书馆 CIP 数据核字(2013)第 061811 号

亚文学生产与消费研究

YAWENXUE SHENGCHAN YU XIAOFEI YANJIU

葛　娟　著

人民出版社 出版发行
(100706　北京市东城区隆福寺街 99 号)

北京龙之冉印务有限公司印刷　新华书店经销

2013 年 4 月第 1 版　2013 年 4 月北京第 1 次印刷
开本:710 毫米×1000 毫米 1/16　印张:21.5
字数:300 千字

ISBN 978 - 7 - 01 - 011915 - 1　定价:48.00 元

邮购地址 100706　北京市东城区隆福寺街 99 号
人民东方图书销售中心　电话 (010)65250042　65289539